Tout Savoir

5e

MOI EN 5e

Moi en 5e
Frédéric Plessiet

Français
Marjorie Champetier

Mathématiques
Moussa Gory, Laurence Lamarche, Victoire M

W0337653

Histoire-géographie
Enseignement moral et civique
Guillaume Joubert, Guillaume D'Hoop

SVT
Patrick Vermeulen

Physique-Chimie et Technologie
Pascal Bihouée, Daniel Dupuis

Anglais
Corinne Touati

Espagnol
Maricel Fernandez Theyras

Hatier

Sommaire

Coche la case ☐ quand tu as fini !

Moi en 5^e

FRANÇAIS

MATHS

HISTOIRE-GÉO • EMC

Histoire

Géographie

Enseignement moral et civique

SVT

La planète Terre, l'environnement et l'action humaine

Le vivant et son évolution

Le corps humain et la santé

PHYSIQUE-CHIMIE TECHNOLOGIE

Organisation et transformations de la matière

Mouvement et interaction

Des signaux pour observer et communiquer

L'énergie et ses conversions

Technologie

ANGLAIS

ESPAGNOL

VERS LA 4e

© Hatier, Paris, 2020 – Isbn : 978-2-401-06474-4

Maquette de principe : studio Favre & Lhaïk

Mise en pages : STDI

Cartographie et schémas : Légendes Cartographie, STDI, Philippe Bouillon

Illustrations : Juliette Baily, Audrey Bussi, Sylvain Frécon, Daniel Guerrier, Juliette Laurent, Volker Theinhardt

Pictogrammes : Hung Ho Thanh

Iconographie : Magali Girodet, Hatier illustration

Édition : Caroline Blanc, Stéphanie Herbaut, Damien Lagarde, Delphine Livet, Béatrix Lot

MOI EN 5^{e}

1 Auditif, visuel, kinesthésique : comment identifier mon « profil » ?

Mini-test

Trois élèves préparent une évaluation de géométrie sur le calcul des aires. Voici leurs méthodes.

Élève 1 Je commence par apprendre les formules par cœur comme si c'était des poésies ; je me les répète à voix haute ou dans ma tête.

Élève 2 Je commence par observer les différentes figures (carré, disque, triangle, etc.), puis je lis les formules correspondantes.

Élève 3 Au brouillon, je construis des figures dont je mesure les différents côtés. Puis je vérifie les formules avec les mesures prises.

Quel sens est associé de manière privilégiée à chacune de ces trois méthodes ?

Réponses : Élève 1 : l'ouïe. – Élève 2 : la vue. – Élève 3 : le toucher.

Je prends de la hauteur !

→ Quand j'apprends, est-ce que j'adopte une méthode qui se rapproche de l'une des trois évoquées ci-dessus ?

→ Y a-t-il un sens que je privilégie pour mémoriser ?

La stratégie pour réussir

Demande-toi si tu préfères une méthode pour apprendre.

- Il est utile de connaître ses préférences d'apprentissage pour travailler plus efficacement.
- Mais n'oublie pas que chacun est doté de plusieurs intelligences et peut ainsi passer d'une méthode à l'autre selon la situation, en combinant ses sens.

Les méthodes pour apprendre

Avec un « profil » auditif
- Le sens que j'aime solliciter : l'ouïe
- Ce qui m'aide : écouter, parler, « me parler »

→ Bien **écouter** en classe
→ **Relire à voix haute** en insistant par l'intonation sur les mots clés
→ M'enregistrer et **m'écouter**
→ Utiliser mon **langage intérieur** pour « entendre » le cours

Avec un « profil » visuel
- Le sens que j'aime solliciter : la vue
- Ce qui m'aide : observer, repérer

→ M'appuyer sur les **visuels du cours** et des manuels
→ Élaborer **mes propres visuels** (schémas, cartes mentales...)
→ Me construire des **images mentales**

Avec un « profil » kinesthésique
- Le sens que j'aime solliciter : le toucher
- Ce qui m'aide : faire, manipuler, essayer

→ **Participer** en classe
→ Me déplacer et faire des **gestes** lorsque j'apprends
→ Mimer physiquement ou mentalement

2 Quelles sont les techniques pour rester attentif ?

Mini-test

Équipe-toi d'un stylo et d'un chronomètre, puis fais successivement ces deux expériences.

Expérience 1 Isole-toi dans une pièce calme.
Chronomètre le temps que tu mets à faire ces trois calculs.

45,9 + 347,14 = ...	752,7 – 68,63 = ...	56,2 × 3 = ...
Opération posée	Opération posée	Opération posée

Temps : ....

Expérience 2 Sur un téléphone ou un ordinateur près de toi, lance une vidéo avec le son.
Puis chronomètre le temps que tu mets à trouver le résultat de ces trois opérations.

63,7 + 438,32 = ...	423,6 – 85,37 = ...	68,4 × 5 = ...
Opération posée	Opération posée	Opération posée

Temps : ....

Je prends de la hauteur !

→ *La durée de l'expérience 2 est-elle différente de celle de l'expérience 1 ?*
→ *Comment puis-je expliquer la différence ?*

La stratégie pour réussir

Pour travailler efficacement, focalise ton attention.

Focaliser son attention, cela consiste à se concentrer sur une tâche (ici, trouver le résultat des opérations) et donc à ignorer ou écarter ce qui nous en détourne.

- Il faut éloigner en premier lieu les **distracteurs externes** – telle la vidéo de l'expérience 2 – qui peuvent rapidement perturber notre attention. D'une façon générale, les écrans sont des tentations, qui favorisent le décrochage.
- Tes pensées, tes émotions, tes sensations (par exemple, une sensation de faim) peuvent également te déconcentrer et agir comme des **distracteurs internes**. Pour limiter leur effet, identifie-les lorsqu'ils se présentent ; tu pourras ainsi reprendre plus facilement ta tâche.

Astuce
N'oublie pas également de faire régulièrement des pauses quand tu travailles.

3 Comment organiser mon travail efficacement ?

Mini-test

Tu veux réaliser un fondant au chocolat. Comment t'organises-tu ? Numérote les étapes.

❑ **A** Je beurre et farine le moule. Puis je verse la pâte et enfourne le gâteau. Au bout de 20 min., je contrôle qu'il est cuit en m'assurant que la pâte n'est pas collante au milieu.

❑ **B** Je rassemble 200 g de chocolat, 100 g de sucre, 5 œufs, 100 g de beurre doux, 4 cuillères à soupe de farine. Je préchauffe le four à 180 °C.

❑ **C** J'incorpore lentement les blancs en neige dans le mélange beurre et chocolat refroidi.

❑ **D** Je sépare les blancs des jaunes. J'ajoute le sucre puis les jaunes au mélange.

❑ **E** Je fais fondre le chocolat et le beurre dans une casserole ou au four micro-ondes.

❑ **F** Je cherche la recette en ligne pour vérifier les ingrédients et les quantités nécessaires.

Réponses : 1. F ; 2. B ; 3. E ; 4. D ; 5. C ; 6. A.

Je prends de la hauteur !

→ *Quelle précaution ai-je prise avant de commencer la préparation ?*

→ *Comment gagner du temps pour la cuisson au four ?*

→ *Tout au long de la préparation, de quoi ai-je besoin en plus des ingrédients ?*

La stratégie pour réussir

Organise ton travail dans un plan d'action.

- Être bien organisé te permet de gagner du temps et de mieux réaliser la tâche ou le travail à faire.
- La marche à suivre dépend de la tâche à accomplir, mais il faut toujours prendre le temps de planifier au début et de vérifier à la fin.

Étapes	Pour faire mes devoirs	Pour préparer mon sac
1 S'appuyer sur un document de référence	Je consulte mon agenda (ou l'ENT de mon collège).	Je consulte mon emploi du temps (ou l'ENT de mon collège)
2 Rassembler le matériel nécessaire	• Je prends le cahier/classeur et le manuel correspondant à la matière. • Je sors les outils nécessaires : règle, calculatrice, crayons de couleurs, etc.	D'abord, je vide mon sac des affaires de la veille et je les range. Puis je rassemble les éléments dont j'aurai besoin pour les cours du lendemain.
3 Réaliser les tâches dans un ordre optimal	• Je relis mon cours, puis je fais les exercices, du plus facile au plus difficile. • Si je n'arrive pas à faire un exercice, je relis à nouveau le cours.	
4 Contrôler	Je vérifie que j'ai fait tout ce qui était noté dans l'agenda.	Je m'assure que je n'ai rien oublié.

4 Comment analyser mes résultats de manière positive ?

Mini-test

Ton professeur te rend une copie avec cette note et ce commentaire. Que fais-tu ?

13/20

Bonne analyse du contexte historique.
Revoir la partie sur les causes du conflit.
Pensez à vous relire pour limiter les erreurs orthographiques.

- ☐ **a.** Je prends ma calculatrice pour savoir si ma moyenne baisse ou augmente.
- ☐ **b.** Je range l'évaluation dans mon sac car elle doit être signée par les parents.
- ☐ **c.** Je parcours ma copie pour comprendre les commentaires de l'enseignant.
- ☐ **d.** Je lis les commentaires du professeur avant de ranger l'évaluation.
- ☐ **e.** Je cherche à connaître la moyenne de la classe et les notes de mes ami(e)s.

Réponses : C'est l'attitude c qui est la plus constructive.

Je prends de la hauteur !

→ *Que signifie la note sur une copie ?*
→ *Les commentaires peuvent-ils m'aider pour les prochaines évaluations ?*

La stratégie pour réussir

Même si tu as de « mauvaises notes », reste positif.

Lorsque tu reçois une copie corrigée, n'oublie pas que la note ne reflète pas toujours tes efforts et tes progès.

● La note est une **information chiffrée** qui te permet de te situer :
- par rapport aux attentes de ton professeur ;
- par rapport aux autres élèves.

● Les commentaires du professeur te fournissent :
- ton degré de maîtrise des connaissances (ce que tu sais) ;
- ton degré de maîtrise des compétences (ce que tu es capable de faire ;
- des **pistes pour progresser**.

● Retiens bien que l'erreur fait partie du processus d'apprentissage et qu'on apprend de ses erreurs.

Citation

« Je ne perds jamais. Soit je gagne, soit j'apprends. »
Nelson Mandela

5 Comment bien maîtriser ma respiration ?

Mini-test

Quelle fonction vitale se cache derrière tous ces faits ?

- de la buée sur une vitre

- une coureuse essoufflée

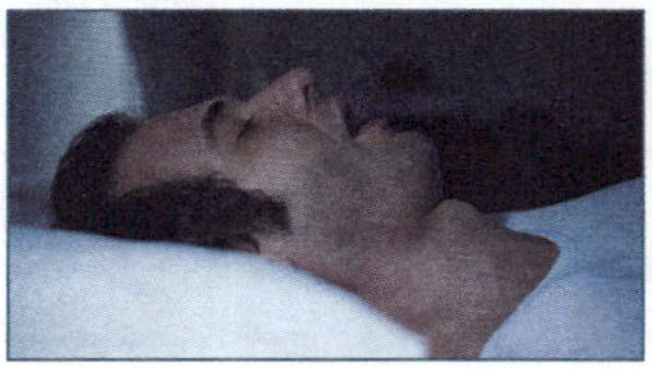

- un ronflement nocturne

- un bâillement

Réponses : la respiration.

Je prends de la hauteur !

→ Ai-je conscience de ma respiration tout au long de la journée ?

→ Est-ce important d'être à l'écoute de sa respiration pour réaliser un travail intellectuel ?

La stratégie pour réussir

Contrôle ta respiration pour mieux travailler.

- Des études ont révélé que le cerveau consomme 20 % de la ration globale d'oxygène alors qu'il ne pèse que 2 % du poids du corps.
- Ces deux respirations conscientes peuvent t'aider à te mettre en condition de travail.

La respiration pour apaiser	La respiration pour dynamiser
Quand ? Si tu éprouves le besoin de te calmer (avant une évaluation par exemple)	**Quand ?** Si tu éprouves le besoin de retrouver de l'énergie (entre deux cours par exemple)
1 Inspire par le nez pendant 3 secondes en gonflant le bas du ventre.	1 Inspire par le nez pendant 3 secondes en gonflant la poitrine.
2 Expire par la bouche pendant 3 secondes en dégonflant complètement le ventre.	2 Retiens ta respiration avec les poumons pleins pendant 3 secondes.
3 Retiens ta respiration avec les poumons vides pendant 3 secondes.	3 Expire par la bouche pendant 3 secondes en dégonflant la poitrine.

Après quelques cycles de cette respiration, reprends le fil de ton activité.

FRANÇAIS

Tu trouveras plein de dictées pour t'entraîner en orthographe sur hatier-entrainement.com !

▸ GRAMMAIRE

▸ ORTHOGRAPHE

▸ CONJUGAISON

▸ LEXIQUE

▸ LIRE ET ÉCRIRE

▸ TEST – BILAN

1 Le nom, les déterminants, les pronoms

Je me demande...
Où se place un déterminant ?
À quoi sert un pronom ?

Les points clés

1 Le nom et ses déterminants

● Un **nom** est un mot, de genre masculin ou féminin, qui désigne un être, une chose (carte) ou une idée. Variable, il s'emploie soit au singulier (un voyage), soit au pluriel (des voyages). Il existe différentes catégories de noms :
- un **nom commun** désigne une réalité qui n'est pas unique (une boussole) ;
- un **nom propre** désigne une réalité unique (Marco ; la Mongolie).

● Un nom est en général introduit par un **déterminant**, qui s'accorde avec lui en genre et en nombre (une lampe ; des lampes). Il en existe plusieurs catégories, parmi lesquelles :
- les **articles** : définis (*le, la, l'*), indéfinis (*un, une, des*), partitifs (*du, de la...*) ;
- les **déterminants** : démonstratifs (*ce, cette, ces*), possessifs (*mon, leur...*), indéfinis (*chaque, aucun, tout, certain, tel...*), etc.

2 Les pronoms

● Un pronom remplace en général un mot ou groupe de mots.

Marco Polo est un grand explorateur. Il est né à Venise.

▶ Le pronom *Il* remplace *Marco Polo*, son antécédent.

● Un pronom peut varier en genre (*celui, celle*), en nombre (*le tien, les tiens*), parfois en personne (*je, tu, il*), selon la fonction occupée (*il, le, lui*).

● Il existe plusieurs catégories de pronoms.

Pronoms	Exemples
personnels	je, tu, vous...
possessifs	le mien, le nôtre...
démonstratifs	celui, ceux, c'
relatifs	qui, de laquelle...

Un peu de méthode

Reconnaître et employer des démonstratifs

Déterminants démonstratifs	*ce, cet, cette, ces*	Placés **devant un nom**, ils permettent de désigner des êtres ou des choses. Marco Polo est allé en Chine. Il a écrit le récit de ce voyage.
Pronoms démonstratifs	• simples (*celui, celle, ce*) • composés (*celui-ci, celui-là...*)	Ils **remplacent généralement un nom** introduit par un pronom démonstratif. ce voyageur → celui-ci

On s'entraîne !

1 QUIZ

Dans chaque liste de mots, entoure l'intrus.

a. je • lui • mon • nous
b. ce • sa • ces • cette
c. le mien • le nôtre • celui-ci • la leur
d. une • la • des • un

2 *Le genre et le nombre*

Précise le genre (M ou F) et le nombre (S ou P) des noms ci-dessous, puis souligne les noms propres.

a. l'aide (.....................) b. du poivre (.....................)
c. Rome (.....................) d. les Mongols (.....................)
e. l'expédition (.....................) f. un ballon (.....................)

3 *Déterminant ou pronom ?*

Dans ce texte, indique si les mots en couleur sont des déterminants (D) ou des pronoms (P).

Vois sur ces (.........) canaux
Dormir ces (.........) vaisseaux
Dont l'(.........) humeur est vagabonde ;
C'est pour assouvir
Ton (.........) moindre désir
Qu'ils (.........) viennent du bout du monde.

Charles Baudelaire, « L'invitation au voyage »,
Les Fleurs du mal, 1857.

4 *Choisir le bon déterminant*

Dans les phrases suivantes, entoure le déterminant qui convient. Attention aux accords !

a. (Cet / ce / ces) récit me paraît invraisemblable. Cesse de dire (mes / tes / des) bêtises !
b. Ils ont pris (du / le / des) retard, car (son / leurs / leur) train n'est pas parti à l'heure.
c. Relis mieux (sa / le / la) consigne de l'exercice et corrige (tes / ton / ta) travail ensuite.
d. Ils adorent manger (du / le / des) bonbons, mais ce n'est pas bon pour (sa / leur / leurs) santé !
e. Parmi (tes / leurs / mes) souvenirs, te rappelles-tu être déjà allé dans (ce / le / cet) endroit ?

5 *La nature des déterminants*

Indique la nature des déterminants soulignés : article défini, indéfini ou partitif, ou bien déterminant possessif, démonstratif ou indéfini.

a. Tous ceux qui aiment voyager apprécient de découvrir de nouvelles cultures.
b. Pour apprécier les voyages, il faut accepter de changer ses habitudes et ne pas craindre la nouveauté.
c. Chaque été, nous partons à l'aventure... Au programme : des surprises, du plaisir et certaines péripéties mémorables !
d. Nos meilleures photos, nous les avons faites au cours de ce safari.

6 *Les pronoms démonstratifs*

Utilise le pronom démonstratif qui convient.

a. Mon oncle a rapporté de nombreuses lampes de ses voyages : .... sont magnifiques !
b. Tous les voyageurs ne sont pas aussi téméraires, ... n'a vraiment peur de rien.
c. Il faut toujours se montrer prudent en mer : .... semble une évidence.
d. Christophe Colomb et son équipage ont navigué sur trois navires : .... s'appelaient la Pinta, la Niña et la Santa Maria.

7 CONTRÔLE EXPRESS

a. Dans le texte ci-dessous, **donne la nature des déterminants soulignés.**
b. **Remplace les pointillés** par le pronom qui convient.

L'explorateur vénitien Christophe Colomb a vécu au XVe siècle. Assoiffé d'aventures, ... a étudié l'astrologie et la géométrie durant sa jeunesse. Ce grand navigateur avait cette habitude de consigner le récit de ses aventures dans un journal. .... a permis de recueillir nombre d'informations sur certaines de ses découvertes. .... savons, par exemple, qu'en 1492, pensant découvrir les Indes, ... découvrit l'Amérique.

? indice

a. Parmi les mots soulignés, il y a 7 articles.

Corrigés page 12 du Guide

2 L'adjectif qualificatif et ses degrés

Je me demande...
Pourquoi ajoute-t-on « qualificatif » quand on parle de l'adjectif ?

Les points clés

1 Le rôle de l'adjectif qualificatif

- L'adjectif qualificatif **caractérise** le nom ou le pronom auquel il se rapporte. Il **s'accorde** en genre et en nombre avec ce mot (une **longue** épée ; de **longues** épées).
- L'adjectif qualificatif est **épithète** lorsqu'il est placé juste à côté du nom ou du pronom qualifié (une couronne **magnifique**).
- Il est **attribut du sujet** lorsqu'il se rapporte à un sujet par l'intermédiaire d'un verbe d'état (*être, sembler...*).

  La troisième était plus **grande** que les autres.

2 Les degrés de l'adjectif qualificatif

- L'adjectif peut caractériser un nom avec **plus ou moins d'intensité** : on peut le faire varier en degré grâce à différents adverbes.

Degré	Formation	Exemple
Comparatif de supériorité	*plus* + adjectif	Il est plus courageux que lui.
Comparatif d'infériorité	*moins* + adjectif	L'épée est moins tranchante que le poignard.
Comparatif d'égalité	*aussi* + adjectif	Ils sont aussi gentils l'un que l'autre.
Superlatif relatif de supériorité	*le plus* + adjectif	Il est le plus rapide à la course.
Superlatif relatif d'infériorité	*le moins* + adjectif	Elle est la moins paresseuse de tous.
Superlatif absolu	adjectif précédé d'un adverbe de quantité (*très, extrêmement...*)	Cette histoire est extrêmement passionnante.

- Certains adjectifs ont un comparatif et un superlatif **irréguliers.**

  bon → meilleur (comp. de supériorité) → le meilleur (superlatif)
  mauvais → pire (comp. de supériorité) → le pire (superlatif)

Un peu de méthode

Distinguer un adjectif verbal d'un participe présent

- L'adjectif verbal comme le participe présent se termine par *-ant*, mais ils ne fonctionnent pas de la même manière.

Adjectif verbal : Il fonctionne et s'accorde **comme un adjectif**.
des adolescents **obéissants**

Participe présent : Il fonctionne **comme un verbe** et reste invariable.
Obéissant à leurs parents, les adolescents ont rangé leur téléphone.

On s'entraîne !

1 QUIZ

Relie les noms de la colonne de gauche aux adjectifs qui les qualifient.

a. des silhouettes •	• magique
b. un poignard •	• ridée
c. une ombre •	• perçants
d. la main •	• menaçante
e. des yeux •	• sombres
f. l'anneau •	• tranchant

2 *Attribut ou épithète ?*

Accorde les adjectifs en couleur, puis encadre ceux qui sont attributs du sujet et souligne ceux qui sont épithètes.

a. Les pouvoirs de l'Anneau sont (nombreux), mais aussi très (dangereux).
b. Cette (long) épopée est tout à fait (passionnant).
c. Les (multiple) aventures du (brave) héros ne cessent d'enchanter les lecteurs.
d. Ces (petit) créatures (étrange) souhaitent vivre dans une paix (total).
e. Les (fidèle) compagnons de Frodon sont très (fier) de leur camarade.

3 *Comparatif et superlatif*

Complète les phrases en ajoutant des adjectifs et des compléments du comparatif ou du superlatif.
Exemple : Le film est aussi **réussi que le livre**.

a. Ces concurrents sont moins ....
b. Cette fillette est plus ....
c. La nouvelle voiture de mon père est la plus ....
d. Ma sœur est aussi ....
e. Notre nouveau professeur est le moins ....
f. Samuel semble le plus ....
g. Pas d'inquiétude : l'équipe adverse paraît moins ....

4 *Les degrés de l'adjectif*

Indique si les adjectifs soulignés sont employés au comparatif de supériorité, d'infériorité ou d'égalité, ou au superlatif absolu.

John Ronald Reuel Tolkien est plus connu (..........) sous sa signature : J.R.R. Tolkien. Cet auteur a publié la très célèbre (..........) saga du *Seigneur des Anneaux*. Avant lui, d'autres écrivains avaient publié des romans de *fantasy*, mais ils sont moins populaires (..........) . Lorsque paraissent *Bilbo le Hobbit* (1937), puis *Le Seigneur des Anneaux* (1954-1955) aux États-Unis, le succès de Tolkien est bien plus retentissant (..........) et, grâce à son œuvre, la *fantasy* devient un genre littéraire aussi important (..........) que d'autres. Parmi les êtres imaginaires qui peuplent cette œuvre extrêmement lue (..........) à travers le monde, les Hobbits sont plus appréciés (..........) que les autres. Les lecteurs sont aussi impressionnés (..........) par les personnages très originaux (..........) que par cet incroyable univers.

? indice
Il y a 3 superlatifs absolus.

5 CONTRÔLE EXPRESS

Lis le texte, puis réponds aux questions.

> Deux des formes s'arrêtèrent. La troisième était plus grande que les autres : ses cheveux étaient longs et luisants, et son heaume était surmonté d'une couronne. D'une main, elle tenait une longue épée, de l'autre un poignard ; le poignard et la main qui le tenait rayonnaient tous deux d'une pâle lumière.
>
> J.R.R. Tolkien, *Le Seigneur des anneaux*, tome 1, trad. F. Ledoux, Pocket, © Christian Bourgois, 1972.

a. Relève les adjectifs qualifiant les noms en couleur et indique s'ils sont épithètes (E) ou attributs (A).
b. Quel degré l'adjectif souligné exprime-t-il ?

Corrigés page 12 du Guide

3 Le nom et ses expansions

Je me demande...

En plus de l'adjectif épithète, quelles sont les autres expansions du nom ?

Les points clés

Une expansion du nom est un mot ou un groupe de mots qui, dans le groupe nominal, précise le sens du nom.

1 Le complément du nom

● Un complément du nom est rattaché au nom qu'il complète **par une préposition** : *à, de, en*.... Sa nature peut varier.

Nature du complément du nom
- **groupe nominal** : le visage de la jeune fille
- **pronom** : la joie des siens
- **verbe à l'infinitif** : le moyen de plaire
- **adverbe** : les coutumes d'autrefois

Dans *Tristan et Iseult*, une servante fait boire à la reine Iseult, mariée au roi Marc, un philtre d'amour qui la rend éperdument amoureuse du jeune Tristan.

2 La proposition subordonnée relative

● La proposition relative est une proposition subordonnée introduite par un **pronom relatif** (*qui, que, dont*...). Elle complète un nom (ou un pronom) qui appartient à la principale et qui est l'**antécédent** du pronom relatif.

Reine Iseult, prenez ce breuvage [**qui** a été préparé en Irlande pour le roi Marc] !
(ce breuvage : antécédent ; [...] : prop. relative complément de *ce breuvage*)

● Il ne faut pas confondre la fonction de la relative (complément de l'antécédent) et celle du pronom relatif. Celui-ci peut occuper toutes les fonctions du GN dans la relative (sujet, COD, COI...).

Brangien déposa le flacon sur une table [**à laquelle** Iseult s'était accoudée].

▸ La subordonnée relative est complément de l'antécédent *une table*, tandis que le pronom relatif *à laquelle* est COI dans la proposition relative.

Un peu de méthode

Trouver le nombre d'un complément du nom

● Un nom complément du nom peut être employé sans déterminant. Pour trouver son nombre, il faut faire attention au **sens de l'expression** et faire preuve de logique... Ainsi, on écrira un fruit à pépins, car il y a plusieurs pépins dans un fruit, mais un fruit à noyau, car il n'y a qu'un seul noyau.

● Néanmoins, il est parfois difficile de trancher dans certains cas. Par exemple, on peut écrire une salle de bain dans laquelle on prend son bain, mais aussi une salle de bains, car on peut y prendre des bains.

On s'entraîne !

1 QUIZ

Relie les noms à leur complément.

a. une robe •	• à légumes
b. une table •	• à pain
c. un four •	• à repasser
d. un bateau •	• à pois
e. un bac •	• à vapeur

2 Trouver le complément du nom

Réécris les GN en remplaçant l'adjectif épithète par un complément du nom.

a. une liaison amoureuse : ....

b. un spectacle musical : ....

c. un conte féerique : ....

d. une idée géniale : ....

3 Compléments et relatives

Souligne les compléments du nom et les relatives qui complètent les mots en couleur.

Cette légende celtique raconte les aventures de Tristan et Iseult, deux jeunes gens qui tombent amoureux sans le vouloir. Tristan est chargé de ramener en Cornouailles l'épouse du roi Marc. Iseult, charmante jeune femme aux cheveux d'or, qui est la fille du roi d'Irlande, n'approuve pas ce mariage. Elle éprouve tout d'abord de la colère contre Tristan qui est venu la chercher. Mais les deux héros, auxquels la servante d'Iseult fait boire un breuvage magique, éprouvent soudain des sentiments d'amour très forts.

4 Accorder les compléments

Ajoute, si nécessaire, une marque de nombre aux compléments du nom dans ces GN.

a. une robe à carreau..........

b. un clafoutis au.......... cerise..........

c. un carnet de timbre..........

d. des pots de confiture..........

5 Analyser des relatives

Dans chaque phrase, mets la proposition relative entre crochets, entoure le pronom relatif et souligne son antécédent.

a. Iseult, que le roi Marc s'apprête à épouser, aime Tristan en secret.
b. Tristan s'en veut d'avoir trahi son oncle qui lui faisait pleinement confiance.
c. Ce philtre, dont la force est des plus intenses, a le pouvoir d'inspirer l'amour.
d. La servante à laquelle Iseult se confie souhaite venir en aide à sa maîtresse.
e. Les deux jeunes gens, qui éprouvent une passion soudaine, ne sont pas maîtres de leur destin.
f. Cet amour adultère qui va à l'encontre de la loyauté envers le roi est sans issue.
g. Le roi, dont la confiance a été trahie, risque d'entrer dans une colère noire.

? indice

L'antécédent est le nom (ou pronom) auquel se rapporte le pronom relatif introduisant la relative.

6 CONTRÔLE EXPRESS

Lis le texte, puis réponds aux questions.

> À cet instant, le visage de la jeune fille s'éclaira d'un sourire furtif : elle tenait en ses mains le plus sûr moyen de faire naître l'amour en Tristan et de le lier à Iseult pour toujours. Brangien déposa le flacon avec une coupe d'argent ciselé sur une table à laquelle Iseult s'était accoudée et elle lui dit d'un air riant : « Reine Iseult, prenez ce breuvage qui a été préparé en Irlande pour le roi Marc ! »
>
> BÉROUL et THOMAS, *Tristan et Iseult*, XIIe siècle, adaptation René Louis, © Livre de Poche, 1972.

a. Relève les compléments du nom et indique à chaque fois le nom qu'ils complètent.
b. Précise la nature de chacun des compléments du nom relevés.
c. Relève les propositions subordonnées relatives, entoure le pronom relatif et indique l'antécédent de chaque proposition relevée.

? indices

a. Il y a 4 compléments du nom à relever.
c. Il y a 2 propositions subordonnées relatives.

Corrigés page 12 du Guide

4 Sujet, attribut du sujet et complément d'objet

Je me demande...
À quoi sert l'attribut du sujet ? Quelle est la différence entre COD et COI ?

Les points clés

1 Le sujet et l'attribut du sujet

- Le **sujet** forme, avec le groupe du verbe, la phrase minimale. Il ne peut être supprimé et commande l'accord du verbe.

  Roland (sujet) rivalise d'exploits (groupe verbal).

- Le sujet peut avoir **différentes natures** :
  - nom ou groupe nominal ; Les coups adverses ne l'atteignent pas.
  - pronom ; Il frappe sans relâche.
  - verbe à l'infinitif. Grâce à sa force phénoménale, vaincre lui est facile.

- **L'attribut du sujet** précise une caractéristique du sujet par l'intermédiaire d'un verbe d'état (*être*, *sembler*, *devenir*...). Il appartient au groupe verbal et ne peut être supprimé.

  La bataille est prodigieuse.

La chanson de geste (toujours au singulier, du latin *gesta*, signifiant « actions ») raconte les exploits de héros légendaires.

2 Les compléments d'objet

Compléments d'objet

- **direct (COD)**
  Il complète le verbe **directement**, sans préposition.
  Roland tire Durendal, sa bonne épée.
- **indirect (COI)**
  Il complète le verbe **indirectement**, à l'aide d'une préposition.
  Cette épée appartient à Roland.
- **second (COS)**
  Quand le verbe a déjà un COD, le COI est dit « second ».
  Roland a donné **son nom** (COD) à la *Chanson de Roland* (COS).

Un peu de méthode

Remplacer un nom par un pronom personnel

- Pour **éviter des répétitions**, on peut remplacer un nom ou un GN complément du verbe par un pronom personnel de la 3e personne.

  Roland tranche **la coiffe**. → Roland la tranche.

  ▶ Le pronom personnel féminin de la 3e personne du singulier remplace *la coiffe*.

- **Attention** à ne pas confondre un pronom personnel placé avant le verbe avec le sujet, au risque de commettre une faute d'accord.

  Roland (Sujet) parle aux autres chevaliers (COI). → **Roland** (Sujet) leur (COI) parle. (et non : Roland leur ~~parlent~~.)

On s'entraîne !

1 QUIZ

Relie les sujets de la colonne de gauche aux verbes de la colonne de droite qui conviennent.

a. Roland •	• sont terrassés.
b. L'armée ennemie •	• est achevée.
c. Son épée et sa lance •	• sont inutilisables.
d. La bataille •	• est vaincue.
e. Les ennemis •	• est vainqueur.

2 Repérer les sujets

Entoure dans ce texte les sujets auxquels se rapportent les attributs du sujet soulignés, puis indique leur nature.

La Chanson de Roland est un long poème épique qui narre les exploits de ce chevalier. Cette chanson de geste raconte notamment le combat qui s'avéra fatal à Roland. En effet, celui-ci fut surpris avec ses compagnons par une armée maure. Cette armée ennemie semblait particulièrement puissante et elle massacra les Francs au col de Roncevaux. Ganelon, beau-père de Roland, se révèle être un traître par jalousie envers son beau-fils et il semble responsable de la fin tragique du chevalier.

3 Différents compléments d'objet

Surligne les compléments d'objet dans la couleur qui convient.

COD
COI

a. Les Sarrasins attaquent Roland dans le défilé de Roncevaux.
b. Son compagnon, Olivier, veut avertir Charlemagne.
c. Mais Roland n'a pas l'habitude d'appeler à l'aide.
d. Blessé, il fait fuir l'armée maure, avant de mourir comme tous les autres chevaliers.
e. Les chansons de geste célèbrent les héros légendaires et les vertus féodales.

? indices

b. Relève 2 COD, celui de *veut* et celui d'*avertir*.
c. Relève le COD de *n'a pas*, mais aussi le COI de *appeler*.

4 COD et pronoms

Dans chacune des phrases, remplace le COD par un pronom personnel.

a. Le chevalier affronte les ennemis.
b. Les Sarrasins surprirent l'armée de Roland au col de Roncevaux.
c. Tu me racontes souvent cette histoire.
d. Le chef de l'armée demande aux chevaliers de prendre garde aux dangers.
e. Est-ce que tu as dit aux enfants de se coucher ?

5 Identifier COD et COI

Indique, dans chaque phrase, si le pronom souligné est COD ou COI.

a. Les spectateurs en (............) redemandent.
b. Tu y (............) as ajouté beaucoup trop de sel.
c. Ne va pas les (............) déranger, tu leur (............) poseras la question plus tard.
d. Nous l'(............) avons aperçue de loin et ne lui (............) avons pas parlé.

? indice

Pour chaque pronom, demande-toi s'il répond à la question « Quoi ? », « À quoi ? », « Qui ? » ou « À qui ? ».

6 CONTRÔLE EXPRESS

Lis le texte, puis réponds aux questions.

> La bataille est prodigieuse et devient générale. Le comte Roland ne se ménage pas. Il combat avec sa lance tant que la hampe reste entière, mais après quinze coups, la voilà détruite. Il tire alors Durendal, sa bonne épée, et va frapper Chernuble. Il brise son heaume où brillent les pierreries, il lui fend la tête avec la chevelure, et tout le corps jusqu'à l'enfourchure.
>
> *La Chanson de Roland*, adapté par Anne-Marie Cadot-Colin, « Œuvres & thèmes », © Hatier, 2010.

a. Relève les trois attributs du sujet et souligne le verbe qui les introduit.
b. Dans les deux dernières phrases, relève les compléments d'objet et précise pour chacun s'il s'agit d'un COD ou d'un COI.
c. Indique la nature de chacun des compléments d'objet que tu as relevés.

Corrigés page 12 du Guide

5 Les compléments circonstanciels

Je me demande...
Quelles circonstances peut exprimer un complément circonstanciel ?

Les points clés

1 Des compléments facultatifs

● Un complément circonstanciel (CC) peut être **déplacé ou supprimé**, sans que la phrase ne perde son sens.

Il a écrit sur une tablette « Caïus est un âne ». → Il a écrit « Caïus est un âne ».

▶ On peut supprimer le groupe de mots *sur une tablette* : c'est un CC.

● Attention, cependant, certains compléments qui précisent un lieu sont étroitement associés au verbe : on parle de **compléments essentiels de lieu**.

Le roman *L'Affaire Caïus* se déroule dans la Rome du Ier siècle.

● Un complément circonstanciel peut avoir **différentes natures**. (Voir la méthode)

2 Différentes circonstances

Complément circonstanciel...

- **de lieu** : J'ai rangé le matériel dans l'armoire.
- **de temps** : Nous avons cours de maths chaque lundi.
- **de manière** : Passez me voir rapidement.
- **de moyen** : Les élèves romains écrivaient avec un stylet.
- **de cause** : Du fait de son handicap, il ne pourra pas concourir.
- **de but** : Pour sauver leur ami Rufus, les élèves se lancent dans une enquête.
- **de conséquence** : Elle est si fatiguée qu'elle n'écoute plus.
- **de comparaison** : Il joue au rugby comme son père.

Un peu de méthode

Exprimer la cause ou la conséquence

● Exprimer **la cause** d'une action signifie préciser ce qui en est à l'origine.
Exprimer **la conséquence** d'une action, c'est préciser son effet, son résultat.

Nature du CC	Mots outils à utiliser	Exemples
Nom ou GN	Prépositions : *de, par, à cause de, grâce à...*	Il réussit grâce à son courage. (cause)
Infinitif	Prépositions : *pour, à force de, du fait de... à, au point de...*	Il a gagné à force de s'entraîner. (cause) Il marche au point de tomber. (conséquence)
Gérondif	Pronom adverbial : *en*	Il réussit en travaillant. (cause)
Proposition subordonnée conjonctive	Conjonctions de subordination : *comme, parce que, puisque, étant donné que... de sorte que, si...que, au point que...*	Il lui pardonne parce qu'il s'est excusé. (cause) Il a si peur qu'il fuit. (conséquence)

On s'entraîne !

1 QUIZ

Relie les compléments à leur circonstance.

a. Cette histoire se passe dans l'Antiquité romaine.
b. Les patriciens discutent sur le forum.
c. Les enfants se concertent en secret.
d. Ils prennent des notes avec un stylet.

- manière
- temps
- moyen
- lieu

2 *Essentiel ou facultatif ?*

Indique si le mot ou le groupe de mots en couleur est essentiel (E) ou facultatif (F).

a. Les élèves se rendent à l'école de Xanthos (..........) chaque matin (..........).

b. Caïus ne prête pas souvent (..........) attention au discours de son professeur (..........).

c. Les élèves écrivent sur une tablette de cire (..........) avec un stylet (..........).

d. Le soir (..........), dans mon lit (..........), je dévore des romans (..........).

e. La semaine dernière (..........), nous avons vu un documentaire (..........) en classe (..........).

? **indice**

Vérifie que tu as repéré 8 compléments facultatifs ; ceux-ci sont autant de compléments circonstanciels.

3 *Analyser la circonstance*

Indique la circonstance exprimée par les compléments en gras dans le texte.

> Aussi l'École Xanthos, qu'il avait fondée **à Rome**, était-elle l'une des plus chères [...] de la capitale. Seuls, les très riches patriciens pouvaient se permettre d'y envoyer leurs fils. Les élèves **y** étaient toujours en fort petit nombre, et **pour l'instant** ils n'étaient même que sept [...]. Il se trouvait qu'ils habitaient tous **sur le mont Esquilin**.
>
> Henry WINTERFELD, *L'Affaire Caïus*, © Le Livre de Poche Jeunesse, 1996.

4 *Trouver des CC de cause*

Complète ces phrases par un CC de cause en respectant la nature demandée.

a. Le match a été annulé (GN prépositionnel) ....

b. La terrasse est trempée (proposition subordonnée conjonctive) ....

c. Il ne parvient pas à lire les panneaux (GN prépositionnel) ....

d. (gérondif) .... il s'est mis à courir.

5 *Cause ou conséquence ?*

Indique si les compléments en couleur expriment la cause (Ca) ou la conséquence (Co).

Le maître Xanthos est si sévère que ses élèves le redoutent (.....). Un jour, l'un d'eux, Rufus, par moquerie (.....), écrit sur sa tablette : « Caïus est un âne ». En lisant cela, Caïus s'énerve contre Rufus si bien que le maître les entend (.....) et punit le second en le renvoyant (.....). Comme il craint la réaction de ses parents (.....), Rufus n'ose pas rentrer chez lui et s'en va marcher sur le forum.

6 CONTRÔLE EXPRESS

Lis le texte, puis réponds aux questions.

> « Rufus doit fuir, déclara soudain Mucius. Nous allons tout d'abord le cacher dans la grotte qui nous sert de lieu de réunions. Puis ce soir, nous lui apporterons des vêtements d'esclave et nous le conduirons jusqu'au fleuve. Je connais un endroit où il pourra le traverser à la nage sans être vu par les veilleurs des ponts. »
>
> Henry WINTERFELD, *L'Affaire Caïus*, © Le Livre de Poche Jeunesse, 1996.

a. Relève 7 compléments circonstanciels.
b. Précise la circonstance exprimée par chacun.
c. Indique la nature de ces compléments.

? **indice**

N'oublie pas le pronom relatif *où* (CC de lieu). En revanche, *jusqu'au fleuve* est un complément essentiel de lieu.

Corrigés page 12 du Guide

6 La phrase interrogative

Je me demande…
Une question commence-t-elle toujours par « Est-ce que » ?

Les points clés

1 Interrogation totale ou partielle

● La **phrase interrogative** permet de poser une question, elle se termine par un point d'interrogation. À l'oral, l'intonation monte.

● L'interrogation est :
– **totale** si elle porte sur la totalité de la phrase et qu'on y répond par *oui* ou *non* ;

Est-ce que vous allez bien ?

– **partielle** si elle ne porte que sur une partie de la phrase.

Comment allez-vous ?

▶ Interrogation introduite par *comment*, qui attend une réponse autre que *oui* ou *non*.

En interview, un journaliste privilégie l'interrogation partielle !

2 Les différents registres

● Selon le niveau de langue adopté, l'interrogation totale s'exprime différemment.

Niveau de langue soutenu	Niveau de langue courant	Niveau de langue familier
Te sens-tu bien ? Le sujet est inversé et se place après le verbe.	Est-ce que tu te sens bien ? On emploie la locution « est-ce que… ? ».	Tu te sens bien ? Seuls l'intonation montante à l'oral et le point d'interrogation à l'écrit signalent l'interrogation.

3 Les mots interrogatifs

● L'interrogation partielle est introduite par un mot interrogatif. On peut utiliser :
– un **pronom** (*qui*, *laquelle*…) ; Qui est venu te soigner ?
– le **déterminant** *quel* accordé avec le nom ; À quelle heure vient le médecin ?
– un **adverbe** (*quand*, *comment*…). Quand arrive-t-il exactement ?

Un peu de méthode

Utiliser le point qui convient

● Une phrase commence toujours par une majuscule et finit toujours par un point. La nature de celui-ci peut varier selon le type de phrase.

Le point (.) : à la fin d'une phrase **déclarative** ou **injonctive** (mode impératif)
Lucinde est malade. Va chercher le médecin.

Le point d'interrogation (?) : à la fin d'une phrase **interrogative** directe
Est-elle vraiment malade ?

Le point d'exclamation (!) : à la fin d'une phrase **exclamative** directe
Elle semble parfaitement guérie !

On utilise des points de suspension (…) pour signaler qu'une phrase est inachevée.

On s'entraîne !

1 QUIZ

Indique si les phrases sont des interrogations totales ou partielles.

a. Aimes-tu cette pièce ?
b. Quelles autres pièces de Molière connais-tu ?
c. Qui as-tu appelé ?
d. As-tu bien dormi ?
e. Lis-tu bien les consignes des exercices ?

• interrogation totale
• interrogation partielle

2 Remettre dans l'ordre

Remets dans l'ordre les éléments donnés afin de retrouver les phrases interrogatives correctes.

a. médecin / Est-ce que / un / Sganarelle / ? / vrai / est
b. pièces / Molière / écrites / Combien / a-t- / ? / de / il
c. penses / cet / Quand / ? / terminer / tu / exercice
d. heure / il / arriverait / il / À / a-t- / ? / qu' / dit / quelle
e. ce / tu / ou / à / Est / ? / que / oui / décides / te / venir / non

3 Les questions de Sganarelle

Mets entre crochets les phrases interrogatives et entoure les mots interrogatifs. S'agit-il d'interrogations totales ou partielles ?

> SGANARELLE. — Eh bien ! de quoi est-il question ? qu'avez-vous ? quel est le mal que vous sentez ?
> LUCINDE, *répond par signes, en portant sa main à sa bouche, à sa tête, et sous son menton.* — Han, hi, hon, han.
> SGANARELLE. — Eh ! que dites-vous ?
> LUCINDE, *continue les mêmes gestes.* — Han, hi, hon, han, han, hi, hon.
> SGANARELLE. Quoi ?
> LUCINDE. — Han, hi, hon.
> SGANARELLE, *la contrefaisant.* — Han, hi, hon, han, ha. Je ne vous entends point. Quel diable de langage est-ce là ?

MOLIÈRE, *Le Médecin malgré lui*, II, 4, 1666.

? indice
Tu dois relever 6 phrases interrogatives au total.

4 Quel niveau de langue ?

Surligne chaque phrase selon son niveau de langue.

familier / courant / soutenu

a. T'as pas bientôt fini ?
b. Est-ce qu'il vous a répondu ?
c. Avez-vous déjà visité cet endroit ?
d. Tu veux aller au ciné ?
e. Pourriez-vous ouvrir la fenêtre ?

5 Retrouver les questions

Retrouve la question qui a été posée pour chacune des réponses ci-dessous.
Tu utiliseras « qui est-ce qui » ; « qu'est-ce qui » ; « qui est-ce que » ; « qu'est-ce que ».

a. J'ai rencontré Sébastien en ville.
b. C'est le bruit qui m'a réveillé.
c. C'est Mathilde qui m'a dit de venir.
d. J'ai acheté des fruits et du pain.
e. La chaleur l'a fait fondre.

6 LECTURE D'IMAGE

Fais une recherche sur *Le Médecin malgré lui* si tu ne connais pas bien la pièce. Puis observe l'image pour répondre aux questions.

a. Nomme les personnages. Quels éléments t'ont permis de les reconnaître ?
b. Pourquoi les personnages de gauche brandissent-ils des bâtons ?
c. Suite à ta recherche sur cette pièce de Molière, résume son intrigue en trois ou quatre phrases.

Gravure de Sauvé d'après le dessin de Pierre BRISSART pour l'édition du *Médecin malgré lui* de 1682. BNF, Paris.

Corrigés page 13 du Guide

GRAMMAIRE

7 La phrase complexe : coordination et juxtaposition

Je me demande...
Quand dit-on de deux propositions qu'elles sont coordonnées ? juxtaposées ?

Les points clés

Le roi Artus réunit les chevaliers autour de la Table ronde.

1 Phrase simple et phrase complexe

- La **phrase simple** ne contient qu'un seul verbe conjugué. Elle est constituée d'une seule proposition.

  Aussitôt assis, ils se sentirent pleins de douceur et d'amitié.

- La **phrase complexe** contient plusieurs verbes conjugués. Chacun de ces verbes est le noyau d'une proposition. La phrase complexe se compose donc de **plusieurs propositions**.

  C'était messire Gauvain avec les damoiseaux qui avaient défendu le royaume durant l'absence du roi, et les trente-neuf compagnons qui étaient allés en Carmélide en compagnie d'Artus et de Merlin.

2 Juxtaposition et coordination

- Dans une phrase complexe, des propositions, séparées par une virgule, un point-virgule ou un deux-points, sont dites **juxtaposées**.

  [Le roi et les chevaliers **vinrent** prendre place] ; [ils **veillèrent** à laisser libre le siège périlleux].

- Des propositions reliées au moyen d'une conjonction de coordination (*et, ou, car, ni...*) ou d'un adverbe de liaison (*alors, puis, enfin...*) sont dites **coordonnées**.

  [Le roi et les chevaliers **vinrent** prendre place] et [ils **veillèrent** à laisser libre le siège périlleux].

Un peu de méthode

Utiliser des conjonctions de coordination

- Il existe 7 **conjonctions de coordination** : *mais, ou, et, donc, or, ni, car*. Pour savoir quelle conjonction de coordination utiliser entre deux propositions, il faut bien identifier la relation logique qui existe entre elles.

Quelle relation logique ?

- l'addition ou la succession → **et**
  - Les chevaliers servent le roi et défendent le royaume.
  - Arthur a réussi à extraire Excalibur du socle de pierre et il est devenu roi.
- l'alternative → **ou**
  Les chevaliers défendent le Bien ou sont des traîtres.
- l'opposition → **mais, or**
  Gauvain est le meilleur des chevaliers, mais il est tué par Lancelot.
- la cause → **car**
  La Table est ronde, car les chevaliers sont tous égaux.
- la conséquence → **donc**
  Les chevaliers combattent pour la paix, ils sont donc vertueux.

On s'entraîne !

1 QUIZ

Retrouve dans cette grille de mots mêlés les neuf termes qui se rattachent à l'univers des chevaliers de la Table ronde : royaume • Merlin • Graal • lac • table • Lancelot • lance • courage • dame

R	U	B	I	L	A	C	S	E	S
O	T	G	H	E	O	Q	T	G	P
Y	E	R	D	A	M	E	P	A	M
A	T	A	B	L	E	U	R	R	G
U	F	A	M	A	B	X	G	U	L
M	O	L	A	N	C	E	L	O	T
E	D	Q	U	C	F	Y	U	C	E
K	J	A	M	E	R	L	I	N	V

2 Compter les propositions

Indique combien chaque phrase contient de propositions.

a. Le roi Arthur a fondé cette assemblée de chevaliers, car Merlin le lui avait conseillé.

b. Les chevaliers, qui combattent pour le Bien, veulent préserver la paix du royaume.

c. Les chevaliers recherchent le Graal, mais cette quête est très difficile, et ils ignorent s'ils parviendront à le retrouver.

3 Juxtaposées ou coordonnées ?

Entoure l'élément qui relie les différentes propositions et précise si elles sont juxtaposées ou coordonnées.

a. Le chevalier se montre vertueux et d'un grand courage, il est donc admiré de tous.

b. Merlin l'enchanteur apparaît lors du banquet et il demande à Arthur de créer une assemblée de chevaliers.

c. Les chevaliers prennent place autour de la Table, mais ils sont tous à égale distance du centre : ils se sentent ainsi tous égaux.

d. Les chevaliers ont longtemps cherché le Graal, enfin Perceval, Bohort et Galahad l'ont trouvé.

4 Les conjonctions de coordination

Rétablis la conjonction de coordination qui manque dans chacune des phrases, puis indique la relation logique entre les deux propositions.

a. Les chevaliers défendent le royaume et ses habitants, ... ils combattent pour le Bien.

b. Lancelot est amoureux de la reine Guenièvre, ... elle est l'épouse d'Arthur.

c. Les chevaliers de la Table ronde sont liés par l'amitié, ... ils partagent les mêmes valeurs.

d. Le roi établit la table ronde .... les chevaliers y prennent place.

e. Les chevaliers ne renoncent pas à leur quête .... ne se battent entre eux.

5 CONTRÔLE EXPRESS

Lis le texte, puis réponds aux questions.

> Mais il [le Graal] ne sera trouvé et ses merveilles découvertes que par le meilleur chevalier du monde. Et il est dit qu'au nom de la très Sainte Trinité, le roi Artus doit établir la table qui sera la troisième après celle de la Cène et celle du Graal, et qu'il en adviendra de grands biens et de grandes merveilles à ce royaume. Cette table sera ronde pour signifier que tous ceux qui s'y devront asseoir n'y auront nulle préséance et à la droite de monseigneur le roi demeurera toujours un siège vide en mémoire de Notre Seigneur Jésus-Christ.
>
> « Merlin l'enchanteur », *Les Romans de la Table ronde*, ad. de J. Boulenger, © Terre de Brumes, 1989.

a. Entoure les verbes noyaux des propositions et isole chacune de ces propositions en la mettant entre crochets.

b. Souligne en bleu deux propositions coordonnées et entoure l'élément qui les relie. Quelle est la nature de ce mot ?

c. Réécris la dernière phrase du texte de façon à obtenir deux propositions juxtaposées.

? indice

c. Les propositions juxtaposées sont reliées par une virgule, un point-virgule ou un deux-points.

Corrigés page 13 du Guide

8 La phrase complexe : les subordonnées

Je me demande...
Comment la proposition subordonnée est-elle introduite dans la phrase ?

Les points clés

1 Les propositions subordonnées : relatives et conjonctives

● Une proposition subordonnée dépend d'une **proposition principale**. Elle est en général introduite par un **mot subordonnant**. On distingue **différentes catégories** de subordonnées.

4 catégories de subordonnées

relative
- introduite par un pronom relatif
- complément d'un nom (ou pronom) antécédent

J'ai **un ami** [qui te ressemble].

conjonctive circonstancielle
- introduite par une conjonction
- complément circonstanciel

Nous sommes restés [parce qu'il pleuvait].

conjonctive complétive
- introduite par la conjonction *que*
- complément d'objet du verbe qui l'introduit

Elle **aimerait** [que tu viennes avec elle].

interrogative indirecte
- introduite par un mot interrogatif
- COD du verbe qui l'introduit

Je me **demande** [pourquoi il m'a quittée].

2 Les subordonnées interrogatives indirectes

● La subordonnée **interrogative indirecte** permet de poser indirectement une question par l'intermédiaire d'un verbe introducteur (*demander, chercher à savoir...*).

Guenièvre **se demandait** [ce que signifiait une conduite aussi insensée].
subordonnée interrogative indirecte

● Elle est introduite par un **mot interrogatif** :
– l'adverbe interrogatif *si*, lorsque l'interrogative indirecte est totale ;

Les gens du royaume se demandaient [si Lancelot allait remporter le combat].

– un mot interrogatif : *qui, que, quel, pourquoi, quand*, lorsqu'elle est partielle.

La reine ignorait [pourquoi Lancelot agissait ainsi].

Un peu de méthode

Transformer une interrogative directe en interrogative indirecte

● On utilise un **verbe introducteur**, on supprime les guillemets et le point d'interrogation, et on veille à respecter la concordance des temps dans l'interrogative indirecte par rapport au temps du verbe introducteur.

● Proposition interrogative **directe** :

« Quand mon adversaire va-t-il enfin céder ? »

● Propositions interrogatives **indirectes** :

Lancelot **se demande** quand son adversaire **va** enfin céder.
Lancelot **se demandait** quand son adversaire **allait** enfin céder.

On s'entraîne !

1 QUIZ

Entoure le subordonnant qui convient.

Au Moyen Âge, on distingue trois « ordres » dans la société :

1. le clergé ☐ qui ☐ que ☐ dont composent prêtres et moines,

2. la noblesse ☐ qui ☐ que ☐ dont la fonction est d'assurer la paix et la justice,

3. les paysans ☐ qui ☐ que ☐ dont cultivent la terre pour nourrir les deux premiers ordres.

2 *Les types de propositions*

Surligne les propositions entre crochets dans la couleur qui convient.

principale
subordonnée

a. [En cours de français, nous étudions des textes] [qui content les exploits des chevaliers].
b. [À l'époque [dont je vous parle], les chevaliers devaient prouver leur bravoure et leur loyauté en combattant].
c. [Pour la Dame [qu'il aime], le chevalier est prêt à donner sa vie].
d. [L'amour courtois, [qui codifie les sentiments entre la dame et le chevalier] était un véritable art de vivre] et [la courtoisie [que nous connaissons] en est l'héritière].

? indice

d. Tu dois surligner 2 propositions subordonnées.

3 *La nature des subordonnées*

Indique la nature de la proposition subordonnée entre crochets : relative (R), conjonctive (C) ou interrogative indirecte (I). Pour cela, observe bien le mot subordonnant.

a. Le chevalier [qui est amoureux de la reine Guenièvre] (..........) s'appelle Lancelot.

b. J'ignore [quel chevalier a finalement trouvé le Saint Graal] (..........).

c. Je sais [que les combats étaient sans merci] (..........).

d. Il se demande bien [comment il va faire pour déstabiliser son adversaire] (..........).

e. Dis-moi [si tu as bien aimé ce livre] (..........).

? indice

Vérifie que tu as analysé 1 relative, 1 conjonctive et 3 interrogatives indirectes.

4 *Interrogatives indirectes*

Transforme les interrogations directes en subordonnées interrogatives indirectes.

a. Guenièvre se demande : « Lancelot sortira-t-il vainqueur du combat ? »
b. «Comment parvenir à terrasser Méléagant ? » se demandait Lancelot.
c. Yacine cherche à savoir : « Quelles étaient les qualités principales d'un chevalier ? »
d. Marie demanda à son professeur : « Qui sont les chevaliers de la Table ronde ? »
e. Le roi se demandait : « Lequel de mes chevaliers réussira-t-il à trouver le Saint Graal ? »
f. Yvain s'interrogeait : « De quelle façon vais-je pouvoir réussir cette ultime épreuve ? »

5 CONTRÔLE EXPRESS

Lis le texte, puis réponds aux questions.

Ah ! Lancelot ! que signifie une conduite aussi insensée ? [...] Vraiment, je ne crois pas que Dieu nous ait jamais donné un chevalier qui te fût comparable en valeur ou en renom. Et te voilà dans un tel embarras que tu jettes tes coups en arrière et que tu combats derrière ton dos ! Fais donc le tour de façon à être du côté où tu auras sous les yeux cette tour qu'il est si doux de regarder.

CHRÉTIEN DE TROYES, *Le Chevalier de la charrette*, © Le Livre de Poche, 1992 et 1996.

a. Relève les propositions subordonnées et souligne le mot subordonnant.
b. Pour chaque proposition relevée, indique sa nature et sa fonction.

? indice

Tu dois trouver, au total, 6 propositions subordonnées dont 3 propositions relatives.

Corrigés page 13 du Guide

ORTHOGRAPHE

9 L'accord du verbe avec le sujet

Je me demande...

Quand un verbe se met-il au pluriel ? Quelles sont les règles à retenir ?

Les points clés

1 L'accord quelle que soit la position du sujet

- Le verbe s'accorde en genre et en nombre avec le sujet. Mais, attention, le sujet n'est pas toujours placé juste avant le verbe.
- Pour repérer le sujet, utilise la question « qui est-ce qui... ? ».

Cas particulier	Exemple
Inversion sujet-verbe : le sujet est rejeté après le verbe.	Au XIIIe siècle, **eurent lieu** (verbe) de grandes découvertes (sujet).
Le sujet est séparé du verbe par une négation ou un pronom personnel complément.	Ils (sujet) ne le **regretteront** (verbe) pas. Notre livre (sujet) vous les **contera** (verbe) en clair et bon ordre.
Le noyau du groupe sujet est séparé du verbe par une expansion.	Messire Marco Polo (sujet), sage et noble citoyen de Venise, les **décrit** (verbe). Les récits (sujet) qu'il ne se lasse de raconter **passionnent** (verbe) tout le monde.

2 L'accord quelle que soit la nature du sujet

- Si le sujet est un GN :
  – et que le nom noyau est singulier, le verbe s'accorde au singulier ;
  Le Livre des merveilles **conte** les aventures de Marco Polo.
  – et que le nom noyau est un pluriel, le verbe s'accorde au pluriel.
- Si le sujet est un adverbe de quantité (*beaucoup*, *peu*, *trop*, etc.), le verbe se met au pluriel.
  À l'époque, beaucoup de gens **ignoraient** l'existence des autres continents.
- Si le sujet est l'un des pronoms indéfinis suivants : *aucun*, *chacun*, *rien*, *on*, le verbe s'accorde au singulier.
  Rien ne lui **échappe**.

Le voyageur vénitien Marco Polo parcourt la Chine entre 1275 et 1291.

Un peu de méthode

Accorder le verbe d'une subordonnée relative avec le pronom sujet *qui*

- Il faut **repérer l'antécédent** du pronom, c'est-à-dire le mot ou le groupe de mots représenté par le pronom *qui*.

  Les grands explorateurs (antécédent), [qui (sujet) **ont découvert** (verbe) des terres inconnues], ont raconté leurs aventures.

On s'entraîne !

1 QUIZ

Souligne le bon sujet parmi ceux proposés.

a. Ce matin, (beaucoup / aucun / chacun) de gens prennent le métro.
b. À chaque question du professeur, (aucun / chacun / rien) n'ose répondre.
c. (Rien / chacun / on) ne sert de courir, il faut partir à point.
d. (Beaucoup / aucun / on) tentent le concours, mais (aucun / peu / rien) le réussissent.

2 *Un schéma pour mémoriser*

Le sujet commande toujours l'accord du ....

quelle que soit sa .... :
avant ou après le ....

quelle que soit sa .... :
- nom, avec ou sans expansions ;
- pronom ;
- groupe infinitif...

3 *Conjuguer les verbes*

Conjugue les verbes au présent en les accordant avec leur sujet.

a. Le récit de tous ses voyages (fasciner) .... ses auditeurs.

b. Nous, qui (avoir) .... l'habitude de voyager, (aimer) .... découvrir différentes cultures.

c. Les récits de voyage, écrits par les grands explorateurs, (permettre) .... à l'époque de combattre les préjugés des Européens.

d. Ce sujet de rédaction, que votre professeur vous a donné, (nécessiter) .... de connaître l'époque des grands explorateurs.

e. Christophe Colomb, qui fut l'un des explorateurs les plus célèbres, (adresser) .... son journal de bord aux souverains espagnols.

4 *Dans les relatives*

Accorde le verbe de la proposition relative et indique quel est son sujet.

a. Les nombreuses histoires que tu racont.......... sans cesse me donnent envie de voyager.

b. Les Européens, qui ne connaissai.......... pas ces terres, les ont découvertes par leurs récits.

c. Un touriste qui ne parl.......... pas d'autres langues hésitera à partir à l'étranger.

d. Toi qui veu.......... travailler dans le tourisme, tu dois bien étudier les langues étrangères.

e. Le récit de beaucoup d'explorateurs de l'époque qui voulai.......... informer les peuples de leurs découvertes contenait des éléments de merveilleux.

5 CONTRÔLE EXPRESS

Lis le texte, puis réponds aux questions.

> Seigneurs, Empereurs et Rois, Ducs et Marquis, Comtes, Chevaliers et Bourgeois, et vous tous qui voulez connaître les différentes races d'hommes, et être informés de leurs us et coutumes, prenez donc ce livre et faites-le lire ; car vous y trouverez toutes les grandissimes merveilles de la Turquie, des Tartares et de l'Inde [...] ; c'est ainsi que notre livre vous les contera en clair et bon ordre, tout comme Messire Marco Polo, sage et noble citoyen de Venise, les décrit parce qu'il les a vues de ses propres yeux.
>
> Marco Polo, *Le Devisement du monde, Le Livre des merveilles I*, 1298, © Klincksieck, 1998.

a. Relève les verbes conjugués et indique le sujet de chacun.
b. Souligne une proposition subordonnée introduite par le pronom « qui » et entoure l'antécédent du pronom.
c. Réécris la fin de l'extrait (à partir de « C'est ainsi... ») en remplaçant « notre livre » par « nos ouvrages » et « Messire Marco Polo » par « les explorateurs ».

? indice

Il y a 7 verbes conjugués, dont 2 à l'impératif (avec un sujet non exprimé).

Corrigés page 14 du Guide

10 L'accord du participe passé

Je me demande...
Comment s'accorde le participe passé lorsqu'il est employé avec un auxiliaire ?

Les points clés

1 Les emplois du participe passé

● Le participe passé peut **s'employer seul** : il fonctionne alors comme un adjectif qualificatif et s'accorde en genre et en nombre avec le nom auquel il se rapporte.

Assoiffés, le Renard et le Bouc descendent dans un puits pour y boire.

● Le plus souvent, un participe passé est employé **avec l'auxiliaire *avoir* ou *être*** : il fait partie d'une forme verbale conjuguée à un temps composé (ils ont bu) ou à la voix passive (il est pris au piège).

2 Accorder le participe passé employé avec un auxiliaire

● La règle varie selon que l'auxiliaire est *être* ou *avoir*.

Avec l'auxiliaire *être*...
le PP s'accorde en genre et en nombre **avec le sujet**.
Ils sont descendus jusqu'au fond du puits.
sujet

Avec l'auxiliaire *avoir*...
le PP ne s'accorde jamais avec le sujet.
Les loups ont dévoré les agneaux.

le PP s'accorde **avec le COD** si celui-ci est **antéposé** (placé avant le verbe).
La mère pleure les agneaux que les loups ont dévorés.
COD

Un peu de méthode

Repérer et accorder un participe passé en [e]

● Il ne faut pas confondre la terminaison en *-er* de l'infinitif et celle en *-é* du participe passé.

Le Renard a piégé le Bouc pour remonter du puits.

On ne peut pas dire « le Renard a ~~prendre~~ le Bouc... », mais on peut dire « pour **prendre** le puits » : la première forme est donc un participe passé, la seconde un infinitif.

Écrire « a payé » ou « à payer » sur une facture, ça n'est pas la même chose !

● Après avoir repéré un participe passé, il faut savoir **quelle règle d'accord appliquer** en se posant les questions suivantes :

1. avec quel auxiliaire, *être* ou *avoir*, le participe est-il employé ?

2. s'il est employé avec *avoir*, y a-t-il un COD placé devant le verbe ?

3. s'il est employé seul, à quel nom se rapporte-t-il ?

On s'entraîne !

1 QUIZ

Dans chaque liste, entoure la forme qui n'est pas un participe passé.

a. pris • prît • prises • prise
b. écrit • écrits • écrire • écrites
c. joués • jouée • jouèrent • jouées
d. permit • permis • permises • permise
e. cru • crut • crue • crues

2 Auxiliaires et participes

Surligne les participes passés dans la couleur correspondant à leur emploi.

(rose)	employé seul
(bleu)	avec *avoir*
(vert)	avec *être*

Deux jours s'étaient passés sans qu'aucun vînt
[au puits ;
Le temps, qui toujours marche, avait, pendant
[deux nuits,
Échancré, selon l'ordinaire,
De l'astre au front d'argent la face circulaire.
Sire Renard était désespéré.
Compère Loup, le gosier altéré,
Passe par là. L'autre dit : « Camarade,
Je veux vous régaler : voyez-vous cet objet ?
C'est un fromage exquis : le Dieu Faune l'a fait.
[...] »

Jean de La Fontaine, « Le Loup et le Renard », *Fables*, 1668-1694, XI, 6.

? indice

Tu dois repérer 1 participe employé seul, 2 participes employés avec *être*, 2 avec *avoir*.

3 Accord du participe passé

Souligne l'auxiliaire puis accorde correctement le participe passé.

a. Le Renard et le Bouc sont descendu.......... dans le puits et ils n'ont pas pu.......... remonter.

b. Nous avons étudié.......... des fables qui ont été écrit.......... au XVIIe siècle.

c. J'ignore si la cour a apprécié.......... les fables dans lesquelles elle était critiqué..........

4 Modifier des phrases

Reformule les phrases selon l'exemple. Attention à l'accord du participe passé !

Ex. : Tu as organisé une fête très réussie.
→ La fête que tu as organisé**e** était très réussie.

a. Margot a terminé un roman passionnant.
b. Le renard a utilisé une ruse particulièrement habile.
c. Tu as appris une fable qui se retient facilement.
d. Gustave Doré a illustré les célèbres fables de La Fontaine.

5 Écrire les participes passés

Complète chaque phrase avec le participe passé du verbe entre parenthèses. Attention aux accords !

a. Quelle imagination La Fontaine a (avoir) .... pour écrire toutes ces histoires !

b. La morale de cette fable, l'as-tu (comprendre) .... ou veux-tu que je te l'explique ?

c. Les leçons que La Fontaine a (donner) .... dans ses fables sont encore d'actualité.

d. Les défauts de la société, plusieurs écrivains les ont (dénoncer) .... dans leurs écrits.

6 CONTRÔLE EXPRESS

a. **Écris correctement** les formes verbales entre parenthèses.
b. **Justifie** chacun de tes choix.

Jean de La Fontaine a (écrire) .... ses *Fables* pour (éduquer) .... le Dauphin qui était (appeler) .... à (régner) .... un jour. L'écrivain souhaitait que le futur roi ne recommence pas les erreurs (passer) ...., mais il ne pouvait pas (critiquer) .... directement le roi et la cour sous peine d'être (condamner) .... Il a donc (imaginer) .... un procédé lui permettant de le faire de façon (cacher) .... : les animaux dont il raconte les aventures lui ont (permettre) .... de (dénoncer) .... les défauts des gens de pouvoir, sans qu'on puisse le lui (reprocher) ....

Corrigés page 14 du Guide

11 L'accord de l'adjectif qualificatif

Je me demande...

Avec quoi s'accorde l'adjectif qualificatif ? Quels sont les cas particuliers ?

Les points clés

1 Les règles générales

● L'adjectif qualificatif s'accorde toujours en genre et en nombre **avec le nom auquel il se rapporte,** quelle que soit sa fonction par rapport à ce nom.

L'aube tropicale (épithète) avait fait place à l'aurore.
La lumière jaillissait d'un seul coup, parée, armée, glorieuse (apposés).
La nature paraissait étincelante (attribut).

● Quand un adjectif qualifie **plusieurs noms**, il se met :
– au même genre que ces noms s'ils sont de même genre ;

des lions et des guépards endormis.

– au masculin pluriel s'ils sont de genres différents.

des lions et des gazelles endormis.

Mot-Clé
Épithète : L'adjectif qualificatif a la fonction d'épithète lorsqu'il est placé directement avant ou après le nom (*un élève attentif*).

2 Les cas particuliers

● Les adjectifs composés et les adjectifs de couleur sont invariables dans certains cas.

Adjectifs composés	Ils s'accordent quand ils sont formés de deux adjectifs. J'apprécie les plats aux saveurs aigres-douces.
Adjectifs de couleur dérivés d'un nom	Ils restent invariables, sauf les adjectifs : *rose, fauve, écarlate, mauve, pourpre.* Elle adore porter des robes orange et des vestes marron.
Adjectifs de couleur composés	Ils restent invariables. Il porte des chaussures bleu marine et une casquette vert pomme.

Un peu de méthode

Accorder un adjectif qualificatif dans un GN complexe

● Pour accorder correctement un adjectif qui qualifie un groupe nominal composé d'un nom et d'un complément du nom, il faut bien **identifier à quel nom se rapporte l'adjectif** en question.

des histoires de fantômes terrifiantes

▶ Ce sont les histoires qui sont *terrifiantes*, on accorde donc l'adjectif avec le noyau du GN.

des pots **de sauce** aigre-douce

▶ C'est la sauce qui est *aigre-douce*, et non les pots, on accorde donc l'adjectif avec le complément du nom.

On s'entraîne !

1 QUIZ

Relie chacun des noms de la colonne de gauche à l'adjectif qui lui correspond.

a. des paysages	passionnée
b. un spectacle	somptueux
c. une bête	sauvage
d. un cri	terrifiante
e. une jeune fille	magnifique

2 Adjectifs épithètes et apposés

Surligne en bleu les adjectifs épithètes, en vert les adjectifs apposés. Puis justifie par oral leur accord.

Sur les arbres répandus alentour de ma hutte, et dont les sommets portaient des épines vernies à neuf, les oiseaux chantaient [...]. Et devant la véranda, les brumes, les vapeurs se dissipaient une à une pour libérer, toujours plus ample et mystérieux, un verdoyant espace au fond duquel flottaient de nouvelles nuées qui s'envolaient à leur tour.

Joseph Kessel, *Le Lion*, © Éditions Gallimard, 1958.

? indice

Tu dois trouver 4 adj. épithètes et 2 adj. apposés.

3 Accord des adjectifs

Accorde correctement les adjectifs entre parenthèses.

a. Les teintes (rose) .... et (bleu) .... qui colorent le ciel sont (magnifique) ....

b. Pierre a des amis (franco-américain) .... qui sont des gens très (haut-placé) ....

c. Je n'apprécie pas trop les plats (sucré-salé) ...., mais cette recette (aigre-doux) .... m'a beaucoup plu.

d. Avec sa robe (vert émeraude) ...., son écharpe (jaune citron) ...., ses ongles (écarlate) .... et ses mèches (mauve) ...., Inès ne passe pas inaperçue !

4 Expressions à compléter

Complète l'expression qui fait référence à un animal et accorde l'adjectif.

a. Impossible de les tromper, Paul et Titouan sont malin........ comme ....

b. À cause de sa timidité maladive, en cours, Cybil reste muet........ comme ....

c. Méfiez-vous de Françoise et Odile qui sont rusé........ comme ....

d. Cette personne est têtu........ comme ....

5 LECTURE D'IMAGE

Observe l'image, puis réponds aux questions.

J.-J. Grandville (1803-1847), *Le Lion tient conseil*, illustration pour *Les Animaux malades de la peste* de Jean de La Fontaine, Paris, BNF.

a. De quel type d'image s'agit-il ?
- ☐ Une gravure du XIXe siècle.
- ☐ Une photo du XXIe siècle.
- ☐ Un dessin satirique du XVIIIe siècle.

b. Quel est le point commun à l'ensemble des personnages représentés ? Quelle est leur particularité ?

c. Quel est le personnage principal ? À quoi le reconnaît-on ?

d. Choisis deux personnages et rédige pour chacun une phrase qui le décrit en utilisant au moins trois adjectifs.

e. Selon toi, peut-on trouver facilement l'auteur du texte qu'illustre cette image ?

Corrigés page 14 du Guide

12 Les homophones grammaticaux

Je me demande...
Qu'est-ce qu'un homophone ? Comment identifier une forme des verbes *être* ou *avoir* ?

Les points clés

Deux outils grammaticaux peuvent être homophones : dans ce cas, seule l'analyse de leur **nature grammaticale** permet de les distinguer.

1 Identifier les verbes *être* et *avoir*

	Natures	Exemples
a ≠ à	• a : 3e pers. du singulier du verbe *avoir* • à : préposition	Elle **a** (avait) laissé un mot. Il faut rentrer **à** (~~avait~~) la maison.
ont ≠ on	• ont : 3e pers. du pluriel du verbe *avoir* • on : pronom sujet	Les arbres **ont** (avaient) perdu leurs feuilles. **On** (~~avaient~~) frappe à la porte.
est ≠ et	• est : 3e pers. du pluriel du verbe *être* • et : conjonction de coordination	Il **est** (était) temps de partir. La pluie **et** (~~était~~) l'orage menacent.
sont ≠ son	• sont : 3e pers. du pluriel du verbe *être* • son : déterminant possessif	Les branches **sont** (étaient) désormais nues. Elle a mis **son** manteau (sa veste).

2 Identifier un mot élidé (*l', s', d'*)

	Natures	Exemples
la ≠ l'a	• la : déterminant ou pronom personnel féminin • l'a : verbe *avoir* précédé du pronom personnel *le* ou *la* élidé	Après le vent, **la** pluie (le soleil) est arrivée. Je **la** (le) vois assise dans l'herbe. Il **l'a** (l'avait) salué poliment.
sans ≠ s'en	• sans : préposition qui indique un manque ; c'est le contraire d'*avec* • s'en : pronom adverbial précédé du pronom personnel réfléchi *se* élidé	Cet individu est vraiment **sans** gêne. On a beau lui dire, il **s'en** (je m'en) moque éperdument.
dans ≠ d'en	• dans : préposition introduisant un CC de lieu ou de temps • d'en : pronom adverbial *en* précédé de la préposition *de* élidée	Elle a oublié son sac **dans** le bus (à l'intérieur du bus). Tu es dans ton bain depuis une heure : il est temps **d'en** sortir (de sortir du bain).

Un peu de méthode

Distinguer les noms des verbes homophones

● Certains noms peuvent être homophones de verbes de la même famille. Pour les distinguer, il faut bien **identifier la nature** de chacun des deux termes.

Un verbe... peut se conjuguer à une personne différente.
Cela fait plus d'une heure qu'il travaille (→ que nous travaillons) sur ce dossier.

Un nom commun... peut éventuellement se mettre au pluriel, mais ne peut pas se conjuguer.
Il a enfin terminé son travail (→ ses travaux).

On s'entraîne !

1 QUIZ

Souligne l'homophone qui convient.

a. Michaël (l'a / la / l'as) salue tous les matins, mais elle ne (la / l'a / l'as) pas encore remarqué.
b. Je (l'a / l'as / la) gronderai si j'étais toi : elle n'(as / à / a) pas (as / a / à) faire ça.
c. Ils (on / ont) voulu venir, (ont / on) le leur (as / a / à) pourtant déconseillé.
d. Rachid est allé voir (son / sont) cousin pour les vacances : ils (son / sont) très proches.

2 Homophones d'avoir et être

Entoure une forme du verbe *avoir* ou être, puis souligne un homophone.

a. A-t-il dit à quelle heure il arrivait ?
b. Tu es sûre d'avoir bien pris ton bonnet et tes gants.
c. Bernard l'a vu rentrer hier soir à 22 heures.
d. Ils ont roulé par erreur sur son vélo et ils en sont désolés.
e. On leur dit sans cesse qu'ils ont tort.

3 Sans *ou* s'en ? dans *ou* d'en ?

Complète ces phrases comme il convient.

a. .... 24 heures, nous serons enfin en vacances.
b. Séverine .... va .... regrets.
c. C'est un produit très puissant : il convient .... prendre un peu seulement.
d. Il .... doute depuis longtemps, mais il saura la vérité .... peu de temps.
e. Cette recette ne peut réussir .... cet ingrédient : il faut être sûr .... avoir avant de la commencer.

? indice
Tu dois trouver 2 occurrences de chaque forme.

4 Choisir le bon homophone

Rétablis le texte en le complétant avec les homophones qui conviennent.

Mon oiseau .... le ventre tout bleu
Sa tête .... d'un vert mordoré
Il .... une tache noire sous .... gorge
Ses ailes .... bleues avec des touffes de [petites plumes jaune doré
Au bout de .... queue il y .... des traces de [vermillon
.... dos .... zébré de noir .... de vert
Il .... le bec noir, les pattes incarnat .... [deux petits yeux de jais.

Blaise Cendrars, *L'Oiseau bleu*, dans « Poésies complètes », © 2005 Éditions Denoël.

5 LECTURE D'IMAGE

Observe l'image, puis réponds aux questions.

a. Que représente ce tableau ?
- ☐ Une tête d'homme composée d'éléments végétaux.
- ☐ Une tête de monstre composée de parties d'animaux.
- ☐ Une tête d'homme symbolisant le printemps.

b. Justifie son titre.
c. Nomme les éléments que tu choisirais pour composer une image, à la manière du peintre italien, intitulée « Le Printemps ».

Giuseppe Arcimboldo (vers 1527-1593), *L'Hiver*, huile sur toile, 76 × 63 cm, Paris, musée du Louvre.

Corrigés page 14 du Guide

13 Les verbes du 1er groupe

Je me demande...

Pourquoi dit-on des verbes du 1er groupe qu'ils sont réguliers ?

Les points clés

Dans le fabliau « Brunain, la vache au prêtre », un couple de paysans offre sa vache au curé qui a promis que Dieu rendait tout en double...

1 Des verbes réguliers

● Les verbes du 1er groupe ont un **infinitif en** ***-er***. Ils présentent, en règle générale, un radical unique, que l'on obtient en enlevant la terminaison de l'infinitif (donner → radical : donn-), et se conjuguent tous sur le même modèle.

2 Les terminaisons aux temps simples de l'indicatif

Présent	Imparfait	Passé simple	Futur
j'aime	j'aimais	j'aimai	j'aimerai
tu aimes	tu aimais	tu aimas	tu aimeras
il aime	il aimait	il aima	il aimera
nous aimons	nous aimions	nous aimâmes	nous aimerons
vous aimez	vous aimiez	vous aimâtes	vous aimerez
ils aiment	ils aimaient	ils aimèrent	ils aimeront

Un peu de méthode

Sais-tu que l'infinitif peut avoir les mêmes fonctions qu'un nom ?

Conjuguer des verbes du 1er groupe avec modification du radical

● Certains verbes du 1er groupe présentent une variation de radical.

Verbes en *-cer* : Ils prennent une cédille devant les voyelles *a* et *o*.
placer → je plaçais, nous plaçons

Verbes en *-ger* : Ils s'écrivent avec un e devant les voyelles *a* et *o*.
manger → je mangeais, nous mangeons

Verbes *jeter* et *appeler* (et leurs dérivés) : Ils prennent deux *l* ou deux *t* devant une terminaison avec un e muet.
appeler → j'appelle, j'appellerai

Verbes en *-eter* et *-eler* (autres que *jeter* et *appeler*) : Ils prennent un accent grave devant une terminaison avec un e muet.
acheter → il achète, nous achèterons

Verbes en *-yer* : Le *y* se transforme en *i* devant un e muet.
appuyer → j'appuie, tu appuies, il appuie.

On s'entraîne !

1 QUIZ

Coche l'intrus dans chaque liste.

a. ☐ je marche ☐ je saute ☐ je cours ☐ je sautille

b. ☐ nous verrons ☐ nous chanterons ☐ nous laisserons ☐ nous parlerons

c. ☐ ils rugissent ☐ ils hurlent ☐ ils crient ☐ ils vocifèrent

d. ☐ tu jetais ☐ tu mangeais ☐ tu prenais ☐ tu appelais

? indice

Demande-toi à quel groupe appartient chaque verbe.

2 *Identifier les verbes*

Dans le texte ci-dessous, donne l'infinitif des verbes en couleur et souligne ceux qui appartiennent au 1er groupe.

Le paysan s'en va et le curé donne l'ordre à son clerc d'attacher Blérain (pour qu'elle prenne de nouvelles habitudes) avec sa propre vache Brunain, une belle vache assez grande. Le clerc la mène au pré, attache les deux vaches ensemble, puis il les laisse... La vache du curé se penche, elle veut paître. La vache du paysan, elle, ne veut pas se baisser, et elle tire sur la longe, elle tire tellement fort qu'elle entraîne Brunain hors du pré.

Jean Bodel, « Brunain, la vache au prêtre »,
adapté par P. Gaillard et F. Rachmuhl, © Hatier, 2002.

3 *Au futur*

Dans chacune des phrases, conjugue les verbes entre parenthèses au futur de l'indicatif.

a. Le paysan (chercher) à faire un bon geste : il (donner) son unique vache.

b. Le curé (profiter) de la générosité du paysan et il (garder) la vache dans son pré.

c. Les deux vaches (s'échapper) de leur enclos et (se retrouver) chez le paysan.

d. Le paysan et sa femme (posséder) deux vaches désormais et en (remercier) le ciel.

e. Tous deux (penser) qu'il s'agit d'une récompense et ils (continuer) à se montrer généreux.

4 *Du singulier au pluriel*

Transpose les formes verbales ci-dessous à la personne du pluriel correspondante.

a. Elle créa → ....

b. Je menaçai → ....

c. Tu changeais → ....

d. Je placerai → ....

e. Elle s'appuya → ....

5 *Des verbes particuliers*

Conjugue le verbe entre parenthèses au présent de l'indicatif.

a. Nous (manger) .... ensemble tous les soirs et (partager) .... nos impressions.

b. Tu (jeter) .... toujours tes magazines quand tu les as lus ?

c. Nous (nager) .... plus vite que vous, mais vous (plonger) .... plus loin.

d. Ils (balayer) .... le sol pendant que vous (essuyer) .... la vaisselle.

6 CONTRÔLE EXPRESS

Lis le texte, puis réponds aux questions.

Aussitôt dit, aussitôt fait. Ils s'en retournent chez eux. Le paysan entre dans l'étable, prend la vache par sa longe et va l'offrir au prêtre. Celui-ci était habile, et rusé. Il écoute. « Beau Sire, dit le paysan, les mains jointes, pour l'amour de Dieu je vous donne Blérain. » Il lui met dans les mains la longe de la vache et il lui jure que maintenant sa femme et lui ne possèdent plus rien du tout.

Jean Bodel, « Brunain, la vache au prêtre »,
adapté par P. Gaillard et F. Rachmuhl, © Hatier, 2002.

a. Relève les verbes conjugués et donne leur infinitif.

b. Parmi les formes relevées, souligne les verbes du 1er groupe.

c. Réécris la dernière phrase en remplaçant « il » par « les paysans ».

? indice

Tu dois relever 11 verbes au total.

Corrigés page 14 du Guide

14 Les verbes du 3e groupe

Je me demande...

En quoi les verbes du 3e groupe sont-ils irréguliers ?

Les points clés

1 Les terminaisons du 3e groupe aux temps simples de l'indicatif

● Les verbes du **3e groupe** présentent une conjugaison irrégulière avec des **variations de radical**. Prenons l'exemple du verbe *croire*, dont le radical peut être *croi-*, *croy-*, *cru-*...

Présent	Imparfait	Passé simple	Futur
je crois tu crois il croit nous croyons vous croyez ils croient	je croyais tu croyais il croyait nous croyions vous croyiez ils croyaient	je crus tu crus il crut nous crûmes vous crûtes ils crurent	je croirai tu croiras il croira nous croirons vous croirez ils croiront

Mots-Clés

- **Radical** : élément du verbe qui ne change pas et auquel vient s'ajouter la terminaison verbale.
- **Terminaison** : élément final du verbe, qui indique la personne, le mode et le temps du verbe conjugué.

2 Des verbes très irréguliers

● Certains verbes du 3e groupe sont particulièrement irréguliers : leur radical change et ils présentent parfois des **terminaisons différentes**.

aller	je vais, tu vas, il va, nous allons, vous allez, ils vont
dire	je dis, tu dis, il dit, nous disons, vous dites, ils disent
faire	je fais, tu fais, il fait, nous faisons, vous faites, ils font

● Les verbes : *vouloir*, *pouvoir*, *valoir* ont aussi une conjugaison spécifique. Au singulier du présent, ils prennent les **terminaisons** *-x*, *-x*, *-t*.

vouloir	je veux, tu veux, il veut, nous voulons, vous voulez, ils veulent
pouvoir	je peux, tu peux, il peut, nous pouvons, vous pouvez, ils peuvent
valoir	je vaux, tu vaux, il vaut, nous valons, vous valez, ils valent

Un peu de méthode

Conjuguer les verbes en *-dre* au singulier du présent

● Parmi les verbes en *-dre*, il faut distinguer ceux en *-indre* et *-soudre*.

Les verbes en *-dre* : Ils prennent les terminaisons *-ds, -ds, -d*.
je prends, tu prends, elle prend

Les verbes en *-indre* et *-soudre* : Ils perdent le *d* du radical et prennent les terminaisons *-s, -s, -t*.
je peins, tu peins, il peint
je résous, tu résous, elle résout

Je ne perds jamais. Soit je gagne, soit j'apprends.

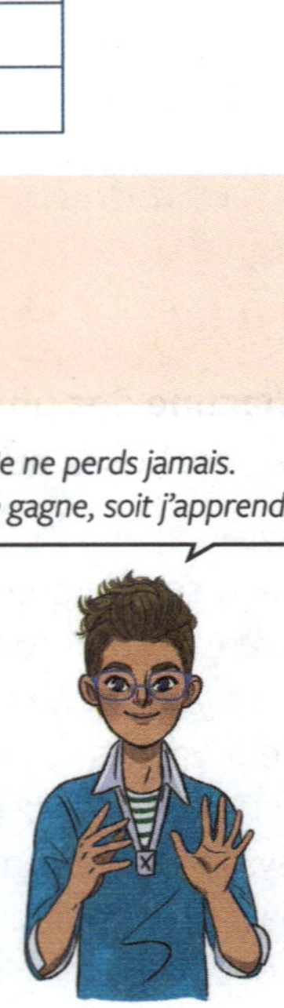

On s'entraîne !

1 QUIZ

Coche l'intrus dans chaque liste.

a. ☐ avoir ☐ mentir ☐ sourire ☐ finir ☐ prendre
b. ☐ vendre ☐ entendre ☐ pouvoir ☐ rendre
c. ☐ dormir ☐ venir ☐ rougir ☐ tenir
d. ☐ voir ☐ savoir ☐ vouloir ☐ souhaiter
e. ☐ obscurcir ☐ couvrir ☐ assombrir ☐ ternir ☐ polir

? indice

N'oublie pas que les verbes du 2e groupe sont en *-ir*, avec un participe présent en *-issant*.

2 Temps de l'indicatif

Conjugue les verbes suivants au temps de l'indicatif et à la personne demandée.

a. faire (passé simple) → il ....

b. dire (imparfait) → nous ....

c. survenir (passé simple) → ils ....

d. tenir (futur) → je ....

3 Au passé simple

Conjugue les verbes entre parenthèses au passé simple de l'indicatif.

a. Nous (surprendre) .... le voleur qui s'enfuyait.

b. Fatima et Killian (apercevoir) .... une montgolfière qui survolait le lac.

c. Elle (boire) .... un grand verre d'eau, puis elle (aller) .... se recoucher.

4 Reconnaître le 3e groupe

Souligne dans le texte les verbes du 3e groupe, puis donne leur infinitif.

Il y a aussi un coucou en bois.
Je ne sais pourquoi il n'a plus de voix.
Je ne veux pas le lui demander.
Peut-être qu'elle est cassée,
la voix qui était dans son ressort,
tout bonnement comme celle des morts.

Francis Jammes, *De l'angélus de l'aube à l'angélus du soir*, © Mercure de France, 1898.

5 Des verbes en -dre

Conjugue les verbes entre parenthèses au temps indiqué.

a. Ils (entendre, passé simple) .... un grand fracas et (apprendre, passé simple) .... ensuite qu'il s'agissait d'un accident.

b. Ils (prendre, imparfait) .... tout leur temps pour arriver.

c. Il (prétendre, présent) .... que nous n'(apprendre, présent) .... rien, mais nous le (surprendre, futur) .... par nos connaissances le moment venu.

6 LECTURE D'IMAGE

Observe l'image et réponds aux questions.

a. Quelle est la nature de l'image et qui en est l'auteur ? Cite deux autres œuvres de l'artiste.
b. Nomme les différents objets qui figurent dans cette chambre. Quel est l'élément dominant ?
c. Quelles sont les différentes couleurs ? S'agit-il plutôt de couleurs chaudes ou froides ? Pourquoi selon toi ?
d. Selon toi, quelle idée l'artiste a-t-il voulu donner de la pièce représentée ?

Vincent Van Gogh (1853-1890), *La Chambre à Arles* (1889), huile sur toile, 57,5 × 74 cm, Paris, musée d'Orsay.

Corrigés page 15 du Guide

15 Les temps composés

Je me demande...

Comment forme-t-on un temps composé ? Faut-il toujours utiliser l'un des auxiliaires ?

Les points clés

1 La formation des temps composés

● À un temps composé, le verbe se conjugue avec l'auxiliaire ***être*** ou ***avoir***.

Temps simple	Temps composé (auxiliaire + participe passé)
Présent : il fait	Passé composé : il **a** fait
Imparfait : il faisait	Plus-que-parfait : il **avait** fait
Futur : il fera	Futur antérieur : il **aura** fait
Passé simple : il fit	Passé antérieur : il **eut** fait

As-tu remarqué que certains temps ont des valeurs différentes selon le contexte ?

● Cet auxiliaire porte les marques du temps et de la personne ; le verbe est au **participe passé**.

● L'auxiliaire du temps composé est conjugué au temps simple correspondant.

2 La valeur des temps composés

● Employé avec le temps simple qui lui correspond, un temps composé exprime une action qui s'est déroulée avant l'action exprimée au temps simple.

Charlie trouve (présent) un ticket dans la tablette de chocolat qu'il a achetée (passé composé).

● Employé seul, le temps composé exprime une action accomplie, achevée.

Dans quelques jours, il aura réalisé (futur antérieur) son rêve.

Un peu de méthode

Orthographier une forme en [i] ou [y]

● Il faut bien distinguer les formes conjuguées des participes passés, quand ils se terminent par les sons [i] ou [y].

Formes verbales en [i]
-i, -ie, -ies, -is, -it

- **verbes au présent** de l'indicatif ou de l'impératif
  je cri**e**, il fin**it**, l**is**
- **verbes** du 2e groupe et certains du 3e groupe **au passé simple**
  il roug**it**, j'entend**is**
- **participe passé** des verbes du 2e groupe et de certains verbes du 3e groupe
  fin**i**, appr**is**, écr**it**

Formes verbales en [y]
-u, -ue, -ues, -us, -ut

- **verbes au présent** de l'indicatif ou de l'impératif
  tu rem**ues**, il concl**ut**, distrib**ue**
- **verbes** du 3e groupe **au passé simple**
  je cr**us**, il véc**ut**
- **participe passé** des verbes du 3e groupe
  cour**u**, entend**u**

On s'entraîne !

1 QUIZ

Associe chaque temps simple au temps composé qui lui correspond.

a. il sait •	• il aura su
b. il savait •	• il avait su
c. il sut •	• il a su
d. il saura •	• il eut su

2 *Quels sont les temps ?*

Dans chacune des phrases, entoure l'auxiliaire du verbe souligné, puis indique à quel temps ce verbe est conjugué.

a. Charlie Buckett a trouvé (..................) un ticket d'or alors qu'il ne l'espérait plus.

b. Willy Wonka avait fermé (..................) son usine, car il avait remarqué (..................) qu'on lui volait ses recettes.

c. Bientôt, Charlie et son grand-père auront visité (..................) la fameuse fabrique et ils auront rencontré (..................) son mystérieux propriétaire.

d. Charlie eut bientôt compris (..................) ce qui l'attendait.

3 *Terminaisons incomplètes ?*

Complète si nécessaire les terminaisons des verbes.

a. Son grand-père consenti........ à accompagner Charlie et il s'en réjoui........ à l'avance.

b. Tu di........ que tu as vu........ Willy Wonka, mais il n'est pas sorti........ de son usine depuis des années.

c. Charlie vi........ de ses propres yeux toutes les merveilles dont il avait entendu........ parler.

d. Nous avons appri........ que la visite leur avait beaucoup plu........

e. Si ta leçon est parfaitement su........, alors écri........-la de mémoire. Si tu ne peux pas le faire, c'est que tu l'as appri........ trop vite.

4 *Mots mêlés*

Suis ces instructions.

1. Retrouve 13 verbes à l'infinitif dans la grille.
2. Conjugue chacun d'eux, au plus-que-parfait, à la 3e personne du singulier.
3. En coloriant les lettres qui restent dans la grille, découvre le sésame qui permet de visiter la chocolaterie de Mr Wonka.

T	P	A	T	I	E	N	T	E	R
A	V	O	I	R	I	D	I	R	E
C	F	A	I	R	E	E	T	R	E
C	O	N	T	E	S	T	E	R	K
L	A	C	E	R	E	R	I	R	E
T	C	O	N	N	A	I	T	R	E
L	I	R	E	D	T	A	P	E	R
A	R	T	I	C	U	L	E	R	O
R	E	N	G	L	O	U	T	I	R

5 CONTRÔLE EXPRESS

Lis le texte, puis réponds aux questions.

> Mais si, il l'a fermée. Après avoir dit à tous ses ouvriers qu'il était navré, mais qu'ils devaient rentrer chez eux, il a fermé la porte cochère et l'a attachée avec une chaîne. Et soudain, la gigantesque chocolaterie Wonka est devenue silencieuse et déserte. Les cheminées ont cessé de fumer, les machines de ronronner et on n'y fabriquait plus un bonbon, plus une bouchée de chocolat. Plus personne n'entrait ni ne sortait. Pas un chat. Quant à Mr. Willy Wonka, il disparut complètement.
>
> Roald Dahl, *Charlie et la chocolaterie*, traduit par Elisabeth Gaspar, © Éditions Gallimard jeunesse, 1967.

a. Relève les verbes conjugués, puis souligne en noir les verbes conjugués à un temps simple et en bleu ceux conjugués à un temps composé.

b. Réécris le texte (de « Mais si... » jusqu'à « ...déserte. ») en conjuguant au plus-que-parfait les verbes au passé composé.

? indice

Tu dois trouver 6 verbes conjugués à un temps simple et 5, à un temps composé.

Corrigés page 15 du Guide

16 Le subjonctif

Je me demande...

Quand faut-il utiliser le mode subjonctif ? Comment former le subjonctif présent ?

Les points clés

1 Les formes du subjonctif

● Pour former le **subjonctif présent** d'un verbe, on ajoute au radical de la 1re personne du pluriel du présent de l'indicatif les terminaisons *-e*, *-es*, *-e*, *-ions*, *-iez*, *-ent*.

nous dis-ons → que je dis-e, que tu dis-es, qu'il dis-e...

● Certains verbes sont très irréguliers au subjonctif présent. Retiens leurs formes.

être	que je sois, que tu sois, qu'il soit, que nous soyons, que vous soyez, qu'ils soient
avoir	que j'aie, que tu aies, qu'il ait, que nous ayons, que vous ayez, qu'ils aient
pouvoir	que je puisse, que tu puisses, qu'il puisse, que nous puissions, que vous puissiez, qu'ils puissent
vouloir	que je veuille, que tu veuilles, qu'il veuille, que nous voulions, que vous vouliez, qu'ils veuillent
aller	que j'aille, que tu ailles, qu'il aille, que nous allions, que vous alliez, qu'ils aillent
faire	que je fasse, que tu fasses, qu'il fasse, que nous fassions, que vous fassiez, qu'ils fassent

● Le **subjonctif passé** se forme avec l'auxiliaire *avoir* ou *être* au subjonctif présent et le participe passé du verbe conjugué.

Qu'il ait **quitté** le royaume ! Qu'il soit **parti** au plus vite !

2 Le mode du possible

● Le subjonctif est le mode du possible, de l'éventuel. On l'emploie dans des **propositions indépendantes** pour exprimer : l'ordre (Que Renart soit jugé !), le souhait (Que je puisse enfin me venger !), l'indignation (Après tous ces crimes, qu'il coure encore !).

● On l'utilise aussi dans des **propositions subordonnées** :
– conjonctives, derrière des verbes exprimant la volonté, le doute, un sentiment ;

Je doute qu'il parvienne à s'en sortir cette fois ;

– relatives, pour exprimer un objectif.

Je voudrais un procès qui soit équitable.

Un peu de méthode

Distinguer le subjonctif présent de l'indicatif présent

● Il arrive que la **1re personne du présent de l'indicatif et celle du subjonctif présent** se prononcent de la même manière au singulier (je cours, que je coure).

● Pour éviter de confondre ces formes, on peut remplacer le verbe conjugué par un autre verbe dont les formes au présent de l'indicatif et du subjonctif n'ont pas une prononciation identique.

Qu'il coure pour arriver plus vite
→ Qu'il parte... (mode subjonctif).
Je vois qu'il court pour arriver plus vite
→ Je vois qu'il part... (mode indicatif).

On s'entraîne !

1 QUIZ

Entoure l'intrus dans chaque liste de verbes.

a. je sois • nous soyons • ils sont • il soit
b. tu coures • vous courrez • il coure • elles courent
c. je pars • nous partions • vous partiez • il parte
d. il mente • tu mens • nous mentons • on ment

? indice

Regarde bien à quel mode est conjugué chaque verbe...

2 Le subjonctif présent

Conjugue ces verbes au présent du subjonctif et à la personne demandée.

a. recevoir → que tu ....
b. nager → que nous ....
c. se réveiller → que nous ....
d. prendre → que je ....

3 Subjonctif ou indicatif ?

Indique si chacun des verbes soulignés est : au présent du subjonctif (PS), au passé du subjonctif (PAS) ou au présent de l'indicatif (PI).

a. Il faut que tu <u>te dépêches</u> (..........) !
b. Margot s'étonne qu'aucune de ses amies ne l'<u>ait</u> encore <u>appelée</u> (..........).
c. Que vous <u>ayez trouvé</u> (..........) porte close me surprend beaucoup.
d. Leur mère observe avec satisfaction que les enfants <u>jouent</u> (..........) calmement.
e. « Qu'ils <u>sont</u> (..........) déjà grands ! » constate le grand-père qui aimerait que ses petits-enfants <u>viennent</u> (..........) plus souvent.

? indice

Tu dois trouver 2 verbes au présent du subjonctif, 2 au passé du subjonctif et 2 au présent de l'indicatif.

4 Le subjonctif passé

Conjugue chacun de ces verbes au passé du subjonctif.

a. qu'ils aient → ....
b. que nous soyons → ....
c. que vous preniez → ....
d. que tu ailles → ....

5 Les valeurs du subjonctif

Souligne le verbe au subjonctif et indique si ce mode exprime : l'ordre (O), le souhait (S) ou l'indignation (I).

a. Que le meilleur gagne ! (..........)
b. Je ne veux plus l'entendre, qu'il sorte immédiatement ! (..........)
c. Que les vacances arrivent enfin ! (..........)
d. Moi, que j'accepte les excuses de ce goujat ! (..........)
e. Qu'ils cessent ce vacarme immédiatement ! (..........)

6 CONTRÔLE EXPRESS

a. Dans le texte ci-dessous, **conjugue les verbes entre parenthèses au subjonctif présent.**
b. Repère le verbe au subjonctif employé dans une proposition indépendante. **Qu'exprime-t-il ?**

Que Renart (être) .... un être fourbe et rusé n'est un secret pour personne. Tous les autres animaux souhaitent qu'il (payer) .... pour ses ruses et ses crimes.
Le loup Ysengrin craint que Renart (poursuivre) .... ses méfaits, car lui-même en a été victime. Qu'il (parvenir) .... à se venger du goupil paraît peu probable, à moins qu'il (avoir) .... soudain la même habileté que lui.
Nombreux sont ceux qui aimeraient que Renart (être) .... enfin mis en échec et (devenir) .... à son tour victime.
(Pouvoir) .... ses mauvais tours s'arrêter enfin : voilà ce qu'espère tout le royaume !

Corrigés page 15 du Guide

17 Le conditionnel

Je me demande…
Le conditionnel est-il toujours lié à l'idée de condition ?

Les points clés

1 Les formes du conditionnel

Dans *La Farce de Maître Pathelin*, Pathelin, avocat sans cause, dupe le drapier Guillaume.

- Pour former le **conditionnel présent** d'un verbe, on ajoute au radical du futur simple de l'indicatif les terminaisons de l'imparfait : *-ais, -ais, -ait, -ions, -iez, -aient*.

    je verr-ai → je verr-ais
    nous fer-ons → nous fer-ions

- Le **conditionnel passé** se forme avec l'auxiliaire *être* ou *avoir* conjugué au conditionnel présent et le participe passé du verbe conjugué :

    j'aurais **vu** ; nous serions **partis**

2 Les emplois du conditionnel

- Employé avec une **valeur modale**, le conditionnel permet d'exprimer l'hypothèse, c'est-à-dire **une action soumise à une condition**. Selon le cas, l'action :
– est possible dans l'avenir (potentiel) ;
    Si Pathelin cessait enfin ses tromperies, il serait respecté.
– est non réalisée dans le présent (irréel du présent) ;
    Si il avait encore des accusés à défendre, il obtiendrait plus facilement du tissu.
– est non réalisée dans le passé (irréel du passé).
    Si il n'avait pas été aussi fourbe, il n'aurait pas été trompé par le berger.

- On emploie également le conditionnel, avec une **valeur temporelle**, pour exprimer **le futur dans le passé**.

    J'esp**è**re qu'il me rejoindra bientôt. (rejoindra : futur simple)
    J'esp**érais** qu'il me rejoindrait bientôt. (rejoindrait : cond. présent)

Un peu de méthode

Distinguer l'indicatif futur et le conditionnel présent

- La 1re personne du futur simple et celle du conditionnel présent se prononcent de la même manière : je prendr**ai**, je prendr**ais**. Comment les distinguer ?

1re pers. du sing. du futur simple	terminaison **-ai**	Le verbe exprime une action qui va sûrement se produire. Je prendr**ai** mon train demain matin à 10 h. (C'est certain.)
1re pers. du sing. du conditionnel présent	terminaison **-ais**	Le verbe exprime une action incertaine, soumise à une condition (exprimée ou non). Je prendr**ais** volontiers une bonne douche. (Sous-entendu : si c'était possible.)

On s'entraîne !

1 QUIZ

Entoure l'intrus dans chaque liste.

a. il irait • nous irions • tu iras • ils iraient
b. tu choisirais • vous choisirez • elle choisira • nous choisirons
c. vous auriez • tu aurais • j'aurai • ils auraient
d. je saurais • tu saurais • nous saurions • ils sauront

? indice

Observe bien à quel mode et quel temps est conjugué chaque verbe...

2 Un schéma pour mémoriser

Le conditionnel

- a une valeur ....
  quand il exprime une action soumise à une ....
- a une valeur ....
  quand il exprime le .... dans le passé.

3 *Les valeurs du conditionnel*

Pour chaque phrase, indique si le conditionnel exprime le potentiel (P), l'irréel du présent (IPr) ou l'irréel du passé (IPa).

a. Si le drapier avait été moins naïf, il ne se serait pas laissé abuser par la ruse de Pathelin. (..................)

b. Si son mari était plus honnête, Guillemette aurait une vie plus heureuse. (..................)

c. Si Pathelin avait eu moins d'audace, il n'aurait pas osé tendre ce piège au drapier. (..................)

d. Si Pathelin était moins sûr de lui, il verrait qu'on peut le tromper à son tour. (..................)

? indice

Le conditionnel exprime une fois le potentiel, une fois l'irréel du présent et deux fois l'irréel du passé.

4 -rai *ou* -rais ?

Dans chaque phrase, conjugue le verbe en couleur à la 1re personne du singulier en conservant le même temps.

a. Elle préfèrerait que son mari gagne plus d'argent.

....

b. Nous aurons besoin de tissu pour confectionner de nouvelles robes.

....

c. Tu devrais savoir qu'il n'est pas honnête depuis le temps !

....

d. Ainsi, vous aurez plus de temps pour vous préparer.

....

e. Elles aimeraient toujours avoir raison, mais cette fois-ci, elles n'auront pas le dernier mot.

....

5 CONTRÔLE *EXPRESS*

Lis le poème, puis réponds aux questions.

a. Repère les verbes au conditionnel présent.
b. Justifie leur emploi.
c. Modifie le poème en le faisant ainsi commencer : « Si la sardine avait eu des ailes... ».

Si...

Si la sardine avait des ailes,
Si Gaston s'appelait Gisèle,
Si l'on pleurait lorsqu'on rit,
Si le pape habitait Paris,
Si l'on mourait avant de naître,
Si la porte était la fenêtre,
Si l'agneau dévorait le loup,
Si les Normands parlaient Zoulou,
Si la mer Noire était la Manche,
Et la mer Rouge la mer Blanche,
Si le monde était à l'envers,
Je marcherais les pieds en l'air,
Le jour je garderais la chambre,
J'irais à la plage en décembre,
Deux et un ne feraient plus trois.
Quel ennui ce monde à l'endroit !

Jean-Luc Moreau, « Si... », dans *L'arbre perché*, Les Éditions ouvrières / Éditions de l'Atelier, 1979.

Corrigés page 15 du Guide

18 Voix active et voix passive

Je me demande...
Dans la phrase passive, que devient le sujet de la phrase active ?

Les points clés

1 La formation de la voix passive

- La voix passive d'un verbe (transitif direct) se forme avec **l'auxiliaire *être***, qui porte la marque du temps et de la personne, suivi de son **participe passé**.

  j'entends (voix active, présent) → je suis entendu (voix passive, présent)
  il voyait (voix active, imparfait) → il était vu (voix passive, imparfait)

- Le verbe à la voix passive est généralement accompagné d'un **complément d'agent** indiquant qui fait l'action.

  La Belle (sujet) **est gardée** (verbe passif) prisonnière par la Bête (complément d'agent).

Mot-Clé
Phrase active/passive : Dans la phrase active, le sujet du verbe accomplit l'action. Dans la phrase passive, le sujet subit l'action accomplie par le complément d'agent.

2 La transformation passive

- Pour transformer une phrase active en phrase passive, il faut faire **plusieurs modifications** :

① le sujet du verbe actif devient complément d'agent dans la phrase passive ;
② le verbe actif est mis à la voix passive avec l'auxiliaire *être* ;
③ le COD du verbe actif devient sujet du verbe passif.

Le marchand (sujet) **prie**... (verbe actif) la Bête (COD) de lui laisser la vie sauve.
① ② ③
La Bête (sujet) **est priée**... (verbe actif) par le marchand (complément d'agent) de lui laisser la vie sauve.

Un peu de méthode

Identifier un complément d'agent

- Le complément d'agent désigne celui qui accomplit l'action dans la phrase passive. Il est introduit après le verbe par une **préposition** (*par* ou *de*).

  La Belle est admirée par tous les gentilshommes.
  La jeune fille est admirée de tous.

- Il se peut que le complément d'agent ne soit **pas exprimé**, notamment lorsque le sujet de la phrase active est le pronom *on*.

  On ne vous a pas prévenus à temps. (phrase active)
  → Vous n'avez pas été prévenus à temps. (phrase passive)

On s'entraîne !

1 QUIZ

Relie chaque forme active à la forme passive qui lui correspond.

a. je croirai •	• je suis cru
b. je crois •	• je serais cru
c. je croirais •	• je serai cru
d. je croyais •	• j'étais cru

2 *Voix active ou passive ?*

Dans chacune des phrases, le sujet souligné est-il l'auteur de l'action exprimée par le verbe ? Indique s'il s'agit d'une phrase active ou passive.

a. Mme Leprince de Beaumont a écrit le conte de *La Belle et la Bête*.

b. Les filles aînées du marchand sont orgueilleuses.

c. Les trois filles sont courtisées par de riches marchands.

d. La vie du vieux marchand est sauvée par le sacrifice de sa fille.

3 *CA ou CC ?*

Indique si le groupe de mots souligné est un complément d'agent (CA) ou un complément circonstanciel (CC).

a. Le marchand arrive au château par un soir de tempête. (..............)

b. Le Prince a été changé en monstre par un sortilège. (..............)

c. La Belle est admirée de tous. (..............)

d. La jeune femme accepte par générosité. (..............)

4 *Vers la voix passive*

Transforme chacune des phrases actives suivantes en phrase passive.

a. Les enfants apprécient les contes merveilleux.

→ ....

b. La Bête convie la Belle à souper.

→ ....

c. La fée a changé le monstre en prince.

→ ....

5 *Vers la voix active*

Transforme à la voix active.

a. Elle a été convoquée par le principal.

→ ....

b. Nous n'avons pas été appelés.

→ ....

c. Cette carte a été envoyée par nos correspondants.

→ ....

d. Le coupable a enfin été retrouvé.

→ ....

e. La pièce a été applaudie par toute la salle.

→ ....

? indice

Si la phrase passive ne comprend pas de complément d'agent, utilise pour sujet le pronom *on*.

6 CONTRÔLE EXPRESS

Lis le texte, puis réponds aux questions.

> Un meunier ne laissa pour tous biens à trois enfants qu'il avait, que son moulin, son âne, et son chat. Les partages furent bientôt faits, ni le notaire, ni le procureur n'y furent point appelés. Ils auraient eu bientôt mangé tout le pauvre patrimoine. L'aîné eut le moulin, le second eut l'âne, et le plus jeune n'eut que le chat.
>
> Charles PERRAULT, *Le Chat botté*, 1697.

a. Relève les verbes conjugués en distinguant, dans un tableau à deux colonnes, les verbes à la voix active et les verbes à la voix passive.

b. Réécris la deuxième phrase du texte en la transposant à la voix active.

c. « Le père donna le moulin au fils aîné et l'âne au second » : transpose cette phrase à la voix passive.

? indice

a. Tu dois relever 6 verbes à la voix active et 2 verbes à la voix passive.

Corrigés page 15 du Guide

19 L'histoire des mots

Je me demande...

De quelle langue provient principalement le français ? Qu'est-ce que l'étymologie ?

Les points clés

1 Les origines latines du français

● Le français est une **langue romane, issue principalement du latin populaire**. Au moment de la conquête romaine, les soldats ont introduit, en Gaule, l'usage du latin à l'oral. Mais les Gaulois, en parlant cette langue, l'ont modifiée et les mots latins ont évolué.

● Au Moyen Âge et à la Renaissance, savants et écrivains ont fait de **nombreux emprunts** au latin et au grec classiques pour enrichir la langue française. Ces mots sont très proches des mots d'origine et ne s'en différencient souvent que par la terminaison : *voluntas* → volonté. Cet enrichissement se poursuit encore aujourd'hui avec notamment l'utilisation de préfixes ou suffixes gréco-latins.

Savais-tu que 80 % du vocabulaire français provient du latin ?

● Certains mots latins ont ainsi donné naissance à deux mots : des doublets.

Mot latin	Mot d'origine populaire	Mot d'origine savante
navigare	nager	naviguer
captivum	chétif	captif
hospital	hôtel	hôpital

2 Les apports des autres langues

● Le français moderne a également emprunté du vocabulaire :
– à l'arabe : zéro, chiffre...
– à l'anglais : e-mail, match...
– à l'allemand : képi, trinquer...
– à l'espagnol : sieste, cigare...
– à l'italien : pantalon, scénario...

● Alors que certains mots sont empruntés tels quels, d'autres sont francisés : leur orthographe est modifiée pour leur donner davantage l'apparence d'un mot français.

cédérom → de l'anglais *CD-Rom* ; caméra → de l'italien *camera*, chambre claire.

Un peu de méthode

Trouver l'étymologie d'un mot dans le dictionnaire

● Chercher l'étymologie d'un mot, c'est **s'informer sur son origine**. Pour ce faire, il faut utiliser un dictionnaire suffisamment complet.

Le mot « capitale » ▶ provient du nom latin *caput* qui signifie « la tête ».

Le mot « enfant » ▶ provient de l'adjectif latin *infans* qui signifie « qui ne parle pas ».

Sais-tu que le mot anglais flirt *vient de l'expression française « compter fleurette » ?*

On s'entraîne !

1 QUIZ

Coche la bonne réponse.

a. Le mot « capitale » provient du mot latin :
- [ ] *captivus* (prisonnier)
- [x] *caput* (la tête)
- [ ] *capere* (prendre)

b. Le mot « fenêtre » vient du mot :
- [x] *fenestra*
- [ ] *phenestra*
- [ ] *fenêtra*

c. Le verbe latin *saltare* a donné le verbe français :
- [ ] saluer
- [ ] s'attarder
- [x] sauter
- [ ] salir

2 Les doublets

Relie chaque mot latin au mot d'origine populaire et au mot d'origine savante qui lui correspondent.

Mots latins	Mots d'origine populaire	Mots d'origine savante
auscultare	neuf	muter
mutare	muer	ausculter
cerebrum	métier	nouveau
novus	écouter	ministère
ministerium	cerveau	cérébral

3 Du latin au français

Retrouve quels mots français ont été formés à partir de ces termes latins.

a. libertas : ……………………

b. cantare : ……………………

c. littera : ……………………

d. digitus : ……………………

4 Les mots abrégés

Dans chaque phrase, souligne les mots abrégés et réécris-les en entier.

a. Mon cousin est passionné de spéléo, mais moi je préfère la photo.

b. Plus tard, je rêve d'avoir une moto, mais pour le moment je circule à vélo.

c. Comme il était en retard pour prendre le bus, Samuel a oublié de mettre un pull.

d. Éteignez cette télé et allons plutôt au ciné !

5 Du grec au français

Retrouve le mot français qui provient de chacun des mots grecs ci-dessous.

a. akrobates → ……………………

b. grammatike → ……………………

c. epopoila → ……………………

d. theatron → ……………………

e. skéné → ……………………

f. muthos → ……………………

6 Les emprunts à l'anglais

Souligne les mots qui proviennent de l'anglais, puis réécris les phrases en les remplaçant par des mots ou expressions français.

a. J'adore ce chanteur, je viens d'acheter un best-of de ses chansons.

b. Quelle chance : il va passer le week-end à la mer !

c. Marie-Christine et Laurence ont passé leur après-midi à faire du shopping.

d. Sarah aime beaucoup lire des magazines people.

e. Ils passent leur soirée à tchater.

7 CONTRÔLE EXPRESS

a. Complète le tableau ci-dessous en t'aidant d'un dictionnaire.

b. Trouve deux mots construits sur le même radical que « bibliothèque » et « oculiste ».

c. Utilise, dans une phrase de ton choix, les mots qui ne sont ni d'origine latine ni d'origine grecque.

Mot	Langue d'origine	Radical	Sens du radical
oculiste	latin	oculus	œil
lavabo	……	……	……
bibliothèque	……	……	……
spaghetti	……	……	……
hasard	……	……	……
pierre	……	……	……

? indice

c. 3 mots ne sont ni d'origine latine, ni grecque.

Corrigés page 16 du Guide

20 Le sens des mots

Je me demande...
Comme distingue-t-on le sens propre et le sens figuré d'un mot ?

Les points clés

1 Les mots polysémiques

- La plupart des mots ont **plusieurs sens** : ils sont polysémiques (du préfixe grec *poly-* signifiant « plusieurs » et du radical *sémie* signifiant « sens »).

  Elle a rédigé une longue lettre.
  ▶ courrier, message.
  Épelle les lettres de ton prénom.
  ▶ caractères, ensemble des consonnes et voyelles.
  Il est susceptible : il prend tout au pied de la lettre.
  ▶ sens strict d'un mot, d'un texte.
  Elle a choisi de faire des études de lettres.
  ▶ littérature.

L'ensemble des différents sens d'un mot correspond à son **champ sémantique**. On le trouve dans le dictionnaire.

- Certains mots en revanche n'ont qu'**un seul sens** : un stylo, une étable.

2 Sens propre et sens figuré

- C'est le contexte qui permet de savoir si un mot est au sens propre ou au sens figuré.

Sens propre	Sens figuré
premier sens donné par le dictionnaire, sens généralement concret âne : mammifère plus petit que le cheval, à longues oreilles, à robe généralement grise = sens propre	sens secondaire, obtenu souvent par analogie âne : individu à l'esprit borné = sens figuré

Un peu de méthode

Employer des mots génériques

- Un mot générique est un terme qui englobe **une catégorie** de personnes, d'animaux ou d'objets. Par exemple, le mot « capitale » est un terme générique qui peut être utilisé pour désigner de nombreuses grandes villes.

  Paris, Vienne, Athènes, Bruxelles...

- Les mots génériques s'emploient notamment pour **éviter les répétitions**.

  Isabelle a visité Londres. Elle a trouvé cette capitale particulièrement fascinante.

Chaise, fauteuil, banc, *sont tous des « sièges » (terme générique). Qu'est-ce qui les distingue les uns des autres ?*

On s'entraîne !

1 QUIZ

Vrai ou faux ?

	V	F
a. Le mot « cœur » est un mot polysémique.	☐	☐
b. « Elle fait encore sa tête de cochon » : le mot « cochon » est ici employé au sens propre.	☐	☐
c. « Il retient tout, il a vraiment une mémoire d'éléphant » : cette phrase contient un mot employé au sens figuré.	☐	☐
d. « Le chien est le meilleur ami de l'homme » : cette phrase contient un mot au sens figuré.	☐	☐

2 *Sens propre ou figuré ?*

Indique si le mot souligné est employé au sens propre (SP) ou au sens figuré (SF).

a. Il n'a pas fini sa tirade : il a eu un trou (..............) !

b. Ce sweat rose bonbon (..............) te va bien.

c. Cesse de manger des bonbons (..............), tu vas avoir mal au cœur (..............) !

d. Merci, mon trésor (..............), de m'apporter ton aide (..............) !

e. Cet enfant est un ogre (..............) : il dévore (..............) tout ce qu'on lui donne à manger.

3 *Des mots polysémiques*

Emploie chacun des mots suivants dans deux phrases afin qu'il ait un sens différent dans chacune.

a. riche **b.** cadeau **c.** attraper **d.** blanc

4 *Au sens figuré*

Précise le sens exact des mots ou expressions soulignés. Aide-toi d'un dictionnaire au besoin.

a. En entendant ce bruit assourdissant, elle est restée pétrifiée.

b. Impossible de les laisser ensemble : ils s'entendent comme chien et chat.

c. Il ne se préoccupe pas des risques éventuels, c'est un fonceur.

d. Ce film d'horreur nous a fait dresser les cheveux sur la tête !

e. Vos parents sont très à cheval sur la politesse.

5 *Termes génériques*

Trouve quel terme générique correspond à chacune des listes suivantes.

a. lion, chat, panthère, tigre → ....

b. train, avion, vélo, tramway → ....

c. adjectif, verbe, adverbe, conjonction de subordination → ....

d. mais, ou, et, donc, or, ni, car → ....

6 LECTURE D'IMAGE

Observe l'image et réponds aux questions.

a. Qui est l'auteur de l'image ? Que représente-t-elle ? Quelles sont les couleurs dominantes ?

b. À quelle saison se déroule la scène représentée ? Quels sont les éléments qui te permettent de répondre ?

c. Décris le cadre de la scène représentée. Les contours sont-ils nets ? Comment définirais-tu la méthode employée par l'artiste pour représenter notamment l'arrière-plan ?

d. En quoi réside l'originalité de cette scène ?

Claude MONET (1840-1926), *Suzanne lisant et Blanche peignant*, 1887, huile sur toile, 1,30 × 0,97 m, Los Angeles, County Museum of Art.

Corrigés page 16 du Guide

21 La formation des mots

Je me demande...
Où se place le préfixe ? le suffixe ?
À quoi servent-ils ?

Les points clés

1 Les mots dérivés, les mots composés

● Un **mot dérivé** est formé d'un radical auquel on a ajouté un préfixe et/ou un suffixe.

trans - port - able
préfixe radical suffixe

● Un **mot composé** est formé de plusieurs mots ou radicaux, qui peuvent être : juxtaposés (compte rendu), accolés (portemanteau), reliés par un trait d'union (bloc-notes) ou une préposition (fer à repasser).

2 Les préfixes et suffixes usuels

Préfixe	Sens	Exemple
a-, ac-, ad-, al-, as-, at-	vers	amerrir, atteindre
a-, an-	sans, privé de	apatride, amnésique
en-, em-, in, im-, il-	dans	enterrer, immerger
il-, im-, in-, ir-	le contraire de	impossible, irrécupérable

Suffixe	Permet de former un...	Exemple
-eur/-euse, -teur/-trice	nom désignant une activité	instituteur, danseuse
-et/-ette, -ot/-otte	adjectif à valeur diminutive	pauvret, vieillotte
-ment	adverbe de manière	rapidement, correctement
-té, -ité, -eté	nom abstrait	liberté, simplicité

3 Les éléments d'origine grecque ou latine

● Certains mots ont été formés à partir d'éléments d'origine grecque ou latine (formation savante, voir chap. 19).

Radical grec ou latin	Sens	Exemple
multi- / omni-	nombreux / tout	multiplier, omnivore
auto- / bio-	soi-même / vie	autobiographie, biographie
philo- / -phobe	qui aime / qui déteste	philosophe, claustrophobe
poly-	plusieurs	polythéiste, polychrome

Un peu de méthode

Identifier les variations orthographiques de certains préfixes

● Certains préfixes changent de forme en fonction de la première lettre du radical. C'est le cas du **préfixe négatif** ***in-*** qui peut s'écrire *il-, im-, ir-*.

lisible → **il**lisible
perméable → **im**perméable
réaliste → **ir**réaliste

Je sais que in- *devient* im- *devant les consonnes* m, b, p.

On s'entraîne !

1 QUIZ

Dans chaque liste, souligne le mot qui n'a pas le même radical.

a. défaire • malfaisant • parfaire • faisan
b. ordinateur • ordonner • ordonnance • corde
c. festif • festival • fête • festivité • fétiche
d. décrire • inscrire • souscrire • s'écrier

2 *Des adverbes avec -ment*

Afin de former un adverbe, ajoute à chacun des adjectifs le suffixe *-ment*. Attention à l'orthographe de certains.

a. joli → ……………
b. vrai → ……………
c. lent → ……………
d. difficile → ……………

3 *Former des adjectifs*

Trouve l'adjectif, construit à partir du préfixe signifiant « le contraire de », qui correspond à chacune des définitions suivantes.

a. qui ne peut être utilisé → ……………
b. qui ne peut se réconcilier → ……………
c. qui ne peut être réalisé → ……………
d. qui ne peut être vu → ……………
e. qui ne peut être audible → ……………

? indice
Pense à doubler la consonne quand le préfixe est *-ir*.

4 *Grec ou latin ?*

Colorie les mots encadrés dans la couleur qui convient.

vient du grec
vient du latin

a. Au cours de l'histoire, il y eut de nombreux [régicides].
b. Thaïs est [claustrophobe] : elle ne prend jamais l'[ascenseur].
c. Cet auteur a publié une [autobiographie] dans laquelle il explique sa [philosophie] de vie.
d. Rokhaya aime la [biologie], la [géographie], l'[archéologie] : elle a des goûts très [hétéroclites].
e. Dans la [mythologie] gréco-latine, les dieux sont [polymorphes] et [omniscients].

5 *-tion ou -sion ?*

Ajoute, à chacun des verbes suivants, le suffixe *-tion* ou *-sion* pour former un nom d'action. Attention à l'orthographe des mots obtenus. Aide-toi d'un dictionnaire au besoin.

a. comprendre → ……………
b. agir → ……………
c. élire → ……………
d. progresser → ……………
e. nager → ……………

6 CONTRÔLE EXPRESS

a. Dans le texte ci-dessous, **complète les mots en utilisant les préfixes et suffixes** qui conviennent.

Je trouve les récits des grands voyag……… vraiment passion……… ! Les aventures ………ordinaires qu'ils ont vécues forcent l'admira……… . À l'époque, pour les popula………, ces contrées étaient encore parfait……… ………connues. Christophe Colomb et ses ………pagnons ont permis de ………solider les connaissances de tous. De nos jours, des ………missions de télévision avec des report……… rendent poss……… la découverte de pays étrang……… depuis son habita……… .

b. **Classe chacun des mots construits par dérivation** dans le tableau ci-dessous.

Préfixe	Radical	Suffixe	Nature du mot
………	………	………	………
………	………	………	………
………	………	………	………
………	………	………	………
………	………	………	………

Corrigés page 16 du Guide

22 Les principaux genres narratifs

Je me demande...
Existe-t-il plusieurs genres narratifs ? Plusieurs types de romans ?

Les points clés

1 L'épopée (Antiquité et Moyen Âge)

● L'épopée (du grec *epos*, le vers) est un **récit poétique** qui narre des actions extraordinaires et démesurées, accomplies par des héros surhumains. Dans ces récits versifiés, l'histoire se mêle à la légende, le réalisme au **merveilleux**. Ainsi, dans *L'Iliade*, Homère fait le récit de la guerre de Troie où le héros grec Achille affronte le héros troyen Hector.

2 Le roman (depuis le Moyen Âge)

● Au XIIe siècle, les premiers romans s'inspirent des **légendes celtiques et irlandaises**, comme la légende du roi Arthur racontée par Chrétien de Troyes. Ces romans, dits **courtois**, sont écrits en vers et généralement lus à voix haute par des conteurs.

● Le sens moderne du mot « roman » n'apparaît qu'au XVIIe siècle : il désigne alors une **œuvre de fiction** relativement longue.

Mot-Clé
Genres littéraires : catégories permettant de classer les textes selon leur forme, leur sujet, leur ton (roman, poésie, théâtre, etc.).

3 Le roman d'aventures (XIXe siècle)

● Le roman d'aventures devient un genre à part entière à partir de 1850, avec les œuvres de Robert Louis Stevenson, Jules Verne ou encore Jack London.

● Dans ce récit **centré sur l'action** et les **péripéties** vécues par le héros, le lecteur s'identifie au héros confronté souvent à d'autres peuples, et notamment à ceux considérés alors comme « sauvages ».

Un peu de méthode

Identifier les étapes du schéma narratif

● Les récits présentent souvent une **construction similaire** conforme au schéma narratif.

Les étapes du schéma narratif

1 Situation initiale
Début du récit : description du cadre, présentation des personnages. (Imparfait)

2 Élément perturbateur
Événement inattendu qui vient perturber la situation initiale. (Passé simple)

3 Péripéties
Actions qui s'enchaînent, mettant à l'épreuve le héros, qui apprend et évolue. (Passé simple)

4 Résolution
Événement permettant au héros de surmonter ses difficultés et d'achever sa quête. (Passé simple)

5 Situation finale
Retour à une situation stable pour le héros. (Imparfait)

On s'entraîne !

1 QUIZ

Relie chaque auteur au héros qu'il a créé.

a. Chrétien de Troyes •	• Robinson Crusoé
b. Daniel Defoe •	• Lancelot
c. Jules Verne •	• Phileas Fogg

2 À chaque auteur son époque

Classe les auteurs dans le tableau en fonction de l'époque à laquelle ils appartiennent. Aide-toi au besoin d'un dictionnaire des noms propres.

Chrétien de Troyes • Rabelais • Daniel Defoe • Christophe Colomb • Jules Verne • Jack London

Moyen Âge	....
XVIe siècle	....
XVIIe siècle	....
XVIIIe siècle	....
XIXe siècle	....

3 Titres mêlés

Retrouve les titres de romans qui ont été mélangés et réécris-les correctement.

La Chanson des merveilles • Le Chevalier au centre de la Terre • Le Livre au trésor • Croc ou la vie sauvage • L'Île de Roland • Robinson de la charrette • Voyage Blanc • Vendredi Crusoé

4 L'épopée antique

Complète le texte ci-dessous avec les mots qui conviennent.

Ulysse • poétique • Antiquité • Homère • genres • épopée • surhumaines • Odyssée

En littérature, il existe plusieurs .... narratifs qui correspondent à différentes catégories d'œuvres. L'........................ est un genre littéraire apparu dans l'........................ . Récit ...., elle raconte les aventures de héros dotés de capacités .... L'une d'elles, l'........................, raconte les exploits du héros grec .... ; elle a été écrite par ....

5 Étapes du schéma narratif

Indique à quelle étape du schéma narratif correspond chaque extrait.

a. Donc, il y a un an à l'automne dernier, je fus pris tout à coup de malaises bizarres et inexplicables.

MAUPASSANT, *Le Horla*.

→ ....

b. Les grâces dites et les époux bénits, Agnès et Guy quittèrent l'abbaye. Depuis la porterie, frère Jérôme les regarda partir en souriant et il pensait que les meurtres qui sont assurément l'œuvre du diable, avaient parfois aussi du bon.

Jacqueline MIRANDE, *Double meurtre à l'abbaye*, © Castor Poche.

→ ....

c. Arthur, le noble roi de Bretagne, dont la vie excellente nous enseigne à être preux et courtois, tenait un jour sa cour plénière. C'était à Carduel en Galles, pendant cette fête coûteuse qu'on appelle la Pentecôte.

Chrétien DE TROYES, *Yvain ou le Chevalier au lion*.

→ ....

d. Le sénéchal revint chez lui où il trouva Lancelot qui était revenu se constituer prisonnier dans son manoir. Il envoya un messager qui refit le chemin inverse pour annoncer à Méléagant le retour de Lancelot.

Chrétien DE TROYES, *Lancelot ou le Chevalier de la charrette*.

→ ....

? indice

Repère une situation initiale, un élément perturbateur, une péripétie et une situation finale.

6 CONTRÔLE EXPRESS

Rédige la situation initiale et la situation finale d'un récit dont l'élément perturbateur serait le suivant.

Soudain, les vents se levèrent, rejetant l'embarcation vers le large. L'équipage commença à s'affoler, malgré les conseils du commandant de bord qui tentait de garder son calme et de maîtriser la frayeur de ses hommes face à l'arrivée prochaine de la tempête. Notre jeune héros contemplait les eaux déchaînées et essayait de ne pas se laisser gagner par la panique.

Corrigés page 16 du Guide

23 Analyser un récit

Je me demande…

Que fait le narrateur d'un récit ? S'arrête-t-il parfois de raconter pour décrire ?

Les points clés

1 La narration

- Un récit raconte les **événements successifs** vécus par des personnages.
- Cette narration est rédigée le plus souvent au **passé simple**. On trouve cependant également des récits au présent ou au passé composé.

N'oublie pas que le narrateur n'est pas l'auteur (qui est celui qui écrit le récit).

2 Les descriptions

- Une description représente comme une **pause dans la narration**. Selon le cas, elle donne à voir personnage, un lieu ou un objet en donnant leurs caractéristiques. Dans un récit au passé, elle est rédigée à l'imparfait.
- Une description suit généralement une **progression logique** : de haut en bas (visage, buste, jambes, etc.), du plus éloigné au plus proche (effet de zoom)… Elle peut être statique (portrait d'un personnage immobile) ou en action (personnage en train d'agir).

3 Les dialogues

- L'insertion de passages dialogués rend le **récit plus vivant** et apporte des éléments pour **caractériser les personnages**.

La reine Guenièvre s'exclama : « Lancelot est le plus courageux des chevaliers ! »
« Quelle vaillance ! », s'écrièrent les spectateurs en voyant les chevaliers s'affronter.

La ponctuation du dialogue

- Le **deux-points (:)** introduit le dialogue après le verbe de parole.
- Les **tirets (–)** indiquent chaque changement d'interlocuteur.
- Les **guillemets (« »)** encadrent le dialogue.
- Les **virgules (,)** séparent les paroles prononcées des éléments de narration placés en incise.

Un peu de méthode

Analyser le statut du narrateur

- L'auteur écrit le récit et charge le narrateur de raconter l'histoire. Pour analyser le statut du narrateur, il faut **repérer s'il est ou non un personnage de l'histoire** :
  – si le récit est à la 1re personne, le narrateur est un personnage de l'histoire ;
  – si le récit est à la 3e personne, il n'est pas un personnage de l'histoire.
- Parfois le narrateur n'est pas un personnage de l'histoire, mais il peut **intervenir dans le récit** pour faire des commentaires (à la 1re personne) ou s'adresser au lecteur. C'était le cas dans les récits médiévaux racontés à l'origine par des troubadours.

On s'entraîne !

1 QUIZ

Relie les noms de la colonne de gauche aux éléments de description à droite.

a. une reine •	• solide et inquiétant
b. des champs •	• vaste et sombre
c. des enfants •	• blonds comme les blés
d. un château •	• furieuse et silencieuse
e. un homme •	• laissés à l'abandon

2 Narration et description

Indique si chacun de ces extraits du roman de Lancelot est un passage narratif (N) ou descriptif (D).

a. Il fronçait le nez, comme un cheval, dans ses accès de colère, serrait les dents jusqu'à les faire grincer atrocement et il semblait que le souffle qui sortait de sa bouche fût vermeil.

b. Mais quand les faibles ne purent plus accepter les vexations des forts, ils établirent pour se protéger des garants et des défenseurs pour s'assurer paix et justice et pour mettre fin aux torts et aux outrages dont ils étaient l'objet.

c. Il était d'un sens si lucide et de sentiments si droits qu'il n'accomplissait guère d'actes contraires à une honnête éducation.

d. La demoiselle lui donna un précepteur qui lui enseigna la manière de se comporter en homme de noble origine.

? indice

Tu dois identifier 2 passages narratifs.

3 Ponctuer un dialogue

Rétablis la ponctuation afin de distinguer le dialogue du récit.

a. Elle expliqua rapidement Vous devez tourner à gauche, puis prendre la rue qui monte.

b. Nous préférons aller au cinéma s'écrièrent en chœur les enfants.

c. Ne nagez pas trop loin dit leur mère inquiète je veux vous voir depuis la plage.

4 Les temps du récit

Conjugue au temps qui convient les verbes entre parenthèses. (Attention, le récit est au passé.)

Un jour, Vincent (venir) frapper à la porte de Youssef. Ils (avoir) en effet l'habitude de jouer au foot ensemble tous les mercredis. Mais ce jour-là, Vincent (trouver) porte close. Inquiet, il (frapper) chez le voisin. Celui-ci (ouvrir) brusquement.
« (Savoir)-vous où (se trouver) Youssef ?
J' (frapper) chez lui à l'instant, mais personne n'(répondre), (questionner) Vincent.
– Je (croire) que cela (faire) plusieurs jours qu'il (s'absenter), (bougonner) le voisin.
– Ah bon, (pouvoir)-vous me dire quand est-ce qu'il (revenir) ? (continuer) Vincent avec un grand sourire.
– Je n'(avoir) pas le temps de discuter avec vous ! » (répliquer) le voisin en claquant la porte.
Vincent (rentrer) chez lui et (plaindre) Youssef d'avoir un voisin si peu aimable.

5 LECTURE D'IMAGE

Observe l'image, puis réponds aux questions.

a. Que représente cette image ?

☐ Lancelot tue un ennemi ☐ Lancelot est fait chevalier

b. Rédige une description de l'image. Tu commenceras par décrire la vue d'ensemble, puis tu t'intéresseras particulièrement au personnage central de la scène et tu décriras : sa position, ses gestes, ses vêtements, son expression, etc.

Adoubement de Lancelot, enluminure extraite de « La Quête du Saint Graal » (xve siècle), Paris, BNF.

Corrigés page 17 du Guide

24 Écrire un récit

Je me demande...
Dans un récit au passé, faut-il commencer par présenter les personnages ?

Les points clés

1 Décrire les circonstances, les personnages

- Un récit débute souvent par la **présentation du cadre spatio-temporel**, c'est-à-dire la description du lieu (espace) et de l'époque (temps) de l'histoire.
- Les **portraits des personnages** sont plus ou moins détaillés, selon leur importance. Par exemple, il est possible de faire un portrait complet du héros : son origine, son physique, son caractère, etc., afin que le lecteur ait l'impression de le connaître.
- Les personnages peuvent aussi être présentés au fil de l'histoire : à leur première apparition ou lorsqu'ils accomplissent certaines actions caractéristiques.

J'ai remarqué que, dans un récit de chevalerie, le héros est souvent décrit lors d'un combat.

2 Faire progresser le récit

- Une fois la situation initiale posée, il faut rapporter les événements qui forment le récit.
- Ces péripéties doivent **s'enchaîner de manière logique** jusqu'au dénouement. Pour mettre en évidence leur chronologie, on utilise des indicateurs de temps :

  plus tard, dès que le jour parut, un mois plus tard...
- Il arrive parfois que la chronologie du récit soit bouleversée, notamment par un **retour en arrière** : le récit revient sur un événement du passé, par exemple pour expliquer la personnalité d'un personnage.

Mots-Clés

- **Chronologie** : suite des événements dans le temps.
- **Rythme** : variation de la vitesse d'un récit, accélérations, ralentissements, pauses.

Un peu de méthode

Écrire un récit au passé

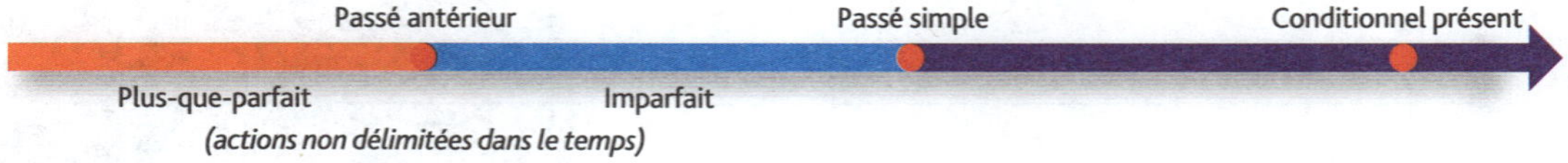

- Dans le récit au passé, le temps de référence est le **passé simple** : il sert à exprimer les actions situées au premier plan qui font avancer le récit. L'**imparfait** s'emploie pour relater les faits situés à l'arrière-plan, notamment dans les descriptions.
- Le **plus-que-parfait** et le **passé antérieur** sont utilisés pour signaler une antériorité par rapport à une action exprimée au passé simple ou à l'imparfait.
- Le **conditionnel** évoque une action future dans le passé.

  Je lui fis savoir que son nom serait Vendredi, c'était le jour où je lui avais sauvé la vie.

  fis : action de 1er plan ; serait : action future ; était : imparfait de description ; avais sauvé : action antérieure

On s'entraîne !

1 QUIZ

Relie chaque titre de roman au lieu principal dans lequel se déroule l'action.

a. *Le dernier jour de Pompéi* •	• une île
b. *Les Misérables* •	• une ville romaine
c. *Robinson Crusoé* •	• un train
d. *Le Crime de l'Orient-express* •	• la ville de Paris

2 Progression d'une description

Remets dans l'ordre ces éléments de description.

a. En effet, elle resplendissait comme un joyau posé sur une couronne.
b. Les vagues venaient s'y fracasser dans un bruit assourdissant et régulier.
c. La vaste demeure imposante surplombait l'île.
d. La demeure, elle, était illuminée de mille feux.
e. Cette île semblait inoccupée.
f. Pourtant l'atmosphère environnante donnait à ce palace un aspect inquiétant.
g. Elle n'était entourée que de rochers quasi impraticables.

3 Les indicateurs temporels

Complète les phrases à l'aide des indicateurs de temps suivants : à cet instant • pendant un mois • hier • dans trois semaines • la veille

a. ...., nous sommes allés à la piscine et ...., nous nous étions promenés en forêt.

b. ...., il sut que tout était fini.

c. ...., je partirai en Inde ....

4 Au passé simple

Réécris ces phrases au passé, en employant le passé simple comme temps de référence.

a. Robinson échoue sur une île déserte alors que son navire a fait naufrage.
b. Il vit seul sur cette île durant de longues années.
c. Il a pris l'habitude de vivre seul, mais un jour il rencontre un sauvage qu'il prénomme Vendredi.
d. Robinson sait aussitôt que Vendredi sera pour lui un fidèle compagnon.

5 Précision du vocabulaire

Remplace les verbes *avoir* et *faire* par des verbes différents et plus précis. Attention, tu devras parfois réécrire les phrases en partie.

a. Le roi de ce pays a une fortune colossale et il a aussi un immense château.
b. Cette jeune princesse a une beauté radieuse et elle a un éternel sourire.
c. Le chevalier fait de nombreux exploits et il espère ainsi faire plaisir à la dame pour laquelle il a beaucoup d'amour.
d. L'ogre avait une apparence monstrueuse et il faisait peur à tout le monde.

6 CONTRÔLE EXPRESS

Lis le texte, puis réponds aux questions.

> En peu de temps je commençai à lui parler et à lui apprendre à me parler. D'abord je lui fis savoir que son nom serait Vendredi, c'était le jour où je lui avais sauvé la vie, et je l'appelai ainsi en mémoire de ce jour. Je lui enseignai également à m'appeler maître, à dire oui et non, et je lui appris ce que ces mots signifiaient. [...] Je demeurai toute la nuit avec lui ; mais dès que le jour parut je lui fis comprendre qu'il fallait me suivre et que je lui donnerais des vêtements ; il parut charmé de cela, car il était absolument nu.
>
> Daniel Defoe, *Robinson Crusoé* (1719), © Pocket.

a. De quel type de texte s'agit-il ? À quoi sert principalement ce passage ?
b. Quel est le temps de référence du récit ?
c. Repère un passage exprimant un retour en arrière. Justifie ton choix. À quoi sert ce retour en arrière ?
d. Réécris le début du texte (jusqu'à « ce que ces mots signifiaient. ») en remplaçant la 1re personne du singulier par la 3e personne du singulier.

? indice

c. Observe bien les temps des verbes. Comment expliquer l'emploi du plus-que-parfait, ligne 4 ?

Corrigés page 17 du Guide

25 Écrire un dialogue

Je me demande…
Quel est le rôle du dialogue dans le récit ? Comment l'introduire ?

Les points clés

1 Le rôle d'un dialogue

- Le dialogue sert à **rapporter les paroles directement**, telles qu'elles ont été prononcées. Il exprime les sentiments, les idées d'un personnage, mais aussi sa manière d'être à travers sa façon de parler.
- Le dialogue permet également de **raconter** des faits, d'**expliquer** certains événements. Par exemple, au théâtre, tout passe par le dialogue.

Mot-clé
Verbe de parole : permet de préciser l'intonation, mais aussi le sentiment des interlocuteurs, et renseigne sur la situation de communication.

2 La présentation d'un dialogue

- Le dialogue se caractérise par une **ponctuation spécifique** : des guillemets au début et à la fin, puis des tirets à chaque changement d'interlocuteur.
- Les personnages interagissent et s'expriment en réaction aux propos précédemment tenus. Ainsi trouve-t-on souvent une ponctuation **expressive** dans les passages de dialogue : des points d'interrogation (?), d'exclamation (!), de suspension (…).

3 Les temps utilisés

- Dans un dialogue, le temps de référence est le **présent**, même dans un récit au passé, puisqu'il rapporte les paroles dites au moment où elles ont été prononcées.
- On y trouve principalement le mode indicatif, mais aussi l'impératif pour exprimer l'ordre et la défense.

« Ne te mets pas dans un état pareil ! », répliqua-t-elle.

Un peu de méthode

Utiliser les verbes introducteurs

- Le dialogue est introduit par un verbe de parole qui fait partie du récit et se met donc au **temps de référence du récit** (présent ou passé simple).

Le verbe de parole peut se placer…

- **avant les paroles rapportées**
  verbe de parole + deux-points + guillemet ouvrant
  Sylvie s'écria : « Tu n'avais pas le droit ! »
- **après les paroles rapportées**
  guillemet fermant + virgule + verbe de parole
  « Je suis furieuse ! », s'exclama Sylvie.
- **en incise, au milieu des paroles**
  virgule + verbe de parole + virgule
  « Comment a-t-elle pu faire cela ?, gémit Sylvie, je la déteste ! »

On s'entraîne !

1 QUIZ

Observe le sens des verbes et entoure l'intrus.

a. questionner • interroger • demander • refuser
b. nier • approuver • infirmer • désapprouver
c. vociférer • susurrer • s'égosiller • hurler
d. murmurer • tonitruer • souffler • chuchoter

2 Les verbes de parole

Complète chacune des phrases suivantes avec l'un des verbes de parole proposés. Pense à le conjuguer correctement au passé simple.

s'exclamer • supplier • répondre • demander • questionner • ordonner • murmurer

a. « N'as-tu pas froid ? », lui ....-t-elle inquiète.

b. « Qu'avez-vous à me dire à ce sujet ? .... l'inspecteur. – Je n'ai rien à vous apprendre de plus », ...-il.

c. Ils .... : « Quelle magnifique toile ! »

d. « Peux-tu me rendre ce service, s'il te plaît ? », ...-t-elle.

e. « Il ne faut surtout pas faire de bruit, pour ne pas les réveiller... », ...-ils.

f. « Asseyez-vous en silence ! », ...-t-il.

3 Un vocabulaire précis

Dans chacune de ces phrases, remplace le verbe *dire* par un autre plus précis.

a. « Tu n'as pas d'ordre à me donner ! », dit-elle.
b. « Veux-tu du sucre dans ton café ? », lui dit-il.
c. « Je te promets de ne pas recommencer, mais ne me prive pas de sortie... », dit-il.
d. « Nous en avons assez de toujours faire la même chose... », dirent-ils.
e. « Nous pourrions partir en croisière cet été », dit-elle.

? indice

Analyse le type de phrase. Par exemple, dans le cas d'une question, utilise *questionner* ou *interroger* plutôt que *dire*.

4 « Finissez vos phrases ! »

Dans « Finissez vos phrases ! », les personnages qui se rencontrent ne terminent jamais les leurs.

Lis cet extrait et amuse-toi à compléter les phrases des interlocuteurs.

> MONSIEUR A, *avec chaleur.* — Oh ! chère amie. Quelle chance de vous... (..............................).
>
> MADAME B, *ravie.* — Très heureuse, moi aussi. Très heureuse de... (..............................). vraiment oui !
>
> MONSIEUR A. — Comment allez-vous depuis que... (..............................) ?
>
> MADAME B, *très naturelle.* — Depuis que ? Eh bien ! J'ai continué, vous savez, j'ai continué à... (..............................).
>
> MONSIEUR A. — Comme c'est... ! (..............................). Enfin, oui vraiment, je trouve que c'est... (..............................).
>
> Jean TARDIEU, « Finissez vos phrases ! » dans *Le Professeur Froeppel*, © Éditions Gallimard, 1978.

5 CONTRÔLE EXPRESS

Lis le texte, puis réponds aux questions.

> « Elle n'avait pas le droit de donner Toby ! cria-t-elle enfin entre deux hoquets. C'était le chien de grand-père, de papa, de maman, c'était mon chien à moi, pas le sien !
> — Vous n'allez pas vous mettre dans des états pareils pour une bête ! dit Ernestine.
> Et, avec un coin de son tablier, elle tenta d'essuyer le visage de l'enfant, mouillé de larmes.
> Sylvie la repoussa :
> — Toby, c'était tout pour moi ! Tout ! Tout ! »
>
> Henri TROYAT, *Viou*, © Flammarion, 1980.

a. De quel type de texte s'agit-il ? Justifie ta réponse.
b. Souligne les verbes de parole et encadre un verbe de parole placé en incise.
c. Qu'apprend-on des personnages (situation, traits de caractère) à travers ce texte ?

? indice

Rappelle-toi que le verbe en incise est placé au milieu des paroles.

Corrigés page 17 du Guide

26 Le théâtre

Je me demande...

De quoi se compose notamment un texte de théâtre ? À quoi servent les didascalies ?

Les points clés

1 Les caractéristiques d'un texte de théâtre

Dans *Le Bourgeois gentilhomme*, Molière met en scène Monsieur Jourdain, bourgeois qui veut adopter le mode de vie des nobles, mais ne parvient qu'à se ridiculiser.

- Le texte théâtral est avant tout écrit pour être joué et regardé. Il se compose de **dialogues** constitués des répliques que prononcent les personnages. Lorsqu'une réplique d'un seul personnage est particulièrement longue, on parle de **tirade**.
- Les dialogues sont complétés par des indications scéniques appelées **didascalies**. Généralement en italique et entre parenthèses, elles contiennent toutes les indications de l'auteur sur le décor, le ton, les gestes et les déplacements des personnages.
- Au metteur en scène et aux comédiens de traduire ensuite ces indications, selon leur propre vision de la pièce.

2 Les caractéristiques d'une comédie

- Héritière des farces du Moyen Âge et de la *commedia dell'arte* italienne, la comédie est avant tout destinée à faire **rire**.
- Les personnages, bourgeois, entrent en conflit du fait, le plus souvent, d'une querelle domestique (amour contrarié, opposition entre mari et femme...), mais le conflit est finalement désamorcé et le dénouement heureux.
- Molière a développé ce genre. Il a enrichi les intrigues empruntées aux farces et créé de vrais personnages. Dotées d'une réelle force comique, ses pièces présentent également une **dimension satirique** : elles dénoncent les mœurs de son temps, les défauts de ses contemporains.

Un peu de méthode

Distinguer les principaux procédés comiques

- Dans une comédie, on peut utiliser différents procédés comiques pour provoquer le rire.

Tu apprendras l'année prochaine que la comédie se distingue d'un autre genre, la tragédie.

Les principaux procédés comiques

- **Comique de gestes** : Coups, acrobaties, mimiques...
- **Comique de situation** : Quiproquos, tromperies, renversements de situation (« l'arroseur arrosé »)...
- **Comique de mots** : Insultes, jeux de mots, maladresses de langage...
- **Comique de caractère** : Comportement révélant un défaut risible (bêtise, prétention, naïveté...).

On s'entraîne !

1 QUIZ

Relie chaque terme à sa définition.

- a. aparté
- b. monologue
- c. réplique
- d. tirade
- e. stichomythie

- Phrase prononcée par un comédien.
- Longue réplique prononcée par un comédien.
- Réplique très courte.
- Intervention d'un personnage seul en scène.
- Énoncé que le personnage s'adresse à lui-même sans que les autres personnages n'entendent.

2 *Ponctuer un dialogue*

Rétablis la ponctuation dans cet extrait de théâtre (points, points d'interrogation et d'exclamation, parenthèses).

PATHELIN — Alors, j'en ai
GUILLEMETTE — De quoi
PATHELIN — Qu'est devenue votre vieille robe, celle qui était à la mode il y a cent ans
GUILLEMETTE — C'est bien la peine d'en parler Qu'est ce que vous voulez en faire
PATHELIN — Rien Rien du tout Alors, est-ce que j'en ai Je vous l'avais bien dit (*Il découvre le drap*) Et ça, est-ce que c'est du drap
GUILLEMETTE — Mon Dieu c'est sûr que vous l'avez eu en trompant un de vos clients

ANONYME, *La Farce de Maître Pathelin* (scène 3), adapté par Françoise Rachmuhl, « Œuvres & thèmes », © Hatier, 2004.

? indice

Tu dois rétablir 2 points, 5 points d'interrogation et 5 points d'exclamation.

3 *Les interjections*

Classe ces interjections dans cinq colonnes selon le sentiment qu'elles expriment : surprise, colère, soulagement, joie, dégoût.

Ah ! • Parbleu ! • Oh ! • Ciel ! • Ouf ! • Fichtre ! • Pouah ! • Diantre ! • Berk ! • Youpi ! • Quoi ! • Diable ! • Waouh ! • Hein ! • Peste ! • Eh ! • Beuh !

4 *Mots mêlés*

Dans la grille ci-dessous, **retrouve et barre treize mots** qui appartiennent au lexique théâtral. Puis **colorie les cases restantes** pour découvrir le titre d'une comédie de Molière.

D	R	A	M	A	T	U	R	G	E
R	I	D	E	A	U	L	E	M	E
E	T	D	I	A	L	O	G	U	E
P	A	E	A	P	A	R	T	E	D
L	L	C	O	S	T	U	M	E	S
I	I	O	E	S	C	E	N	E	J
Q	E	R	C	I	N	A	C	T	E
U	N	M	A	L	G	R	E		U
E	N	L	C	O	M	E	D	I	E
S	E	U	I	T	I	R	A	D	E

5 CONTRÔLE EXPRESS

Lis le texte, puis réponds aux questions.

MONSIEUR JOURDAIN. — Monsieur le philosophe !
MAÎTRE DE PHILOSOPHIE. — Infâmes ! coquins ! insolents !
MONSIEUR JOURDAIN. — Monsieur le philosophe !
MAÎTRE D'ARMES. — La peste l'animal !
MONSIEUR JOURDAIN. — Messieurs.
MAÎTRE DE PHILOSOPHIE. — Impudents !
MONSIEUR JOURDAIN. — Monsieur le philosophe !
MAÎTRE À DANSER. — Diantre soit de l'âne bâté !
MONSIEUR JOURDAIN. — Messieurs.

MOLIÈRE, *Le Bourgeois gentilhomme* (I, 2), 1670.

a. De quel type de texte s'agit-il ? Quels sont les éléments qui te permettent de répondre ?
b. Quels sont les différents personnages de la scène ? Quels sont leurs liens ?
c. Quels sont les procédés comiques utilisés dans cette scène ? Justifie ta réponse.

Corrigés page 17 du Guide

27 La poésie

Je me demande...
À quoi reconnaît-on un texte poétique ? Pourquoi utiliser beaucoup de figures de style ?

Les points clés

1 Histoire de la poésie française

● La poésie apparaît en France au XIIe siècle avec les **troubadours**. Au XVe siècle, Charles d'Orléans crée des **poèmes à forme fixe**. Au siècle suivant, Clément Marot (1496-1544) introduit la forme du **sonnet**.

● Au XIXe siècle naît le **romantisme**, notamment illustré par Lamartine (1790-1869) ou Vigny (1797-1863). Son écrivain emblématique reste Victor Hugo (1802-1885), à la fois lyrique dans ses *Contemplations* et épique dans *La Légende des siècles*. Charles Baudelaire (1821-1867) invente le **poème en prose** avec *Le Spleen de Paris*.

● Au XXe siècle, le **mouvement surréaliste** survient en pleine période d'après-guerre. Parmi les surréalistes, figurent notamment Éluard (1895-1952), Desnos (1900-1945), et Aragon (1897-1982) qui, pendant la Seconde Guerre mondiale, mettent leur plume au service de la Résistance.

2 Un usage particulier du langage

● Le terme « poésie » vient du grec *poiein* (« créer, fabriquer »). Le langage n'est pas seulement un instrument de communication, mais un matériau artistique.

	Procédés	Exemples
Le rythme	• le découpage en vers réguliers ou non • la ponctuation • la coupe à l'hémistiche (après la 6e syllabe) dans l'alexandrin	Oui, la vie est un bien,/ la joie est une ivresse. (Musset) La césure met le terme « bien » en évidence et crée un balancement régulier.
Le son	• les rimes en fin de vers • l'allitération : répétition de sons consonantiques • l'assonance : répétition de sons vocaliques	Il est doux d'en user sans crainte et sans soucis. (Musset) L'allitération en [s] donne une impression de douceur et de sérénité.

Un peu de méthode

Comprendre les images dans un poème

● La **comparaison** rapproche deux éléments ayant des points communs avec un outil de comparaison : *de même que*, *ressembler à*...

Et j'irai loin, bien loin, comme un bohémien (Rimbaud)

● La **métaphore** rapproche deux éléments sans outil de comparaison, ce qui rend l'image plus forte. [...]

Votre âme est un paysage choisi [...] (Verlaine)

● La **personnification** attribue des caractéristiques humaines à des animaux, des êtres inanimés, des notions abstraites.

Les mots ne savent plus où donner de la tête (Claude Roy)

Mot-clé
Figure de style : procédé qui consiste à jouer sur le sens, les sonorités ou le rythme de la langue pour s'exprimer de manière frappante.

On s'entraîne !

1 QUIZ

Vrai ou faux ?

	V	F
a. L'écrivain emblématique du romantisme est Clément Marot.	☐	☐
b. Pendant la Seconde Guerre mondiale, les poètes surréalistes utilisent la poésie comme moyen de résistance contre l'occupant.	☐	☐
c. L'assonance consiste à faire entendre une répétition de voyelles.	☐	☐
d. « La terre est bleue comme une orange. » (P. Éluard) : ce vers contient une métaphore.	☐	☐

2 Poème à compléter

Replace chaque mot proposé ci-dessous à l'endroit qui convient dans le poème, de façon à faire rimer les vers. Attention au sens des mots.

pieds • femme • l'âme • sentiers • nue • bohémien • menue • rien

Par les soirs bleus d'été, j'irai dans les ....
Picoté par les blés, fouler l'herbe .... :
Rêveur, j'en sentirai la fraîcheur à mes
[.......... .
Je laisserai le vent baigner ma tête ....
Je ne parlerai pas, je ne penserai .... :
Mais l'amour infini me montera dans ....
Et j'irai loin, bien loin, comme un ....
Par la Nature, — heureux comme avec
[une ....

Arthur Rimbaud, « Sensation », *Poésies*, 1870.

3 Des figures de style

Quelles sont les figures de style utilisées par le poète dans les extraits ci-dessous ?

a. Je suis comme le roi d'un pays pluvieux, /
Riche, mais impuissant, jeune et pourtant très vieux

Charles Baudelaire, « Spleen », *Les Fleurs du mal*.

b. Tout à coup l'orage accourt /
avec ses grosses bottes mauves /
il piétine les bégonias les blés les prés

Raymond Queneau, *Battre la campagne*.

c. Les pigeons semblent, sur les tuiles, /
Des bouquets de fleurs de pommiers.

Maurice Carême, *Le Mât de cocagne*.

4 CONTRÔLE EXPRESS

Lis le texte, puis réponds aux questions.

Ayant poussé la porte étroite qui chancelle,
Je me suis promené dans le petit jardin
Qu'éclairait doucement le soleil du matin,
Pailletant chaque fleur d'une humide étincelle.

Rien n'a changé. J'ai tout revu : l'humble tonnelle
De vigne folle avec les chaises de rotin...
Le jet d'eau fait toujours son murmure argentin
Et le vieux tremble[1] sa plainte sempiternelle.

Les roses comme avant palpitent ; comme avant,
Les grands lys orgueilleux se balancent au vent.
Chaque alouette qui va et vient m'est connue.

Même si j'ai retrouvé debout la Velléda[2]
Dont le plâtre s'écaille au bout de l'avenue,
— Grêle, parmi l'odeur fade du réséda[3].

Paul Verlaine, « Après trois ans », *Poèmes saturniens*, 1866.

1. Tremble : arbre de la famille des peupliers.
2. Velléda : statue d'une prêtresse de Germanie.
3. Réséda : plante.

a. Combien de strophes ce poème contient-il ? Combien de vers chacune des strophes compte-t-elle ? S'agit-il d'un poème à forme fixe ou non ? Si oui, laquelle ?
b. Combien de syllabes chaque vers contient-il ? Comment nomme-t-on ces vers ?
c. Les rimes sont : ☐ plates (AABB)
☐ croisées (ABAB)
☐ embrassées (ABBA) ?
d. Repère un enjambement.
e. Relève une personnification dans ce poème et explique en quoi elle consiste.

? indice

d. Un enjambement est un procédé rythmique qui consiste à reporter sur le vers suivant un ou plusieurs mots nécessaires au sens du vers précédent.

Corrigés page 18 du Guide

Test - Bilan

Grammaire

1 Il n'est pas venu car il ne s'est pas réveillé.
La phrase comprend :
- ☐ deux indépendantes juxtaposées
- ☐ deux indépendantes coordonnées
- ☐ une principale et une subordonnée

2 Madeleine porte un foulard à pois jaunes.
Quelle est la fonction de l'expression soulignée ?
☐ GN ☐ COI ☐ complément du nom

3 a. Après *J'aimerais que*, il faut employer :
☐ l'indicatif ☐ le subjonctif ☐ l'impératif
b. Parce que le fait exprimé par la proposition qui suit est :
- ☐ certain
- ☐ l'objet d'un ordre
- ☐ souhaité et donc incertain

.... /3

Orthographe

4 Elle nous a tous étonné... par sa rapidité.
Comment peut s'écrire le participe passé ?
☐ étonnée ☐ étonnés ☐ étonnées

5 Tes chaussures .... n'iront pas du tout avec ces collants .... !
Comment s'écrivent les adjectifs de couleur ?
- ☐ oranges / roses
- ☐ orange / rose
- ☐ orange / roses

6 Il .... a pas .... s'inquiéter pour lui : il .... sort toujours très bien.
Quels mots dois-tu utiliser pour compléter la phrase ?
- ☐ ni / à / sans
- ☐ n'y / a / sans
- ☐ n'y / à / s'en

.... /3

Conjugaison

7 À l'indicatif présent, 2e personne du singulier, tous ces verbes se terminent par un *s*, sauf :
☐ aimer ☐ pouvoir ☐ finir ☐ vaincre

8 Quelle est la forme du verbe *aller* au subjonctif présent, 3e personne du pluriel ?
☐ ils aillent ☐ ils allèrent ☐ ils iraient

9 Tous les jeunes ont vu le film.
Que devient la phrase à la voix passive ?
- ☐ Tous les jeunes avaient vu le film.
- ☐ Le film est vu par tous les jeunes.
- ☐ Le film a été vu par tous les jeunes.

.... /3

Lexique

10 Quel mot ne fait pas partie de la famille de mots formés sur le radical *man-* (« main ») ?
☐ manœuvre ☐ manuscrit ☐ pyromane

11 Dans quel mot le suffixe *-ard* n'a pas de valeur péjorative ?
☐ faiblard ☐ montagnard ☐ nullard

.... /2

Lire et écrire

12 Dans un récit au passé, le passé simple sert à exprimer :
- ☐ les actions au premier plan
- ☐ les faits d'arrière-plan
- ☐ le futur dans le passé

13 Dans une pièce de théâtre, les indications scéniques sont également appelées des :
☐ répliques ☐ apartés ☐ didascalies

14 Qu'est-ce qui caractérise la poésie ?
- ☐ La poésie est toujours en vers.
- ☐ Dans un poème, le langage n'est pas seulement un instrument de communication.
- ☐ La poésie est un genre littéraire qui n'est plus pratiqué.

.... /3

Score total : .... /14 CORRIGÉS P. 18 DU GUIDE

MATHS

1 Multiples et diviseurs de nombres entiers

Je me demande...
Comment peut-on trouver les diviseurs d'un nombre entier ?

Les points clés

● m, a et b sont des nombres entiers.

$$m = a \times b$$

m : multiple de a et de b — a et b : diviseurs de m

EXEMPLE $35 = 5 \times 7$.
- 35 est un **multiple** de 5 et de 7.
- Les nombres 5 et 7 divisent 35 : les nombres 5 et 7 sont des **diviseurs** de 35.
- 35 est **divisible** par 5 et par 7.

● Il faut savoir que :
– 1 divise tout nombre entier ;
– tout nombre est divisible par lui-même : $m = 1 \times m$;
– un nombre n'ayant que deux diviseurs, 1 et lui-même, est appelé **nombre premier**.

● Les nombres premiers inférieurs à 20 sont : 2 ; 3 ; 5 ; 7 ; 11 ; 13 ; 17 et 19.

Un peu de méthode

Utiliser les critères de divisibilité

● Pour savoir si un nombre est divisible par un autre nombre, on peut utiliser les critères de divisibilité.

Un nombre entier est divisible...
- **par 2** quand son chiffre des unités est 0 ; 2 ; 4 ; 6 ou 8
- **par 3** quand la somme de ses chiffres est un multiple de 3
- **par 4** quand le nombre formé par ses chiffres des dizaines et des unités est un multiple de 4
- **par 5** quand son chiffre des unités est 0 ou 5
- **par 9** quand la somme de ses chiffres est un multiple de 9
- **par 10** quand son chiffre des unités est 0

EXEMPLES
- 694 est pair : il est **divisible par 2**. En effet, $694 = 2 \times 347$.
- 594 est-il **divisible par 3** ?
Je calcule $5 + 9 + 4 = 18$. Or 18 est un multiple de 3 $(18 = 3 \times 6)$.
Donc 594 est divisible par 3. En effet, $594 = 3 \times 198$.
- 12 575 est **divisible par 5**. En effet, $12\,575 = 5 \times 2\,515$.
- 582 192 est-il **divisible par 9** ?
Je calcule $5 + 8 + 2 + 1 + 9 + 2 = 27$.
Or 27 est un multiple de 9 $(27 = 3 \times 9)$.
Donc 582 192 est divisible par 9. En effet, $582\,192 = 9 \times 64\,688$.
- 940 est **divisible par 10**. En effet, $940 = 10 \times 94$.

14 est divisible par 2. En effet, $14 = 7 \times 2$.

On s'entraîne !

1 QUIZ

Vrai ou faux ?

	V	F
a. 32 est un multiple de 8.	☑	☐
b. 4 est un diviseur de 21.	☐	☒
c. 32 est divisible par 3.	☐	☒
d. 5 est un diviseur de 230.	☑	☐
e. 7 divise 35.	☑	☐

2 *Vocabulaire*

Complète les phrases en utilisant les mots suivants :

diviseur • multiple • divisible • divise.

a. 65 est un diviseur de 5.

b. 5 est un multiple de 65.

c. 65 est divisible par 5.

d. 7 n'est pas un diviseur de 65.

e. 5 ne divise pas 49.

f. 65 n'est pas un multiple de 7.

3 *Critères de divisibilité*

Par quoi ces nombres sont-ils divisibles ? Coche les cases qui conviennent.

	2	3	5	9	10
a. 115	☐	☐	☑	☐	☐
b. 108	☑	☑	☐	☑	☐
c. 297	■	☑	☐	☑	☐
d. 1 020	☑	☑	☑	☑	☑

4 *Un partage*

Baptiste a gagné 75 stylos à une loterie. Il veut en faire profiter certains de ses amis en offrant à chacun le même nombre de stylos sans en garder pour lui.

a. Explique pourquoi Baptiste ne peut pas choisir 9 amis. Car 9 n'est pas un diviseur de 75

b. Explique pourquoi Baptiste peut choisir 15 amis et donne le nombre de stylos offerts à chacun.

Car 75 est un multiple de 15
5 stylos par amis

5 *La loterie*

Pour gagner à la loterie, le ticket doit avoir un numéro multiple de 2 et de 9.

Entoure le ticket gagnant.

7 841 — 9 832 — 5 386 — 8 457 — 6 948

6 *Parts de gâteau*

On veut découper un gâteau rectangulaire de 30 cm de longueur et de 20 cm de largeur, en faisant des parts carrées, toutes de la même taille. La longueur des côtés des parts doit être un nombre entier de centimètres strictement supérieur à 2.

a. Donne deux façons de découper ce gâteau.

? indice

Demande-toi quels sont les diviseurs communs à 30 et à 20. 5 – 10 – 2

b. Précise le découpage donnant le plus grand nombre de parts et le nombre de parts obtenues dans ce cas.

c. Précise le découpage donnant les plus grandes parts et le nombre de parts obtenues dans ce cas.

7 *Nombre caché*

A = 12✶ est un nombre entier à trois chiffres.

Remplace l'étoile par un chiffre pour que le nombre A soit un multiple de 3.

Donne toutes les possibilités.

123 – 126 – 129

8 CONTRÔLE EXPRESS

a. On donne 4 857 = 1 619 × 3.

Complète les phrases suivantes.

4 857 est un multiple de .... et de ....

1 619 est un diviseur de ....

4 857 est divisible par .... et par ....

Deux autres diviseurs de 4 857 sont ....

b. Donne cinq diviseurs de 72.

c. Donne trois multiples de 8.

d. Explique quels critères de divisibilité peuvent s'appliquer au nombre 1 980.

Corrigés page 19 du Guide

2 Règles de priorité

Je me demande...

Quel ordre respecter pour effectuer des calculs ? Certains calculs sont-ils prioritaires sur d'autres ?

Les points clés

Dans un calcul, les opérations se font dans l'ordre suivant :

1. les calculs entre **parenthèses**
2. les **multiplications** et les **divisions**
3. les **additions** et les **soustractions** dans l'ordre (de gauche à droite)

EXEMPLES

$5 \times 8 - 3 = 40 - 3 = 37$

$26 - 18 \div 3 = 26 - 6 = 20$

$3 \times (18 - 5 \times 2) = 3 \times (18 - 10) = 3 \times 8 = 24$

Un peu de méthode

Utiliser les priorités des opérations

- **1er cas :**

$A = 17 - 5 - 3 + 12$
$A = 17 - 5 - 3 + 12$
$A = 12 - 3 + 12$
$A = 9 + 12$
$A = 21$

Il n'y a que des additions et des soustractions.
→ Je calcule dans l'ordre, de gauche à droite.

- **2e cas :**

$B = 27 - 3 \times 5 + 8 - 21 \div 7$
$B = 27 - 3 \times 5 + 8 - 21 \div 7$
$B = 27 - 15 + 8 - 3$
$B = 12 + 8 - 3$
$B = 20 - 3$
$B = 17$

Il y a une multiplication et une division.
→ Je les calcule en priorité.

S'il y a plusieurs parenthèses, je commence par les plus intérieures.

- **3e cas :**

$C = 54 - (9 \times 2 - 8) \times 3$
$C = 54 - (9 \times 2 - 8) \times 3$
$C = 54 - (18 - 8) \times 3$
$C = 54 - (10) \times 3$
$C = 54 - 30$
$C = 24$

Il y a des parenthèses.
→ J'effectue en premier les calculs entre parenthèses. Dans les parenthèses, j'applique les règles de priorité.

- **4e cas :**

$D = 5 \times [32 - (2 \times 3 + 24) \div 3]$
$D = 5 \times [32 - (2 \times 3 + 24) \div 3]$
$D = 5 \times [32 - (6 + 24) \div 3]$
$D = 5 \times [32 - 30 \div 3]$
$D = 5 \times [32 - 10]$
$D = 5 \times 22$
$D = 110$

Il y a des crochets et des parenthèses.
→ J'effectue en premier les calculs entre crochets. Dans les crochets, j'effectue d'abord les calculs entre parenthèses en respectant les priorités.

On s'entraîne !

1 QUIZ

Vrai ou faux ?

	V	F
a. $12-9-2=5$	☐	☐
b. Dans le calcul $25-6\times7$, on calcule en priorité 6×7.	☐	☐
c. Dans le calcul $(7\times9)+12$, les parenthèses sont inutiles.	☐	☐
d. 14 est le résultat de $5\times8-12\div2$.	☐	☐
e. Le résultat de $5\times(36-4\times4)$ est 100.	☐	☐

2 Associations

Relie chaque suite d'opérations à son résultat.

a. $3+2\times5$ •	• 3
b. $15\times4\div3$ •	• 6,6
c. $19-4\times4$ •	• 13
d. $50-7\times4+9$ •	• 31
e. $17{,}7-11{,}7+0{,}3\times2$ •	• 20

3 Avec des parenthèses

Calcule les expressions suivantes.

$A=(5+7)\times3-16$ $\quad$ $B=42-(4\times3+7)$

$C=(19-2\times4)\times(15\div3+4)$

4 En français

Calcule.

a. le produit de 9 par la somme de 4 et 3
b. la somme de 8 et du produit de 6 par 3
c. la différence de 20 et de la somme de 4 et 7
d. le produit de la somme de 14 et 6 par le quotient de 14 et 7

5 Copies d'élèves

Un professeur de mathématiques a demandé à ses élèves de calculer l'expression $A=56-(14+48\div8)$.

Voici ce qu'ont écrit Paul et Leila :

Paul	Leila
$A=56-14+6=48$	$A=56-20=36$

À ton avis, quel élève a obtenu la bonne réponse ?

6 Un peu de géométrie

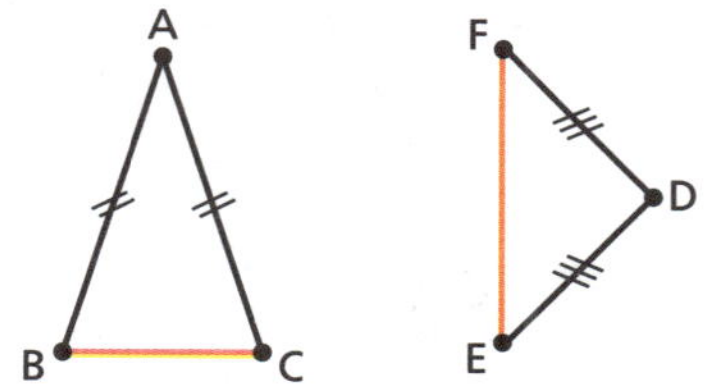

Les triangles ABC et DEF sont isocèles, respectivement en A et D, et ont un périmètre de 20 cm.

On donne : AC = 6 cm et EF = 5,2 cm.

a. Parmi les expressions suivantes **entoure** celles qui permettent de calculer les longueurs BC et DF.

$BC=20\div2-6$ $\quad$ $DF=(20-5{,}2)\div2$

$BC=(20-6)\div2$ $\quad$ $DF=20-2\times5{,}2$

$BC=20-2\times6$ $\quad$ $DF=20\div2-5{,}2$

b. À l'aide des expressions choisies à la question précédente, **calcule les longueurs** BC et DF.

7 À crédit

Pour l'achat d'une voiture coûtant 16 000 €, un garage propose la formule de crédit suivante :
- paiement de 5 000 € à la livraison du véhicule ;
- puis paiement de 48 mensualités de 250 €.

a. **Écris le calcul** donnant le montant total des mensualités.
b. **Écris le calcul** donnant le coût du véhicule acheté à crédit.
c. **Calcule le montant total des intérêts payés** pour cet achat à crédit. Tu écriras le calcul à effectuer à l'aide de parenthèses.

8 Parenthèses et crochets

Calcule.

$A=[35-(4\times8-30)]\div11$

$B=(5\times9-15)\times[(6\times8+2)\div5]$

9 CONTRÔLE EXPRESS

Effectue les calculs suivants.

$A=(5+4)\times(8-2)$ $\quad$ $B=(5+4)\times8-2$

$C=5+4\times8-2$ $\quad$ $D=5+(4\times8-2)$

$E=5+4\times(8-2)$

Corrigés page 19 du Guide

3 Comparer des fractions

Je me demande...
Comment peut-on reconnaître la plus grande de deux fractions ?

Les points clés

Mots-Clés
- **Numérateur** : Le numérateur est le nombre situé au-dessus de la barre de fraction.
- **Dénominateur** : Le dénominateur est le nombre en dessous de la barre de fraction.

1 Comparaison de fractions de même dénominateur

- On compare les numérateurs.

EXEMPLE $\frac{3}{7} < \frac{5}{7}$

2 Comparaison de fractions de même numérateur

- La fraction la plus grande est celle qui a le plus petit dénominateur.

EXEMPLE $\frac{7}{3} > \frac{7}{12}$

3 Égalité de fractions

- Une fraction ne change pas lorsqu'on multiplie (ou qu'on divise) son numérateur et son dénominateur **par un même nombre** non nul.

EXEMPLE $\frac{30}{25} = \frac{30 \div 5}{25 \div 5} = \frac{6}{5}$ et $\frac{6}{5} = \frac{6 \times 2}{5 \times 2} = \frac{12}{10}$ donc $\frac{30}{25} = \frac{6}{5} = \frac{12}{10}$

Dans l'égalité $\frac{30}{25} = \frac{6}{5}$, on dit que l'on simplifie $\frac{30}{25}$ par 5.

La **fraction simplifiée** de $\frac{30}{25}$ est $\frac{6}{5}$.

Un peu de méthode

Comparer des fractions de dénominateurs différents

1er cas : Une fraction est inférieure à 1, l'autre est supérieure à 1.	2e cas : Les deux fractions sont inférieures (ou supérieures) à 1.
Comparer $\frac{9}{7}$ et $\frac{5}{11}$. **1** Je compare les fractions avec 1. Puisque $9 > 7$, je sais que $\frac{9}{7} > 1$. Puisque $5 < 11$, je sais que $\frac{5}{11} < 1$. **2** J'en déduis que $\frac{9}{7} > \frac{5}{11}$.	Comparer $\frac{9}{7}$ et $\frac{31}{28}$. **1** Je remarque que ces fractions sont toutes les deux supérieures à 1, donc je ne peux pas appliquer la méthode du premier cas. **2** Je mets les fractions au même dénominateur. $\frac{9}{7} = \frac{9 \times 4}{7 \times 4} = \frac{36}{28}$ **3** Je compare $\frac{36}{28}$ et $\frac{31}{28}$: $\frac{36}{28} > \frac{31}{28}$ Donc j'en déduis que $\frac{9}{7} > \frac{31}{28}$.

On s'entraîne !

1 QUIZ

Vrai ou faux ?

	V	F
a. $\frac{4}{7}$ est supérieure à $\frac{3}{7}$.	☐	☐
b. $\frac{4}{7}$ est supérieure à $\frac{4}{3}$.	☐	☐
c. $\frac{4}{7} = \frac{12}{21}$	☐	☐
d. $\frac{5}{9}$ est inférieure à $\frac{5}{4}$.	☐	☐
e. $\frac{15}{29} < \frac{24}{29}$	☐	☐

2 Ranger des fractions

a. Range ces fractions dans l'ordre décroissant.

$\frac{7}{15}$ $\frac{2}{15}$ $\frac{11}{15}$ $\frac{9}{15}$ $\frac{4}{15}$

b. Range ces fractions dans l'ordre croissant.

$\frac{7}{22}$ $\frac{7}{9}$ $\frac{7}{2}$ $\frac{7}{15}$ $\frac{7}{10}$

3 Fractions égales

Parmi les fractions suivantes, entoure celles qui sont égales à $\frac{14}{10}$.

$\frac{7}{5}$ $\frac{5}{7}$ $\frac{21}{15}$ $\frac{56}{40}$ $\frac{28}{21}$ $\frac{154}{110}$

4 Comparaison avec 1

$\frac{14}{9}$ $\frac{25}{3}$ $\frac{45}{61}$ $\frac{35}{35}$ $\frac{78}{100}$ $\frac{6}{7}$ $\frac{10}{9}$ $\frac{71}{71}$

a. Entoure en rouge les nombres inférieurs à 1 et en vert les nombres supérieurs à 1.

b. Que peux-tu dire des nombres qui n'ont pas été entourés ?

5 Argent de poche

Pour son anniversaire, Arnaud a le choix entre deux enveloppes.

Deux tiers de 120 €

Cinq neuvièmes de 120 €

Quelle enveloppe contient le plus d'argent ?

6 Sans calcul

Explique pourquoi il est possible de comparer les fractions $\frac{512}{497}$ et $\frac{652}{783}$ sans effectuer de calcul.

7 Proportion d'élèves

Parmi les 150 élèves de cinquième d'un collège, 60 habitent à plus de 10 km du collège. Sophie affirme que deux élèves sur cinq habitent à plus de 10 km du collège. **A-t-elle raison ?**

8 Sirop

Dans le verre de Martin, on mélange 6 cL de sirop avec 30 cL d'eau.
Dans celui de Maylis, la proportion de sirop est de $\frac{9}{54}$.

Martin affirme que son verre contient la plus grande proportion de sirop. A-t-il raison ?

? indice

Pense à simplifier les fractions.

9 CONTRÔLE EXPRESS

a. Trouve une fraction égale à $\frac{3}{4}$ dont le numérateur est 27.

b. Trouve une fraction égale à $\frac{5}{7}$ dont le dénominateur est 56.

c. Complète par le symbole qui convient : $<$, $>$ ou $=$.

$\frac{4}{7}$ .... $\frac{9}{7}$ $\frac{8}{13}$ .... $\frac{8}{7}$ $\frac{9}{5}$ .... $\frac{27}{15}$

$\frac{5}{6}$ .... $\frac{13}{12}$ $\frac{174}{100}$ .... $\frac{147}{100}$

Corrigés page 19 du Guide

4 Nombres relatifs

Je me demande...
Comment faire pour comparer deux nombres négatifs ?

Les points clés

On appelle **nombres relatifs** l'ensemble des nombres positifs et des nombres négatifs.

1 Nombres positifs

- Les nombres situés au-dessus de zéro sont les **nombres positifs**.

EXEMPLES 7 ; 158 et 0,357 sont des nombres relatifs positifs.

2 Nombres négatifs

- Les nombres en dessous de zéro sont les **nombres négatifs**.

EXEMPLES – 4 ; – 257 et – 1,254 sont des nombres relatifs négatifs.

3 Nombres opposés

- Les nombres relatifs de même valeur et de signes contraires sont appelés **nombres opposés**.

EXEMPLE 12,7 et – 12,7 sont des nombres opposés.

Un peu de méthode

Comparer deux nombres relatifs

- La comparaison de deux nombres relatifs dépend de leurs signes.

Comparer deux nombres positifs	Le plus grand est celui qui est **le plus loin de zéro**. EXEMPLES $7 < 19$ $15,8 > 7,5$ $0,25 < 0,8$
Comparer un nombre positif et un nombre négatif	Le plus grand est **le nombre positif**. EXEMPLES $-6 < 5$ $12,7 > -8,9$ $-15 < 15$
Comparer deux nombres négatifs	Le plus grand est celui qui est **le plus proche de zéro**. EXEMPLES $-6 < -2$ $-15 > -27$ $-5,7 < -2,1$

Ranger des nombres relatifs

- Ranger les nombres suivants dans l'ordre croissant :
– 5 ; 12 ; – 9 ; 2,5 ; – 1,3 ; 4 ; – 23 ; 17.

1. Je range dans l'ordre croissant les nombres positifs :
$2,5 < 4 < 12 < 17$.

2. Je range dans l'ordre croissant les nombres négatifs, en appliquant la règle de comparaison précédente :
$-23 < -9 < -5 < -1,3$.

3. Donc j'obtiens :
$-23 < -9 < -5 < -1,3 < 2,5 < 4 < 12 < 17$.

On s'entraîne !

1 QUIZ

Vrai ou faux ?

	V	F
a. 32 est l'opposé de – 32.	☐	☐
b. – 15 est supérieur à 0,25.	☐	☐
c. – 15 < – 10,25.	☐	☐
d. 5,7 et – 7,5 sont des nombres opposés.	☐	☐
e. – 9 < – 5 < – 2 sont rangés dans l'ordre croissant.	☐	☐

2 Vocabulaire

Complète les phrases en utilisant les mots :
relatif(s) • positif (s) • négatif(s) • opposé(s).

a. 15 875 est un nombre ....

b. – 835 et – 0,00056 sont des nombres ....

c. 25,32 et – 17,45 sont des nombres décimaux ....

d. – 12,75 est le nombre .... de 12,75.

e. L'opposé d'un nombre négatif est un nombre ....

3 Traduction mathématique

Associe un nombre relatif à chaque situation.

a. Le plongeur est descendu à une profondeur de 150 m.

b. L'ascenseur se trouve au 4ᵉ étage.

c. La température atteint 25 °C en dessous de zéro.

d. Le chef gaulois Vercingétorix est né en pays Arverne vers 72 av. J.-C.

4 Comparaison

Complète avec le symbole < ou >.

2,98 .... 2,95 | – 6 6

24,7 .... – 34,5 | – 0,023 0,0005

– 1,256 .... – 1,526 | – 7,5 .... – 7,52

– 23 .... – 52 | – 0,26 .... – 0,05

– 12,8 .... – 12

5 Décroissant et croissant

a. Range ces nombres dans l'ordre décroissant :
4 ; 3,8 ; – 2,6 ; – 3,1 ; 7,2 ; – 2,4 ; – 1,4.
....

b. Range ces nombres dans l'ordre croissant :
13 ; – 73 ; 9 ; – 72 ; – 21 ; 6 ; – 46 ; 0,346.
....

6 Famille de mathématiciens

Voici les dates de naissances et de décès de trois mathématiciens.

Platon	Né en 427 av. J.-C.	Mort en 347 av. J.-C.
Thalès	Né en 625 av. J.-C.	Mort en 546 av. J.-C.
Pythagore	Né en 580 av. J.-C.	Mort en 495 av. J.-C.

Qui est l'aîné ? le benjamin ? le cadet ?

7 Secret

Paul a caché le prénom de sa fiancée dans ce tableau.
L'initiale de ce prénom est codée par le plus petit nombre du tableau. Pour retrouver ce prénom, il faut se déplacer horizontalement ou verticalement vers un nombre immédiatement supérieur.

Retrouve le prénom de la fiancée de Paul.

B 2	E 7	I – 2	U 13
A 8	P – 9	H – 5	N – 7
S – 15	O – 11	L 3	E – 1
I – 6	L – 7	V – 4	Y 5

8 CONTRÔLE EXPRESS

Complète.

a. L'opposé de – 23 est ....

b. – 27 est l'opposé de ....

c. Les nombres – 12 > – 17 > – 29 sont rangés dans l'ordre ....

d. – 13 .... – 8 – 19 .... – 25

0,025 .... – 0,025

e. Encadre par deux nombres entiers consécutifs.

.... < – 7,5 < ....

.... > – 4,5 > ....

Corrigés page 20 du Guide

5 Additionner des nombres relatifs

Je me demande...
Comment fait-on pour ajouter un nombre positif et un nombre négatif ?

Les points clés

- Quand on additionne des nombres relatifs, on distingue **deux cas.**

Addition de deux nombres de même signe

- Conserver le signe commun.
- Ajouter les valeurs.

EXEMPLES $(-5)+(-7)=(-12)$
$5{,}7+3{,}5=9{,}2$

Addition de deux nombres de signes contraires

- Conserver le signe du nombre qui a la plus grande valeur.
- Soustraire la plus petite valeur de la plus grande.

EXEMPLES $(-5)+7=2$
$(-5)+3=-2$

- La **somme de deux nombres opposés** est égale à zéro.

EXEMPLES
$(-27)+27=0$
$12{,}9+(-12{,}9)=0$

Mot-Clé
Valeur d'un nombre relatif : C'est le nombre sans le signe.

Un peu de méthode

Additionner plusieurs nombres relatifs

$A=(-15)+17+4{,}3+(-5{,}2)+(-17)+8$

1. Je regarde s'il y a des nombres opposés.
Dans l'expression A, 17 et (-17) sont des nombres opposés.

2. Je peux les retirer du calcul puisque leur somme est égale à zéro.
$A=(-15)+4{,}3+(-5{,}2)+8$

3. Je regroupe les nombres positifs entre eux et les nombres négatifs entre eux.
$A=(-15)+(-5{,}2)+4{,}3+8$

4. Je calcule en appliquant les règles données dans « Les points clés ».
$A=(-15)+(-5{,}2)+4{,}3+8$
$A=-20{,}2+12{,}3$
$A=-7{,}9$

Remarque :
Je peux appliquer cette méthode à des calculs écrits sans parenthèses.

EXEMPLE
$B=-25+13-7+9-4+8-13+25$
$B=-7-4+9+8$
$B=-11+17$
$B=6$

On s'entraîne !

1 QUIZ

Vrai ou faux ?

	V	F
a. $(-20)+(-7)=-27$	☐	☐
b. $(-20)+13$ est un nombre négatif.	☐	☐
c. $17+(-8)=17-8$	☐	☐
d. $-13+5-2+13-5=3$	☐	☐
e. $17+(-5)<0$	☐	☐

2 Dans un tableau

omplète le tableau suivant.

a	b	a + b
−7	−5	....
−2,6	−4,8	....
2,4	1,8	....
7	−9	....
−5	−8	....
2,6	−2,6	....
−10,8	6,8	....
−7,2	0	....

3 Pyramide

omplète la pyramide, sachant que chaque ase contient la somme des nombres se trouvant dans les deux cases juste en dessous.

	....		
	....	....	
5	....	....	
−3	8	−4	−5

4 Cases vides

omplète les opérations suivantes.

. $(-8)+(\ldots\ldots)=-13$ **d.** $(\ldots\ldots)+25=20$

. $17+(\ldots\ldots)=11$ **e.** $17+(\ldots\ldots)=-5$

. $(\ldots\ldots)+(-4)=-13$ **f.** $(\ldots\ldots)+13=-20$

5 Plusieurs termes

Calcule.

a. $(-17)+25+(-8)+17+(-7)+3=$ ....

b. $5{,}7+(-10{,}8)+8{,}2+(-5{,}7)+(-6{,}3)+4{,}5=$ ....

c. $158+(-121)+107+(-84)+(-158)+84$
$+(-107)+121=$ ....

? indice

Vérifie s'il y a des nombres opposés.

6 Sans parenthèses

Calcule.

a. $-12+17-5+3=$ ....

b. $25-13-8-25+8=$ ....

c. $19{,}5-4{,}5+6{,}5-3{,}5=$ ....

7 Âge du mathématicien

Archimède est né en 287 avant Jésus-Christ.
Il est décédé à l'âge de 75 ans.

En quelle année est-il décédé ?

....

8 Carré magique

Un carré est dit « magique » quand la somme des nombres en ligne, en colonne ou en diagonale est la même.

Complète le carré suivant pour qu'il soit magique.

....	+ 10	....
....	− 2	....
....	− 14	+ 1

9 CONTRÔLE EXPRESS

Calcule.

$A=(-42)+24=$ ....

$B=258+(-258)=$ ....

$C=10+(-4{,}8)=$ ....

$D=(-8{,}2)+(-3{,}4)=$ ....

$E=(-5{,}7)+9{,}3=$ ....

$F=14+27+(-18)+9+(-27)+(-5)=$ ....

Corrigés page 20 du Guide

6 Soustraire des nombres relatifs

Je me demande...
Comment peut-on soustraire un nombre négatif ?

Les points clés

● Soustraire un nombre relatif revient à **ajouter son opposé**, c'est-à-dire le nombre relatif de signe contraire.

EXEMPLES $12-(-7)=12+7=19$
$(-15)-(-12)=-15+12=-3$
L'opposé de -7 se note $-(-7)$, donc on a $-(-7)=7$.

Un peu de méthode

Calculer des sommes algébriques

● Pour calculer une somme algébrique, je dois suivre les quatres étapes suivantes.

Calculer des sommes algébriques

1. Transformer les soustractions en additions de l'opposé.
2. Regarder s'il y a des nombres opposés.
3. Regrouper les nombres positifs entre eux et les nombres négatifs entre eux.
4. Calculer en appliquant les règles d'addition des nombres relatifs.

Mot-Clé
Somme algébrique : Une somme algébrique est une succession d'additions et de soustractions de nombres relatifs.

EXEMPLE
$A=(-15)-12+9-(-8)+13-(-15)-11$
$A=(-15)+(-12)+9+(+8)+13+(+15)+(-11)$
Je peux retirer les nombres 15 et -15 qui sont opposés.
$A=(-12)+9+8+13+(-11)$
$A=(-12)+(-11)+9+8+13$
$A=-23+30$
$A=7$

Les étapes 2 à 4 reprennent la méthode du chapitre précédent.

● Je peux aussi calculer sans parenthèses en transformant seulement les soustractions de nombres négatifs.

EXEMPLE
$B=-20+13-(-8)-5+11-7-(-6)$
$B=-20+13+8-5+11-7+6$
$B=-20-5-7+13+8+11+6$
$B=-32+38$
$B=6$

On s'entraîne !

1 QUIZ

Vrai ou faux ?

	V	F
a. $-(-12)$ est l'opposé de -12.	☐	☐
b. Soustraire 8 revient à ajouter -8.	☐	☐
c. $-9-(-12)$ est un nombre négatif.	☐	☐
d. La différence de deux nombres opposés est nulle.	☐	☐
e. $15-(-20)=15+20=35$	☐	☐

2 Changements

Complète.

a. Soustraire -15 d'un nombre revient à .... à ce nombre.

b. Soustraire 18 d'un nombre revient à .... à ce nombre.

c. Soustraire .... d'un nombre revient à ajouter -9 à ce nombre.

d. Soustraire .... d'un nombre revient à ajouter 17 à ce nombre.

3 Soustractions

Calcule.

A $=(-18)-(+7)=(-18)+(.......)=$ ....

B $=21-(-15)=21+(.......)=$ ....

C $=-5-(-9)=-5+(.......)=$ ....

D $=3{,}8-(+9{,}5)=3{,}8+(.......)=$ ....

E $=(-25)-(-25)=-25+(.......)=$ ....

4 Sommes algébriques

Calcule.

A $=(-15)+13-(-9)-(+7)$

B $=19-(-15)-15-(+12)$

C $=-17+(-15)-(+12)-12$

D $=(-12)-(-8{,}5)+6{,}5-(+3{,}5)$

E $=9{,}5-(-6)+(-5{,}5)-(+7{,}5)$

5 Sans parenthèses

Calcule.

A $=-12+9-8-15+12-9+4$

B $=25-13+6-8-25+13$

C $=153-215+86-153+215-90$

6 En français

Écris puis calcule l'expression qui correspond à chaque phrase.

a. La somme de $-3{,}5$ et de la différence de 4,8 et de 8,9.

....

b. La différence de 7,4 et de la somme de $-7{,}1$ et de $-5{,}5$.

....

7 Nombre inconnu

Dans chaque cas, détermine le nombre inconnu.

a. La somme d'un nombre et de -4 est égale à 3.

b. La différence d'un nombre et de 7 est égale à -11.

c. La différence de -8 et d'un nombre est égale à 6.

8 Longévité de mathématiciens

Voici les dates de naissances et de décès de trois mathématiciens.

Platon	Né en 427 av. J.-C.	Mort en 347 av. J.-C.
Thalès	Né en 625 av. J.-C.	Mort en 546 av. J.-C.
Pythagore	Né en 580 av. J.-C.	Mort en 495 av. J.-C.

Lequel de ces mathématiciens a vécu le plus longtemps ? ....

9 CONTRÔLE EXPRESS

Calcule.

A $=9-4$

B $=-4-1$

C $=3-8$

D $=-2-(-4)$

E $=2-(-1)+4-2+1$

F $=-(-5)-2-7-(-2)$

G $=3-(-7)-9+4-5$

? indice

$-(-4)$ est l'opposé de -4, donc $-(-4)=+4$.

Corrigés page 20 du Guide

7 Additionner et soustraire des fractions

Je me demande...
Peut-on effectuer des calculs avec des fractions de dénominateurs différents ?

Les points clés

- Pour ajouter ou soustraire des fractions qui ont le **même dénominateur** :
  – on ajoute ou on soustrait les numérateurs ;
  – on conserve le dénominateur commun.

EXEMPLES $\frac{5}{12}+\frac{2}{12}=\frac{5+2}{12}=\frac{7}{12}$ $\quad\frac{7}{25}-\frac{13}{25}=\frac{7-13}{25}=\frac{-6}{25}$

$\frac{-9}{17}-\frac{-5}{17}=\frac{-9-(-5)}{17}=\frac{-9+5}{17}=\frac{-4}{17}$

Pour les calculs au numérateur, tu peux lire la méthode du chapitre 6.

Un peu de méthode

Additionner ou soustraire des fractions de dénominateurs différents

- **1er cas :** $A=\frac{7}{6}-\frac{5}{18}$ — Je regarde les dénominateurs 6 et 18 : 18 est un multiple de 6.

$A=\frac{7\times 3}{6\times 3}-\frac{5}{18}$ — Je mets la fraction $\frac{7}{6}$ au dénominateur 18.

$A=\frac{21}{18}-\frac{5}{18}$ — J'applique la règle de calcul.

$A=\frac{16}{18}$

$A=\frac{8\times 2}{9\times 2}=\frac{8}{9}$ — Je regarde si je peux simplifier le résultat obtenu. 16 et 18 sont des nombres multiples de 2, donc je peux simplifier le résultat par 2.

- **2e cas :** $B=\frac{9}{7}+4$ — Je sais que tout nombre entier peut s'écrire sous la forme d'une fraction de dénominateur 1.

$B=\frac{9}{7}+\frac{4}{1}$

$B=\frac{9}{7}+\frac{4\times 7}{1\times 7}$ — Je mets la fraction $\frac{4}{1}$ au dénominateur 7.

$B=\frac{9}{7}+\frac{28}{7}=\frac{37}{7}$ — J'applique la règle de calcul.

- **3e cas :** $C=\frac{5}{8}-\frac{7}{6}$ — Je cherche le(s) multiple(s) commun(s) aux dénominateurs 8 et 6 : il y en a deux. $24=3\times 8=6\times 4$ et $48=6\times 8$. Je choisis le plus petit.

$C=\frac{5\times 3}{8\times 3}-\frac{7\times 4}{6\times 4}$ — Je mets les fractions au même dénominateur.

$C=\frac{15}{24}-\frac{28}{24}$ — J'applique la règle de calcul.

$C=\frac{-13}{24}$

Mot-Clé
Fraction simplifiée : Il s'agit d'une fraction dont le numérateur et le dénominateur sont les plus petits possible.

On s'entraîne !

1 QUIZ

Vrai ou faux ?

	V	F
a. $\frac{8}{13}+\frac{9}{13}=\frac{17}{13}$	☐	☐
b. $\frac{-5}{17}=\frac{7}{17}-\frac{12}{17}$	☐	☐
c. On peut simplifier $\frac{45}{54}$ par 5.	☐	☐
d. Les fractions $\frac{9}{8}$ et $-\frac{8}{9}$ sont opposées.	☐	☐
e. La fraction opposée à $\frac{7}{3}$ est $-\frac{7}{3}$.	☐	☐

2 Opérations incomplètes

Complète les égalités suivantes.

a. $\frac{5}{2}+\frac{\dots}{\dots}=\frac{8}{2}$

b. $\frac{4}{7}-\frac{\dots}{\dots}=\frac{1}{7}$

c. $\frac{4}{12}-\frac{9}{12}=\frac{\dots}{12}$

d. $\frac{-4}{25}+\frac{6}{25}=\frac{\dots}{\dots}$

e. $\frac{16}{12}-\frac{-7}{12}=\frac{\dots}{\dots}$

f. $\frac{4}{5}-\frac{1}{5}+\frac{3}{5}=\frac{\dots}{5}$

3 Simplifications

Simplifie le plus possible les fractions suivantes.

$A=\frac{12}{21}$

$B=\frac{13}{7}$

$C=\frac{40}{48}$

$D=\frac{72}{54}$

$E=\frac{120}{160}$

4 Au même dénominateur

Calcule et donne le résultat sous la forme d'une fraction la plus simplifiée possible.

$A=\frac{5}{6}+\frac{7}{18}$

$B=\frac{5}{4}+\frac{2}{7}$

$C=\frac{3}{4}-\frac{31}{36}$

$D=\frac{11}{3}-\frac{3}{2}$

5 Avec des entiers

Calcule et donne le résultat sous la forme d'une fraction simplifiée.

$A=1-\frac{3}{5}$

$B=\frac{18}{7}-3$

$C=\frac{7}{9}+1$

$D=5+\frac{4}{7}$

? indice

Tout nombre entier peut s'écrire sous la forme d'une fraction de dénominateur 1.

6 Triathlon

Lors d'une épreuve sportive, Thomas parcourt $\frac{2}{7}$ du trajet en course à pied, $\frac{10}{21}$ du trajet à vélo et le reste à la nage.

Quelle fraction du trajet parcourt-il à la nage ?

7 Dans la bouteille

Jessica boit la moitié d'une bouteille d'eau minérale. Samuel en boit un quart. Nadia en boit un huitième et Marie un seizième.

Les enfants ont-ils bu toute la bouteille ?

8 Priorités

Calcule en respectant les priorités des opérations et donne le résultat sous la forme d'une fraction simplifiée.

$A=\frac{3}{10}-\left(\frac{3}{5}-\frac{1}{4}\right)$

$B=\left(\frac{1}{4}+\frac{5}{8}\right)\times\left(\frac{2}{3}+\frac{3}{7}\right)$

9 CONTRÔLE EXPRESS

Calcule.

a. $\frac{17}{15}+\frac{18}{15}$ **b.** $2+\frac{2}{5}$ **c.** $\frac{21}{12}-\frac{9}{12}$

d. la somme de deux tiers et cinq neuvièmes.

Corrigés page 20 du Guide

8 Calcul littéral

Je me demande…
Pourquoi calculer avec des lettres ? Comment fait-on ?

Les points clés

● Une expression dans laquelle un ou plusieurs nombres sont désignés par des lettres s'appelle une **expression littérale**.

EXEMPLES Le périmètre d'un carré de côté c s'écrit $4 \times c$.
Le prix de x kg de tomates à 2,5 € le kg s'écrit $2{,}5 \times x$.

● Pour **simplifier l'écriture** des expressions, on ne note pas le symbole × devant une lettre ou devant des parenthèses.

EXEMPLES $4 \times c = 4c$ $\quad 5 \times (x+4) = 5(x+4)$ $\quad a \times b = ab$
$(x-7) \times (2 \times x + 3) = (x-7)(2x+3)$

● $x \times x$ se note x^2 et se lit « **x au carré** ».
$x \times x \times x$ se note x^3 et se lit « **x au cube** ».

Un peu de méthode

Calculer une expression littérale

Je remplace la (ou les) lettre(s) par les valeurs données.

EXEMPLE Calculer l'aire d'un cercle de rayon 4 cm.

1. Je sais que l'aire d'un cercle a pour formule πR^2.

2. Je remplace R par 4 : l'aire exacte est égale à $4^2 \times \pi = 16\pi$ cm².

3. Je peux calculer une valeur approchée en utilisant $\pi \approx 3{,}14$.
La valeur approchée de l'aire est 50,24 cm².

Tester une égalité

1. Je calcule séparément l'expression donnée dans chaque membre de l'égalité.

2. Je vérifie que les deux résultats sont égaux : dans ce cas, l'égalité est vérifiée.

EXEMPLE Tester $2x+5 = y-x$ pour $x = 2$ et $y = 17$, puis pour $x = 5$ et $y = 20$.

$2x+5 = 2 \times 2 + 5 = 4 + 5 = 9$
$y - x = 17 - 2 = 15$
Donc l'égalité $2x + 5 = y - x$ n'est pas vérifiée pour $x = 2$ et $y = 17$.

$2x+5 = 2 \times 5 + 5 = 10 + 5 = 15$
$y - x = 20 - 5 = 15$
Donc l'égalité $2x + 5 = y - x$ est vraie pour $x = 5$ et $y = 20$.

Réduire une expression littérale

● Je calcule ensemble tous les termes ayant la même lettre.

EXEMPLE $A = 4y - 5x + 8 + 3y + 15x - 10$
$A = 4y + 3y - 5x + 15x + 8 - 10$
$A = 7y + 10x - 2$

Mot-Clé
Réduire une expression consiste à calculer ensemble les termes ayant la même partie littérale.

On s'entraîne !

1 QUIZ

Vrai ou faux ?

	V	F
a. 36 est le carré de 6.	☐	☐
b. $4^3 = 4 \times 4 \times 4$	☐	☐
c. Je peux réduire $7a + 8b - 5c$.	☐	☐
d. Pour $x = 3$, on a $5x - 8 = 6$.	☐	☐
e. Le double de y s'écrit y^2.	☐	☐

2 Suppression de signes

Supprime les symboles × quand cela est possible (sans faire les calculs).

$A = 3 \times a + 2$ $\quad E = 14 \times (2 \times a - 5)$

$B = a \times b - 4$ $\quad F = 2 \times \pi \times r \times h$

$C = 7 \times a \times b$ $\quad G = 12 \times 8$

$D = 5 \times (x - 2)$ $\quad H = 57 - 34 \times 2$

3 Remplacement

On donne : $A = 2x + 1$; $B = 3x - 4$; $C = x^2 + 1{,}5$.

Calcule A, B et C pour $x = 2$.

4 Traduction

Traduis chaque phrase par une expression littérale.

a. Le produit de sept par x. ....

b. La somme de x et de onze. ....

c. Le produit de cinq par la somme de trois et du carré de x. ....

d. La somme du triple de x et de douze. ....

5 Nature

Détermine la nature du triangle ABC sachant que $x = 4$ cm.

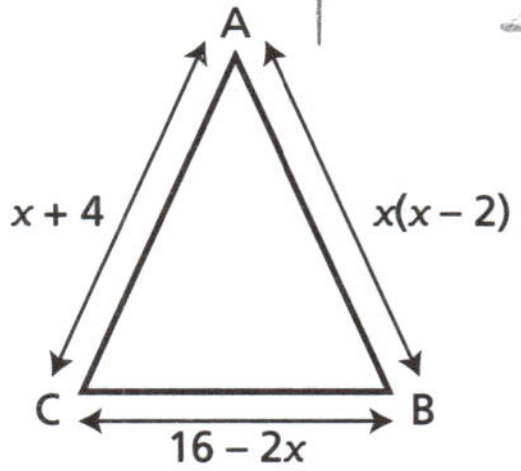

6 Nombre inconnu

Julie pense à un nombre et dit : « Le triple du nombre auquel je pense est égal à la somme de ce nombre et de 9. »

Entoure dans la liste suivante le nombre auquel pense Julie.

2,5 $\qquad$ 3 $\qquad$ 4,5 $\qquad$ 5

7 Géométrie littérale

ABCD est un rectangle de largeur $5x - 3$ et de longueur $4x + 12$.

a. Parmi les expressions suivantes, **entoure** celle qui correspond au calcul de l'aire de ce rectangle ABCD.

$E = 4x + 12 + 5x - 3$

$F = 2(4x + 12) + 2(5x - 3)$

$G = (4x + 12)(5x - 3)$

b. Calcule cette expression pour $x = 2$.

....

....

8 Programme de calcul

Voici un programme de calcul :

- Choisir un nombre.
- Mettre ce nombre au carré.
- Multiplier le résultat par 3.
- Ajouter 5 au résultat.
- Diviser le tout par 2.

a. Écris l'expression A obtenue si le nombre choisi est x.

....

b. Calcule cette expression pour $x = 3$.

....

....

9 CONTRÔLE EXPRESS

a. Traduis l'énoncé suivant par une expression littérale : « A est égal au quotient de la somme de 17 et du triple de x par 5. »

b. Calcule l'expression $B = 5x^2 + 3x - 4$ pour $x = 2$.

c. L'égalité $6x - 5 = 2x + 3$ est-elle vraie pour $x = 3$? pour $x = 2$?

Corrigés page 21 du Guide

9 Proportionnalité

Je me demande…
Quand il y a proportionnalité, qu'en déduit-on ?

Les points clés

1 Situation de proportionnalité

- Deux grandeurs sont proportionnelles si on peut obtenir les valeurs de l'une en multipliant les valeurs de l'autre toujours par le même nombre, appelé le **coefficient de proportionnalité**.

Mot-Clé
Grandeur : Une grandeur peut être une longueur, un volume, une masse, un prix, une durée, une aire…

2 Tableau de proportionnalité

- On peut représenter deux grandeurs proportionnelles dans un **tableau de proportionnalité**.

EXEMPLE Le périmètre d'un carré est proportionnel à la longueur de son côté.

Longueur du côté (en cm)	2	3,5	5	6,8
Périmètre (en cm)	8	14	20	27,2

$\times 4$

Le coefficient de proportionnalité est égal à 4.

- La **quatrième proportionnelle** est le quatrième nombre que l'on peut calculer dans un tableau de proportionnalité à 4 cases où l'on connaît déjà 3 valeurs.

Un peu de méthode

Déterminer le coefficient de proportionnalité

- On a le tableau de proportionnalité suivant :

Grandeur A	5	12	15
Grandeur B	2	4,8	6

Pour calculer le coefficient de proportionnalité, j'effectue une division entre une valeur de la 1re ligne et une valeur de la 2e ligne d'une colonne :

$\frac{2}{5} = 0{,}4$ (ou $\frac{4{,}8}{12} = 0{,}4$ ou $\frac{6}{15} = 0{,}4$). Le coefficient de proportionnalité est 0,4.

Calculer une quatrième proportionnelle à l'aide du coefficient de proportionnalité

- On a le tableau de proportionnalité suivant :

Distance parcourue (en km)	120	250
Consommation d'essence (en L)	7,2	?

$\times$ ....

Il existe d'autres méthodes pour calculer une quatrième proportionnelle, comme le retour à l'unité.

1. Je détermine le coefficient de proportionnalité : $\frac{7{,}2}{120} = 0{,}06$.

2. Je multiplie : $250 \times 0{,}06 = 15$. La quatrième proportionnelle est 15.

On s'entraîne !

1 QUIZ

Coche la réponse qui convient.

a. Le coefficient de proportionnalité du tableau suivant est égal à :

- ☐ 3
- ☐ 0,3
- ☐ 10

8	13	40
24	39	120

b. En achetant 3 stylos, je paye 5,10 €. Si j'en achète 5, je vais payer :

☐ 3 € ☐ 8,50 € ☐ 12,80 €

c. La quatrième proportionnelle du tableau suivant est égale à :

- ☐ 40
- ☐ 112
- ☐ 22,4

5	8
14	?

2 Proportionnalité ?

Dis si les situations suivantes sont des situations de proportionnalité.

a. Le prix d'un CD et le nombre de chansons sur le CD.

b. Le périmètre d'un carré et la longueur d'un de ses côtés.

c. La taille et l'âge d'une personne.

3 Coefficient de proportionnalité

Calcule le coefficient de proportionnalité puis complète le tableau suivant.

Masse de noix achetées (en g)	300	450	580	620
Prix payé (en €)	6,6	....	....	....

× ....

4 Situation de proportionnalité ?

Les deux tableaux suivants sont-ils des tableaux de proportionnalité ?

a.

35	63	42	90
4,9	8,82	6	13

b.

3	9	14	6
27	81	126	54

5 Retour à l'unité

Avec 6 L de peinture, je peux peindre exactement une surface de 50,4 m².

a. Quelle surface puis-je peindre avec 1 L de peinture ?

b. Je veux repeindre les murs de ma chambre dont la surface totale est de 36 m². **Est-ce que 3 litres de peinture me suffisent ?**

6 Avec un tableur

a. Représente ces données sur une feuille de calcul.

	A	B	C	D	E
1	Volume du réservoir d'eau (en L)	25	37	52	70
2	Temps de remplissage (en min)	4			....

b. Quelle formule dois-tu saisir dans la cellule C2 pour avoir le temps de remplissage pour un réservoir contenant 37 litres d'eau ?

c. À l'aide du tableur, **complète le tableau** sans saisir d'autres formules dans les autres cellules.

7 Abonnement au cinéma

Une salle de cinéma propose un abonnement à l'année. Le tarif est de 20 € pour l'année puis 4 € par séance.
Si on ne prend pas l'abonnement, le tarif est de 8 € par séance.

a. Est-il intéressant que je prenne l'abonnement si je vais au cinéma : 4 fois, 5 fois ou 6 fois dans l'année ?

b. Déduis-en à partir de combien de séances il est plus intéressant de prendre l'abonnement.

c. Dans quel cas (avec ou sans abonnement) y a-t-il une situation de proportionnalité ?

8 CONTRÔLE EXPRESS

Une imprimante permet d'imprimer 32 pages en 80 secondes. On a représenté cette situation de proportionnalité à l'aide du tableau suivant :

Nombre de pages	32	....	80
Durée (en s)	80	130	....

a. Calcule le nombre de pages imprimées en 130 secondes.

b. Calcule la durée d'impression de 80 pages.

Corrigés page 21 du Guide

10 Pourcentages et échelles

Je me demande…
Dans quelles situations peut-on rencontrer des pourcentages ? des échelles ?

Les points clés

1 Pourcentage

- Un pourcentage traduit une **situation de proportionnalité** où on étudie des comparaisons à 100.

2 Échelle

- Les longueurs sur une carte ou un dessin sont **proportionnelles** aux longueurs réelles. Le coefficient de proportionnalité est l'échelle e :

$$e = \frac{\text{longueur sur le dessin}}{\text{longueur réelle}}$$

Attention ! Les longueurs doivent être exprimées dans la même unité.

- Si $e > 1$, le dessin est un **agrandissement**. Si $e < 1$, le dessin est une **réduction**.

Un peu de méthode

$40\% = \frac{40}{100}$

Appliquer un pourcentage

- Pendant les soldes, un magasin solde ses articles à 20 %. Combien coûte un pull dont le prix initial était de 40 € ?

1. Je calcule la remise sur le prix : $40 \times \frac{20}{100} = 8$.

2. Le prix du pull baisse de 8 €, il revient donc à 32 € (40 € − 8 €).

Mot-Clé
Prendre 15 % d'une quantité, c'est multiplier cette quantité par 15 %.

Calculer un pourcentage

- Parmi les 35 élèves d'une classe, 14 sont des filles. Quel est le pourcentage de filles ?

1. Je dresse un tableau de proportionnalité.

Nombre d'élèves	35	100
Nombre de filles	14	?

×0,4

2. Je calcule le coefficient de proportionnalité : $\frac{14}{35} = 0{,}4$.

3. Je calcule la quatrième proportionnelle : $100 \times 0{,}4 = 40$, donc 40 % des élèves sont des filles.

Utiliser une échelle

- La distance réelle entre deux villes est de 42 km.

Quelle distance les sépare sur une carte routière à l'échelle $\frac{1}{300\,000}$?

Distance réelle (en cm)	300 000	4 200 000
Distance sur la carte (en cm)	1	?

$\times \frac{1}{300\,000}$

$4\,200\,000 \times \frac{1}{300\,000} = 14$, donc, sur la carte, la distance est de 14 cm.

On s'entraîne !

1 QUIZ

Coche la réponse qui convient.

a. 50 % de 480 est égal à :

☒ 240 ☐ 9,6 ☐ 960

b. Sur un dessin, une longueur réelle de 400 m est représentée par une longueur de 20 cm. Quelle est l'échelle du dessin ?

☐ $\frac{1}{2\,000}$ ☐ 2 000 ☒ 0,05

c. On dessine des insectes à l'échelle 6. ×6
Un insecte a une longueur réelle de 1,1 cm.
Quelle sera sa longueur sur le dessin ?

☐ 0,18 cm ☒ 6,6 cm ☐ 6,6 mm

2 Sondage

Un sondage a été effectué auprès de 2 200 personnes sur leurs habitudes de lectures. Le sondage montre que 40 % des personnes interrogées lisent plus de cinq livres par an.

Détermine le nombre de personnes qui lisent plus de cinq livres par an.

880

3 Jeux vidéo

Parmi les 120 jeux vidéo enregistrés sur ma console, 72 sont des jeux d'aventure.

Calcule le pourcentage de jeux d'aventure sur ma console.

60%

? indice

Tu peux utiliser un tableau de proportionnalité.

4 Distance entre deux villes

Sur une carte routière à l'échelle $\frac{1}{400\,000}$, 15 cm séparent les villes de Mathoville et de Géoville.

Calcule la distance réelle qu'il faut parcourir pour se rendre de Mathoville à Géoville, en km.

60km

5 Réussite au brevet

Dans le collège de Mathilde, il y a eu 92 % de réussite au brevet.
Dans le collège d'Arnaud, 196 des 210 élèves ont obtenu le brevet.

Détermine le collège ayant obtenu le plus haut pourcentage de réussite au brevet.

Arnaud

6 Plan d'architecte

Sur un plan d'architecte, une chambre carrée de 4 m de côté est représentée par un carré de 10 cm de côté.

a. La cuisine est de forme rectangulaire et a pour dimensions 6 m sur 4,5 m.

Calcule les dimensions de la cuisine sur ce plan d'architecte.

15cm sur 11,25

b. Le salon est représenté sur le plan par un rectangle de dimensions 14 cm sur 8,2 cm.

Calcule les dimensions réelles du salon.

5,6 sur 3,28

7 Soldes

Un sac coûtait 60 € au mois de février.
En avril, son prix baisse de 15 %, puis, en juin, il baisse à nouveau de 25 %.

a. Calcule le prix du sac en avril. 51€

b. Calcule le prix du sac en juin. 38,25

c. Calcule le pourcentage de baisse entre les mois de février et juin. 40% 35,4%

8 CONTRÔLE EXPRESS

a. Aux tirs au but, Luc a réussi 12 tirs sur 16 et Mathieu a marqué 17 fois sur 21 tirs.
Détermine le joueur qui a le plus haut pourcentage de tirs marqués.

b. Sur une carte, on lit « 3 cm pour 1 km ».
Détermine l'échelle de la carte.

c. En passant de l'état liquide à l'état de glace, le volume de l'eau augmente de 7,5 %.
Détermine le volume de glace que tu peux obtenir avec 53 L d'eau liquide.

Corrigés page 22 du Guide

11 Statistiques

Je me demande...

Qu'est-ce qu'une série statistique ? Comment l'exploiter ?

Les points clés

Lorsque l'on recueille des **données** auprès des individus d'une population, on crée une **série statistique** que l'on peut étudier.

1 Tableau d'effectifs, classe, fréquence

- On regroupe les données d'une série statistique dans un **tableau d'effectifs** où l'on inscrit les **valeurs** de la série (âge, couleur des yeux, taille...) dans la première ligne et les **effectifs** de ces valeurs dans la seconde.
- Lorsqu'il y a beaucoup de données, on peut les **regrouper en classes**.
- La **fréquence** d'une valeur, ou d'une classe, est le quotient de son effectif par l'effectif total. Elle peut être exprimée sous la forme d'une fraction, d'un nombre décimal ou d'un pourcentage.

Mots-Clés

- **Effectif d'une valeur** : nombre de fois où cette valeur apparaît dans une série.
- **Effectif d'une classe** : nombre de données comprises dans cette classe.

2 Moyenne

- La **moyenne** d'une série statistique est égale à la somme de toutes les données divisée par l'effectif total de la série.

Un peu de méthode

- On demande à 20 élèves le temps passé à lire par jour. Voici les résultats, en minutes : 7 ; 8 ; 10 ; 15 ; 14 ; 23 ; 10 ; 13 ; 18 ; 0 ; 10 ; 26 ; 0 ; 5 ; 13 ; 20 ; 10 ; 22 ; 2 ; 20.

Dresser un tableau d'effectifs et de fréquences

- Je compte les effectifs et je calcule les fréquences : $\frac{2}{20} = 10\,\%$...

Temps passé (en min)	0	2	5	7	8	10	13	14	15	18	20	22	23	26
Effectif	2	1	1	1	1	4	2	1	1	1	2	1	1	1
Fréquence (en %)	10	5	5	5	5	20	10	5	5	5	10	5	5	5

Regrouper les données en classes

- Je peux regrouper les données de la série statistique en classes d'amplitude 10 :

Temps passé (en min)	de 0 à 10 (exclu)	de 10 à 20 (exclu)	de 20 à 30 (exclu)
Effectif	6	9	5
Fréquence (en %)	30	45	25

Calculer une moyenne

- $m = \frac{7+8+10+15+14+23+10+13+18+0+10+26+0+5+13+20+10+22+2+20}{20}$

$m = \frac{246}{20} = 12{,}3$ En moyenne, un élève passe 12,3 minutes à lire par jour.

On s'entraîne !

1 QUIZ

Coche la bonne réponse.

On lance un dé et on note les faces obtenues :

Face	1	2	3	4	5	6	Total
Effectif	12	20	23		15	19	100

a. Combien de lancers a-t-on effectués ?

- ❑ 20 ❑ 100 ❑ 200

b. L'effectif de la face 4 est :

- ❑ 11 ❑ 4 ❑ 100

c. La fréquence d'apparition de la face 2 est :

- ❑ 20 % ❑ 0,2 % ❑ 2 %

d. La fréquence d'apparition de la face 6 est :

- ❑ 1,9 ❑ 19 ❑ 0,19

2 Au travail

On fait un sondage auprès de 30 salariés d'une entreprise pour connaître leurs âges : 5 personnes ont entre 25 et 30 ans, 4 personnes ont entre 40 et 45 ans, 9 personnes ont entre 30 et 35 ans. On souhaite regrouper ces données en classes comme dans le tableau ci-dessous :

Âge des salariés	entre 25 et 30 ans	entre 30 et 35 ans	entre 35 et 40 ans	entre 40 et 45 ans
Effectif	....	....	....	....
Fréquence (en %)	....	....	....	....

a. Quelle est l'amplitude de chaque classe ?

b. Recopie et complète le tableau ci-dessus (tu arrondiras les fréquences à 0,1 %).

c. Quel est le pourcentage de salariés qui ont moins de 35 ans ?

3 Frères et sœurs

Marc demande à 15 de ses amis leur nombre de frères et sœurs. Il obtient les résultats suivants :
1 ; 3 ; 0 ; 0 ; 1 ; 2 ; 1 ; 2 ; 1 ; 1 ; 3 ; 4 ; 2 ; 2 ; 0.

a. Recopie et complète le tableau suivant.

Nombre de frères et sœurs	0	1	2	3	4
Effectif	....	....	....	....	....
Fréquence (en fraction)	....	....	....	....	....

b. Combien d'amis ont moins de 3 frères et sœurs ?

c. Combien d'amis ont au moins 1 frère ou sœur ?

d. Calcule la moyenne du nombre de frères et sœurs des amis de Marc (donne le résultat arrondi à l'unité).

4 Affluence à la boulangerie

Dans un village, on a relevé tous les jours d'une semaine le nombre de clients dans deux boulangeries.

	Boulangerie Au bon pain	Boulangerie La baguette dorée
Lundi	80	60
Mardi	60	40
Mercredi	40	20
Jeudi	20	30
Vendredi	20	20
Samedi	80	60
Dimanche	100	70

Le maire du village déclare : « On voit bien que lundi, il y avait moins de clients à la boulangerie La baguette dorée. Pourtant, les fréquences d'affluence dans les deux boulangeries le lundi sont les mêmes. »

Explique pourquoi ce que dit le maire est vrai.

....

....

5 CONTRÔLE EXPRESS

Voici les notes obtenues à une interrogation (notée sur 10) dans une classe de 5e :
7 ; 5 ; 10 ; 4 ; 4 ; 6 ; 5 ; 3 ; 4 ; 6 ; 7 ; 2 ; 8 ; 9 ; 9 ; 10 ; 8 ; 9 ; 6 ; 5 ; 6 ; 7 ; 7 ; 5 ; 6.

a. Combien d'élèves y a-t-il dans la classe ?

b. Calcule la note moyenne de la classe.

c. Recopie et complète le tableau suivant.

Notes	2	3	4	5	6	7	8	9	10
Effectif	......	......	......	......	......	......	......	......	......
Fréquence en fraction	......	......	......	......	......	......	......	......	......
Fréquence en %	......	......	......	......	......	......	......	......	......

d. Combien d'élèves ont au moins la moyenne ?

e. Quel pourcentage d'élèves a une note supérieure ou égale à 7 ?

Corrigés page 22 du Guide

12 Diagrammes et histogrammes

Je me demande...
Sur un diagramme en bâtons, à quoi correspondent les hauteurs des bâtons ?

Les points clés

1 Diagrammes

- Un **diagramme en bâtons** (ou **barres**) est composé de bâtons. Leur hauteur est proportionnelle à l'effectif (ou à la fréquence) représenté(e).

EXEMPLE On répartit des élèves de 5e en fonction de leur couleur de cheveux :

Couleur	brun	roux	blond	châtain
Effectif	50	11	56	63

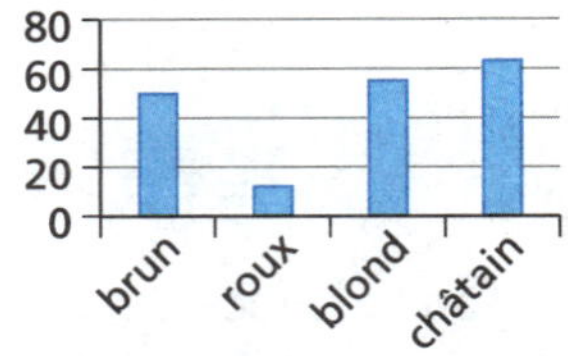

- Un **diagramme circulaire** est un disque partagé en **secteurs angulaires**. La mesure de l'angle de chaque secteur est proportionnelle à l'effectif (ou à la fréquence) représenté(e).

2 Histogrammes

- On utilise un **histogramme** pour représenter une série regroupée **en classes**.
- Un histogramme est composé de **rectangles** qui ont une largeur égale à l'amplitude de la classe. La hauteur de chaque rectangle est proportionnelle à l'effectif de la classe représentée.

EXEMPLE Voici la répartition d'élèves de 5e en fonction de leur taille (l'amplitude de chaque classe est égale à 5 cm).

Taille	de 140 cm (inclus) à 145 cm (exclu)	de 145 cm (inclus) à 150 cm (exclu)	de 150 cm (inclus) à 155 cm (exclu)	de 155 cm (inclus) à 160 cm (exclu)
Effectif	21	42	79	38

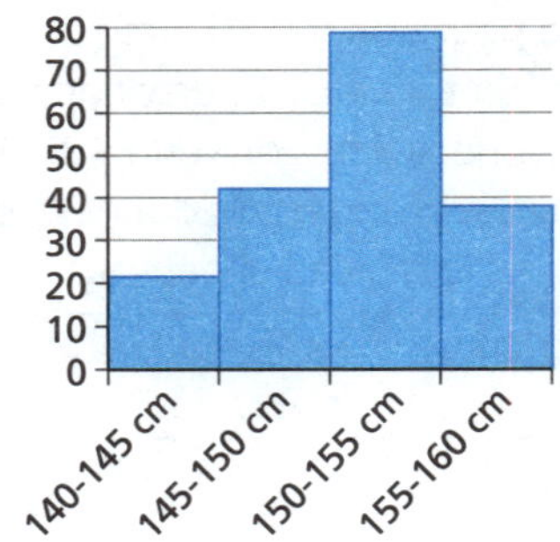

Mots-Clés
- **Amplitude** : L'amplitude d'une classe est la différence entre la plus grande et la plus petite valeur de la classe.
- **Secteur angulaire** : Il s'agit d'une « part » d'un disque.

Un peu de méthode

Construire un diagramme circulaire

- On a interrogé 150 personnes sur leurs lieux de vacances.

Lieux de vacances	mer	montagne	campagne	pays étranger	total
Effectif	51	42	35	22	150
Angle (en °)	122,4	100,8	84	52,8	360

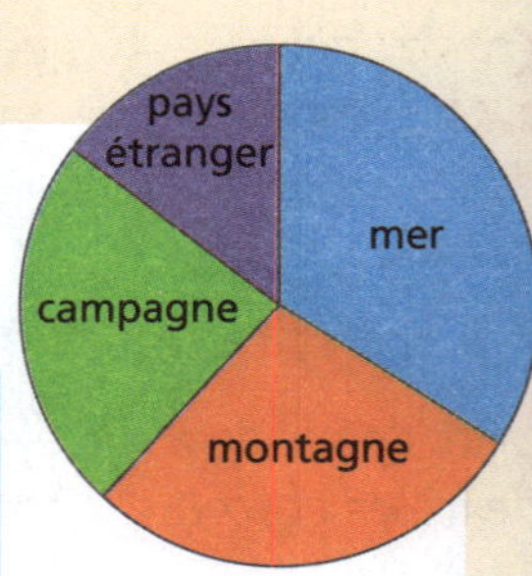

1. Je calcule le coefficient de proportionnalité. L'effectif total (150 personnes) correspond à un angle de 360°, donc le coefficient de proportionnalité est : $\frac{360}{150} = 2,4$.

2. Je calcule les mesures des angles : $51 \times 2,4 = 122,4°$; etc.

3. Je construis le diagramme à l'aide d'un rapporteur.

On s'entraîne !

1 QUIZ

Cet histogramme donne la répartition de 80 clients d'un magasin en fonction des durées d'attente (en min) à la caisse.

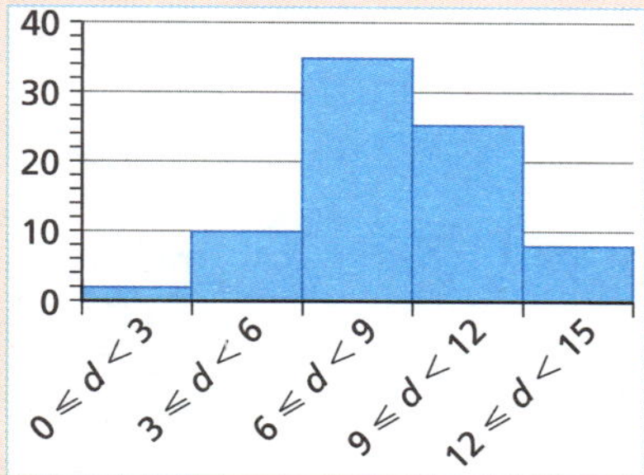

Vrai ou faux ?

	V	F
a. Le plus grand nombre de clients a attendu entre 6 et 9 minutes.	☐	☐
b. 20 clients ont attendu moins de 6 minutes.	☐	☐
c. Les classes ont pour amplitude 6 minutes.	☐	☐

2 Vente de livres

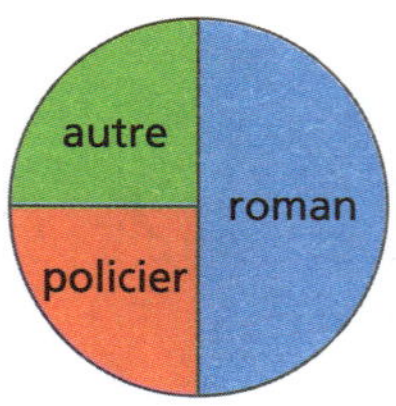

Ce diagramme circulaire donne la répartition des ventes de livres selon leur genre dans une librairie.

a. Complète le tableau suivant.

Genre	roman	policier	autre
Fréquence en fraction	....	....	....
Fréquence en %	....	....	....
Angle (en °)	....	....	....

b. L'étude a été réalisée sur 200 livres vendus. **Calcule le nombre de livres** de chaque catégorie.

3 Notes à un contrôle

L'histogramme ci-dessous donne la répartition des notes obtenues à un contrôle dans une classe de 5ᵉ.

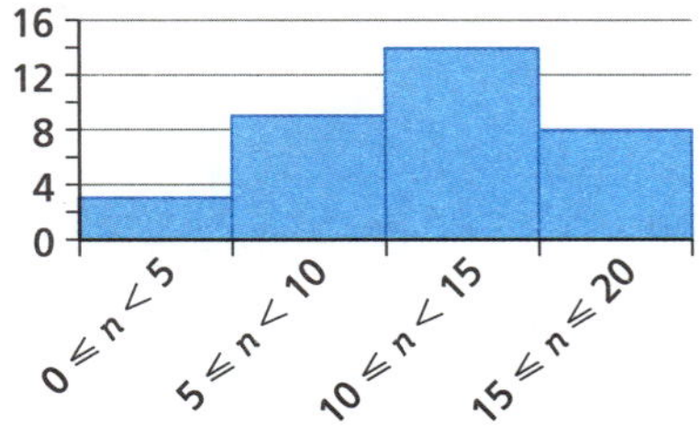

a. Calcule l'effectif total.

b. Recopie et complète le tableau suivant (donne le résultat des fréquences à 0,1 % près).

Note	$0 \leqslant n < 5$	$5 \leqslant n < 10$	$10 \leqslant n < 15$	$15 \leqslant n \leqslant 20$
Effectif	....	....	....	....
Fréquence en %	....	....	....	....

c. La moyenne de cette classe est de 11,1.
Dans quelle classe se situe la moyenne ?
Que peux-tu dire sur cette classe ?

d. Combien d'élèves ont obtenu moins de 10 ?

e. Quel pourcentage d'élèves a eu 10 ou plus ?

4 Avec un tableur

Une enquête a été réalisée sur les marques de céréales présentent dans une grande surface.

a. Recopie ce tableau sur une feuille de calcul :

	A	B	C	D	E
1	Marque	Matinbon	Aulait	Chocorégal	Topmuesli
2	Effectif	70	85	120	25
3	Fréquence (en %)	....	....	....	....

b. Calcule l'effectif total de cette série.

c. Quelle formule dois-tu entrer dans la cellule B3 pour obtenir la fréquence des céréales de la marque Matinbon ?

d. Étire cette formule dans les cellules de la ligne 3 pour obtenir les fréquences des autres marques.

e. Sélectionne la ligne des fréquences et **insère le diagramme circulaire** correspondant.

5 CONTRÔLE EXPRESS

Voici les résultats d'un sondage :

Résultat	Favorable	Défavorable	Ne se prononce pas
Effectif	15	30	5
Fréquence en %	....	....	....
Angle (en °)	....	....	....

a. Recopie et complète le tableau ci-dessus.

b. Construis le diagramme circulaire des fréquences.

Corrigés page 23 du Guide

13 Hasard et probabilités

Je me demande...
Quand le hasard intervient, que peut-on calculer ?

Les points clés

1 Situation de hasard et expérience aléatoire

- Une **expérience aléatoire** est une expérience dont on connaît les résultats, mais dont on ne sait pas lequel va arriver : cela est soumis au **hasard**.

  EXEMPLES Lancer d'une pièce, lancer d'un dé...

2 Probabilité

- Avant de réaliser l'expérience, on peut estimer la **chance** qu'on a d'obtenir un résultat : c'est la **probabilité du résultat**.

  EXEMPLE Dans un jeu de pile ou face, on peut dire qu'on a 1 chance sur 2 de tomber sur pile. Donc la probabilité de tomber sur pile est $\frac{1}{2}$.

- Si on ne peut pas estimer exactement la probabilité, on peut savoir si le résultat est « **plus probable** » ou « **peu probable** ».

  EXEMPLE Avec un dé, il est peu probable que j'obtienne du premier coup un 5. Il est plus probable que j'obtienne du premier coup un chiffre compris entre 1 et 5.

Mots-Clés
- **Issues** : Les résultats d'une expérience aléatoire peuvent être appelés les issues de l'expérience.
- **Estimer** : Supposer la chance d'obtenir un résultat.

Un peu de méthode

Déterminer une probabilité

On prend un jeu de 32 cartes et on tire une carte au hasard. On veut déterminer la probabilité de piocher un roi.

1. Je détermine le nombre de rois dans le jeu de cartes : il y a 4 rois.

2. Je sais qu'il y a 32 cartes dans le jeu. Donc il y a 4 chances sur 32 de piocher un roi dans le jeu.

3. La probabilité de piocher un roi est : $\frac{4}{32} = \frac{1}{8}$.

Déterminer si un résultat est plus probable

Dans un jeu de 52 cartes, est-il plus probable de tirer une figure (valet, dame ou roi) ou une carte trèfle ?

1. Je détermine la probabilité de tirer une figure : $\frac{12}{52}$.

2. Je détermine la probabilité de tirer une carte trèfle : $\frac{13}{52}$.

3. Je compare les deux probabilités : $\frac{13}{52} > \frac{12}{52}$.

Donc, il est plus probable de tirer une carte trèfle qu'une figure dans un jeu de 52 cartes.

On s'entraîne !

1 QUIZ

On tourne la roue et on regarde le nombre obtenu.
Coche la (ou les) bonnes(s) réponse(s).

a. La probabilité de tomber sur 7 est :

☐ $\frac{1}{6}$ ☒ $\frac{1}{12}$ ☐ $\frac{7}{12}$

b. La probabilité d'obtenir un nombre supérieur ou égal à 9 est :

☐ $\frac{12}{4}$ ☐ $\frac{3}{12}$ ☒ $\frac{4}{12}$

c. La probabilité d'obtenir un nombre pair est :

☐ $\frac{6}{1}$ ☒ $\frac{6}{12}$ ☒ $\frac{1}{2}$

2 *À la ferme*

Jn agriculteur possède deux enclos : l'enclos 1 contient 5 poules et 3 oies et le 2, 5 poules et 5 oies. l choisit un animal au hasard dans l'enclos 1 ou 2.

. Dans quel enclos est-il plus probable que 'agriculteur choisisse une poule ? 1

. Dans quel enclos la probabilité de choisir ıne poule ou une oie est-elle la même ? 2

3 *Jeu télévisé*

Alice participe à un jeu télévisé. Elle a devant elle rois portes fermées. Derrière une des portes, il y a une voiture. Derrière les autres, il n'y a rien. Alice doit choisir une porte au hasard. Si elle choisit la porte derrière laquelle est la voiture, elle la gagne.

. Détermine la probabilité qu'Alice gagne la voiture. $\frac{1}{3}$

. Il y a maintenant 4 portes mais toujours une seule derrière laquelle se trouve une voiture.
Détermine la probabilité qu'Alice gagne la voiture. $\frac{1}{4}$

4 *Tombola*

Dans une tombola, 720 tickets sont vendus au prix de 2 €. 3 sont des tickets gagnants et permettent de gagner soit un lecteur MP3, soit un lecteur DVD, oit une minichaîne hi-fi. Un élève achète un ticket.

. Détermine la probabilité que l'élève gagne un lot.

. Détermine la probabilité qu'il gagne le lecteur MP3.

5 *Dé et lettres*

On écrit sur les faces d'un dé équilibré (non truqué) à six faces, chacune des lettres R, A, T, A, M, S. On lance le dé et on regarde la lettre inscrite sur la face supérieure.

a. Détermine la probabilité d'obtenir la lettre A.
b. Détermine la probabilité d'obtenir une consonne.
c. Détermine la probabilité d'obtenir une lettre du mot *manche*.

6 *Musiques*

Un lecteur MP3 contient des chansons de différents genres : 7 chansons de variété française, 4 de variété internationale, 3 titres de rap français et 6 titres de musique classique.
On joue un titre au hasard.

a. Quel genre est le plus probable d'être joué ?
b. Quelle est la probabilité de jouer une variété internationale ?
c. Détermine la probabilité de jouer un titre en français.

7 *Bonbons*

Dans un pot rouge, on a mis 6 bonbons à la fraise et 10 bonbons à la menthe. Dans un pot bleu, on a mis 8 bonbons à la fraise et 14 bonbons à la menthe. Antoine préfère les bonbons à la fraise.

Dans quel pot a-t-il la plus grande probabilité de choisir au hasard un bonbon à la fraise ?

? indice

Pense à justifier ta réponse en déterminant des probabilités.

8 CONTRÔLE EXPRESS

Dans une urne, il y a 1 boule verte, 3 boules rouges et 2 boules jaunes.
Chaque boule porte un numéro différent compris entre 1 et 6.
On pioche au hasard une boule.

Quelle est la probabilité de piocher :

a. une boule jaune ? $\frac{2}{6}$
b. la boule portant le numéro 2 ? $\frac{1}{6}$
c. une boule portant un numéro impair ? $\frac{3}{6} = \frac{1}{2}$

Corrigés page 23 du Guide

MATHS

14 Médiatrice d'un segment

Je me demande...

Un segment peut-il avoir plusieurs médiatrices ?

Les points clés

1 Définition

La **médiatrice** d'un segment est la droite perpendiculaire à ce segment en son milieu.

EXEMPLE La droite *d* passe par I, milieu de [AB], et est perpendiculaire à (AB) : donc la droite *d* est la médiatrice du segment [AB].

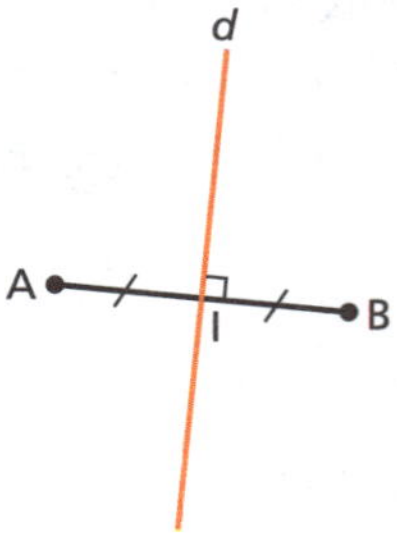

2 Propriétés de la médiatrice

Propriété directe

Si un point appartient à la médiatrice d'un segment, alors il est **équidistant** des extrémités de ce segment.

Propriété réciproque

Si un point est équidistant des extrémités d'un segment, alors il **appartient à la médiatrice** de ce segment.

EXEMPLE

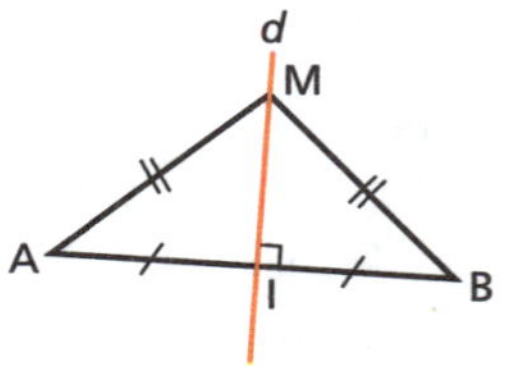

d est la médiatrice de [AB] et M appartient à *d* donc MA = MB.

EXEMPLE

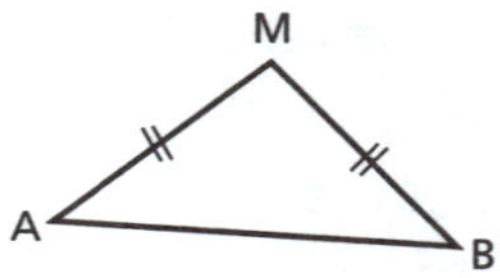

MA = MB, donc M appartient à la médiatrice du segment [AB].

Mots-Clés

- **Milieu d'un segment** : Le point d'un segment qui le partage en deux segments de même longueur est son milieu.
- **Équidistant** : À égale distance.

Un peu de méthode

Construire la médiatrice d'un segment

● À l'aide de la règle graduée et de l'équerre

1. À l'aide d'une règle graduée, je marque le point I, milieu du segment [AB].

2. Puis, à l'aide de l'équerre, je trace la droite *d* passant par I et perpendiculaire à (AB).

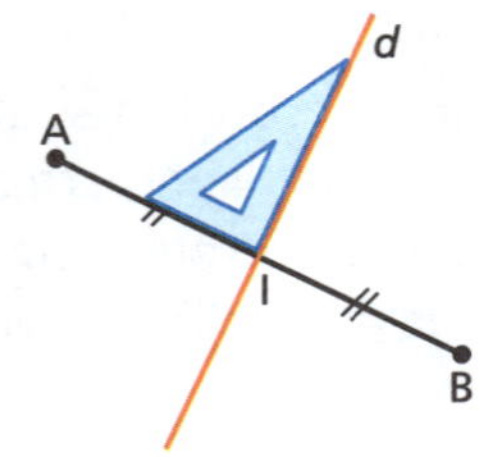

● À l'aide de la règle et du compas

1. À l'aide du compas, je construis un point M équidistant de A et B, puis un point N équidistant de A et B.

2. Puis, à l'aide d'une règle, je trace la droite (MN), qui est la médiatrice de [AB].

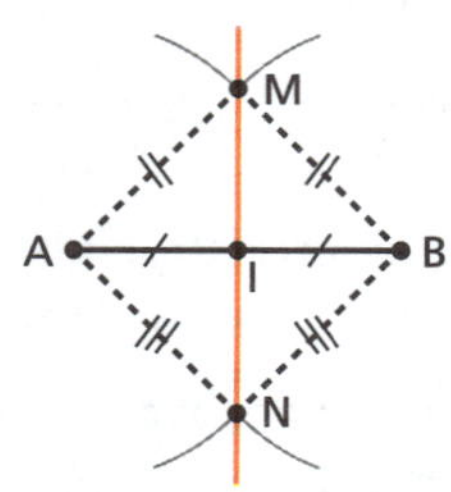

On s'entraîne !

1 QUIZ

Vrai ou faux ?

	V	F
a. Si M est le milieu de [AB], alors MA = MB.	☐	☐
b. Si MA = MB, alors M est le milieu du segment [AB].	☐	☐
c. Si la droite *d* est la médiatrice du segment [AB], alors la droite *d* passe par le milieu du segment [AB].	☐	☐
d. Si la droite *d* est perpendiculaire à la droite (AB), alors la droite *d* est la médiatrice du segment [AB].	☐	☐

2 Centre d'un cercle

. Trace un segment [AB], puis trace sa nédiatrice *d*. **Marque un point P** sur la droite *d*, nédiatrice de [AB]. **Trace le cercle** 𝒞 de centre P et passant par A.
Que constates-tu ?

. Marque deux autres points M et N sur la droite *d*.
race le cercle 𝒞′ de centre M et passant par A.
Que constates-tu ?
race le cercle 𝒞″ de centre N et passant par A.
Que constates-tu ?

. Complète la phrase suivante.
Les centres de tous les cercles passant par deux points distincts A et B sont situés sur ……………………………… de ce segment.

3 Avec un logiciel de géométrie

On veut tracer la médiatrice d'un segment [AB] de longueur quelconque.

. Écris le programme de construction de cette médiatrice.
. Réalise ce programme à l'aide d'un logiciel de géométrie dynamique (GeoGebra ou Geoplan).

4 Symétrique d'un point par rapport à une droite

On donne une droite *d* et un point A n'appartenant pas à cette droite *d*.

a. Suis le programme de construction.

- Marque un point I sur la droite *d*, puis trace le cercle de centre I passant par le point A.
- Marque un point K sur la droite *d*, puis trace le cercle de centre K passant par le point A.
- Ces deux cercles se coupent en un second point, A′. Marque le point A′.

b. Recopie, puis complète les phrases en utilisant des mots ou expressions suivants :
la droite *d* • la médiatrice • segment • symétrique • équidistant de A et A′.

Le point I est ……………………………… .

Le point K est ……………………………… .

La droite *d* est ………………………………

du ……………………………… [AA′].

Le point A′ est le ……………………………… du point A par rapport à ……………………………… .

5 À la recherche du centre perdu

On donne un cercle 𝒞 dont on a perdu le centre.

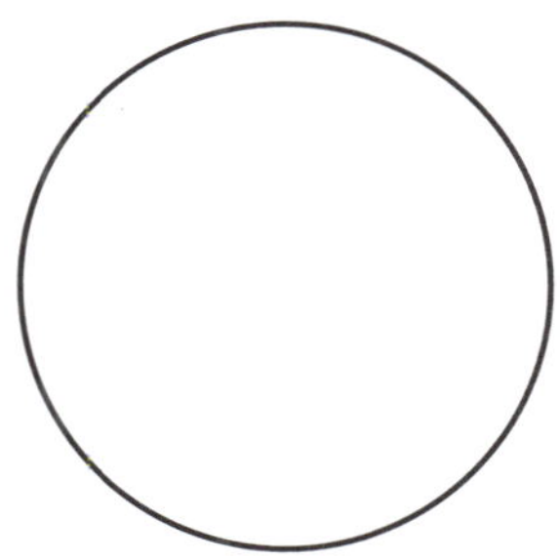

a. Écris un programme de construction permettant de construire le centre de ce cercle.
b. Construis le centre du cercle en complétant la figure donnée.

6 CONTRÔLE EXPRESS

a. Trace deux cercles 𝒞 et 𝒞′ de centres respectifs O et O′, sécants en deux points distincts A et B.
b. Que représente chacun des segments [OA] et [OB] pour le cercle 𝒞 ?
Déduis-en que OA = OB.
c. Que représente chacun des segments [O′A] et [O′B] pour le cercle 𝒞′ ?
Déduis-en que O′A = O′B.
d. Démontre que la droite (OO′) est la médiatrice du segment [AB].

Corrigés page 24 du Guide

15 Symétrie centrale

Je me demande…
Quelle est la différence entre une symétrie axiale et une symétrie centrale ?

Les points clés

1 Symétrique d'un point

Dire que le point M′ est le symétrique du point M par rapport au point O signifie que le point O est le milieu du segment [MM′].

EXEMPLE O est le milieu de [MM′], donc :
- M′ est le symétrique de M par rapport au point O ;
- M est le symétrique de M′ par rapport au point O ;
- M et M′ sont symétriques par rapport au point O.

Mot-Clé
Direction : Une droite représente une direction. Toutes les droites parallèles sont de même direction.

2 Symétrique d'une figure et propriétés de conservation

Conservation de l'alignement, des directions et des longueurs EXEMPLE Soit la symétrie centrale de centre O. Les points A, B et C sont alignés, donc leurs symétriques A′, B′ et C′ sont alignés. Les droites (AB) et (A′B′) sont symétriques, donc elles sont parallèles. Les segments [AB] et [A′B′] sont symétriques, donc AB = A′B′.	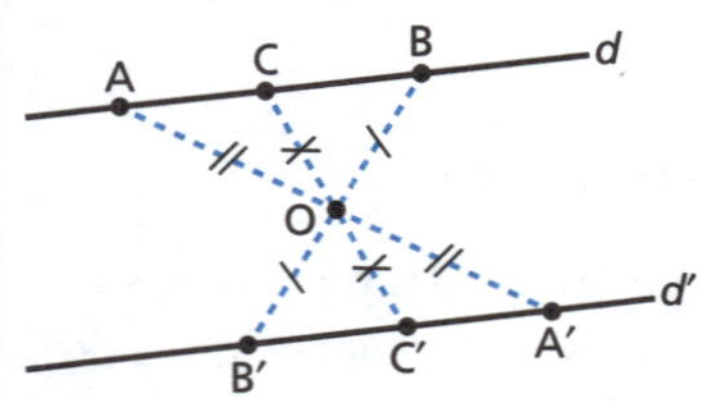
Conservation des angles EXEMPLE Les angles $\widehat{BAC}$ et $\widehat{B'A'C'}$ sont symétriques par rapport au point O, donc ils ont la même mesure (en degrés) : $\widehat{B'A'C'} = \widehat{BAC}$.	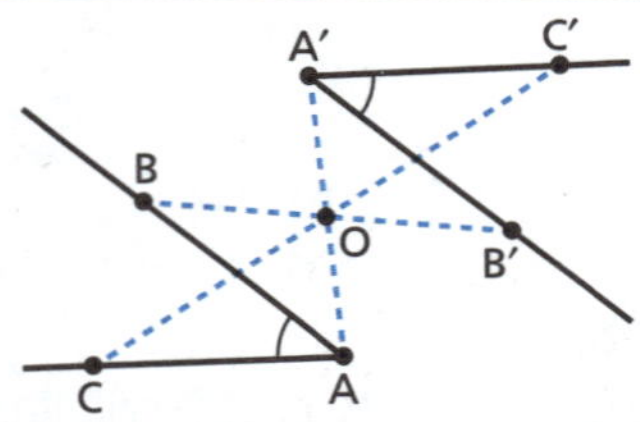
Conservation des aires EXEMPLE Les deux figures $\mathscr{F}$ et $\mathscr{F}'$ sont symétriques par rapport au point O, donc elles ont les mêmes dimensions, la même forme et la même aire.	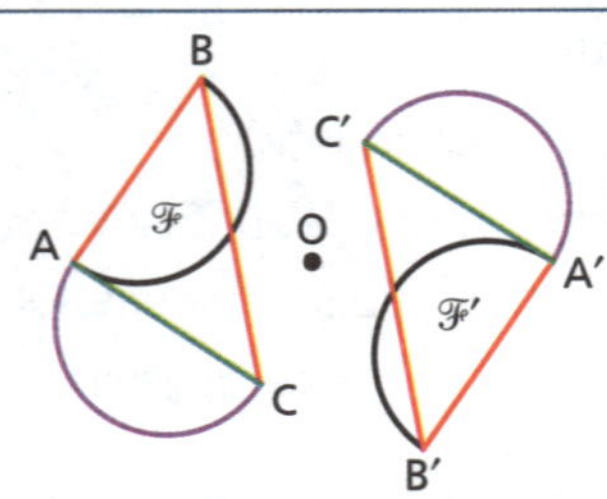

Un peu de méthode

Construire l'image d'un point M par une symétrie centrale de centre O

1. À l'aide de la règle, je trace la demi-droite [MO).

2. À l'aide de la règle ou du compas, je reporte la longueur OM.

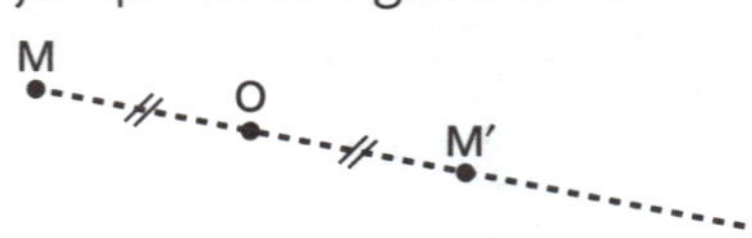

Mot-Clé
Point invariant : Dans une symétrie centrale par rapport à un point O, le point O a pour symétrique lui-même. On dit que le point O est invariant par la symétrie centrale de centre O.

On s'entraîne !

1 QUIZ

Vrai ou faux ?

	V	F
a. Si M est le milieu de [AB], alors A et B sont symétriques par rapport au point M.	☐	☐
b. Si B est le symétrique de A par rapport au point M, alors MA = MB.	☐	☐
c. Si MA = MB, alors B est le symétrique de A par rapport au point M.	☐	☐
d. Par symétrie centrale, deux cercles symétriques sont de même rayon.	☐	☐
e. La symétrie centrale déforme les figures.	☐	☐

2 *Symétrique d'un point*

. Construis le point A′, symétrique du point A
ar rapport au point O, puis **code la figure** obtenue
t **complète la phrase** :

) est le .... du segment [AA′].

. Construis le point B′, symétrique du point B
ar rapport à la droite *d*, puis **code la figure** obtenue
t **complète la phrase** :

l est la .... du segment [BB′].

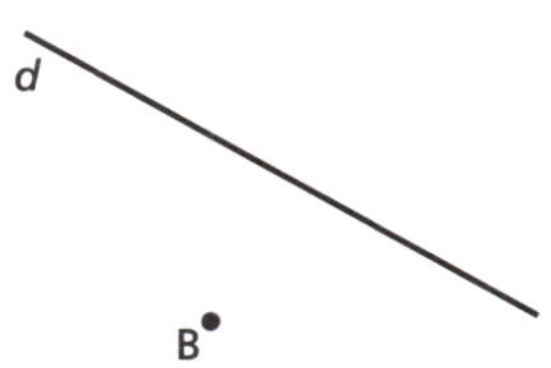

3 *Symétrique d'une demi-droite*

. Trace une demi-droite [AB) et **place un point** O
xtérieur à cette demi-droite.
. Construis les points A′ et B′ symétriques
espectifs des points A et B par rapport au point O.
. Que peut-on dire des demi-droites [AB)
t [A′B′) ? ....

4 *Rédiger un raisonnement*

Soit un cercle $\mathscr{C}$ de centre O et [AB] et [CD] deux diamètres de ce cercle.

a. Fais une figure.
b. Montre que A et B, d'une part, et C et D, d'autre part, sont symétriques par rapport au point O.
c. Déduis-en que (AC) et (BD) sont parallèles.

5 *Centre de symétrie perdu*

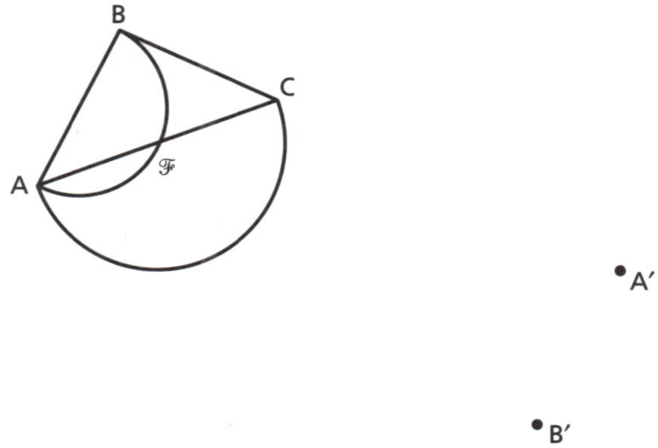

On a commencé à construire la figure $\mathscr{F}'$ symétrique de la figure $\mathscr{F}$ par rapport à un certain point O. Malheureusement, on a perdu le point O alors que l'on n'avait construit que A′ et B′ les symétriques respectifs des points A et B.

a. Explique comment retrouver le point O.
b. Écris le programme de construction pour finir de construire la figure $\mathscr{F}'$.

6 CONTRÔLE EXPRESS

Soit trois points distincts et non alignés A, B et I. On désigne par E le symétrique du point A par rapport au point I et par F le symétrique du point B par rapport au point I.

a. Que représente le point I pour les segments [AE] et [BF] ?

....

b. Construis les points E et F.
c. Que peut-on dire des droites (AB) et (EF) ? Justifie.

....

d. Que peut-on dire des segments [AB] et [EF] ? Justifie.

....

Corrigés page 24 du Guide

16 Repérer des points

Je me demande...

Comment appelle-t-on les deux coordonnées d'un point dans un repère du plan ?

Les points clés

Mot-Clé

Distance à l'origine : Il s'agit de la distance qui sépare chaque point de l'origine du repère.

1 Sur une droite graduée

- Une **droite graduée** est une droite dont chaque point est associé à un nombre.
- Un **repère** est un couple de points : l'**origine** du repère associée au nombre 0 et son **extrémité** associée au nombre 1. Le choix du repère définit l'unité de graduation (ou longueur unité).
- Le nombre relatif associé à un point d'une droite graduée s'appelle l'**abscisse** de ce point.

EXEMPLE

On gradue la droite à l'aide d'un repère (A, B).
A est l'origine du repère, B son extrémité.
L'abscisse de K est 3. On note : K(3).
La distance à l'origine de F(– 2) est 2.

Les abscisses positives se trouvent à droite du zéro, les négatives à gauche.

2 Dans un plan muni d'un repère

- Un **plan** est défini par deux droites sécantes (en 5e, on trace deux droites perpendiculaires).
- Dans le plan muni d'un repère, on peut associer à chaque point un couple de nombres, les **coordonnées** de ce point : l'**abscisse** (lue sur l'axe horizontal) et l'**ordonnée** (lue sur l'axe vertical).

EXEMPLE

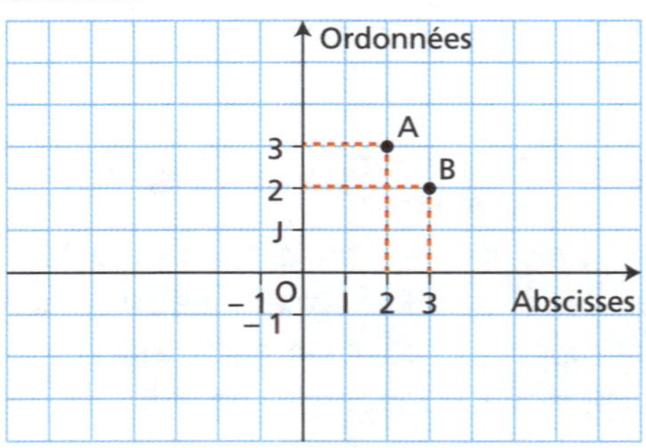

On a défini un repère (O, I, J) du plan.
L'**origine** du repère O a pour coordonnées (0 ; 0).
(O, I) est un repère de l'axe des abscisses.
(O, J) est un repère de l'axe des ordonnées.
Dans ce repère (O, I, J) du plan :
le point A a pour abscisse 2 et pour ordonnée 3. On note A(2 ; 3).
De même, on a B(3 ; 2).

Un peu de méthode

Changer de repère sur une droite

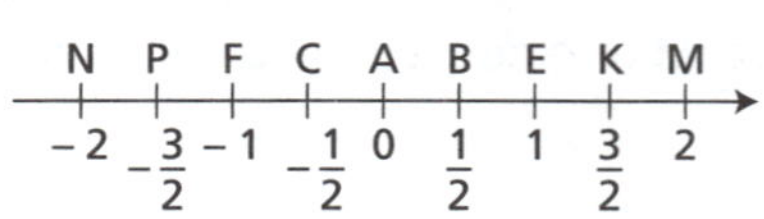

- On reprend la droite du premier exemple. Si je choisis à présent (A, E) comme repère sur la droite, l'abscisse de A est 0 et celle de E est 1.

On a alors A(0), E(1), $B\left(\frac{1}{2}\right)$, $C\left(\frac{-1}{2}\right)$, M(2) et F(– 1).

On s'entraîne !

1 QUIZ

Vrai ou faux ?

(O, I) est un repère d'une droite graduée donc :

	V	F
a. le point O est l'origine de ce repère.	☐	☐
b. le point I est l'extrémité de ce repère.	☐	☐
c. la longueur OI est l'unité de graduation.	☐	☐

Sur une droite graduée munie du repère (O, I) :

d. si l'abscisse de A est 2 cela signifie que OA = 2.	☐	☐
e. deux points symétriques par rapport au point O ont la même distance à l'origine.	☐	☐
f. les abscisses de deux points symétriques par rapport au point O sont des nombres relatifs opposés.	☐	☐
g. si OA = 2 cela signifie que l'abscisse de A est 2.	☐	☐
h. deux nombres relatifs opposés ont la même distance à zéro.	☐	☐

2 Droite graduée

. En choisissant (A, M) comme repère, **gradue**
a droite ci-dessus.
. **Écris les abscisses** de chacun des points suivants :
; B ; E ; F ; G ; H ; K ; M ; N ; P ; S ; T.
. **Écris la distance** à l'origine du repère de chacun
les points précédents.

3 Changement de repère

ur la droite de l'exercice précédent, on décide
le changer de repère.

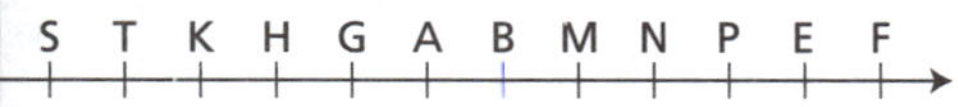

. En choisissant (A, B) comme nouveau repère,
radue cette droite.
. **Écris les abscisses** de chacun des points suivants :
; B ; E ; F ; G ; H ; K ; M ; N ; P ; S ; T.
. **Écris la distance** à l'origine du repère de chacun
les points précédents.

4 Coordonnées d'un point

À l'aide du repère (O, I, J) du plan, lis les coordonnées des points suivants : O ; I ; J ; A ; B ; C ; D ; E ; F.

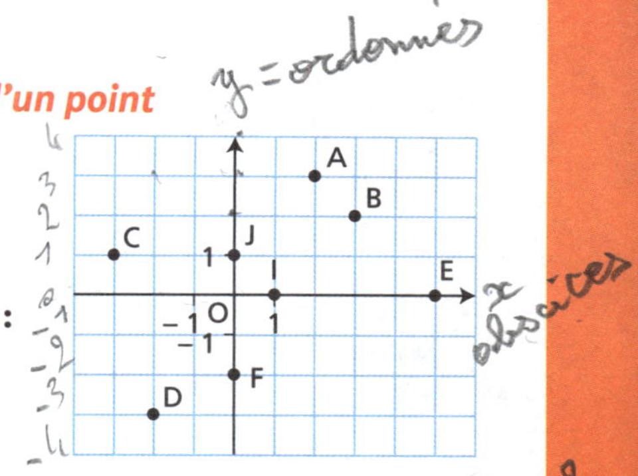

5 Repérage et symétrie centrale

On veut tracer une droite graduée munie d'un repère (A, B), puis placer sur cette droite les points M, N, P, E, F, G d'abscisses respectives 2 ; − 1 ; 3 ; − 2 ; − 3 et 4.

a. **Écris le programme de construction** correspondant.

b. **Écris les paires de points** symétriques par rapport au point A, origine du repère.

c. **Complète les phrases** suivantes.

Les abscisses de deux points symétriques par rapport à l'origine du repère sont deux nombres relatifs ....

Deux nombres relatifs opposés ont la même ....

6 CONTRÔLE EXPRESS

a. Sur du papier millimétré, **construis** avec les instruments de géométrie un plan muni du repère (O, I, J), puis **place** dans ce plan les points M(2 ; 3), N(2 ; − 3), P(− 2 ; 3), E(− 2 ; − 3), F(4 ; 0) et G(0 ; 2).

b. **Complète les phrases** suivantes.

Les points M et N sont symétriques par rapport à l'axe ....

Les points M et P sont symétriques par rapport à l'axe ....

Les points M et E sont symétriques par rapport au ....

c. **Place** dans ce plan le point R(3 ; 4).

Quelles sont les coordonnées :

– de S, symétrique de R par rapport à l'axe des abscisses ?

– de T, symétrique de R par rapport à l'axe des ordonnées ?

– de U, symétrique de R par rapport au point O ?

Place les points S, T et U.

Corrigés page 25 du Guide

17 Axes et centres de symétrie

Je me demande…
Une figure peut-elle avoir à la fois un centre et un axe de symétrie ?

Les points clés

1 Définitions

● On appelle **axe de symétrie** d'une figure $\mathcal{F}$ la droite *d* telle que le symétrique de la figure $\mathcal{F}$ par rapport à la droite *d* est la figure $\mathcal{F}$ elle-même.

EXEMPLES

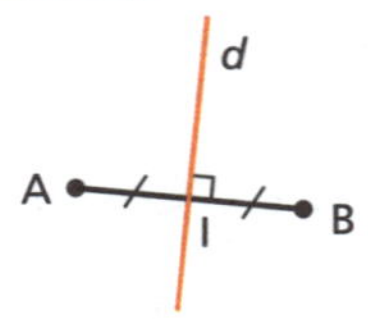

La médiatrice *d* du segment [AB] est son axe de symétrie.

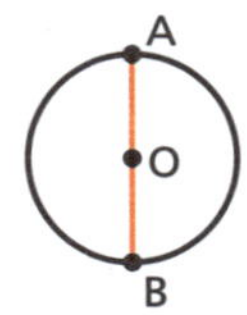

[AB] étant un diamètre du cercle, la droite (AB) est un axe de symétrie de ce cercle.

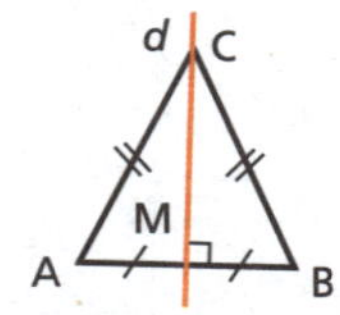

La droite *d* est un axe de symétrie du triangle ABC : elle le partage en deux triangles superposables ACM et BCM.

● On appelle **centre de symétrie** d'une figure $\mathcal{F}$ le point O tel que le symétrique de la figure $\mathcal{F}$ par rapport au point O est la figure $\mathcal{F}$ elle-même.

EXEMPLES Le milieu d'un segment [AB] est son centre de symétrie.
Le centre d'un cercle est son centre de symétrie.

2 Propriété

● Si une figure a deux axes de symétrie perpendiculaires, alors le **point d'intersection** de ces deux droites est un centre de symétrie de cette figure.

EXEMPLE La figure ci-contre a deux axes de symétrie perpendiculaires en O : le point O est donc un centre de symétrie de cette figure.

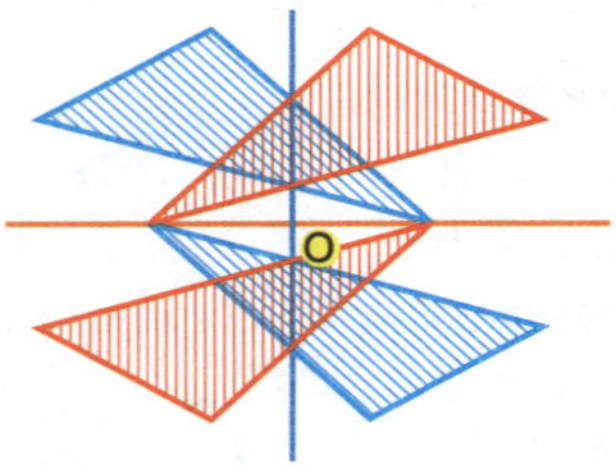

Remarque : La réciproque n'est pas vraie : une figure qui a un centre de symétrie n'a pas « forcément » deux axes de symétrie perpendiculaires.

Un peu de méthode

Déterminer si un point donné est un centre de symétrie d'une figure

● 1er **cas**. Si la figure « possède » deux axes de symétries perpendiculaires, j'utilise la propriété ci-dessus.

● 2e **cas**. Dans le cas contraire, je marque ce point, puis je décalque la figure pour lui faire faire un demi-tour autour de ce point et j'observe si l'on retrouve la même figure occupant la même place : si c'est le cas, le point est le centre de symétrie. Je peux aussi simplement imaginer faire faire un demi-tour à la figure.

Mot-Clé
Demi-tour : Lorsque l'on fait déplacer un point sur un cercle de centre O, en faisant un angle de 180° (demi-cercle), on dit que l'on fait faire un demi-tour de centre O à ce point.

On s'entraîne !

1 QUIZ

Vrai ou faux ?

	V	F
a. Un rectangle a 4 axes de symétrie.	☐	☐
b. Un carré a 4 axes de symétrie.	☐	☐
c. Un cercle a une infinité d'axes de symétrie.	☐	☐
d. Un cercle a un seul centre de symétrie.	☐	☐
e. Un rectangle a un seul centre de symétrie.	☐	☐
f. Une droite à une infinité de centres de symétrie.	☐	☐
g. Un triangle quelconque n'a pas de centre de symétrie.	☐	☐

2 *Lettres symétriques*

A	B	C	D	E	F	G
H	I	J	K	L	M	N
O	P	Q	R	S	T	U
V	W	X	Y	Z		

En observant les lettres de l'alphabet, indique celles qui semblent « posséder » :

a. un axe (ou des axes) de symétrie ;
b. un centre de symétrie ;
c. ni axe ni centre de symétrie.

3 *Parallélogramme et centre de symétrie*

a. Suis le programme de construction.

- Trace une droite *d* et marque deux points distincts A et B sur cette droite.
- Marque un point O à l'extérieur de la droite *d*.
- Puis trace les points C et D symétriques respectifs des points A et B par rapport au point O.
- Trace les côtés du quadrilatère ABCD.

b. Que représente le point O pour ce quadrilatère ABCD ?
c. Déduis-en que les diagonales du quadrilatère ABCD se coupent en leur milieu.
d. Connais-tu le nom de ce quadrilatère ?

4 *Avec un logiciel de géométrie*

a. À l'aide d'un logiciel de géométrie dynamique :
– **marque deux points** distincts A et B, puis **trace la droite** (AB) ;
– **marque un point** O sur la droite (AB), puis **construis les points** A′ et B′, symétriques respectifs des points A et B par rapport au point O.

b. Les droites (AB) et (A′B′) sont-elles confondues ? **Que peux-tu en déduire** concernant le point O ?

c. Avec le logiciel de géométrie, déplace le point O sur la droite *d*.
Les droites (AB) et (A′B′) sont-elles toujours confondues ? **Que peux-tu en déduire** pour chaque point de la droite (AB) ? **Quelle conjecture** peux-tu faire concernant le nombre de centres de symétrie qu'admet une droite ?

5 CONTRÔLE EXPRESS

Sur les figures suivantes, trace, quand il y en a :
– en rouge, les axes de symétrie ;
– en vert, les centres de symétrie.

Corrigés page 25 du Guide

18 Angles et parallélisme

Je me demande…

Qu'appelle-t-on deux angles adjacents ? deux angles opposés par le sommet ?

Les points clés

1 Vocabulaire

- On appelle **angles adjacents** deux angles ayant le même sommet et un côté commun et étant situés de part et d'autre de ce côté commun.

  EXEMPLE $\widehat{AOt}$ et $\widehat{BOt}$ sont adjacents.

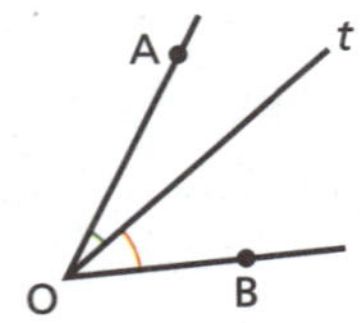

- Étant données deux droites sécantes en O, on appelle **angles opposés par le sommet** deux angles de même sommet O et dont les côtés correspondants sont des demi-droites opposées.

  EXEMPLE $\widehat{AOB}$ et $\widehat{MON}$ sont opposés par le sommet.

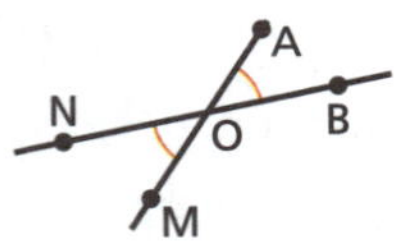

- Étant données deux droites d et d', et une droite sécante Δ, on appelle :
  - **angles alternes-internes** deux angles non adjacents situés de part et d'autre de la sécante Δ, et entre d et d' ;
  - **angles correspondants** deux angles non adjacents situés du même côté de la sécante Δ, l'un entre d et d' et l'autre non.

  EXEMPLES $\widehat{sAv}$ et $\widehat{tEu}$ sont alternes-internes.
  $\widehat{rAv}$ et $\widehat{tEv}$ sont correspondants.

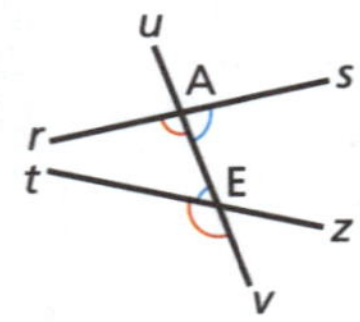

Mots-Clés

- **Demi-droite** : Une demi-droite est une partie d'une droite limitée d'un côté par un point (origine de la demi-droite) et infinie de l'autre côté.
- **Angles complémentaires** : Deux angles dont la somme est égale à 90° sont complémentaires.
- **Angles supplémentaires** : Deux angles dont la somme est égale à 180° sont supplémentaires.

2 Propriétés

Propriété 1 : Deux angles opposés par le sommet sont **égaux**.

Propriété 2 :
- Si deux droites parallèles sont coupées par une droite sécante, alors les angles alternes-internes qu'elles déterminent sont **égaux**.
- **Réciproque** : Si deux droites sont coupées par une droite sécante en formant deux angles alternes-internes égaux, alors ces deux droites sont **parallèles**.

Propriété 3 :
- Si deux droites parallèles sont coupées par une droite sécante, alors les angles correspondants qu'elles déterminent sont **égaux**.
- **Réciproque** : Si deux droites sont coupées par une droite sécante en formant deux angles correspondants égaux, alors ces deux droites sont **parallèles**.

Un peu de méthode

Démontrer que deux droites sont parallèles

- Suivant le cas, j'utilise la réciproque de la propriété 2 ou de la propriété 3.

  EXEMPLE Les deux angles $\widehat{rAu}$ et $\widehat{tEu}$ sont **deux angles correspondants égaux** déterminés par deux droites (rs) et (tz), coupées par une droite sécante (uv), respectivement en A et E.
  Donc les droites (rs) et (tz) sont **parallèles**.

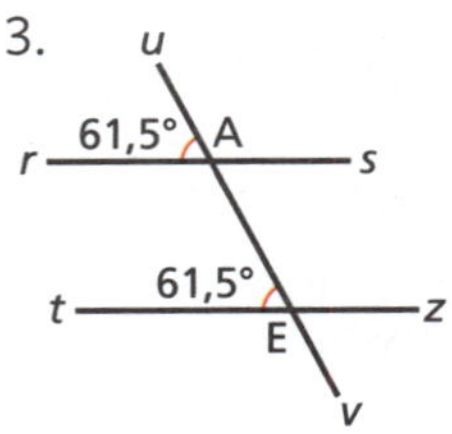

On s'entraîne !

1 QUIZ

Observe la figure puis réponds aux questions.

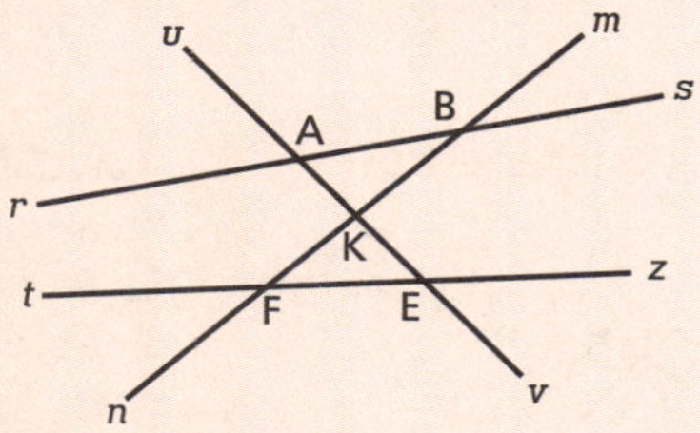

Vrai ou faux ?

	V	F
a. $\widehat{KFE}$ et $\widehat{mBs}$ sont deux angles correspondants.	☐	☐
b. $\widehat{rAv}$ et $\widehat{mBs}$ sont alternes-internes.	☐	☐
c. $\widehat{rAu}$ et $\widehat{rAv}$ sont adjacents et supplémentaires.	☐	☐
d. $\widehat{sAv}$ et $\widehat{tEu}$ sont alternes-internes.	☐	☐
e. $\widehat{rAv}$ et $\widehat{tEu}$ sont correspondants.	☐	☐

2 Avec un logiciel de géométrie

a. Construction
À l'aide d'un logiciel de géométrie, **suis le programme de construction.**

- Trace deux droites parallèles (EF) et (MN).
- Sur la droite (EF), place un point A entre les points E et F.
- Sur la droite (MN), place un point B entre les points M et M.
- Trace la droite (AB).

b. Expérimentation
Sur la figure ainsi construite :
- **repère deux angles** alternes-internes et **fais afficher** la mesure en degrés de chacun de ces deux angles ;
- **fais déplacer** le point A sur la droite (EF) et **observe les mesures** d'angles affichées ;
- **fais déplacer** le point B sur la droite (MN) et **observe les mesures** d'angles affichées.
Quelle conjecture peux-tu faire ?

3 Angles alternes-internes

Sur la figure ci-contre, on a $\widehat{AMF} = 146°$ et $\widehat{CNE} = 24°$; A, B et M alignés ; C, D et N alignés.

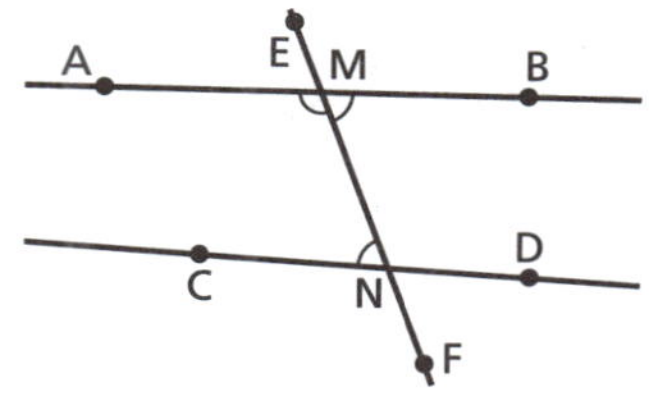

Les droites (AB) et (CD) sont-elles parallèles ? Justifie ta réponse.

4 Angles et parallélisme

Sur la figure ci-dessous, (xy) et (zt) sont parallèles.

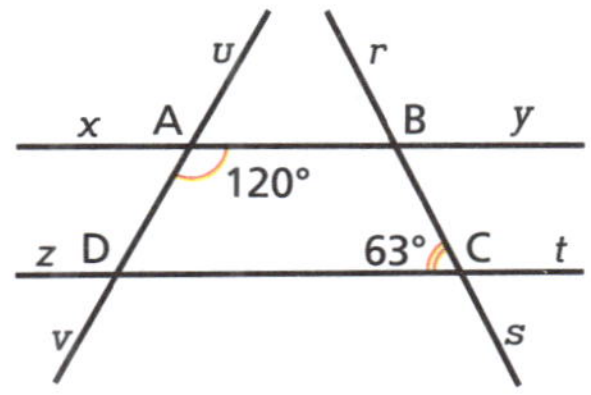

a. Donne deux angles correspondants.
b. Donne deux angles alternes-internes.
c. Quelle est la mesure de l'angle $\widehat{yBs}$? Justifie.
d. Calcule la mesure de l'angle $\widehat{xBs}$. Justifie.

5 Angles égaux

Sur la figure ci-dessous, on a $\widehat{BMN} = \widehat{CNM} = 40°$; A, B et M alignés ; C, D et N alignés.

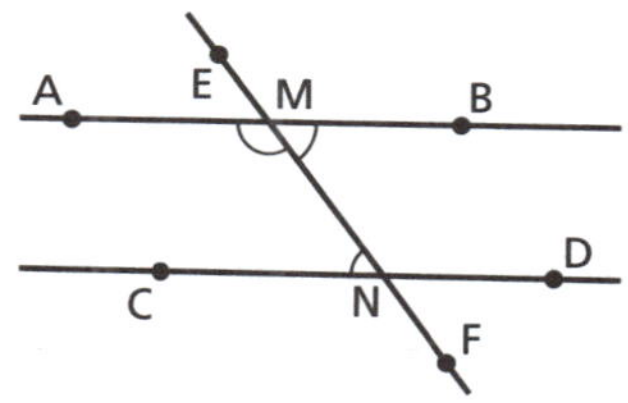

a. Prouve que (AB) et (CD) sont parallèles.
b. Déduis-en que $\widehat{AMN}$ et $\widehat{DNM}$ sont égaux. Donne leur mesure.

6 CONTRÔLE EXPRESS

Sur la figure ci-dessous, on a (AB) // (CD). (EF) est la droite sécante à (AB) en M et à (CD) en N. On donne $\widehat{FMB} = 55°$.

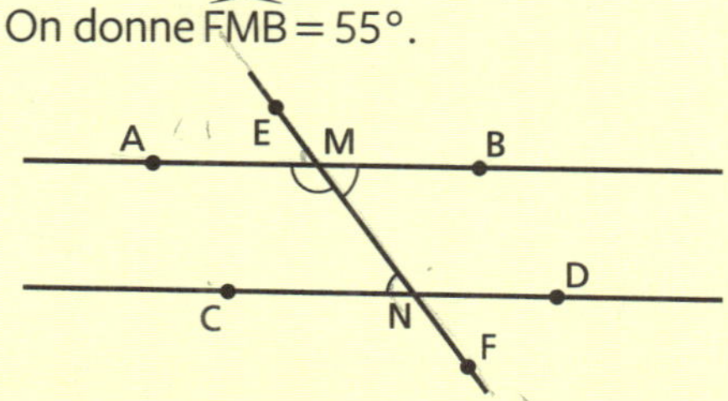

a. Déduis-en la mesure en degrés de $\widehat{ENC}$.
b. Déduis-en la mesure en degrés de $\widehat{AMN}$.

Corrigés page 26 du Guide

19 Triangles (1)

Je me demande...

Peut-on construire un triangle, quelles que soient les longueurs de ses côtés ?

Les points clés

1 Inégalité triangulaire

● **Propriété :** Dans un triangle, la longueur de chaque côté est **inférieure** à la somme des longueurs des deux autres côtés.

EXEMPLE Le triangle ABC est tel que AB = 8 cm, AC = 6 cm et BC = 11 cm.
AB + AC = 14 cm.
Donc BC < AB + AC.
AB + BC = 19 cm.
Donc AC < AB + BC.
AC + BC = 17 cm.
Donc AB < AC + BC.

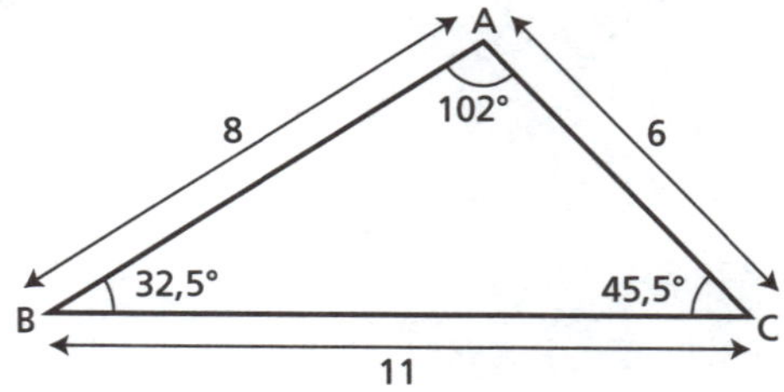

2 Somme des angles d'un triangle

● **Propriété :** Dans un triangle, la somme des angles est **égale à 180°**.

EXEMPLE Dans le triangle ABC ci-dessus, on a $\widehat{BAC} + \widehat{ABC} + \widehat{ACB} = 180°$.

Mots-Clés

• **Points alignés :** Tous les points d'une même droite sont alignés.

• **Points non alignés :** Des points qui n'appartiennent pas à une même droite (par exemple les trois sommets d'un triangle) sont non alignés.

Un peu de méthode

Vérifier qu'un triangle existe

1. J'additionne les deux plus petites longueurs.

2. Je compare le résultat à la plus grande des trois longueurs :
- si la plus grande longueur est inférieure à la somme des deux autres, alors le triangle ABC **existe** ;
- si la plus grande longueur est supérieure à la somme des deux autres, alors le triangle ABC **n'existe pas** ;
- si la plus grande longueur est égale à la somme des deux autres, alors les trois points A, B et C sont **alignés**.

EXEMPLE On donne les longueurs AB = 6 cm, AC = 4 cm et BC = 12 cm.
AB + AC = 10 cm. BC > AB + AC. Donc le triangle ABC n'existe pas.

Pour démontrer, il faut connaître les propriétés.

Construire un triangle

● Pour construire le triangle ABC tel que BC = 4,5 cm, $\widehat{ABC} = 55°$ et $\widehat{ACB} = 45°$:

1. Je trace, à l'aide de la règle graduée, le côté [BC] de 4,5 cm.

2. Je construis, à l'aide du rapporteur, un angle $\widehat{CBv}$ de 55° dont l'un des côtés est la demi-droite [B*v*), puis un angle $\widehat{BCz}$ de 45° dont l'un des côtés est la demi-droite [C*z*).

3. Je marque le point A à l'intersection de [B*v*) et [C*z*).

4. Je trace, à l'aide de la règle, les segments [AB] et [AC].

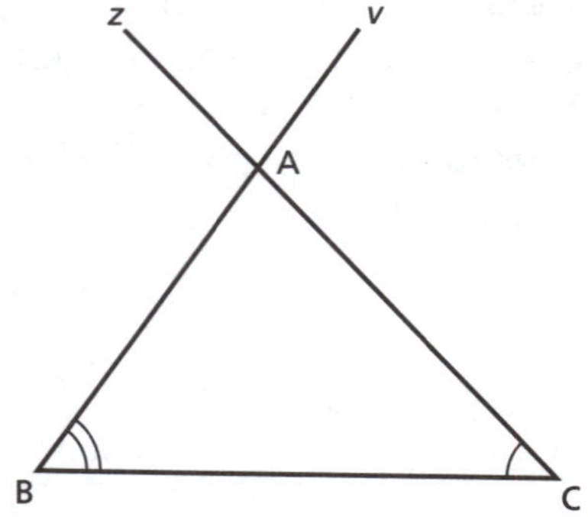

On s'entraîne !

1 QUIZ

Vrai ou faux ?

	V	F
a. Il est possible de construire un triangle MNP tel que MN = 12 cm, MP = 5 cm et PN = 6 cm.	☐	☐
b. Si E, F et G sont trois points tels que EF = 14 cm, EG = 8 cm et GF = 6 cm, on est sûr que ces trois points sont alignés.	☐	☐
c. Il est possible de construire un triangle ABC tel que BC = 8 cm, AB = 5 cm et AC = 4 cm.	☐	☐
d. Si A, B et C sont trois points tels que AB < AC + CB, alors le triangle ABC existe.	☐	☐

2 Question de longueurs

On donne deux points M et N tels que MN = 11 cm.

a. Existe-t-il un point P tel que MP = 7 cm et NP = 5 cm ? **Justifie** ta réponse.

b. Si oui, **construis le point** P.

Combien de solutions possibles y a-t-il pour le point P ?

3 Alignement de points

E, F et G sont trois points du plan tels que EF = 3 cm, FG = 9 cm et EG = 6 cm.

a. Ces trois points E, F et G sont-ils alignés ? **Justifie** ta réponse.

b. Si oui, **construis ces trois points** E, F et G.

4 Triangle et cercle circonscrit

On donne un triangle RST tel que RS = 8 cm, RT = 7 cm et ST = 6 cm.

a. Écris un programme de construction de ce triangle RST.

b. Construis le triangle RST.

c. Construis les trois médiatrices du triangle RST.

d. Les trois médiatrices se coupent en un point O. **Trace le cercle** de centre O et de rayon [OR].

Qu'observes-tu ?

5 Avec les angles

ABC est un triangle tel que BC = 10 cm, $\widehat{ABC} = 50°$ et $\widehat{ACB} = 80°$.

a. Construis le triangle ABC.

b. Calcule, en justifiant, la mesure en degrés de l'angle $\widehat{BAC}$.

6 Démontrer la propriété de la somme des angles d'un triangle

L'objectif de cet exercice est de démontrer que la somme des trois angles du triangle ABC est égale à 180°.

Dans la figure ci-dessous :
- les droites (*tz*) et (BC) sont parallèles ;
- les droites (*tz*) et (BC) sont coupées par la sécante (C*v*) respectivement en A et C ;
- les droites (*tz*) et (BC) sont coupées par la sécante (B*u*) respectivement en A et B.

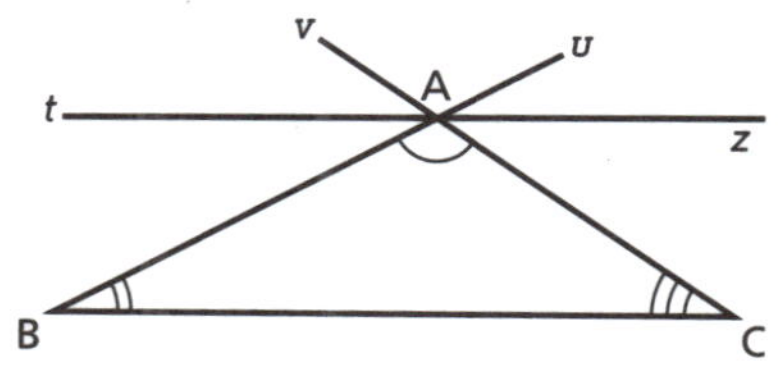

a. Montre que $\widehat{uAv} = \widehat{BAC}$.

b. Montre que $\widehat{uAz} = \widehat{ABC}$.

c. Montre que $\widehat{tAv} = \widehat{ACB}$.

d. Déduis-en que $\widehat{BAC} + \widehat{ABC} + \widehat{ACB} = 180°$.

7 CONTRÔLE EXPRESS

a. Existe-il un triangle ABC tel que AB = 8 cm, AC = 10 cm et BC = 12 cm ? Si oui, **construis** le triangle ABC (garde les traits de construction).

b. E, F et G sont trois points tels que EF = 7 cm, EG = 15 cm et FG = 8 cm.
Ces trois points E, F et G sont-ils alignés ? Si oui, **construis** ces trois points.

c. Soit deux points M et N tels que MN = 18 cm.
Existe-t-il un point P tel que MP = 9 cm et NP = 8 cm ? Si oui, **construis-le**.

d. MNP est un triangle tel que MN = 12 cm, $\widehat{PMN} = 35°$ et $\widehat{MPN} = 55°$.
Construis le triangle MNP.
En justifiant ta réponse, **indique la nature** du triangle MNP (quelconque, isocèle, équilatéral ou rectangle).

Corrigés page 26 du Guide

20 Triangles (2)

Je me demande...

Combien y a-t-il de hauteurs dans un triangle ?

Les points clés

1 Hauteur relative à un côté d'un triangle

● La **hauteur** relative à un côté d'un triangle est la droite perpendiculaire à ce côté et passant par le sommet opposé.

EXEMPLE La droite d_1 est la hauteur relative au côté [BC] du triangle ABC.
On dit aussi que la droite d_1 est la hauteur issue du sommet A du triangle ABC.

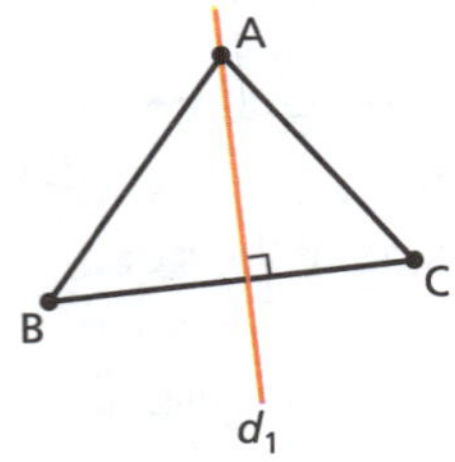

● **Propriété :** Les trois hauteurs d'un triangle sont **concourantes**.

EXEMPLE Les trois hauteurs du triangle ABC ci-contre se coupent en un même point O.

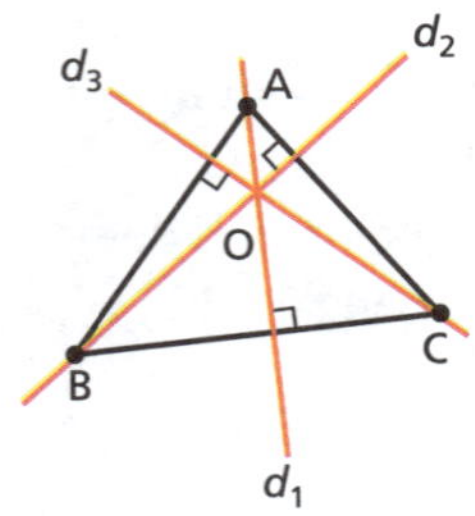

Mots-Clés

- **Sommet principal d'un triangle isocèle** : Le sommet principal est celui où se croisent les deux côtés de même longueur.
- **Base d'un triangle isocèle** : Le côté opposé au sommet principal est la base du triangle isocèle.
- **Droites concourantes** : Lorsque plusieurs droites (plus de deux) se coupent en un point A, on dit que ces droites sont concourantes en A.

2 Triangles particuliers et propriétés des angles

Triangle rectangle

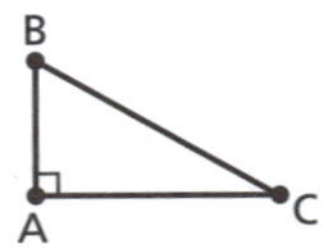

Si un triangle est rectangle, alors ses deux angles aigus sont **complémentaires**.

Triangle isocèle

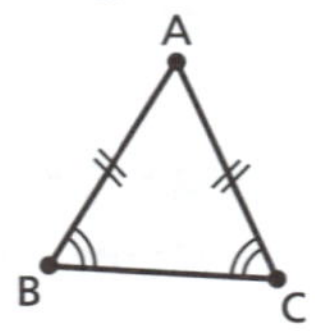

Si un triangle est isocèle, alors ses deux angles à la base sont **égaux**.

Triangle équilatéral

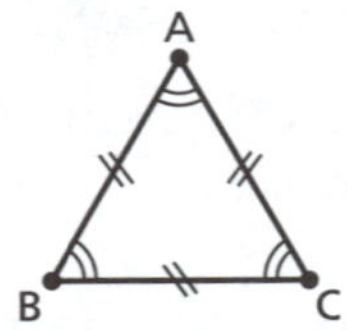

Si un triangle est équilatéral, alors ses trois angles sont **égaux** et mesurent chacun 60°.

Un peu de méthode

Démontrer l'existence d'un triangle isocèle

● Pour démontrer l'existence d'un triangle isocèle, je peux utiliser l'une des deux propriétés suivantes :
– si un triangle a **deux côtés de même longueur**, alors c'est un triangle isocèle ;
– si un triangle a **deux angles égaux**, alors c'est un triangle isocèle.

EXEMPLE ABC est un triangle tel que $\widehat{ABC} = 67°$ et $\widehat{ACB} = 46°$.
Pour démontrer que le triangle ABC est isocèle :

1. Je calcule l'angle $\widehat{BAC}$ à l'aide de la propriété de la somme des angles d'un triangle.
$\widehat{ABC} + \widehat{ACB} = 67° + 46° = 113°$. Donc $\widehat{BAC} = 180° - 113° = 67°$.

2. J'utilise la seconde propriété ci-dessus :
comme $\widehat{ABC} = \widehat{BAC}$, je conclus que le triangle ABC est isocèle en C.

On s'entraîne !

1 QUIZ

Vrai ou faux ?

	V	F
a. Si un triangle a deux angles égaux, alors c'est un triangle isocèle.	☐	☐
b. Si un triangle a deux angles complémentaires, alors c'est un triangle rectangle.	☐	☐
c. Si un triangle est rectangle, alors il a un axe de symétrie.	☐	☐
d. Si un triangle est isocèle, alors la médiatrice de sa base est un axe de symétrie.	☐	☐
e. Si un triangle a deux angles de 60° chacun, alors ce triangle est équilatéral.	☐	☐

2 *Hauteurs d'un triangle*

a. Construis un triangle ABC tel que BC = 10 cm, AB = 7 cm et AC = 9 cm.

b. Construis les hauteurs du triangle ABC.

3 *Avec un logiciel de géométrie*

a. Construction

Suis le programme de construction avec un logiciel de géométrie.

- Marque deux points distincts A et B.
- Trace le segment [AB].
- Marque I, le milieu du segment [AB].
- Trace la droite *d*, médiatrice du segment [AB].
- Marque sur la droite *d* un point C distinct de I.
- Trace les segments [CA] et [CB].

b. Expérimentation

Fais afficher les longueurs CA et CB.
Que constates-tu ?
Fais afficher à l'écran les mesures en degrés des angles $\widehat{CAB}$ et $\widehat{CBA}$. **Que constates-tu ?**
Fais déplacer le point C sur la droite *d*.
Que constates-tu ?
Quelle conjecture peux-tu faire concernant les longueurs CA et CB et donc le triangle ABC ?
Quelle conjecture peux-tu faire concernant les angles à la base d'un triangle isocèle ?

4 *Angle de 60°*

On donne ci-dessous une demi-droite [OA).

On veut construire un angle $\widehat{AOB}$ de 60° dont l'un des côtés est [OA], en se servant uniquement du compas et de la règle.

a. Rédige un programme de construction de cet angle de 60° à l'aide uniquement du compas et de la règle.

b. Construis cet angle $\widehat{AOB}$ de 60° en laissant les traits de construction.

5 *Points alignés*

EFGH est un carré.
AGH est un triangle équilatéral.
BFG est un triangle équilatéral.

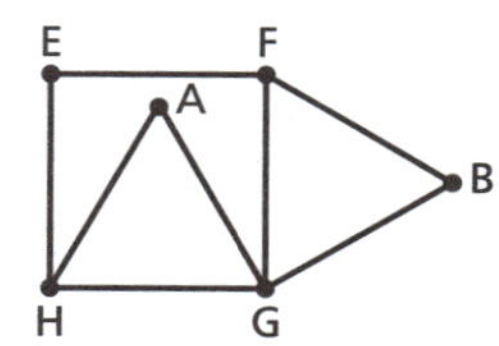

a. Construis la figure de l'énoncé à l'aide des instruments de géométrie.
Code toutes les longueurs égales de cette figure.

b. Combien mesure en degrés l'angle $\widehat{HAG}$?

c. Trace le segment [AB], puis **montre** que AGB est un triangle isocèle et rectangle en G.
Déduis-en la mesure en degrés de l'angle $\widehat{GAB}$.

d. Trace le segment [AE], puis **calcule** en justifiant la mesure en degrés de l'angle $\widehat{EAH}$.

e. Montre que l'angle $\widehat{EAB}$ est un angle plat et **déduis-en** que les points E, A et B sont alignés.

6 CONTRÔLE EXPRESS

a. EFG est un triangle tel que $\widehat{GEF} = 38°$ et $\widehat{GFE} = 52°$.
Démontre que EGF est un triangle rectangle en G, puis **construis une figure** pour vérifier.

b. RST est un triangle tel que RS = 8 cm, $\widehat{SRT} = 55°$ et $\widehat{RST} = 70°$.
Construis une figure.
Calcule la mesure en degrés de l'angle $\widehat{STR}$.
Quelle est la nature du triangle RST ? Justifie.

c. ABC est un triangle isocèle en A tel que $\widehat{BAC} = 80°$.
Calcule la mesure en degrés des angles $\widehat{ABC}$ et $\widehat{ACB}$.
Construis une figure.

Corrigés page 26 du Guide

21 Parallélogrammes

Je me demande...

Qu'est-ce qu'un parallélogramme ? En existe-t-il de particuliers ?

Les points clés

1 Définition et propriétés du parallélogramme

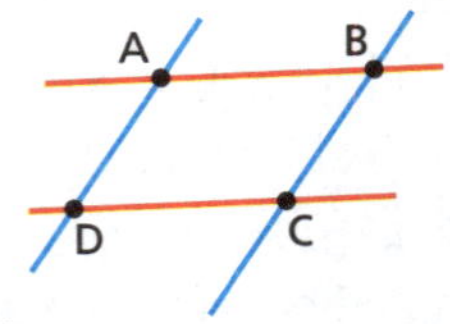

Un **parallélogramme** est un quadrilatère dont les côtés opposés sont parallèles.

EXEMPLE ABCD est un parallélogramme car (AB) // (DC) et (AD) // (BC).

Si un quadrilatère est un parallélogramme, alors...

- ses côtés opposés sont **parallèles** et de **même longueur**
- ses diagonales ont le **même milieu**
- ses angles opposés sont **égaux**
- ses angles consécutifs sont **supplémentaires**
- il a un **centre de symétrie** : le point d'intersection de ses deux diagonales

2 Propriétés des parallélogrammes particuliers

Rectangle

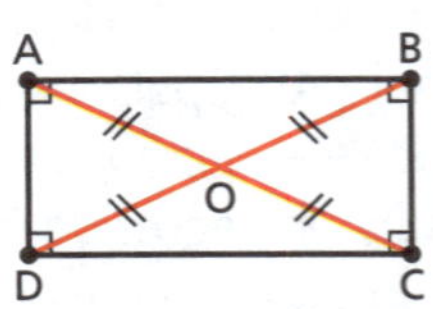

Si ABCD est un rectangle, alors :
- c'est un parallélogramme ;
- $\widehat{BAD} = \widehat{ABC} = \widehat{BCD} = \widehat{ADC} = 90°$;
- [AC] et [BD] ont le même milieu et AC = BD.

Losange

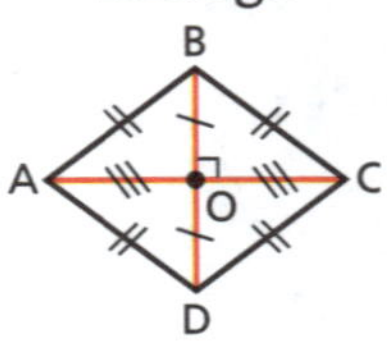

Si ABCD est un losange, alors :
- c'est un parallélogramme ;
- AB = BC = CD = AD ;
- [AC] et [BD] ont le même milieu et (AC) ⊥ (BD) ;
- (AC) et (BD) sont des axes de symétrie de ABCD.

Carré

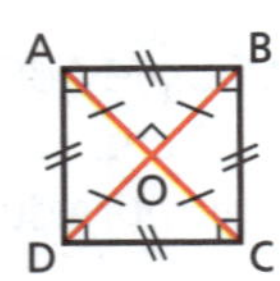

Si ABCD est un carré, alors il a toutes les propriétés d'un rectangle et d'un losange.

Mots-Clés

- **Sommets consécutifs** : Deux sommets se suivant immédiatement.
- **Diagonale** : Segment qui relie deux sommets non consécutifs d'un polygone.

Un peu de méthode

Démontrer l'existence d'un parallélogramme

Je peux utiliser l'une des trois propriétés suivantes.

- Si un quadrilatère a ses **côtés opposés parallèles**, alors c'est un parallélogramme.
- Si un quadrilatère non croisé a **deux côtés parallèles et de même longueur**, alors c'est un parallélogramme.
- Si un quadrilatère a ses **diagonales de même milieu**, alors c'est un parallélogramme.

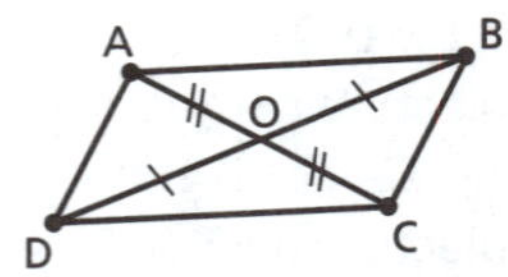

EXEMPLE Je sais d'après le codage de la figure que [AC] et [BD] ont le même milieu O. En utilisant la 3e propriété, je conclus qu'ABCD est un parallélogramme.

On s'entraîne !

1 QUIZ

Vrai ou faux ?

	V	F
a. Si un quadrilatère a ses diagonales qui ont le même milieu, alors c'est un parallélogramme.	☐	☐
b. Si un quadrilatère a trois angles droits, alors c'est un rectangle.	☐	☐
c. Si un quadrilatère a ses quatre côtés de même longueur, alors c'est un losange.	☐	☐
d. Si un quadrilatère a ses diagonales de même longueur, alors c'est un rectangle.	☐	☐

2 Sur un quadrillage

À l'aide du quadrillage, construis :

a. le point C tel que ABCD est un parallélogramme ;

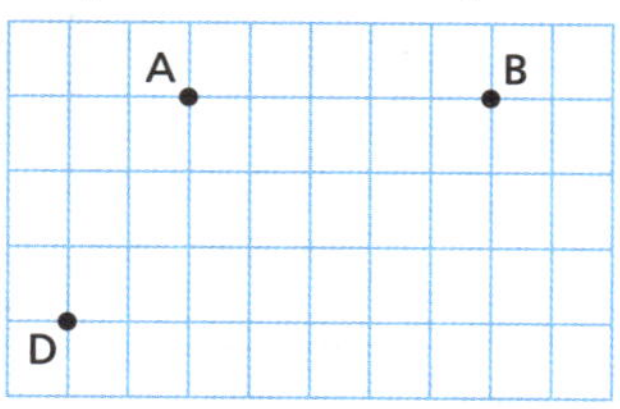

b. le point H tel que EFGH est un parallélogramme.

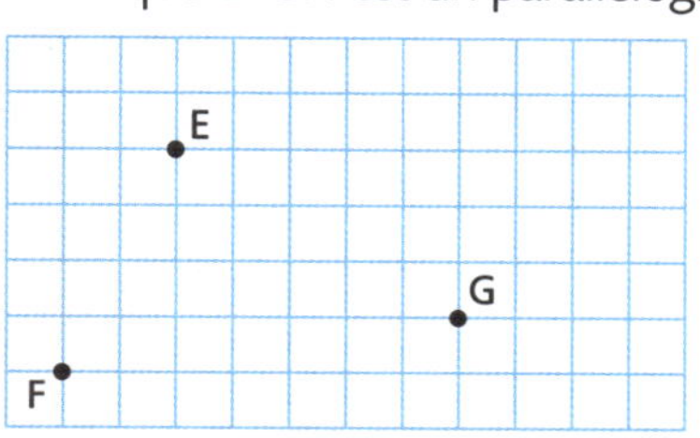

3 À la recherche de la diagonale incomplète

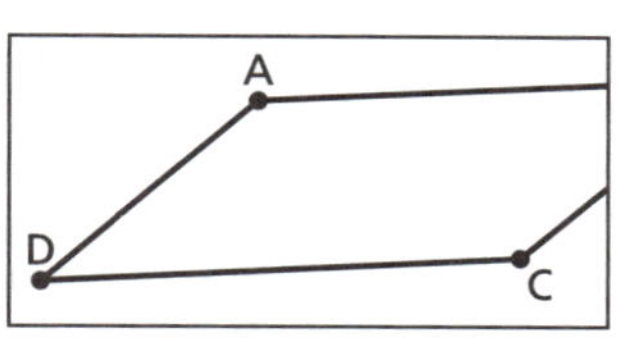

Le parallélogramme ABCD ne tient pas dans le cadre. Sans rien prolonger hors de celui-ci :

a. trouve le point O centre du parallélogramme ABCD.

b. trace la partie de la diagonale [DB] qui tient dans le cadre.

4 Construction d'un parallélogramme (1)

ABCD est un quadrilatère tel que AC = 12 cm et BD = 8 cm.

a. Explique comment construire ce quadrilatère de telle sorte qu'il soit un parallélogramme.

? indice

Commence par tracer la figure à main levée.

b. Existe-t-il plusieurs solutions ?

5 Construction d'un parallélogramme (2)

a. Construis, en justifiant, un parallélogramme ABCD tel que BC = 4 cm, CD = 6 cm et $\widehat{ABC} = 150°$.

b. Donne les mesures des autres angles du parallélogramme (justifie tes réponses).

6 Construction d'un rectangle

ABD est un triangle rectangle en A.

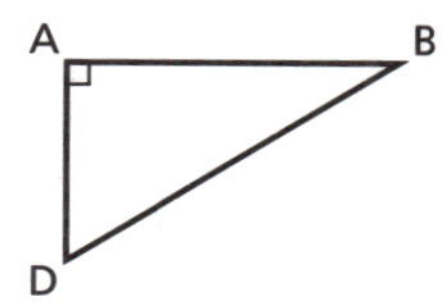

Explique comment construire le point C pour que le quadrilatère ABCD soit un rectangle.

7 Construction d'un losange

ABCD est quadrilatère tel que AC = 8 cm et BD = 6 cm.

Explique comment faire pour construire ABCD de telle sorte qu'il soit un losange.

8 Construction d'un carré

Construis, en justifiant, un carré EFGH tel que EG = 8 cm.

9 Losange et périmètre

Construis, en justifiant, un losange de 20 cm de périmètre et possédant une diagonale de 4,2 cm.

10 CONTRÔLE EXPRESS

Construis un parallélogramme vérifiant les trois conditions suivantes :

– les diagonales forment un angle de 40° ;
– l'une des diagonales mesure 9 cm ;
– l'un des côtés mesure 3,5 cm.

Corrigés page 27 du Guide

22 Prismes droits et cylindres

Je me demande...

Si on met « à plat » la surface latérale d'un cylindre, qu'obtient-on ?

Les points clés

1 Prisme droit

Le cube est un prisme droit à base carrée.

- Un prisme droit est un solide géométrique délimité par **deux bases polygonales superposables** et des **faces latérales rectangulaires** : les deux bases sont situées dans deux plans parallèles ; les faces latérales sont perpendiculaires aux bases ; les arêtes sont de même longueur.
- La distance qui sépare les deux bases est la **hauteur** du prisme droit (elle correspond à la longueur d'une arête latérale).

Mots-Clés

- **Solide géométrique** : Objet géométrique ayant un volume.
- **Arête** : Segment à l'intersection de deux faces (un parallélépipède a 12 arêtes).
- **Sommet** : Point à l'intersection de trois arêtes (un parallélépipède a 8 sommets).

2 Exemples de prismes droits

- Un **parallélépipède rectangle** (ou **pavé droit**) est un prisme droit à bases **rectangulaires**, superposables. On remarque que les arêtes parallèles sont de même longueur, et que les arêtes issues d'un même sommet sont perpendiculaires deux à deux.

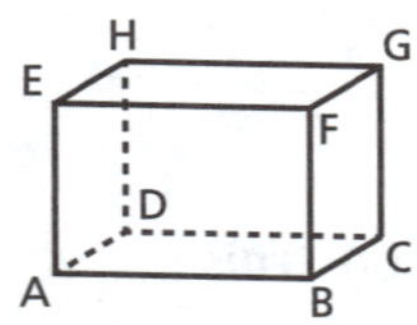

- Un **prisme droit à base triangulaire** est un solide délimité par deux bases triangulaires, superposables, et trois faces latérales rectangulaires.

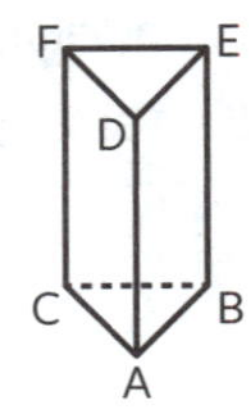

3 Cylindre droit (ou cylindre de révolution)

- Un cylindre droit est un solide délimité par deux bases qui sont **deux disques superposables** (donc de même rayon) et une **surface latérale courbe** (appelée surface cylindrique) dont le développement est un rectangle.
- La distance qui sépare les deux bases est la **hauteur** du cylindre.

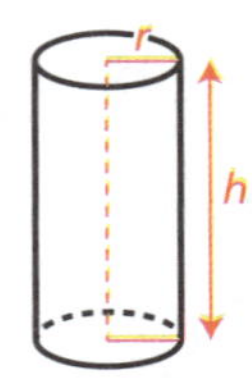

Un peu de méthode

Dessiner le patron d'un cylindre

- Je veux dessiner le patron d'un cylindre de rayon $r = 2{,}5$ cm et de hauteur $h = 10$ cm.

1. Je calcule le **périmètre** du disque à la base du cylindre :
$P = 2 \times \pi \times r = 2 \times 3{,}14 \times 2{,}5 = 15{,}7$ cm.

2. Je trace un **rectangle** dont les dimensions sont le périmètre P du disque et la hauteur h du cylindre.

3. Je trace un **disque** de rayon r sur l'un des bords du rectangle dont la longueur correspond au périmètre du disque, puis un **second disque** de rayon r sur le bord opposé du rectangle.

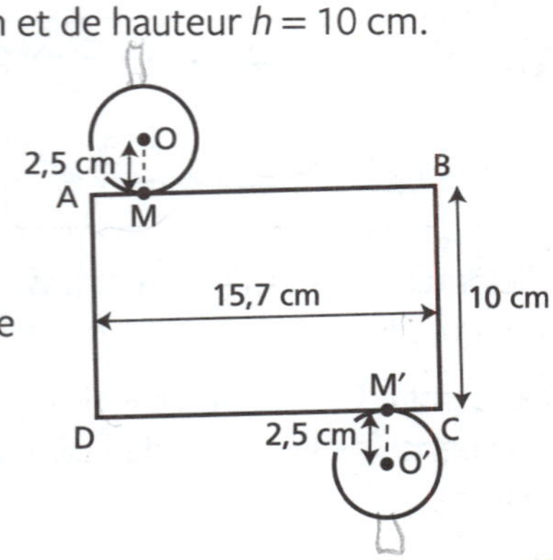

On s'entraîne !

1 QUIZ

Vrai ou faux ?

	V	F
a. Un parallélépipède est délimité par six faces rectangulaires.	☐	☐
b. Un cube est délimité par six faces carrées toutes superposables.	☐	☐
c. Un cube est un cas particulier de parallélépipède rectangle.	☐	☐
d. Un parallélépipède rectangle a 12 arêtes.	☐	☐
e. Un parallélépipède rectangle a 8 sommets.	☐	☐

2 *Patron de parallélépipède rectangle*

Construis un patron du parallélépipède rectangle ABCDEFGH.

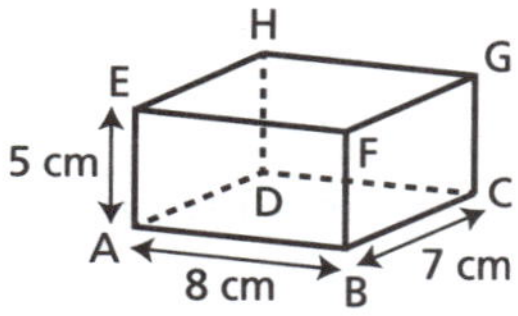

3 *Perspective cavalière*

Complète chacune des figures suivantes pour obtenir la représentation en perspective cavalière d'un parallélépipède rectangle.

a.

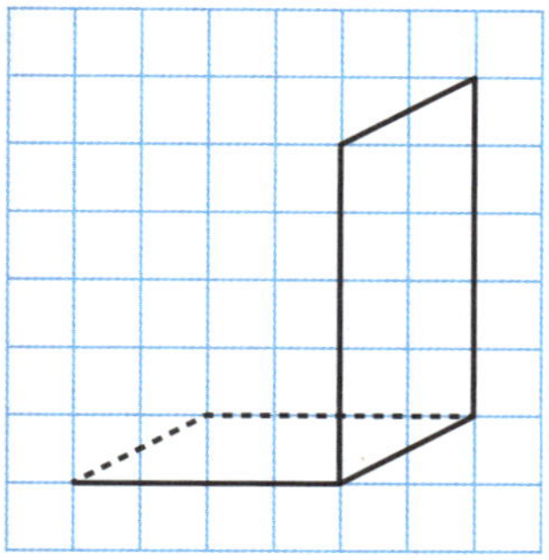

b.

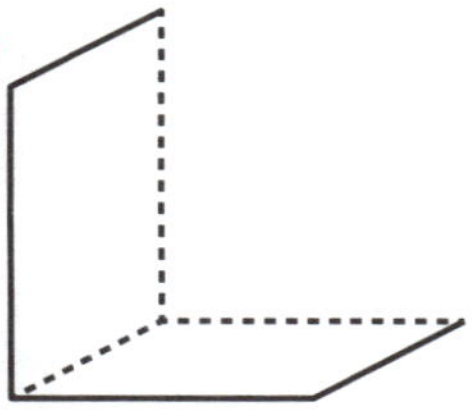

4 *Cylindre droit*

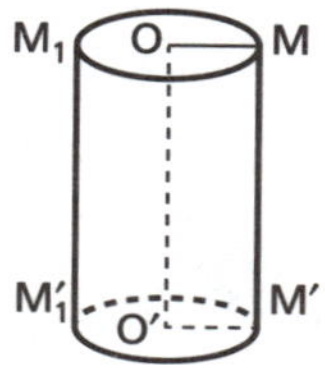

a. Cite deux segments de même longueur que le segment [OO′]. **Que représente** la longueur du segment [OO′] pour ce cylindre ?

b. Cite un segment de même longueur que le segment [OM]. Que représente la longueur du segment [OM] pour ce cylindre ?

c. Quelle est la nature du quadrilatère OMM′O′ ?

d. Complète la phrase suivante : « La rotation du rectangle OMM′O′ autour de l'axe (OO′) engendre un ...., lorsqu'il effectue un tour complet sur lui-même. »

5 *Calcul de l'aire et du volume d'un prisme droit*

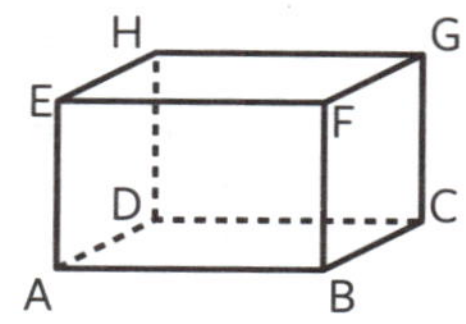

On donne ci-contre le parallélépipède rectangle ABCDEFGH, représenté en perspective cavalière.
On sait que AB = 5 m ; AD = 3 m et AE = 4 m.

a. Calcule son aire, en m^2.
b. Calcule son volume en m^3.
c. Exprime la capacité de ce parallélépipède rectangle, en litres.

? indice

Pour le calcul des volumes, lis le chapitre 23.

6 CONTRÔLE EXPRESS

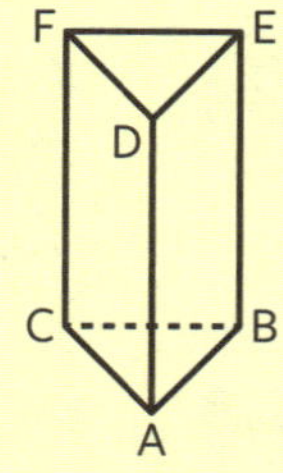

On donne ci-contre le prisme droit à base triangulaire ABCDEF, représenté en perspective cavalière.

a. Sachant que ABC est un triangle rectangle en A tel que AB = 50 cm et AC = 40 cm, **calcule l'aire** de la base de ce prisme droit, en cm^2.
b. Sachant que AD = 30 cm, **calcule le volume** du prisme, en cm^3.
c. Exprime la capacité de ce prisme droit, en litres.

? indice

c. 1 L = 1 dm^3

Corrigés page 28 du Guide

MATHS

23 Périmètres, aires, volumes

Je me demande...

Quelle est l'unité de mesure qui permet d'exprimer un volume ? une capacité ?

Les points clés

1 Périmètres et aires

● **Aire d'un triangle**

$\mathcal{A} = \dfrac{b \times h}{2}$ avec b la base du triangle et h la hauteur relative à la base.

EXEMPLE Pour ABC : $b = BC$ et $h = AH$.

Donc $\mathcal{A} = \dfrac{BC \times AH}{2}$

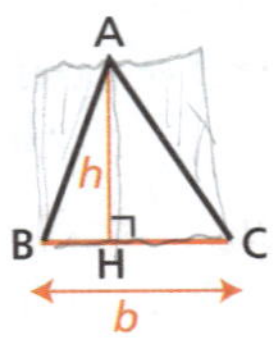

● **Périmètre et aire d'un disque**

$P = 2 \times \pi \times r$ et $\mathcal{A} = \pi \times r^2$

avec r le rayon du disque et $\pi \approx 3{,}14$.

EXEMPLE Pour le disque ci-contre :

$r = OM$.

Donc $P = 2 \times \pi \times OM$

et $\mathcal{A} = \pi \times OM^2$

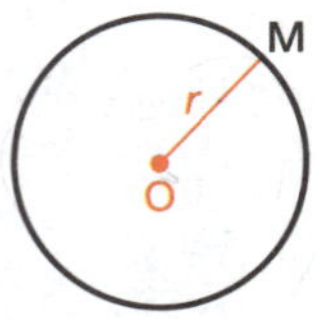

Mots-Clés

- **Périmètre d'une figure** : Longueur totale du contour d'une figure.
- **Aire d'une figure** : Mesure de la surface d'une figure.
- **Volume d'un solide** : Mesure de l'espace intérieur d'un solide.

2 Volumes

● **Volume d'un parallélépipède**

$\mathcal{V} = \text{aire de la base} \times \text{hauteur}$
$= a \times b \times c$

avec a la longueur, b la largeur de la base et c la hauteur du parallélépipède.

EXEMPLE

Pour le parallélépipède ABCDEFGH :

$a = AB$; $b = BC$ et $c = AE$

Donc $\mathcal{V} = AB \times BC \times AE$

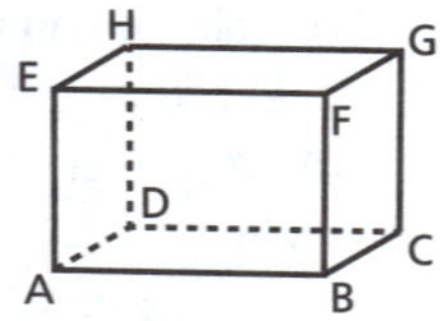

● **Volume d'un cylindre droit**

$\mathcal{V} = \text{aire de la base} \times \text{hauteur}$
$= \pi \times r^2 \times h$

avec r le rayon de la base et h la hauteur du cylindre.

EXEMPLE Pour le cylindre droit ci-contre :

$r = OA$ et $h = OO'$

Donc $\mathcal{V} = \pi \times OA^2 \times OO'$

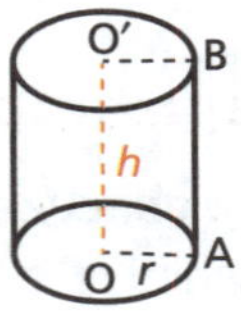

3 Unités de longueur, d'aire et de volume

● L'unité principale de **longueur** est le **mètre** (symbole m).
Les unités de longueur vont de 10 en 10 : 1 km = 10 hm ; 1 dam = 10 m.

● L'unité principale d'**aire** est le **mètre carré** (symbole m^2).
Les unités d'aire vont de 100 en 100 : 1 m^2 = 100 dm^2 ; 1 cm^2 = 100 mm^2.

● L'unité principale de **volume** est le **mètre cube** (symbole m^3).
Les unités de volume vont de 1 000 en 1 000 : 1 m^3 = 1 000 dm^3 ; 1 dm^3 = 1 000 cm^3.

Un peu de méthode

Passer des unités de volume aux unités de capacité

EXEMPLE 2,458 m^3 = 2 458 dm^3 = 2 458 L

m^3			dm^3			cm^3			mm^3		
			hL	daL	L	dL	cL	mL			
		2 ,	4	5	8	0	0	0	0	0	0

On s'entraîne !

1 QUIZ

Vrai ou faux ?

	V	F
a. On peut dire « le périmètre du cercle ».	☐	☐
b. On peut dire « la longueur du cercle ».	☐	☐
c. On peut dire « l'aire du cercle ».	☐	☐
d. On peut dire « l'aire du disque ».	☐	☐

2 Unités de longueur

. **Convertis en m** les mesures de longueur suivantes.

dm = ... m 17 dm = ... m

cm = ... m 38 cm = ... m

. **Que doit-on faire** pour pouvoir effectuer
addition 17 dm + 38 cm ?

. **Effectue** cette addition.

....

3 Unités d'aire et de volume

. **Convertis les mesures** d'aire suivantes.

,3852 m^2 = ... dm^2

37 mm^2 = ... cm^2

,75 hm^2 = ... m^2

. **Convertis les mesures** de volume suivantes.

,45 m^3 = ... dm^3

435 cm^3 = ... dm^3

,0395 cm^3 = ... mm^3

4 L'aquarium

n aquarium a la forme d'un parallélépipède
ectangle.
a base est un rectangle de longueur 50 cm
t de largeur 30 cm. Sa hauteur est de 25 cm.

. **Calcule le volume** de cet aquarium, en cm^3.

. **Exprime le volume** de l'aquarium, en litres.

. **Combien de litres d'eau** faut-il pour remplir
et aquarium d'eau jusqu'à 80 % de sa hauteur ?

5 La boîte de conserve

Une boîte de conserve a la forme d'un cylindre droit. Sa base est un disque de rayon 3 cm. Sa hauteur est de 15 cm.

a. Calcule le volume de cette boîte de conserve, en cm^3 (prends $\pi \approx 3{,}14$ et arrondis le résultat à l'unité près).

....

b. Calcule l'aire du patron, en cm^2, que l'on doit confectionner pour fabriquer ce cylindre.

....

6 Problème de clôture

La figure ci-dessous représente un jardin.
DC = AB = 124 dm AD = BC = 8,6 m
AM = BN = 320 cm

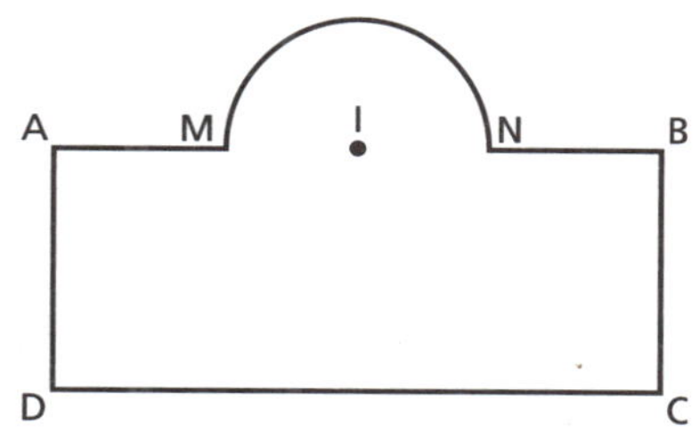

On veut clôturer ce jardin avec du grillage.
Le mètre de grillage coûte 3,75 euros.

a. Quelle longueur de grillage faut-il acheter ($\pi \approx 3{,}14$) ?

....

b. Quelle est la dépense totale en euros ?

....

7 CONTRÔLE EXPRESS

Les roues du vélo de Thibault ont un diamètre de 65 cm.
Un tour de pédalier entraîne 3 tours de roues.
(*Dans tout cet exercice,* $\pi \approx 3{,}14$.)

a. Quelle distance Thibault parcourt-il en un tour de roues ? Arrondis au mètre près.

b. Quelle distance parcourt-il en un tour de pédales ? Arrondis au mètre près.

c. Quelle distance parcourt-il en 500 tours de pédales ? Arrondis au mètre près.

d. Combien de tours de pédales doit-il effectuer pour parcourir 10 km ? Arrondis à l'unité près.

Corrigés page 29 du Guide

24 Durées

Je me demande...
Comment fait-on pour convertir les unités de temps ?

Les points clés

Unités de mesure du temps

- Dans une **journée**, il a 24 heures.
Dans une **heure**, il y a 60 minutes.
Dans une **minute**, il y a 60 secondes.
Donc dans une **heure**, il y a 3 600 secondes.

1 h = 60 min = 3 600 s
1 min = 60 s

- Une demi-heure correspond à 30 min et se note aussi $\frac{1}{2}$ h = 0,5 h.
- Trois quarts d'heure correspondent à 45 min et se notent aussi $\frac{3}{4}$ h = 0,75 h.
- Une heure et demie correspond à 1 h 30 min et se note aussi 1,5 h.

Un peu de méthode

Convertir les unités de temps

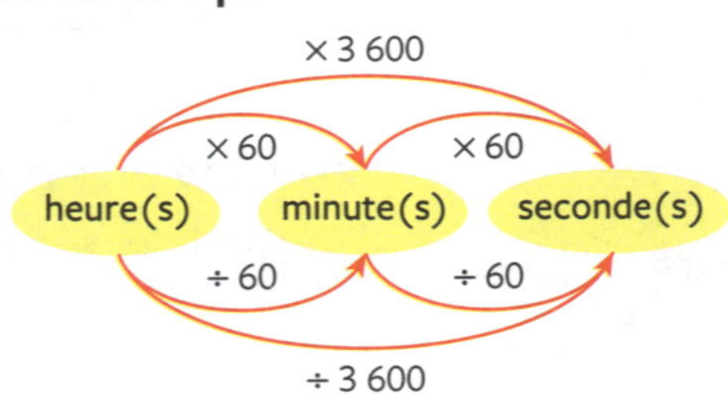

EXEMPLES

5 h = 5 × 60 = 300 min
12 min = 12 × 60 = 720 s
2 h 42 min = 2 × 60 + 42
= 120 + 42 = 162 min

12 min = 12 ÷ 60 = 0,2 h
83 min = 60 min + 23 min = 1 h 23 min
199 min = 3 × 60 + 19 = 3 h 19 min

Ajouter des durées

5 h 27 min + 2 h 53 min

1. Je pose l'addition, je trouve 7 h 80 min.

2. Je convertis le nombre de minutes du résultat : 80 min = 1 h 20 min.
Donc 5 h 27 min + 2 h 53 min = 7 h + 1 h 20 min = 8 h 20 min.

Soustraire des durées

7 h 31 min – 4 h 47 min

1. Je ne peux pas soustraire 47 de 31 donc je change 7 h 31 min en transformant 1 h en 60 min : 7 h 31 min = 6 h 91 min.

2. 7 h 31 min – 4 h 47 min = 6 h 91 min – 4 h 47 min = 2 h 44 min

On s'entraîne !

1 QUIZ

Vrai ou faux ?

	V	F
a. Une heure et quart est égale à 75 min.	☐	☐
b. 240 min = 2 h 40 min	☐	☐
c. 2 h = 7 200 s	☐	☐
d. 90 s = 1 min 30 s	☐	☐
e. 5 min 27 s + 3 min 13 s = 8 min 30 s	☐	☐

2 Cuisine

Un cuisinier teste la nouvelle recette ci-contre. Il commence sa préparation à 11 h 17.

Recette pour 4 personnes
Temps de préparation : 25 min
Temps de cuisson : 45 min

À quelle heure pourra-t-il goûter son plat ?

....

3 Révisions

Luc révise sa leçon de maths. Il a commencé son travail à 17 h 42 et a terminé à 18 h 50.

Calcule la durée de son travail.

....

4 À la gare

Voici les informations concernant un trajet en train :

TGV	N° 9 837	
Départ	13 h 23	Lille Europe
Arrivée	16 h 10	Lyon Saint-Exupéry

Calcule la durée de ce trajet.

....

5 Départ en vacances

Sarah part en vacances à Chamonix. Elle a quitté Paris à 7 h 32. Son voyage a duré 5 h 45 min.

Détermine son heure d'arrivée.

....

6 Antivirus

L'antivirus de mon ordinateur a mis 17 s pour vérifier 1 500 des 150 000 fichiers enregistrés.

a. **Détermine la durée totale** de cette vérification.

....

b. À ce rythme **combien de temps de vérification** reste-t-il ? ....

7 Carte mémoire

Sur ma carte mémoire, 90 min de musique occupent 105 Mo (mégaoctets) de mémoire.

a. **Détermine la mémoire** nécessaire pour charger 30 min de musique, puis 2 h 30 min.

....

b. **Calcule la durée** de musique enregistrée avec 7 Mo, avec 49 Mo, puis avec 245 Mo.

....

8 Éolienne

Les pales d'une éolienne font 228 tours en 1 heure.

a. **Calcule le nombre de tours** qu'elles font en 2 h 15 min, puis en 3 h 30 min.

....

b. **Calcule le temps** nécessaire pour faire 570 tours, puis 855 tours.

....

? indice

Tu peux construire un tableau de proportionnalité.

9 CONTRÔLE EXPRESS

a. En scooter, tu roules à la vitesse moyenne de 45 km par heure.
Quel temps mets-tu pour parcourir 4,5 km ?
Quelle distance parcours-tu en 48 min ?
b. La séance de cinéma débute à 20 h 30.
Les bandes-annonces et le film durent 2 h 45.
À quelle heure sors-tu du cinéma ?
c. Tom est parti de Lille à 10 h 15 et est arrivé à Paris à 12 h 02.
Détermine la durée de son trajet.

Corrigés page 29 du Guide

25 Écrire et exécuter un programme simple

Je me demande...

Qu'est-ce qu'un algorithme ? Que permet-il de faire ?

Les points clés

1 Algorithme et programme

● Un algorithme est une **suite d'instructions**, à appliquer dans un certain ordre pour obtenir un résultat.

● Une fois écrit, un algorithme peut être **exécuté** soit « à la main » (sur une feuille de papier), soit à l'aide d'un langage ou d'un logiciel de programmation. Dans ce cas, il faut d'abord **écrire le programme** correspondant.

Mot-Clé

Programmer : Écrire un programme informatique correspondant à un algorithme à l'aide d'un langage ou d'un logiciel de programmation.

2 Programmation avec Scratch

● Le logiciel de programmation Scratch permet de programmer des jeux, des compositions musicales, des simulations numériques... Il suffit d'emboîter des « briques » qui contiennent des instructions ou **commandes**. Une suite de commandes est associée à un personnage ou un objet (nommé « lutin »).

→ *Scratch Offline Editor est téléchargeable gratuitement à l'adresse suivante :* scratch.mit.edu/scratch2download/

Un peu de méthode

Programmer et exécuter un déplacement à l'aide du clavier

On veut créer, avec le logiciel Scratch, un programme pour faire bouger le lutin « chat » grâce aux flèches du clavier.

● **Avant de commencer à programmer :**
J'ouvre le logiciel Scratch : le lutin « chat » est déjà présent.

● **Pour déplacer le chat vers la droite** :

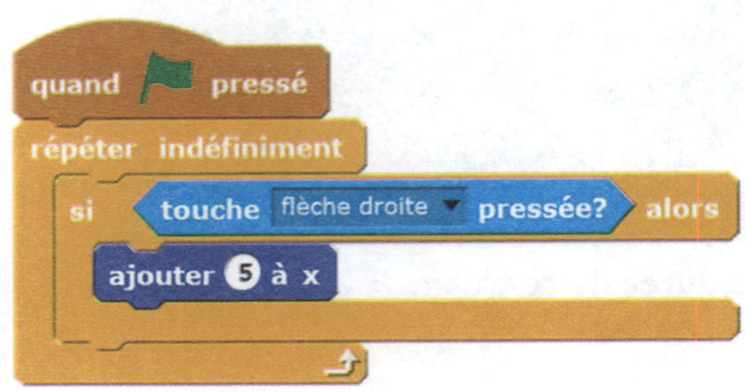

1. Je pose la brique « quand drapeau vert pressé », puis la boucle « répéter indéfiniment » (cette boucle permet de faire durer l'action du déplacement).

2. Dans la boucle « répéter indéfiniment », j'insère les deux briques « si [touche flèche droite pressée?] alors » (l'instruction entre crochets est une condition).

3. Dans le bloc « si ... alors », j'insère la brique « ajouter 5 à x » (x correspond à la position horizontale, ou abscisse, du chat).

4. Je clique sur le drapeau vert pour lancer le programme, puis je presse la touche flèche droite du clavier pour déplacer le chat.

On s'entraîne !

1 QUIZ

Coche la bonne réponse.

Dans le logiciel de programmation Scratch :

a. Les objets utilisés sont des :

- ☐ chats
- ☐ personnages
- ☐ lutins

b. La lettre qui correspond à la position horizontale, ou abscisse, du lutin est :

- ☐ x
- ☐ y
- ☐ z

c. Pour faire durer une action dans un programme, il faut utiliser la boucle :

- ☐ « répéter »
- ☐ « faire durer »
- ☐ « répéter indéfiniment »

2 *Programmer des déplacements (1)*

Dans « Un peu de méthode », page précédente, tu as appris à programmer un déplacement du chat dans le labyrinthe vers la droite.

a. Trouve la brique à insérer dans le bloc « si... alors » du programme ci-dessous pour déplacer le chat vers le haut.

....

....

b. Teste le programme en déplaçant le chat dans le labyrinthe avec la flèche haut du clavier.

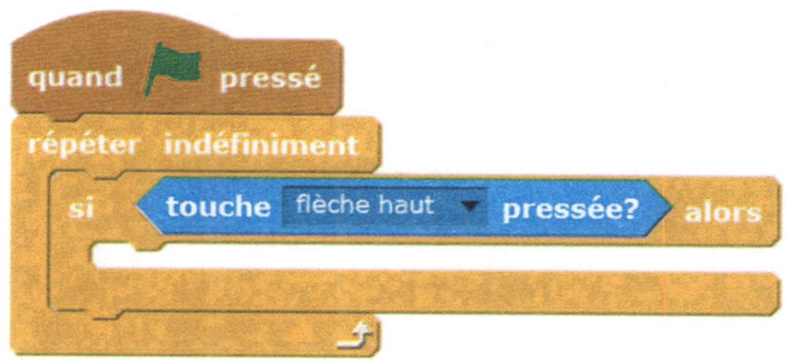

? indice

La lettre correspondant à la position verticale est y.

3 *Programmer des déplacements (2)*

Voici le programme pour déplacer le chat dans toutes les directions à l'aide des touches flèches droite, gauche, haut et bas : certaines instructions ont été effacées.

a. Trouve la brique à insérer dans le deuxième bloc « si... alors » pour déplacer le chat vers la gauche.

? indice

Aller à gauche est l'opposé d'aller à droite.

....

....

b. À quoi correspond la lettre y dans l'instruction, « ajouter 5 à y » ?

....

....

c. Trouve la brique à insérer dans le quatrième bloc « si... alors » pour déplacer le chat vers le bas.

....

....

d. Teste le programme en déplaçant le chat avec les flèches du clavier.

Corrigés page 30 du Guide

26 Programmer le tracé de figures

Je me demande…
Pour programmer un carré, combien de fois doit-on répéter l'instruction : « tracer un côté » ?

Les points clés

Programmation du tracé d'une figure et boucles

- Avec le logiciel Scratch, on peut programmer le tracé d'une figure grâce à l'outil « **Stylo** ». Le lutin « chat » va alors prendre le rôle d'un stylo et, en se déplaçant, il va dessiner ce qui a été programmé.
- Un carré ou un triangle équilatéral, par exemple, sont des figures dont tous les côtés et tous les angles sont égaux. Pour programmer le tracé de telles figures, il va falloir répéter 3 ou 4 fois de suite (selon le nombre de côtés) exactement les mêmes déplacements :
  – avancer d'une longueur d'un côté ;
  – tourner de la mesure d'un angle.
- Pour répéter plusieurs fois les mêmes actions, on utilise des **boucles**.

→ *Scratch Offline Editor est téléchargeable gratuitement à l'adresse suivante :* scratch.mit.edu/scratch2download/

Mot-Clé
Boucle :
Dans un algorithme, ou un programme, une boucle permet de répéter une même série d'instructions indéfiniment, ou un nombre de fois fixé, ou jusqu'à ce qu'une condition soit remplie.

Un peu de méthode

Programmer le tracé d'un carré

On veut créer, avec le logiciel Scratch, un programme pour dessiner un carré de côté 150.

1. Je pose les briques « quand drapeau vert pressé », puis « effacer tout » (pour être sûr que la zone de dessin soit vierge).

2. Je pose la brique « stylo en position d'écriture ».

3. Je pose la boucle « répéter ... fois » et remplace les pointillés par le nombre 4.

4. Dans la boucle « répéter 4 fois », j'insère les briques « avancer de 150 » (pour dessiner un côté du carré), puis « tourner dans le sens horaire de 90 degrés ».

5. Je teste le programme de tracé en appuyant sur le drapeau vert : le chat se déplace tout seul et dessine un carré.

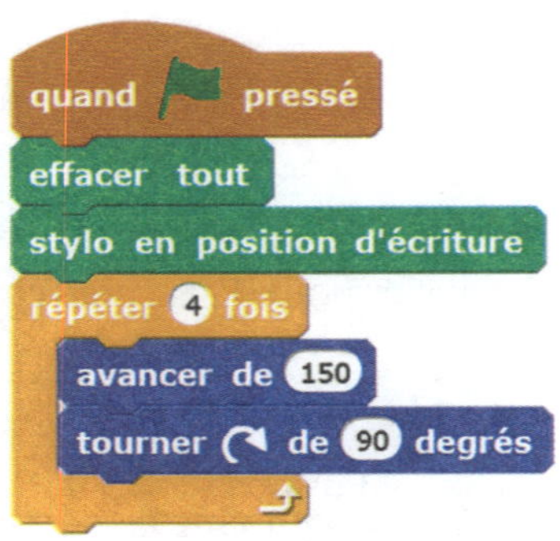

Un carré a 4 côtés de même longueur et 4 angles droits, donc j'utilise la boucle « répéter 4 fois ».

On s'entraîne !

1 QUIZ

Vrai ou faux ?
Dans le logiciel de programmation Scratch :

	V	F
a. La brique « effacer tout » permet d'avoir une zone de dessin blanche avant de tracer la figure.	☐	☐
b. Pour indiquer au programme qu'on va dessiner, il faut insérer la brique « relever le stylo ».	☐	☐
c. Pour dessiner une figure à 3 côtés égaux, il faut insérer la brique « répéter 3 fois ».	☐	☐
d. Pour que le chat fasse demi-tour, il faut insérer la brique « tourner dans le sens horaire de 360 degrés ».	☐	☐

2 Chercher l'erreur

Esther veut tracer un carré à l'aide de Scratch. Elle a écrit le programme ci-dessous, mais cela ne fonctionne pas comme elle l'attendait.

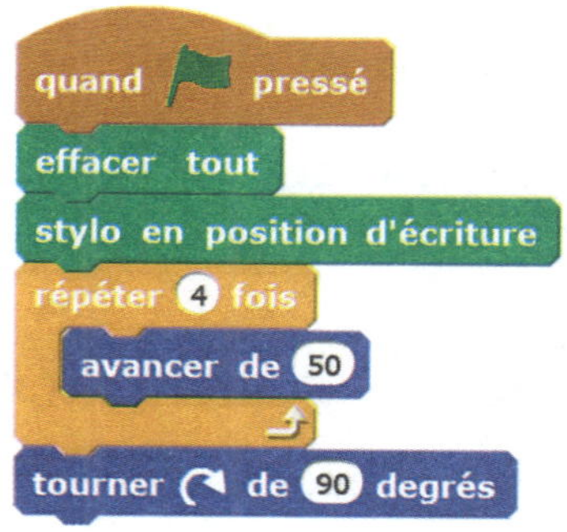

a. Exécute le programme écrit par Esther. Quelle figure obtiens-tu ?

....

b. Trouve l'erreur commise par Esther et corrige-la pour tracer un carré.

3 Programmer le tracé d'un triangle équilatéral

Dans « Un peu de méthode », à la page précédente, tu as appris à programmer le tracé d'un carré. Voici le programme pour dessiner un triangle équilatéral : certaines instructions ont été effacées.

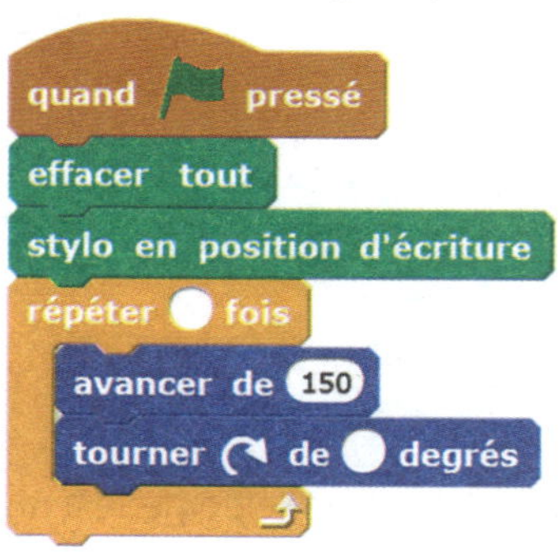

a. Quel nombre faut-il écrire dans la brique « répéter ... fois » ?

....

b. Quel nombre faut-il écrire dans la deuxième brique bleue ?

....

c. Teste le programme en cliquant sur le drapeau vert.

d. Quel est le périmètre du triangle tracé ?

....

e. Quelle instruction faudrait-il modifier dans le programme ci-dessus pour tracer un triangle de périmètre 300 ?

....

Corrigés page 30 du Guide

Test - Bilan

Nombres et calculs

1 Le nombre 2016 est :
- ☐ divisible par 2
- ☐ un multiple de 5
- ☐ un multiple de 9

2 En effectuant le calcul A = 10 × (35 − 16 ÷ 2), je trouve :
- ☐ 45
- ☐ 270
- ☐ 242

3 Je compare $\frac{3}{5}$ et $\frac{14}{25}$:
- ☐ $\frac{3}{5} < \frac{14}{25}$
- ☐ $\frac{3}{5} = \frac{14}{25}$
- ☐ $\frac{3}{5} > \frac{14}{25}$

4 En effectuant le calcul B = − 25 + 12 − 7 − (− 8), je trouve :
- ☐ − 12
- ☐ − 21
- ☐ − 2

5 Le nombre 5 est solution de l'équation :
- ☐ $3x - 8 = 7$
- ☐ $8x - 6 = 2x + 4$
- ☐ $5(x + 2) = 35$

.... /5

Gestion de données

6 Dans un magasin, le prix des oranges est proportionnel aux kilogrammes d'oranges achetés. J'achète 2 kg d'oranges et je paie 4,60 €. **Combien coûte le kg d'oranges ?**
- ☐ 4,60 €
- ☐ 9,20 €
- ☐ 2,30 €

7 Sur une carte à l'échelle 1/50 000, 15 cm représentent en réalité :
- ☐ 75 cm
- ☐ 7,5 km
- ☐ 750 m

8 On interroge les élèves d'une classe de 30 élèves et 27 répondent qu'ils possèdent un téléphone portable. **Quelle fréquence cela représente-t-il ?**
- ☐ 90 %
- ☐ 27 %
- ☐ 30 %

9 On lance un dé équilibré à 6 faces et on regarde la face obtenue. **Quelle est la probabilité d'obtenir un chiffre supérieur ou égal à 2 ?**
- ☐ $\frac{4}{6}$
- ☐ $\frac{2}{6}$
- ☐ $\frac{5}{6}$

.... /4

Géométrie
Grandeurs et mesures

10 Si trois points distincts A, B et M sont tels que MA = MB, alors le point M :
- ☐ est le milieu du segment [AB].
- ☐ appartient à la médiatrice du segment [AB].
- ☐ est le centre d'un cercle passant par les points A et B.

11 Quelle est la figure qui a au moins quatre axes de symétrie et un centre de symétrie ?
- ☐ le carré
- ☐ le rectangle
- ☐ le cercle

12 Lorsque l'on fait couper deux droites par une même droite sécante, on obtient :
- ☐ 4 paires d'angles correspondants.
- ☐ 4 paires d'angles alternes-internes.
- ☐ 2 paires d'angles alternes-internes.

13 Si un triangle a deux angles de 60° chacun, alors :
- ☐ il est équilatéral.
- ☐ son 3e angle mesure 60°.
- ☐ On ne peut pas savoir.

14 Si un quadrilatère a ses côtés de même longueur, alors ce quadrilatère est un :
- ☐ carré.
- ☐ losange.
- ☐ parallélogramme.

15 Un parallélépipède a une aire de base de 45 cm² et une hauteur de 6 cm. **Son volume est :**
- ☐ 90 cm^3
- ☐ 270 cm^3
- ☐ On ne peut pas savoir.

16 J'ai parcouru 50 km à la vitesse moyenne de 100 km/h et 25 km à la vitesse moyenne de 75 km/h. **Au total, j'ai roulé pendant :**
- ☐ 70 min
- ☐ 50 min
- ☐ 1,2 h

.... /7

Score total : .... /16 CORRIGÉS P. 30 DU GUIDE

HISTOIRE-GÉO
EMC

▸ HISTOIRE

▸ GÉOGRAPHIE

▸ EMC

1 Byzance et l'Europe carolingienne

Je me demande...
Quels sont les deux empires chrétiens autour de la Méditerranée ?

Les points clés

1 En Orient, l'Empire byzantin (Ve-XVe siècles)

- L'Empire byzantin, de langue grecque et de religion chrétienne, succède à l'Empire romain d'Orient. Il a pour capitale **Constantinople** (ancienne Byzance). Il est dirigé par un ***basileus***, chef de l'Église, de l'armée et de l'administration.

- L'Empire byzantin se réduit progressivement face à ses adversaires musulmans. Il se termine en **1453**, quand les **Turcs** musulmans prennent la capitale et fondent l'**Empire ottoman**.

Mot-Clé
Basileus : terme qui vient du grec « roi ». Titre donné aux empereurs byzantins.

2 En Occident, l'Europe carolingienne (VIIIe-Xe siècles)

- En 751, **Pépin dit le Bref** renverse les Mérovingiens et prend le pouvoir sur le royaume des Francs. Il fonde la dynastie carolingienne. Son fils, **Charlemagne**, effectue de nombreuses conquêtes et se fait **sacrer empereur des Romains par le pape** en 800 à Rome. Les Carolingiens règnent sur l'Europe occidentale jusqu'à la fin du Xe siècle.

- **Charlemagne (768-814)** installe sa capitale à Aix-la-Chapelle. Il crée des **écoles** pour former le **clergé** et les membres de l'**administration**. Le **latin** est la langue de l'Église catholique et des érudits. Avec le **soutien du pape**, Charlemagne étend sa domination et **convertit au christianisme** les peuples conquis.

3 Une religion, deux Églises

- En 1054, c'est le **schisme** : des pratiques différentes entraînent la séparation entre l'**Église orthodoxe** (sous l'autorité du *basileus* et du patriarche de Constantinople) et l'**Église catholique** (sous l'autorité du pape). Une autre rupture intervient quand, en **1204, les croisés chrétiens venus d'Europe pillent Constantinople**.

Le document clé

Mosaïque de Ravenne

Mosaïque de l'église Saint-Vital, Ravenne, Italie, VIe siècle.

1. Expliquer. Une mosaïque est réalisée avec des cubes de couleurs différentes. Celle-ci représente le *basileus* byzantin Justinien (1) qui règne de 527 à 565. Il est vêtu d'un manteau pourpre brodé d'or, coiffé d'une couronne et porte une auréole qui montre son caractère sacré. Il est entouré par ses généraux (Bélisaire 2), ses hauts fonctionnaires, le clergé (4 et 5) et les soldats (3). Le fond est doré.

2. Conclure. Justinien fait de nombreuses conquêtes pour étendre l'empire. Il s'empare du nord de l'Italie et se fait représenter sur les mosaïques, technique artistique des Byzantins. Pour diriger, il s'appuie sur l'administration, l'armée et l'Église.

On s'entraîne !

1 QUIZ

Relie chaque terme à sa définition.

- a. Aix-la-Chapelle
- b. *basileus*
- c. religion orthodoxe
- d. pape
- e. grec

- Chef de l'Église catholique.
- Langue parlée dans l'empire byzantin.
- Titre porté par l'empereur byzantin.
- Capitale de Charlemagne.
- Religion de l'empire byzantin.

2 L'Empire carolingien divisé

Observe la carte et lis le texte, puis réponds aux questions.

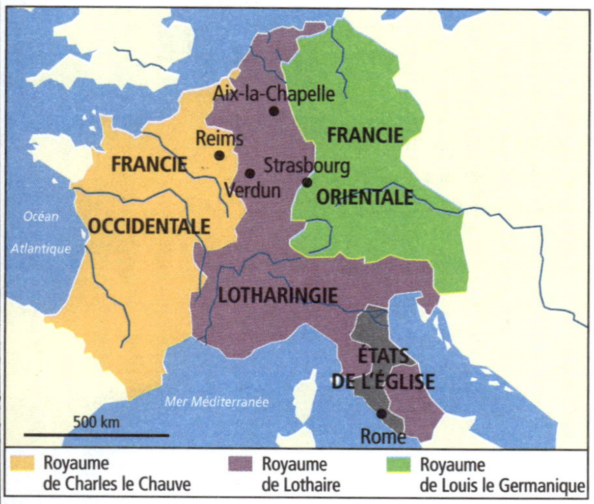

Partage de Verdun.

Louis dit le Pieux, fils de Charlemagne, règne de 814 à 840. À sa mort, son fils aîné Lothaire devient empereur mais ses deux frères contestent la succession. Charles et Louis s'allient à Strasbourg puis contraignent Lothaire à accepter le partage de Verdun en 843.

a. Qui sont les trois fils de Louis le Pieux ?

Lothaire – Charles – Louis

b. Quelle partie de l'Empire carolingien récupèrent-ils ?

Lotharingie

c. Qui conserve le titre impérial ? Qu'est-ce qui le montre sur la carte ?

~~Lothaire~~ ~~Lothaire~~ Lothaire

d. Qui possède les territoires les moins faciles à gérer ?

e. Qui dirige les États de l'Église ?

Lothaire

3 CONTRÔLE EXPRESS

Étudie la photo pour répondre aux questions.

La basilique Sainte-Sophie à Constantinople (actuelle Istanbul en Turquie).

La basilique Sainte-Sophie est reconstruite sous le règne de Justinien et reste, jusqu'au XVIe siècle, la plus grande église de la chrétienté. Elle est située dans la capitale, à proximité du palais impérial. Toutes les grandes cérémonies, comme le couronnement du basileus, s'y déroulent.

a. Présente le document (nature, date, sujet).
b. Quand a régné Justinien ? À quel siècle ?
c. De quoi est surmontée la basilique ?
d. Quelle est la forme générale du plan des églises dans l'Empire byzantin ?
e. Selon toi, de quoi est décorée la basilique à l'intérieur ? Quelle couleur domine ?
f. Quand les Turcs ont-ils pris Constantinople ? Comment appellent-ils la ville ?
g. Qu'est devenue la basilique ? Qu'est-ce qui le montre sur la photo (voir p. 125) ?

? indice

d. Contrairement à la croix latine, la « croix grecque » est formée de quatre bras de même longueur.

Corrigés page 31 du Guide

2 Le monde musulman (VIIe-XIIIe siècles)

Je me demande...
Comment se diffuse la troisième grande religion monothéiste ?

Les points clés

1 Une nouvelle religion

- À partir de 610, **Mahomet**, né à La Mecque vers 570, prêche l'islam. Rejeté par les Mecquois, il s'enfuit à Yathrib (Médine) en **622** : c'est l'**hégire**, point de départ du calendrier musulman. Il fonde une nouvelle communauté religieuse, reconquiert **La Mecque** et meurt en 632. Le **Coran**, livre sacré des musulmans, donne les règles à respecter.

- Dès 661, les **califes** appartiennent à la famille des **Omeyyades**, qui installe sa capitale à **Damas** (Syrie). En 750, les **Abbassides** s'installent à la tête de l'Empire musulman et transfèrent leur capitale à **Bagdad** (Irak). En **1258**, les **Mongols** prennent la ville et tuent le calife. Le monde musulman se divise.

2 L'organisation du monde musulman

Dès 910, le monde musulman est divisé entre plusieurs califats.

Le monde musulman

Unité
- un chef politique et religieux : le *calife* (successeur de Mahomet)
- une administration (*cadis* = juges, percepteurs...) dirigée par un *vizir*
- une religion commune avec une langue sacrée : l'arabe
- une monnaie commune : *dinar* et *dirham*

Rayonnement
- dans les sciences : algèbre, médecine...
- dans les arts : céramique, calligraphie...
- dans les techniques : irrigation...

Diversité
- plusieurs peuples : Arabes, Persans, Berbères...
- deux grands courants religieux : sunnisme et chiisme

Le document clé

L'expansion de l'islam (VIIe-VIIIe s.)

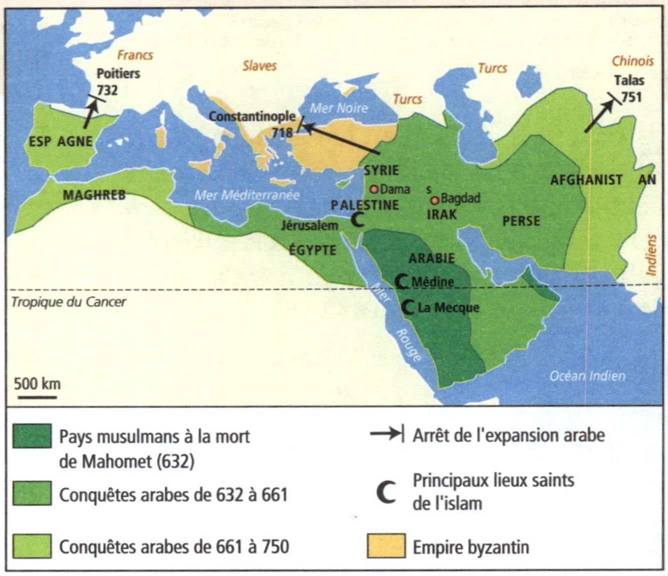

1. Expliquer. En 632, l'islam domine une grande partie de la péninsule arabique. Une série de conquêtes étend le monde musulman vers l'est et vers l'ouest. Au VIIIe siècle, l'expansion s'arrête.

2. Conclure. Le monde musulman s'agrandit très rapidement. En un siècle, il s'étend de l'océan Atlantique aux limites de l'Inde.

On s'entraîne !

1 QUIZ

Vrai ou faux ?

	V	F
a. L'islam est une religion polythéiste.	☐	☑
b. Mahomet est mort au VIIe siècle.	☑	☐
c. Le calife dirige le monde musulman.	☑	☐
d. Bagdad est la capitale des califes omeyyades.	☐	☑
e. Le monde musulman abrite différents peuples.	☑	☐
f. Le dinar est la monnaie utilisée dans le monde musulman.	☑	☐

2 *Un traité scientifique arabe*

Examine l'image puis réponds aux questions.

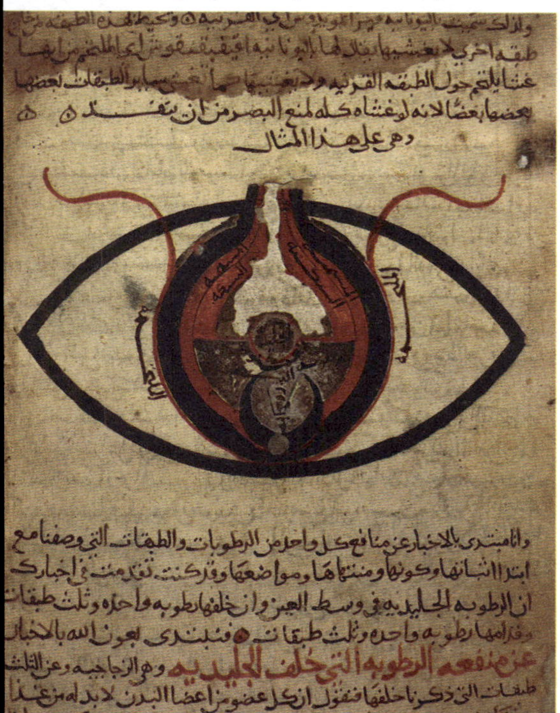

« Anatomie de l'œil », planche extraite du *Livre sur les Dix questions de l'œil* par Hunayn Ibn Ishâq (IXe s.), copie du XIIIe siècle. Le Caire, Bibliothèque nationale.

a. À quel siècle ce livre a-t-il été publié ?
b. En quelle langue a-t-il été écrit ?
c. Que représente le dessin ?

3 CONTRÔLE EXPRESS

Lis le texte, observe l'image, puis réponds aux questions.

Les musulmans se rassemblent le vendredi pour prier dans la mosquée. La mosquée sert aussi d'école, de tribunal, de lieu de divertissement. À l'intérieur de la salle de prière, on trouve le *mihrab* (niche creusée dans le mur qui indique la direction de La Mecque) et le *minbar* (estrade où l'imam fait son prêche).

La mosquée des Omeyyades à Damas (706-715).

a. Où se trouve Damas ? Quelle dynastie a fait construire la première mosquée dans cette ville ?

....

....

b. Quelles sont les activités pratiquées dans une mosquée ?

....

c. Indique à quel numéro sur la photographie correspond chacun des éléments suivants :

(.....) minaret
(.....) cour à portiques
(.....) salle de prière
(.....) mur de la *qiblâ* indiquant la direction de La Mecque

? indice

Le minaret est la tour depuis laquelle le muezzin appelle à la prière.

Corrigés page 31 du Guide

3 La Méditerranée, un espace de contacts (VIIe-XIIIe siècles)

Je me demande...
Quelles sont les relations entre musulmans et chrétiens autour de la Méditerranée ?

Les points clés

1 Un espace d'affrontements militaires

- Dès le VIIe siècle, les **Arabes musulmans** conquièrent des territoires byzantins mais échouent à prendre Constantinople en 718. Au XIe siècle, les **Turcs** réduisent encore l'Empire byzantin en prenant le contrôle de l'Anatolie (centre de la Turquie actuelle).
- Au XIe siècle, les rois chrétiens espagnols entreprennent la ***Reconquista*** sur les royaumes musulmans installés dans la péninsule ibérique.
- À partir de 1096, les chevaliers chrétiens participent aux **croisades en Orient** pour lutter contre les musulmans et délivrer Jérusalem. Ils fondent les **États latins d'Orient**, qu'ils doivent abandonner en 1291.

Mot-Clé
Croisade : expédition militaire autorisée par le pape contre les ennemis des chrétiens.

2 Des relations commerciales et culturelles

- Le commerce de la Méditerranée est d'abord dominé par les **Byzantins** et les **marchands musulmans**. À partir du XIe siècle, les Occidentaux, notamment les **villes italiennes** (Venise, Pise ou Gênes), prennent le relais. Les navires européens achètent à Alexandrie, au Caire ou à Constantinople des **produits de luxe** en provenance d'Inde ou de Chine.

Les Européens se fournissent en épices et en soie venues d'Orient.

- Le sud de l'Espagne, la Sicile et les États latins d'Orient sont des **lieux d'échanges culturels** entre l'Occident et l'Orient. Lors de la *Reconquista*, les chrétiens d'Occident s'emparent des **manuscrits arabes** et les traduisent en latin. Ils redécouvrent le **savoir de l'Antiquité grecque** et accèdent à de nombreuses connaissances sur le monde musulman.

Le document clé

Un savant musulman dialogue avec un philosophe de l'Antiquité

1. Expliquer. Averroès est un médecin et philosophe musulman qui vit à Cordoue (Espagne actuelle) au XIIe siècle. Il est représenté ici (à gauche) sur un manuscrit latin, lancé dans une discussion imaginaire avec le philosophe grec Porphyre (à droite) qui a vécu aux IIIe-IVe siècles.

2. Conclure. Averroès est considéré comme l'un des grands spécialistes d'Aristote et d'autres philosophes grecs. Ce document illustre les transmissions de savoir entre les mondes chrétiens et musulmans.

Monfredo de Monte Imperiali, *Liber de herbis*. Manuscrit sur parchemin (35 x 25 cm). Italie, 1re moitié du XIVe siècle. BnF, Manuscrits.

On s'entraîne !

1 QUIZ

Coche la (ou les) bonne(s) réponse(s).

a. La *Reconquista* a lieu :
- [x] en Occident, dans la péninsule ibérique.
- [ ] en Orient, vers Jérusalem.

b. Les croisades sont menées par :
- [x] les chrétiens.
- [ ] les musulmans.

c. À Alexandrie, les marchands vénitiens achètent :
- [x] des fourrures.
- [x] des épices.

d. Averroès est :
- [x] un médecin musulman du Moyen Âge.
- [ ] un philosophe grec de l'Antiquité.

e. Chrétiens et musulmans ont des relations :
- [x] culturelles.
- [ ] commerciales.

2 Une monnaie vénitienne

Étudie la pièce et réponds aux questions.

Ducat en or de la République de Venise : saint Marc remettant la bannière au doge Giovanni Dandolo (XIIIe s.). Paris, BnF.

a. De quelle ville provient cette monnaie ? Où se situe cette ville ? venise, en italie

b. Qui dirige la ville ? Où est-il représenté sur la monnaie ? ~~saint marc~~ Giovanni Dandolo à gauche

c. Avec quels ports d'Orient cette ville fait-elle du commerce ? alexandrie

3 CONTRÔLE EXPRESS

Observe la carte des croisades, puis réponds aux questions.

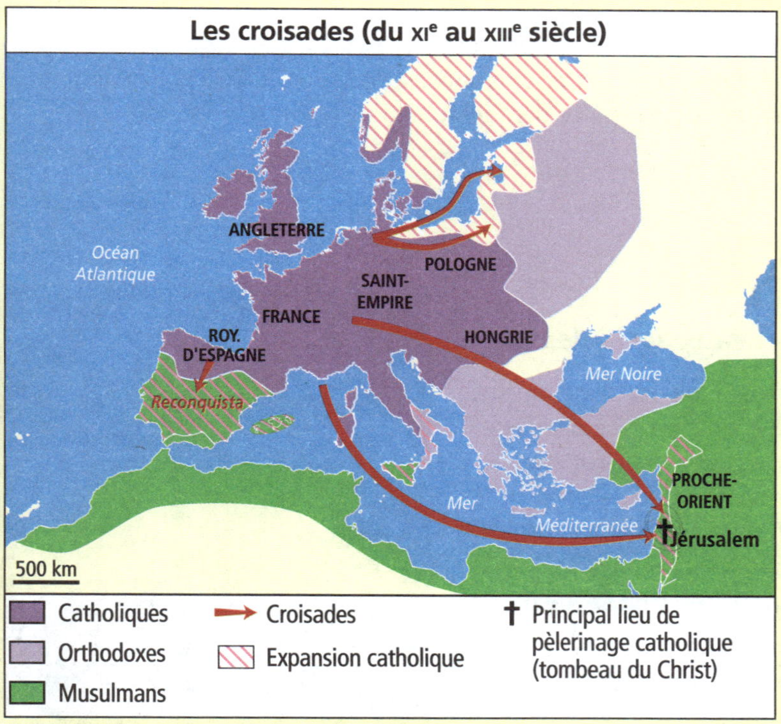

Les croisades (du XIe au XIIIe siècle).

a. Dans quelles régions européennes les chrétiens progressent-ils ?

italie

b. Quelle religion domine au Proche-Orient avant les croisades ?

musulmans

c. Quelle est la ville importante pour les chrétiens au Proche-Orient ? Pourquoi ?

Jerusalem

? indice

À partir du VIIe siècle en Orient, des chrétiens restent présents mais en tant que minorités.

Corrigés page 31 du Guide

4 La domination des seigneurs (IXe-XVe siècles)

Je me demande...
Qui sont les seigneurs au Moyen-Âge ? Où vivent-ils ? Qui dominent-ils ?

HISTOIRE

Les points clés

1 La seigneurie

Le seigneur...

- **est le propriétaire de toute les terres de la seigneurie** : il concède les tenures aux paysans en échange d'une sorte de loyer (cens) et de corvées
- **dirige la seigneurie avec le droit de ban** (droit de commander et de punir) et protège les habitants en échange de la taille
- **appartient à la noblesse**, qu'il soit laïc ou homme d'Église

2 L'exploitation des campagnes

- Au Moyen Âge, 90 % de la population vit à la campagne. **L'agriculture, à la base de l'économie**, fournit des revenus aux paysans et aux seigneurs qui donnent du travail aux artisans et aux marchands.
- On distingue **plusieurs catégories de paysans** ou vilains, en fonction de leurs revenus et de leur statut.
- Dès le XIe siècle, **la population augmente** ; c'est à cette époque que se constituent autour de l'église et du château de nombreux villages qui abritent les paysans et les artisans.
- Les paysans défrichent la forêt pour cultiver de nouvelles terres. Ils bénéficient de **progrès techniques** (outils en fer plus solides, charrues...). Cela provoque une **hausse des récoltes** qui soutient la croissance démographique jusqu'au XIVe siècle.

Mots-Clés
- **Banalités** : taxes perçues par le seigneur pour l'utilisation du four, du moulin.
- **Péage** : taxe perçue sur le passage des personnes et des marchandises.

Le document clé

Une enluminure : les travaux agricoles

1. Expliquer. Une enluminure est une décoration peinte à la main sur un manuscrit. Celle-ci est extraite d'un livre d'heures (livre des prières pour chaque heure et chaque jour) destiné à un puissant seigneur, le duc de Berry. Au 1er plan, un homme et une femme tondent les moutons. Au 2e plan, deux paysans moissonnent les blés avec une faucille. À l'arrière-plan se dresse un château fort.

2. Conclure. Cette enluminure donne une image idéalisée du paysan qui se livre aux travaux agricoles, dans une nature ordonnée et protégée par le seigneur.

« Le mois de juillet : scène de moissons et de tonte des moutons », enluminure des *Très riches heures du duc de Berry* par les frères Limbourg (XVe s.). Chantilly, musée Condé.

On s'entraîne !

1 QUIZ

Complète la grille de mots croisés à l'aide des définitions ci-dessous.

1. Payées pour utiliser le four du seigneur.
2. Autre nom pour désigner un paysan.
3. Dû au seigneur pour le transport de marchandises.

A. Le seigneur l'exige parce qu'il a le droit de ban.
B. En échange d'un cens et de corvées.
C. Céréales cultivées par les paysans.

il y a plus de défrichement au XIV siècle

2 Les grands défrichements

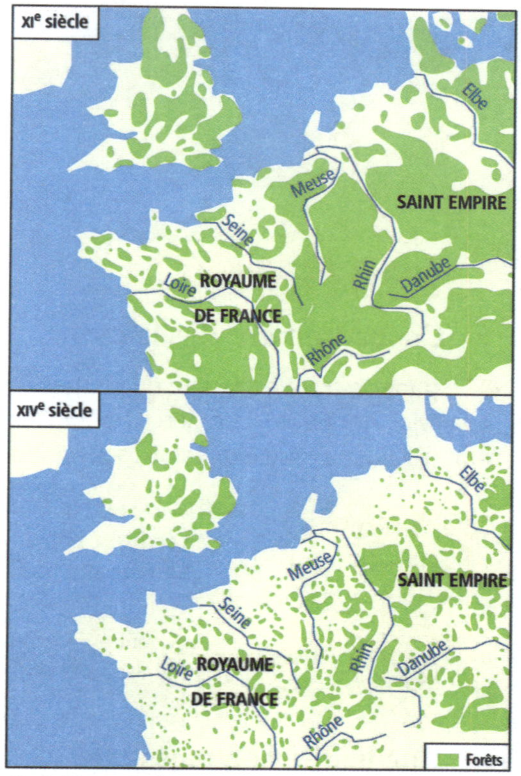

L'évolution des forêts dans le nord-ouest de l'Europe.

a. Que représentent ces deux cartes ? le défrichement
À quelles époques ? XI et XIV siècle
b. Que permet de voir la comparaison des cartes ?
c. Comment l'expliquer ? Il y a de nouvelles machines/outil : charrues outils en fer solides.

3 CONTRÔLE EXPRESS

Le plan de la seigneurie de Wisnes (XVe s.). Collection privée.

Observe le plan et réponds aux questions.

a. Entoure le château du seigneur en rouge et les deux églises en vert.

b. À quoi correspondent les rectangles verts ?

....

c. Entoure le moulin en bleu. Que doivent payer les paysans pour l'utiliser ?

....

d. À quelle époque se constituent les villages ?

....

e. Explique comment le seigneur domine économiquement la seigneurie.

Corrigés page 31 du Guide

5 La puissance de l'Église en Occident (IXe-XVe siècles)

Je me demande...
Quels rôles joue l'Église catholique dans la société médiévale ?

HISTOIRE

Les points clés

1 L'encadrement des laïcs

● Le **pape** se trouve à la tête du **clergé**, constitué des personnes consacrant leur vie au service de l'Église. Les clercs remplissent plusieurs fonctions auprès des **laïcs** (fidèles) pour les aider à faire leur **salut** (sauver leur âme).

Clercs séculiers évêques, curés…	• vivent parmi les laïcs (peuple des fidèles) • administrent les 7 sacrements : baptême, mariage, communion, confession…
Clercs réguliers abbés, moines…	• vivent en communauté (ordres monastiques) • suivent une règle de vie

2 Une institution puissante

● L'Église est riche. Elle perçoit la **dîme** (un dixième des revenus payés par le fidèle), reçoit des **dons** et possède de nombreuses terres.

● L'Église joue un grand rôle dans la société. Elle organise les **écoles** et les **universités**. Elle entretient des **hospices** ou des **hôpitaux**.

La cathédrale est l'église principale de la communauté chrétienne, où siège l'évêque.

3 Les églises, lieux de culte des chrétiens

● Les églises sont construites en pierre dans un style dit **roman** (Xe-XIIe s.) puis **gothique** (XIIe-XVe s.). D'immenses **cathédrales** sont bâties au cœur des villes.

● Ces édifices témoignent de la **foi des hommes** et montrent la **puissance de l'Église**. Leurs décors (sculptures, fresques, vitraux) rappellent aux chrétiens les croyances fondamentales et les principaux épisodes de la Bible.

Le document clé

Un reliquaire

1. Expliquer. Un reliquaire contient une relique (objet ou ossement d'un saint). Celui-ci représente une scène de miracle avec François d'Assise (1182-1226), fondateur de l'ordre des Frères mineurs, reconnaissable à sa robe de moine, sa tonsure et son auréole.
On le voit ici la tête levée vers un ange ; il vient de recevoir les stigmates (blessures aux pieds et aux mains) comme Jésus sur la croix.

2. Conclure. Les reliquaires témoignent d'un culte des saints. Le fidèle pense qu'en vénérant les restes d'un saint, celui-ci peut intervenir pour lui auprès de Dieu, faire des miracles (guérison…) ou le protéger.

Reliquaire de saint François d'Assise, Limoges (vers 1230). Paris, musée du Louvre.

On s'entraîne !

1 QUIZ

Vrai ou faux ?

	V	F
a. La dîme est un sacrement.	☐	☒
b. « Faire son salut » signifie se retirer dans un monastère.	☐	☒
c. Un moine appartient au clergé séculier.	☐	☒
d. Seuls les moines sont baptisés.	☐	☒

2 Églises romanes et gothiques

Compare l'architecture de ces monuments.

a. À quoi sert une église ? Qu'est-ce qu'une cathédrale ? église est le monument des chrétiens

b. Quelle est la forme des arcs dans l'église romane ? dans l'église gothique ? demi-rond

c. À partir de quel siècle les églises romanes sont-elles construites ? et les gothiques ?

d. Complète la légende avec les termes suivants : tours clochers • portail • tympan • rosace

? indice

d. Le tympan est au-dessus de la porte.

3 tours cloch
4 rosace
2 tympan
1 portail

La cathédrale Notre-Dame de Paris, de style gothique, XII-XIIIe s.

3 tours clochers
2 tympan
1 portail

L'église abbatiale Sainte-Foy de Conques, de style roman, XIIe s.

3 CONTRÔLE EXPRESS

Observe cette fresque et lis le texte.

> Pour assurer son salut, Enrico Scrovegni, riche marchand de Padoue, fait édifier une chapelle et en confie la décoration intérieure à Giotto. D'après la Bible, le Christ réapparaîtra à la fin des temps pour juger tous les hommes en fonction de leurs actes.

Le Jugement dernier (1303-1305) par Giotto (1267-1337), fresque de la chapelle des Scrovegni, Padoue (Italie).

a. Que signifie « faire son salut » pour un chrétien ?

b. À quel siècle et par quel peintre fut réalisée cette fresque ? Par qui a-t-elle été commandée et pour quelle raison ?

c. Identifie les trois principaux ensembles de la fresque.

1 .... 2 .... 3 ....

d. Quelle place occupe le Christ sur le tableau ? Pourquoi, à ton avis ?

Corrigés page 31 du Guide

HISTOIRE

6 Une nouvelle société urbaine en Occident (XIe-XVe siècles)

Je me demande...
À quoi ressemblent les villes au Moyen Âge ? Que sont les corporations ?

Les points clés

1 L'expansion commerciale et l'essor des villes

De 1150 à 1300, Paris passe de 50 000 à 200 000 habitants !

- À partir du XIe siècle, le commerce se développe. Les principales marchandises, transportées par bateau, sont les **matières premières** (laine, bois, métaux) et les **denrées alimentaires** (blé, sel). Les plus rentables sont les **produits de luxe** (soies, épices) importés d'Orient.
- Avec l'extension du commerce et la croissance démographique, **les villes s'agrandissent et se multiplient**. De nombreuses villes neuves sont aussi fondées. Protégées par des **murailles**, elles édifient des cathédrales, hôpitaux, hôtels de ville... Elles abritent aussi les **foires**, où s'échangent toutes sortes de produits.
- Certaines villes, comme Venise, comptent plusieurs centaines de milliers d'habitants à la fin du Moyen Âge, mais la plupart n'en comptent que quelques milliers.

2 La société urbaine

- Bien que minoritaire, la population des villes augmente, marquée par une **grande diversité** : des grands **marchands**, de nombreux **artisans**, **boutiquiers**...
- Les gens de métiers se regroupent en **corporations** qui fixent les règles de chaque profession. Les **maîtres** sont propriétaires de l'atelier ou de la boutique ; les **compagnons** et les **apprentis** travaillent pour eux.
- Les seigneurs octroient aux villes des chartes de franchise qui leur assurent une **autonomie**. Les **bourgeois** reçoivent souvent le droit d'élire des **représentants** (échevins, maires ou consuls). Ces derniers décident du montant des impôts, fixent les règles pour la ville, jugent les habitants hors la loi...

Mot-Clé
Bourgeois : personne qui habite le bourg (la ville) et suffisamment riche pour payer un impôt.

Le document clé

Une rue marchande

« Une rue marchande », Gilles de Rome, *Livre du gouvernement des Princes*, début du XVIe siècle. BnF, Arsenal.

1. Expliquer. Le document représente une rue d'une ville. Les habitations sont assez basses, en pierre ou en bois. Quatre boutiques ouvrent sur une rue pavée : un drapier, un fourreur, un barbier et un apothicaire (à la fois épicier et pharmacien).

2. Conclure. Ce document met en valeur l'activité commerciale d'une ville idéale, assez riche comme en témoignent les marchands, les vêtements des habitants, les bâtiments en pierre et la rue pavée. Les gens sont lettrés (inscription au-dessus de l'apothicaire).

HISTOIRE

On s'entraîne !

1 QUIZ

Coche la (ou les) bonne(s) réponse(s).

a. L'essor des villes s'explique par :
- ☐ des guerres.
- ☐ le développement du commerce.
- ☐ la croissance démographique.

b. Les propriétaires des ateliers sont :
- ☐ les maîtres.
- ☐ les compagnons.
- ☐ les apprentis.

c. Les artisans se regroupent en :
- ☐ associations.
- ☐ coalitions.
- ☐ corporations.

2 *Une charte de franchise*

Lis le texte et réponds aux questions.

La Charte du consulat d'Arles (1142-1155)

Au nom de Notre Seigneur Jésus-Christ, Moi, Raymond, archevêque d'Arles (...) nous établissons et ordonnons de fonder dans la cité et le bourg d'Arles un consulat, valable, légal et convenable, étant saufs le domaine et le droit des seigneurs majeurs et mineurs (...) ; que chacun dans ce consulat ait son droit, obtienne justice par la main des consuls et fasse justice, étant saufs les statuts et les bonnes coutumes ; il y aura douze consuls, quatre chevaliers, quatre pris parmi les habitants du bourg, deux choisis parmi ceux du Marché, deux parmi ceux du Borrianum, par qui ceux qui feront partie du consulat seront régis et gouvernés ; (...) ils auront le pouvoir de juger et de mettre à exécution les jugements, tant au sujet des héritages que des injures et de tous les autres délits.

Édité par C. Giraud, *Essais sur l'histoire du droit français*, tome 2, Paris, 1846, cité dans G. Duby (éd.) *Histoire de la France urbaine*, tome 2, p. 170.

? indice

« Consulat » est le nom donné dans le Sud de la France à la commune (regroupant les habitants de la ville).

a. Qui est le seigneur de la ville d'Arles ?
b. Quel type de seigneur est-ce ?
c. À qui le seigneur confie-t-il le pouvoir de juger dans la ville d'Arles ? Combien sont-ils ?
d. Quels sont les pouvoirs de ceux qui dirigent la ville ?

3 CONTRÔLE EXPRESS

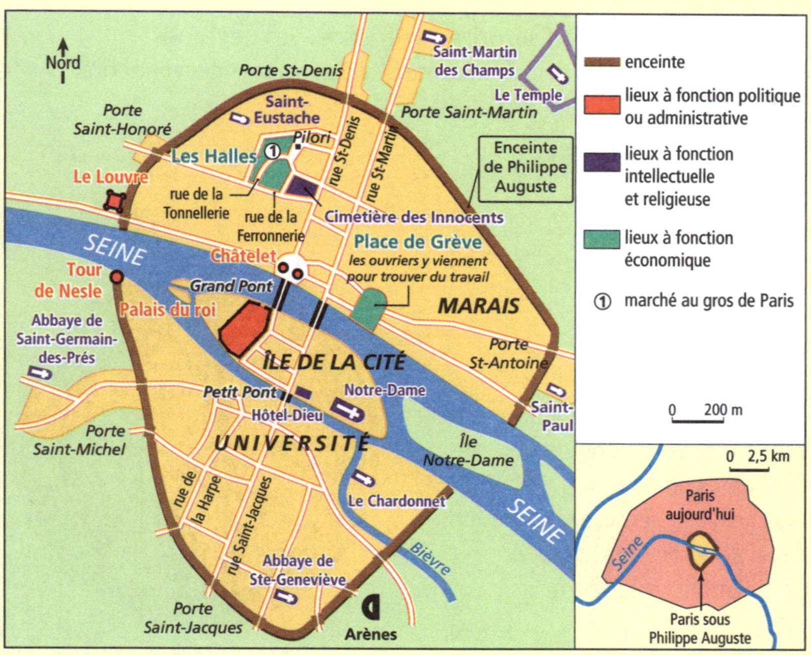

Paris au XIIIe siècle.

Étudie le plan puis réponds aux questions.

a. Où se trouve le centre politique et religieux de la ville ? Quels bâtiments le prouvent ?
b. Quel est le nom donné à la forteresse construite par le roi pour surveiller l'entrée ouest de la ville ?
c. Comment est protégée la ville ?
d. Quelle fonction se situe plutôt sur la rive droite de la Seine (au nord) ? sur la rive gauche (au sud) ?

Corrigés page 31 du Guide

7 L'affirmation du pouvoir royal (x^{e}-xve siècles)

Je me demande...

Comment les rois de France exercent-ils leur pouvoir au Moyen Âge ? Qu'est-ce qu'un vassal ?

Les points clés

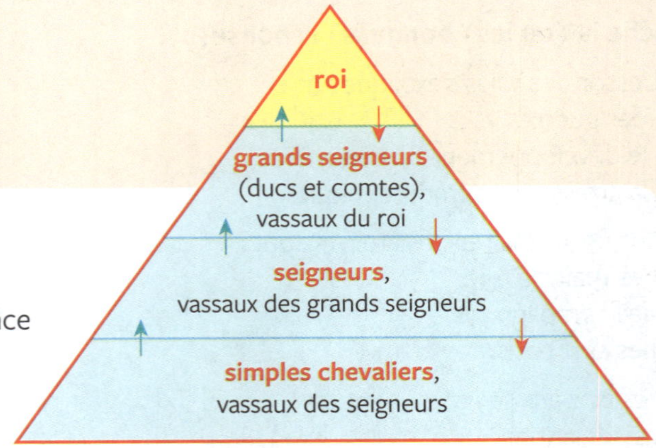

1 La féodalité

- Quand **Hugues Capet** fonde la dynastie capétienne en **987**, l'autorité du roi de France est affaiblie, et le **domaine royal** est réduit car des seigneurs se sont appropriés le pouvoir dans de vastes territoires.
- La féodalité crée des **obligations réciproques** : chaque seigneur doit protéger et entretenir ses vassaux par octroi d'un **fief** (↓), tandis qu'un vassal promet fidélité, aide et conseil à son seigneur (↑).

2 L'affirmation de l'État monarchique

- Le roi s'impose comme **suzerain**, seigneur de tous les vassaux. Il oblige les seigneurs à lui prêter hommage. Par exemple, **Philippe Auguste** (1180-1223) confisque les fiefs français du roi anglais Jean sans Terre qui refuse d'accomplir ses obligations de vassal.
- Les rois de France, sacrés à Reims, **agrandissent le domaine royal** et mettent en place une **administration** compétente pour mieux le gérer.
- Durant la guerre de Cent Ans (1337-1453), ils créent une **armée de métier** et des impôts permanents comme la **taille** royale (impôt direct) ou la **gabelle** (taxe sur le sel) afin de payer cette armée et de renflouer les caisses du royaume.
- Peu à peu, le **roi** devient **souverain**, il n'y a pas d'autorité supérieure. Ses décisions s'imposent à tout le royaume, grâce à l'administration, à l'armée et aux impôts permanents, qui sont les **bases d'un État moderne**.

Le document clé

Un sceau royal

1. Expliquer. Ce moulage du sceau de Philippe IV le Bel (1285-1314) est la signature du roi. Il authentifie un document juridique qu'il a rédigé. Le roi est assis sur son trône décoré de lions. Il porte la couronne, le manteau royal et tient un sceptre surmonté d'une fleur de lys (emblème des Capétiens). Sur le tour, l'inscription en latin « Philippe, par la grâce de Dieu, roi de France » rappelle l'onction du sacre.

2. Conclure. Le sceau montre le renforcement du pouvoir royal : il manifeste la volonté royale et représente l'image d'un souverain choisi par Dieu.

Moulage du premier sceau de Philippe IV le Bel (1286). Paris, Archives nationales.

HISTOIRE

On s'entraîne !

1 QUIZ

Coche la case qui convient.

	V	F
a. Les Capétiens règnent en France à partir de 1328.	☐	☐
b. La féodalité concerne les liens entre les seigneurs.	☐	☐
c. Les rois de France sont toujours sacrés à Paris.	☐	☐
d. Philippe Auguste règne au XIVe siècle.	☐	☐
e. Au cours de la guerre de Cent Ans, les rois de France organisent une armée et des impôts permanents.	☐	☐

2 *L'administration royale au XIIIe siècle*

Observe l'organigramme et réponds aux questions.

ROI

↓

COUR DU ROI

Conseil du roi	Parlement	Chambre des comptes
Décisions politiques pour le royaume	Tribunal royal qui juge en appel	Gestion des finances et comptes royaux (impôts, dépenses)

↓

BAILLIS (au nord du royaume)
SÉNÉCHAUX (au sud du royaume)

Responsable des finances, de la justice et de l'armée royales dans les provinces du royaume découpé en 23 bailliages et sénéchaussées à la fin du XIIIe siècle

a. Qui se trouve au sommet de l'organigramme ? Qu'est-ce que cela signifie ?
b. Qui aide le roi à gouverner le royaume dans la capitale ?
c. Qui le roi nomme-t-il dans les provinces pour le représenter ?

3 CONTRÔLE EXPRESS

Lis le texte et observe la miniature pour répondre aux questions.

> Le sacre du roi a lieu dans la cathédrale de Reims en souvenir du baptême de Clovis. Cette cérémonie se décompose en deux parties : l'onction (le roi est marqué d'une huile sainte pour montrer qu'il est choisi par Dieu) et la remise des *regalia* (objets de la royauté) comme la couronne, le sceptre... Grâce à l'onction, le roi devient un personnage à part entre Dieu et les Hommes, qui peut même guérir certains malades.

« Couronnement de Philippe II Auguste dans la cathédrale de Reims en 1179 », enluminure de Jean Fouquet (XVe s.) extraite des *Grandes chroniques des rois de France*. Paris, BnF.

a. Quel personnage se trouve au centre de l'image ? À quelle époque a-t-il régné ?
b. Associe chaque terme au bon numéro :
(......) fleur de lys
(......) couronne
(......) sceptre
(......) main de justice
(......) épée
c. Trouve l'élément qui symbolise que le roi :
- détient le pouvoir de justice sur tout le royaume ;
- possède la puissance militaire ;
- appartient à la famille des Capétiens.

d. Grâce à l'onction, quelle place particulière occupe le roi ?

? indice
Lors de la cérémonie du sacre, le roi s'agenouille pour se soumettre à Dieu.

Corrigés page 32 du Guide

8 L'ouverture sur le monde (XVe-XVIe siècles)

Je me demande...
Où et comment les Européens et les Ottomans étendent-ils leurs territoires ?

Les points clés

1 L'expansion européenne : une première mondialisation

- En 1488, le portugais **Bartolomeu Dias**, après avoir découvert les côtes atlantiques de l'Afrique, franchit le cap de Bonne-Espérance (au sud de l'Afrique). Les expéditions se poursuivent dans l'océan Indien, avec **Vasco de Gama**, vers l'Inde, l'Indonésie et la Chine.
- Pour l'Espagne, **Christophe Colomb** découvre un nouveau continent, l'**Amérique, en 1492**, puis **Magellan** entreprend en 1519 un tour du monde et confirme que la Terre est ronde.
- Portugais et Espagnols constituent des **empires coloniaux**. Les **conquistadores** espagnols prennent possession des terres américaines. Ils les exploitent en faisant travailler les Amérindiens puis font venir des esclaves d'Afrique. Roi d'Espagne en 1516 puis empereur de 1519 à 1556, **Charles Quint** (1516-1556) dirige des territoires immenses.

2 L'expansion ottomane et la recomposition de l'espace méditerranéen

- Les Ottomans achèvent de conquérir l'Empire byzantin avec la prise de Constantinople en 1453. Le sultan **Soliman** (1520-1566) poursuit les conquêtes en **Arabie**, vers l'**Afrique du Nord** et l'**Europe centrale**. Les **pirates barbaresques** effectuent des raids contre les navires chrétiens depuis le Maghreb.
- Les Ottomans affrontent à plusieurs reprises les chrétiens, par exemple sur l'**île de Rhodes** en 1522, et font le **siège de Vienne** en 1529. Ils chassent les Espagnols d'Afrique du Nord mais leur expansion est stoppée par l'Espagne et ses alliés en 1571, lors de la bataille navale de Lépante. Toutefois les Ottomans, contrôlant les **routes vers l'Asie**, continuent de commercer avec les chrétiens.

Mot-clé
Ottomans : dynastie turque convertie à l'Islam.

Le document clé

Colomb débarque aux Antilles

1. Expliquer. Au 1er plan, les Amérindiens offrent des cadeaux à Christophe Colomb, entouré de deux soldats ; au 2e plan, une croix est dressée ; au 3e plan figurent les trois navires de Colomb.

2. Conclure. Cette gravure montre la rencontre de deux mondes : les Européens, armés, veulent christianiser les Amérindiens, à demi-nus et accueillants, et s'installer sur l'île pour fonder une colonie.

« Christophe Colomb accueilli par les Indiens à son arrivée à Hispaniola », gravure de Théodore de Bry (XVIe s.). Collection privée.

HISTOIRE

On s'entraîne !

1 QUIZ

Coche la bonne réponse.

a. Qui a découvert l'Amérique ?
- ☐ Christophe Colomb
- ☐ Vasco de Gama

b. Qui a fait le premier tour du Monde ?
- ☐ Bartolomeu Dias
- ☐ Magellan

c. Qui dirige l'Empire Ottoman ?
- ☐ Charles Quint
- ☐ Soliman le Magnifique

d. Qui règne sur des territoires en Europe et en Amérique ?
- ☐ Charles Quint
- ☐ Soliman le Magnifique

2 *Les territoires de Charles Quint*

es territoires de Charles Quint.

Après avoir observé les deux cartes ci-contre, réponds aux questions.

a. Cite trois territoires appartenant à Charles Quint en Europe et deux territoires en Amérique.

b. Quelle est la particularité du Saint Empire ?

c. Quel empire menace le Saint Empire au sud-est de l'Europe ?

d. Quelle est la faiblesse des territoires dirigés par Charles Quint ?

? indice

Au XVIe siècle, il fallait plusieurs mois pour aller en Amérique et revenir en Espagne.

3 CONTRÔLE EXPRESS

Observe l'illustration puis réponds aux questions.

***Le siège de Rhodes par les Ottomans :* illustration d'un poème écrivant les conquêtes de Soliman, 1557.** Rhodes est une île de la Méditerranée qui permet de contrôler les routes maritimes. Elle est défendue par les chevaliers chrétiens de l'ordre de Saint-Jean de Jérusalem.

a. Qui décide de faire le siège de Rhodes ? En quelle année ?

b. Où ce personnage est-il représenté sur le document ?

c. Comment la ville de Rhodes est-elle protégée ?

d. Que font les Ottomans au premier plan à gauche pour prendre la ville ?

e. Quel intérêt présente l'île de Rhodes pour les Ottomans ?

Corrigés page 32 du Guide

HISTOIRE

9 L'Europe au début des Temps modernes (xvie-xviie siècles)

Je me demande...
Qu'est-ce qui change dans la société à l'époque de la Renaissance ? Qui sont les humanistes ?

Les points clés

1 La Renaissance artistique (xve-xvie siècles)

- Les artistes s'inspirent de l'**Antiquité** avec le souci de représenter la **réalité**. Ils étudient les **proportions des corps**, insistent sur **l'expression des sentiments** des personnages et utilisent la **perspective**.
- Église, seigneurs, marchands et bourgeois passent commande aux artistes, entraînant une **diversification des thèmes**. Progressivement, les techniques apparues en **Italie** se répandent dans le reste de l'Europe.

2 L'humanisme : une nouvelle façon de penser

- À la fin du Moyen Âge, des savants, appelés **humanistes** (ils placent l'homme au centre de leur réflexion) redécouvrent les textes antiques. Ils remettent en cause l'emprise de l'Église et abordent les connaissances avec un **esprit critique**.
- Les savants bénéficient de l'invention de l'**imprimerie** et créent de **nouveaux instruments de mesure** (thermomètre) et **d'observation** (lunette astronomique).

3 La Réforme : de nouveaux courants chrétiens

- Au début du xvie siècle, certains courants veulent réformer l'Église catholique. Des **Églises chrétiennes, dites protestantes**, apparaissent dans le Saint Empire puis se propagent en Europe.
- Cette division entraîne des **persécutions** (contre les catholiques en Angleterre, contre les protestants en France) et des **conflits**.

C'est Gutenberg qui met au point l'imprimerie vers 1454 !

Le document clé

L'Univers selon Copernic

1. Expliquer. Le Soleil est au centre de l'Univers (héliocentrisme). Les planètes tournent autour du Soleil en décrivant un cercle. Des satellites tournent autour des planètes (la Lune pour la Terre, quatre satellites pour Jupiter).

2. Conclure. Copernic remet en cause le géocentrisme, théorie défendue par l'Église catholique, selon laquelle la Terre est au centre de l'Univers.

« Carte de l'Univers : système du monde selon Nicolas Copernic », gravure extraite de *Harmonia Macrocosmica*, par Andréas Cellarius, 1661. Collection privée.

On s'entraîne !

1 QUIZ

Vrai ou faux ?

	V	F
a. À la Renaissance, les artistes s'inspirent des œuvres de l'Antiquité.	☐	☐
b. Les artistes de la Renaissance ne s'intéressent plus aux thèmes religieux.	☐	☐
c. La Renaissance a débuté au XVe siècle en France.	☐	☐
d. Les humanistes sont des penseurs qui relisent les textes antiques.	☐	☐
e. Les humanistes diffusent leurs idées grâce à l'imprimerie.	☐	☐
f. Les Églises protestantes apparaissent au XVIIe siècle.	☐	☐

2 *Une œuvre de la Renaissance*

Observe le tableau et entoure les termes qui conviennent pour le caractériser.

La Vierge, l'Enfant Jésus et sainte Anne (XVe s.) par Léonard de Vinci (1452-1519), huile sur bois, 1,68 × 1,30 m. Paris, musée du Louvre.

a. Représentation réaliste • Symbolisme
b. Absence de perspective • Perspective
c. Expression des sentiments des personnages • Pas d'expression des sentiments
d. Nombreux détails • Peu de détails

3 *Les religions en Europe au XVIIe siècle*

Observe la carte, puis réponds aux questions.

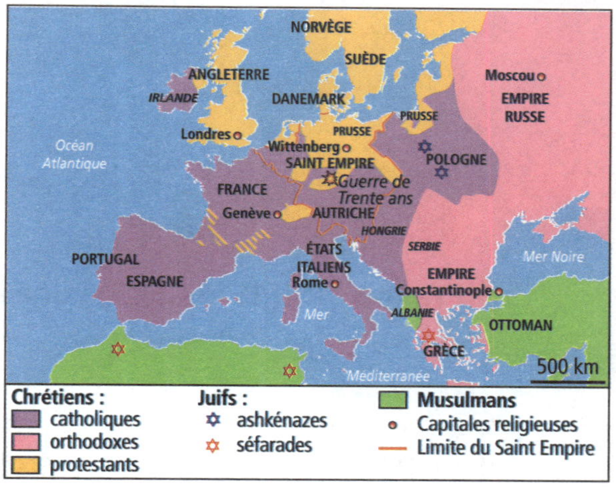

a. Quels sont les trois courants chrétiens représentés sur la carte ?
b. Cite quatre régions ou pays dans lesquels s'est diffusé le protestantisme.
c. Cite deux pays dans lesquels vivent à la fois des catholiques et des protestants.

4 CONTRÔLE EXPRESS

Lis le texte et réponds aux questions.

Galilée condamné par l'Inquisition

Il est paru à Florence un livre intitulé *Dialogue des deux systèmes du monde de Ptolémée et de Copernic* dans lequel tu défends l'opinion de Copernic. Par sentence, nous déclarons que toi, Galilée, t'es rendu fort suspect d'hérésie, pour avoir tenu cette fausse doctrine du mouvement de la Terre et du repos du Soleil. Conséquemment, avec un cœur sincère, il faut que tu abjures et maudisses devant nous ces erreurs et ces hérésies contraires à l'Église. Et afin que ta grande faute ne demeure impunie, nous ordonnons que ce dialogue soit interdit par édit public et que tu sois emprisonné dans les prisons du Saint-Office.

D'après la *Gazette* de Renaudot, XVIIe siècle.

a. Pour quelle raison Galilée est-il condamné ?
b. Quelle est la condamnation ?

? indice

Le tribunal de l'Inquisition a été créé au XIIIe siècle pour lutter contre les opinions contraires au dogme catholique (hérésies).

Corrigés page 32 du Guide

10 Le renforcement du pouvoir royal (XVIe siècle)

Je me demande…
Quand le français devient-il la langue de l'État ? Quel édit met fin aux guerres de Religion ?

HISTOIRE

Les points clés

1 François Ier (1515-1547) : une nouvelle forme de monarchie

Renforcement de l'autorité royale

- Le roi fait du français la langue administrative et instaure l'état-civil : **ordonnance de Villers-Cotterêts (1539)**
- Le roi développe sa propagande par les arts : **château de Fontainebleau** reconstruit, construction de **Chambord**...
- Le roi négocie avec le pape de nommer évêques et abbés : **concordat de Bologne (1516)**
- Le roi promulgue beaucoup de lois, gouverne sans convoquer les états généraux

2 Henri IV (1589-1610) : l'affirmation du pouvoir

- À partir de 1562, la France est déchirée par les guerres de Religion entre catholiques et protestants. L'épisode du **massacre de la Saint-Barthélemy** en 1572 est dramatique. Durant ces affrontements, **le pouvoir du roi est remis en cause**. Les seigneurs catholiques le jugent incapable de défendre leur foi et souhaitent, comme les protestants, une monarchie limitée.
- Henri IV met fin aux guerres de Religion avec l'**édit de Nantes** en 1598. Il tolère le protestantisme en France et autorise son culte dans certaines régions. Le pouvoir royal se hisse au rang d'arbitre et retrouve sa force. Henri IV et son ministre **Sully** redressent le royaume.

Mot-Clé
États généraux : assemblée représentant les trois ordres (clergé, noblesse, tiers état) réunie par le roi pour discuter de questions importantes.

Le document clé

Le château de Chambord

1. Expliquer. Le château de Chambord est construit sur ordre de François Ier à partir de 1519 dans la région du Val de Loire. La symétrie, les toits en terrasses, les cheminées et les lanternes sculptées témoignent de l'influence italienne.

2. Conclure. François Ier, fasciné par la Renaissance italienne, diffuse ses principes en France. Il joue le rôle de mécène pour de nombreux artistes et fait édifier un imposant château pour marquer sa puissance.

Vue extérieure du château de Chambord, construit à partir de 1519 pour François Ier.

On s'entraîne !

1 QUIZ

Coche la (ou les) bonne(s) réponse(s).

a. Les rois renforcent leur pouvoir :
- ☐ en partant en croisade.
- ☐ en devenant empereurs.
- ☐ en développant l'administration.
- ☐ en contrôlant la noblesse et le clergé.

b. Durant les guerres de Religion, les deux camps qui s'affrontent sont :
- ☐ les seigneurs catholiques entre eux.
- ☐ les catholiques contre les protestants.
- ☐ les protestants contre les musulmans.
- ☐ les orthodoxes contre les catholiques.

c. L'édit de Nantes :
- ☐ est signé en 1589.
- ☐ met fin aux guerres de Religion.
- ☐ est signé par Charles IX.
- ☐ autorise le protestantisme en France.

d. Les états généraux :
- ☐ sont réunis par le roi tous les cinq ans.
- ☐ regroupent des représentants de la noblesse, du tiers état et du clergé.
- ☐ regroupent les généraux de l'armée royale.
- ☐ donnent au roi un avis obligatoire à suivre.

2 *Le massacre de la Saint-Barthélemy*

Fais des recherches sur le massacre de la Saint-Barthélemy et **rédige un petit paragraphe** en reprenant les réponses aux questions suivantes.

a. Quand se déroule cet événement ? Sous le règne de quel roi ?
b. Où et par qui a été commis le massacre ?
c. Qui sont les victimes ? Quel est le bilan du massacre ?

....

....

....

....

? indice

De nombreux nobles protestants sont alors présents à Paris pour le mariage de l'un d'eux, Henri de Navarre, avec une princesse catholique.

3 CONTRÔLE EXPRESS

Regarde la peinture et lis le texte pour répondre aux questions.

Henri IV s'appuyant sur la religion *pour donner la paix à la France* (XVIe s.), École française, huile sur bois. Pau, musée national du Château de Pau.

En pleine guerre de Religion, Henri III est assassiné en 1589 par un catholique. Henri de Navarre lui succède sous le nom d'Henri IV. Protestant, il doit faire la guerre aux princes catholiques pour régner. Il se convertit finalement au catholicisme en 1593 et se fait sacrer à Chartres l'année suivante.

a. Identifie les trois personnages principaux sur le tableau.
b. À partir de quand Henri IV règne-t-il ?
c. Quand devient-il catholique ?
d. Comment a-t-il donné la paix à la France ?

? indices

a. Certains personnages sont allégoriques (représentent une idée).
c. Jeanne d'Albret, la mère de Henri de Navarre, était protestante.

Corrigés page 32 du Guide

HISTOIRE

HISTOIRE

11 Le roi absolu de droit divin (XVIIe siècle)

Je me demande...
Qu'est-ce qui fait de Louis XIV un roi absolu ? Qu'est-ce qu'une monarchie centralisée ?

Les points clés

1 La consolidation du pouvoir royal

● **Louis XIII** (1610-1643) et **Richelieu** développent l'autorité royale, combattent l'Espagne et répriment les révoltes des nobles et des protestants.

● À la **mort de son Premier ministre Mazarin**, Louis XIV décide de gouverner seul (1661 à 1715). **Le pouvoir du roi de droit divin est devenu absolu.** Il mène aussi de nombreuses guerres pour agrandir le royaume et révoque l'édit de Nantes en 1685.

2 Une monarchie centralisée

● Sous **Louis XIV** (1643-1715), toutes les décisions partent de **Versailles** où le roi s'installe définitivement à partir de 1682.

● Louis XIV dispose d'un **appareil d'État** efficace. Il décide seul mais s'entoure de **conseillers** et de **ministres** compétents comme **Colbert** pour les Finances. Dans les provinces, Louis XIV nomme des **intendants**.

3 La vie à Versailles

● Louis XIV fait construire à Versailles un **château immense qui symbolise son pouvoir**. Entouré de sa **Cour**, le roi y organise sa vie comme un spectacle.

● Pour **contrôler les nobles** qui se sont révoltés durant la Fronde (1648-1653), Louis XIV les attire à Versailles. Les courtisans doivent respecter l'**étiquette** (règles fixées par le roi).

Mots-Clés

- **Pouvoir de droit divin** : le roi tient son pouvoir de Dieu.
- **Pouvoir absolu** : le roi détient tous les pouvoirs et son autorité ne peut être remise en cause.

« Roi-Soleil » : ce surnom donné à Louis XIV symbolise bien la dimension absolue de son pouvoir.

Le document clé

Le plan du château de Versailles

1. Expliquer. Le château (le roi) est placé entre les jardins (symbolisant Dieu) et la ville (représentant les hommes). La chambre du roi est au centre du château comme le roi est au centre du royaume. Les trois avenues imitent les rayons du Soleil, emblème de Louis XIV. Château et jardins sont orientés Est-Ouest (axe du Soleil).

2. Conclure. Versailles symbolise le pouvoir absolu et personnel du roi.

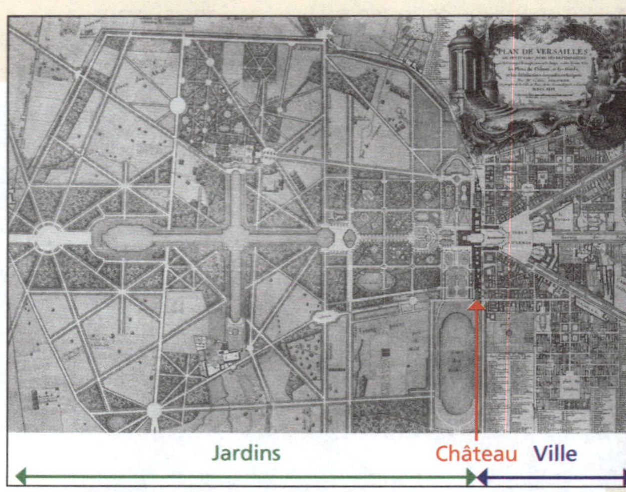

Plan de Versailles, du petit parc et des dépendances (détail) par l'abbé Delagrive (1746). Châteaux de Versailles et de Trianon.

On s'entraîne !

1 QUIZ

Vrai ou faux ?

	V	F
a. Richelieu est le Premier ministre de Louis XIV.	❑	❑
b. Le château de Versailles a une fonction symbolique.	❑	❑
c. La Cour désigne les nobles qui vivent autour du roi.	❑	❑
d. Louis XIV n'aime pas faire la guerre.	❑	❑

2 *L'administration sous Louis XIV*

Observe le schéma, puis réponds aux questions.

a. Comment appelle-t-on ce type de schéma ?
b. Quel est le rôle des ministres ?
c. Combien y a-t-il de conseils ?
d. Qui nomme les intendants ? Où exercent-ils leurs activités ?

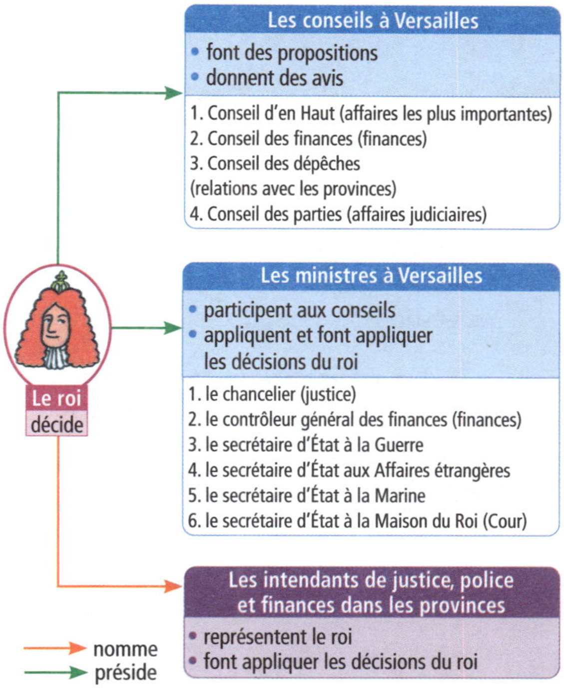

? **indice**

a. Ce type de schéma montre comment les choses sont organisées.

3 CONTRÔLE EXPRESS

Observe la peinture puis réponds aux questions.

Louis XIV tenant les sceaux en présence du conseil des parties (XVIIe s.), huile sur toile. Châteaux de Versailles et de Trianon.

a. De quoi s'occupe le Conseil des parties ?
b. Où est le roi ? Comment est-il mis en valeur ?
c. Qu'est-ce qui montre que le roi décide durant ce conseil ?
d. Cite deux autres conseils et leurs attributions.

? **indice**

a. N'hésite pas à t'aider de l'exercice 2.

Corrigés page 32 du Guide

12 Population, ressources et changement global

Un planisphère permet de montrer un phénomène à l'**échelle mondiale**. Ces quatre planisphères illustrent des thèmes importants du programme : l'augmentation de la **population mondiale**, la gestion des **ressources** et le **changement global**.

1 La croissance de la population mondiale (2005-2015)

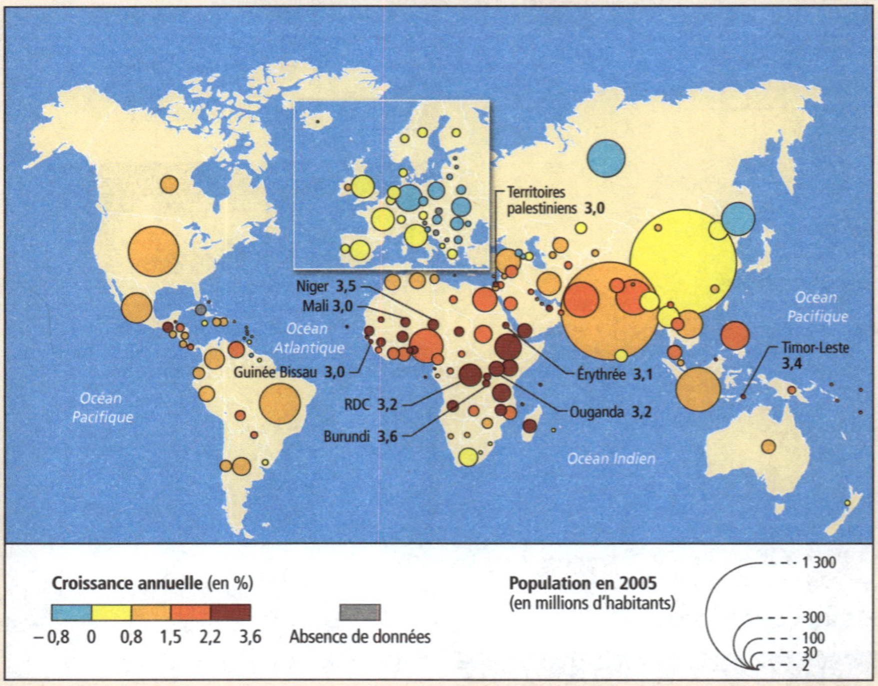

- La taille des cercles montre le **poids démographique** des États. Les pays peuplés (cercles les plus gros) sont la Chine, l'Inde, les États-Unis, l'Indonésie et le Brésil. Depuis 1800, la population mondiale a été multipliée par 6 et aujourd'hui, elle continue d'augmenter, mais différemment selon les pays.
- Les couleurs renseignent sur l'**évolution de la population** des pays entre 2005 et 2015. La croissance démographique est faible en Europe et dans certains pays asiatiques (Chine). En revanche, elle est très forte en Afrique.

2 L'IDH

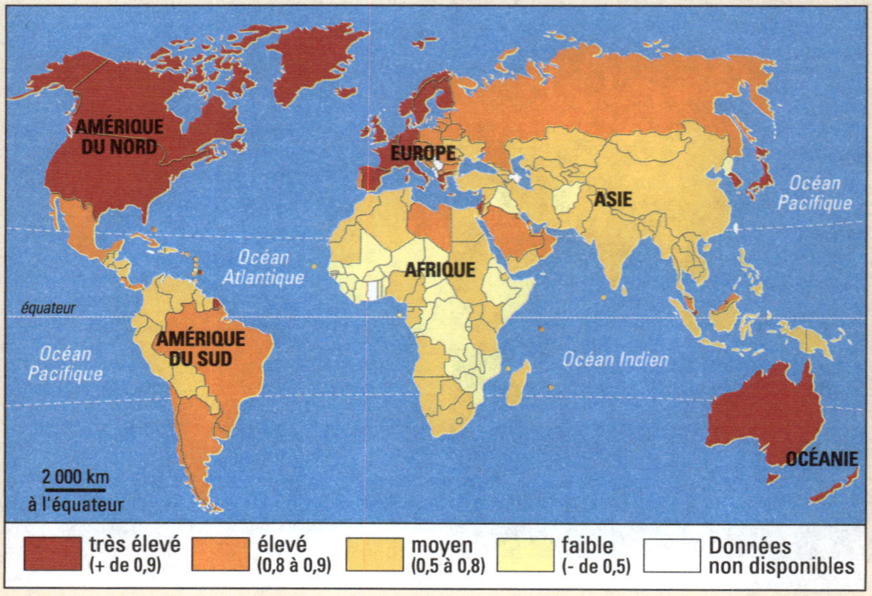

- Mis au point par l'ONU, l'indicateur de développement humain (IDH) mesure le **développement économique et social** d'un pays.
- Il prend en compte une **mesure quantitative** de la richesse (PIB par habitant) et des **facteurs qualitatifs** comme l'espérance de vie, la santé, l'éducation. L'IDH varie de 0 à 1 (plus on se rapproche de 1, plus le pays est développé).

3 La sous-alimentation

Le pourcentage de population souffrant de sous-alimentation (voir couleurs) est particulièrement fort lans les **pays faiblement développés** d'Afrique subsaharienne, d'Asie du Sud et d'Amérique du Sud. ’est en Inde et en Chine qu'il est le plus élevé (voir taille des cercles), entre 150 et 200 millions.

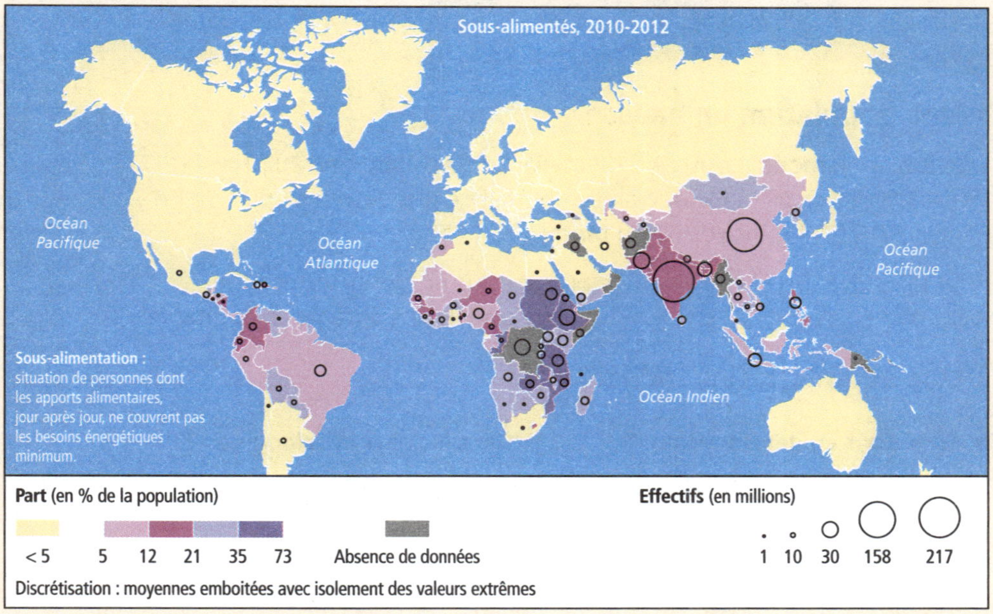

4 Le réchauffement climatique

Le réchauffement climatique (augmentation de la moyenne annuelle des températures), mesuré depuis lusieurs années par des scientifiques, se poursuit. Il a de **nombreuses conséquences sur l'environnement** montée du niveau de la mer, davantage de cyclones...) et donc sur **les sociétés et leurs ressources** productions agricoles et halieutiques).

Les pays les moins développés en subissent les conséquences les plus importantes.

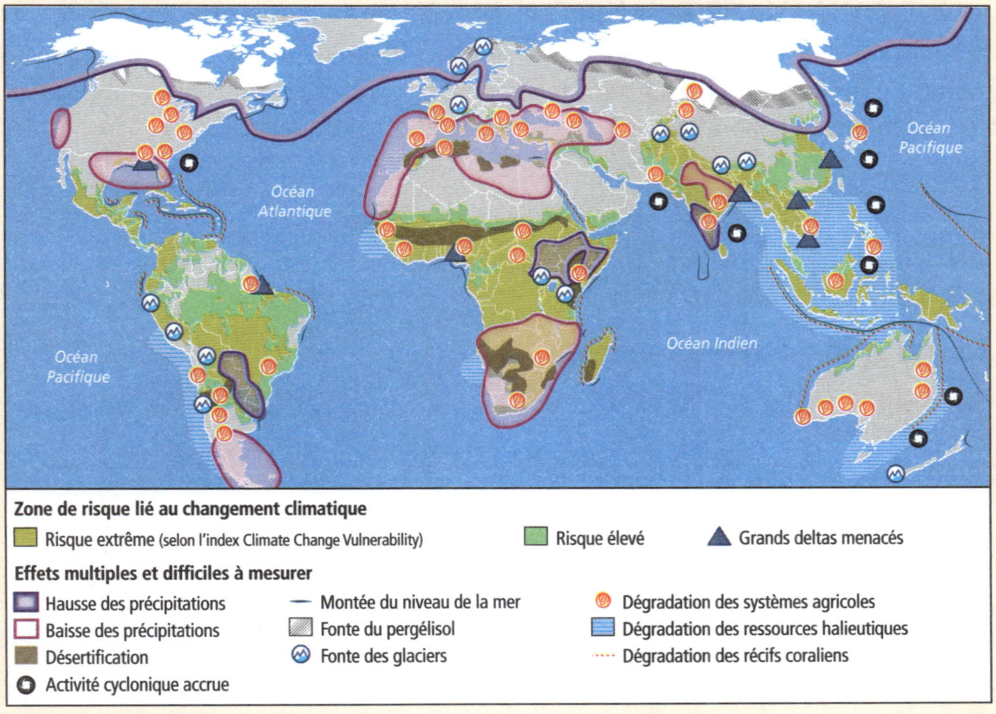

13 La croissance démographique

Je me demande...
Comment se manifeste l'augmentation de la population dans les différents pays ?

Les points clés

1 Une population en hausse

● La population mondiale atteint **7,7 milliards d'habitants en 2020.** D'après l'ONU, la croissance devrait se poursuivre jusque vers 2100 avec environ **9 à 11 milliards d'habitants.**

● Pour faire vivre une population de plus en plus nombreuse, les pays doivent parvenir à mettre en place un **développement durable et équitable.**

Mot-Clé
Développement durable : doit répondre à nos besoins sans remettre en cause ceux des générations futures. Il repose sur trois aspects : économique, social et environnemental.

2 Une augmentation inégale

Dans les pays en développement	Dans les pays développés
• taux de natalité fort • espérance de vie faible **→ une population jeune et en forte croissance**	• taux de natalité faible • espérance de vie forte **→ une population vieillissante et en faible croissance**

En France, l'espérance de vie moyenne est de 82,8 ans.

● **La Chine et l'Inde** sont les pays les plus peuplés avec près de **1,3 milliard d'habitants.** Pour favoriser leur développement, ils limitent les naissances. Ils sont, ou risquent d'être, confrontés à un **vieillissement de leur population.**

3 Les effets de la croissance démographique

● **Dans les pays en développement**, les gouvernements font difficilement face à la croissance démographique. Elle entraîne des **problèmes d'accès à l'eau potable, à l'alimentation, à l'éducation, au logement** ou au travail.

● **Dans les pays développés** se pose le problème du **vieillissement** et du **financement des retraites.** Certains pays riches (Allemagne) ont une très faible croissance démographique, d'où un **manque de main-d'œuvre** compensé par les migrations.

Le document clé

La transition démographique

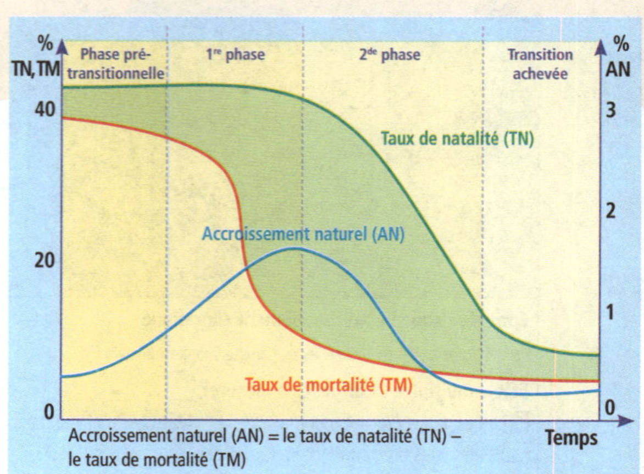

1. Expliquer. À gauche, TN et TM sont élevés et proches, donc l'AN est faible. **1re phase** : les TN restent très élevés tandis que les TM baissent, donc l'AN augmente fortement. **2e phase** : les TN baissent pour rejoindre le niveau des TM, donc l'AN baisse. Une fois la transition achevée, TN et TM sont faibles et proches, donc l'AN est faible.

2. Conclure. Tous les pays connaissent la transition démographique : les pays développés ont achevé la leur, tandis que les pays en développement sont en phase 1 ou 2.

On s'entraîne !

1 QUIZ

Vrai ou faux ?

	V	F
a. Dans les pays développés, la croissance démographique est forte.	❑	❑
b. Les pays riches sont dans leur 1re phase de transition démographique.	❑	❑
c. La Chine et l'Inde sont les pays les plus peuplés de la planète.	❑	❑
d. L'Inde est un pays en développement.	❑	❑
e. La population mondiale devrait continuer d'augmenter jusqu'à 30 milliards d'habitants.	❑	❑
f. Dans les pays développés, la population vieillit.	❑	❑
g. Le développement durable ne concerne que la protection de l'environnement.	❑	❑

2 L'âge de la population dans divers pays

tudies le tableau et réponds aux questions.

Pays	Revenu national brut par habitants (en dollars)	Population de moins de 15 ans (en %)	Population de plus de 65 ans (en %)
Allemagne	55 800	14	22
Chine	18 140	18	11
États-Unis	63 390	19	16
France (métropolitaine)	46 900	18	20
Inde	7 680	27	6
Mali	2 230	47	2

urce : INED, chiffres actualisés 2018.

. Indique le continent de chaque pays et classe elui-ci du plus riche au moins riche.
. Quel pays a la population la plus jeune ?
. Quels problèmes cela peut-il poser ?
. Quel pays a le pourcentage le plus élevé 'habitants de plus de 65 ans ?
. Quels problèmes cela peut-il poser ?

3 CONTRÔLE EXPRESS

Lis le texte et réponds aux questions.

La fin de la politique de l'enfant unique

La politique de l'enfant unique a vécu. Réuni depuis quatre jours à Pékin, le comité central du Parti communiste chinois a décidé jeudi que tous les couples chinois seraient désormais autorisés à avoir deux enfants. Historique, la décision vise avant tout à enrayer le vieillissement de la population et à relancer l'économie. [...]

Le taux de fécondité* n'est que de 1,7 enfant par femme, contre 2,5 en moyenne en Asie.

Les experts sont donc formels : à partir de 2020-2022, le nombre de Chinois partants à la retraite sera plus important que celui de ceux qui entreront sur le marché du travail. Du jamais vu [...].

Cette nouvelle politique devra aussi permettre d'alimenter en yuans** sonnants et trébuchants les caisses de retraites dont les besoins financiers risquent d'exploser d'ici là — environ 30 % des Chinois ont aujourd'hui plus de 50 ans. Dans un contexte de fort ralentissement de l'activité économique, les autorités espèrent aussi relancer par une hausse de la natalité une demande de court terme *via* la construction de nouveaux logements.

[...] Il n'est pas sûr que le nombre de personnes par foyer augmente mécaniquement. Pour au moins deux raisons [...] : le coût du logement — un Chinois consacre en moyenne seize années de revenus pour payer son logement — et celui, sans cesse plus élevé, de l'éducation scolaire. [...]

* nombre moyen d'enfants par femme
** monnaie chinoise

Extrait de « Fin de la politique de l'enfant unique, nouvelle révolution chinoise », V. de Filippis et L. Mathieu, *Libération*, 30 octobre 2015.

a. Qu'a autorisé le gouvernement chinois en octobre 2015 ?
b. Dans quels buts a-t-il pris cette décision ?
c. À combien s'élève le taux de fécondité en Chine ?
d. Souligne dans le texte les problèmes que pose le vieillissement de la population en Chine.
e. Malgré cette décision, est-ce que le nombre de naissances devrait augmenter en Chine ? Justifie ta réponse à l'aide du texte.

Corrigés page 32 du Guide

14 La répartition de la richesse

Je me demande...

Où se situent les régions les plus pauvres de la planète ? Qu'appelle-t-on les « pays du Sud » ?

Les points clés

1 Les personnes très pauvres dans le monde

- En 2015, près de **700 millions** de personnes vivaient sous le **seuil d'extrême pauvreté** (moins de 1,90 dollar par jour) ; soit environ 10 % de la population mondiale, **inégalement répartis** dans le monde.
- **Les pays développés** (IDH forts, voir carte 2, p. 144), situés plutôt au **nord** de l'hémisphère Nord, **s'opposent aux pays en développement** (IDH faibles), plus au **sud**. Les **PMA** se situent en Afrique subsaharienne et en Asie du Sud et de l'Est. Au Sud, les **pays émergents** (Brésil, Chine, Inde) ont une croissance économique rapide.
- Les **populations pauvres** souffrent de **malnutrition**, vivent dans des **logements insalubres**, accèdent difficilement à l'eau potable, aux systèmes d'éducation, de santé, et connaissent le **chômage** ou des salaires très bas.

Mots-Clés

- **PMA (Pays les moins avancés)** : pays les plus pauvres de la planète.
- **Ségrégation socio-spatiale** : séparation dans l'espace des populations en fonction de leurs revenus.

2 Des inégalités à toutes les échelles

Des inégalités à l'échelle...

- **continentale** → pays riches limitrophes ou proches de pays pauvres
  EXEMPLES l'Amérique du Nord plus riche que l'Amérique du Sud, l'Europe de l'Ouest plus riche que l'Europe de l'Est
- **nationale** → écarts de niveau de vie important, même dans les pays au développement économique rapide
  EXEMPLES la Chine et l'Inde
- **urbaine** → riches et pauvres ne vivent pas dans les mêmes quartiers
  EXEMPLE le bidonville de Makoko à Lagos (Nigeria)

Le document clé

Un bidonville au Nigeria

Bidonville de Makoko à Lagos (Nigeria), Yann Arthus-Bertrand.

1. Expliquer. Cette photographie aérienne a été prise à Lagos, en Afrique. Cette ville est située sur le littoral atlantique et peuplée de 20 millions d'habitants. Au premier plan, le bidonville compte 150 000 habitants vivant dans des maisons bâties sur pilotis avec des matériaux de récupération, sans eau courante ni électricité. Au fond, on voit les grands immeubles du centre de Lagos.

2. Conclure. Cette photographie montre la ségrégation sociospatiale et les très fortes inégalités qui existent dans les pays en développement. Bien que pauvre, le Nigeria connaît une croissance économique rapide grâce à ses réserves de pétrole.

GÉOGRAPHIE

On s'entraîne !

1 QUIZ

Relis les chapitres 12 et 13, puis coche la (ou les) bonne(s) réponse(s).

a. En 2020, combien y a-t-il d'habitants dans le monde ?
- ☐ 3,7 milliards
- ☐ 5,3 milliards
- ☐ 6,8 milliards
- ☐ 7,7 milliards

b. Quel est le nombre de personnes vivant sous le seuil de pauvreté ?
- ☐ 100 millions
- ☐ 500 millions
- ☐ 700 millions
- ☐ 1 milliard

c. Lequel de ces pays n'est pas un pays riche ?
- ☐ France
- ☐ Allemagne
- ☐ États-Unis
- ☐ Mali

d. Le Brésil, l'Inde ou la Chine sont des pays :
☐ développés. ☐ émergents. ☐ peuplés.

2 La répartition de la pauvreté dans le monde

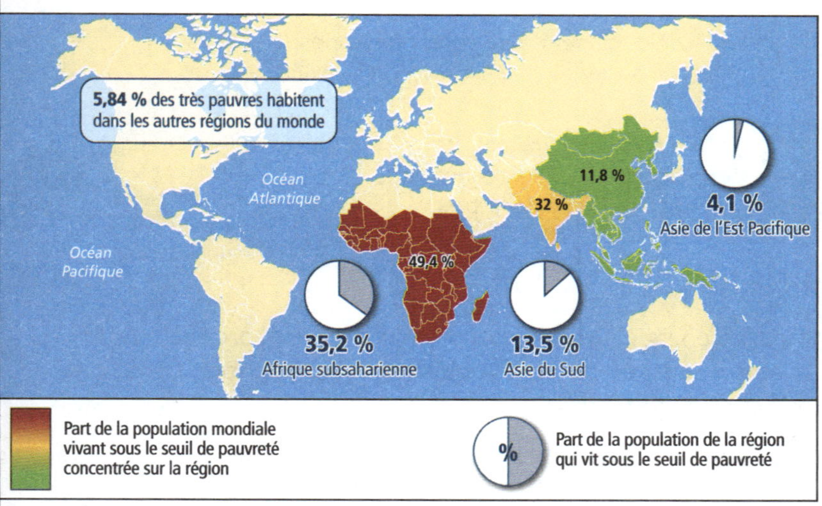

art de la population mondiale vivant sous le seuil de pauvreté (2015).

Observe le planisphère puis réponds aux questions.

a. Qu'est-ce que le seuil de pauvreté ?

b. Dans quelle partie du monde se trouve près de la moitié des personnes vivant sous le seuil de pauvreté ?

c. Dans cette région, quel pourcentage des habitants vit sous le seuil de pauvreté ?

d. Quelles sont les deux autres régions touchées par ce phénomène ? Cite un exemple de pays par région.

3 CONTRÔLE EXPRESS

Pays	Revenu national brut par habitant en $		
	2008	2012	2018
États-Unis	46 970	50 610	63 390
France (métropol.)	34 400	36 460	46 900
Japon	35 220	36 320	45 000
Russie	15 630	22 760	26 470
Chine	6 020	9 210	18 140
Inde	2 960	3 840	7 680
Mali	1 090	1 160	2 230
Rép. démocratique du Congo	290	370	Abs. de données

Source : INED (Institut national d'études démographiques).

Observe le tableau pour répondre aux questions.

> Le revenu national brut (RNB) sert à mesurer la richesse du pays. Pour tenir compte de la population du pays, on le rapporte au nombre d'habitants. Par exemple, la Chine a un très fort RNB, qui se révèle faible quand on le divise par le nombre d'habitants.

a. Montre qu'il existe un fort écart de richesse entre le Mali, la Chine et les États-Unis.

b. Montre qu'il existe un fort écart de richesse à l'intérieur du continent asiatique.

c. À quelles régions appartiennent les six pays les plus pauvres du tableau ?

d. Qu'observe-t-on en général entre 2008 et 2018 ?

Corrigés page 33 du Guide

15 Les ressources énergétiques

Je me demande...
Quels problèmes posent les énergies fossiles ? Quelles énergies utiliser demain ?

Les points clés

1 Une demande croissante

● Depuis le XIXe siècle, en raison de **l'industrialisation et de la croissance démographique**, la consommation d'énergie a fortement augmenté.

● Les **pays développés** (États-Unis, UE, Japon) et certains **pays émergents très peuplés** (Chine, Inde) sont les plus gros consommateurs d'énergie. La demande des pays pauvres devrait augmenter avec leur développement.

Mot-Clé
Énergie fossile : énergie qui repose sur des combustibles formés il y a des millions d'années par la transformation naturelle des plantes. Ex. : le charbon.

2 Les différents types d'énergie

Énergies non renouvelables pétrole, gaz, charbon, uranium pour l'électricité nucléaire	• en voie d'épuisement • polluantes et dangereuses : émanations de CO_2 (sauf nucléaire), marées noires, accidents nucléaires…
Énergies renouvelables hydroélectricité, électricité solaire, électricité éolienne, biomasse	• en quantité illimitée • peu d'impact environnemental • peu de danger industriel

Le CO_2 est l'un des gaz responsables du réchauffement climatique.

3 Des flux et des tensions

● Comme les **pays consommateurs** d'énergie ne sont pas forcément les pays producteurs, des flux s'organisent au niveau mondial. Les ressources énergétiques sont **transportées** soit par **bateaux** soit par **tuyaux** (oléoducs ou gazoducs).

● Les **pays dépendants** doivent assurer la **sécurité de leurs approvisionnements** (ex. : États-Unis au Moyen-Orient). Les **pays producteurs** peuvent utiliser la vente des ressources énergétiques comme une **arme diplomatique**.

Le document clé

Les émissions de CO_2 provenant des énergies fossiles

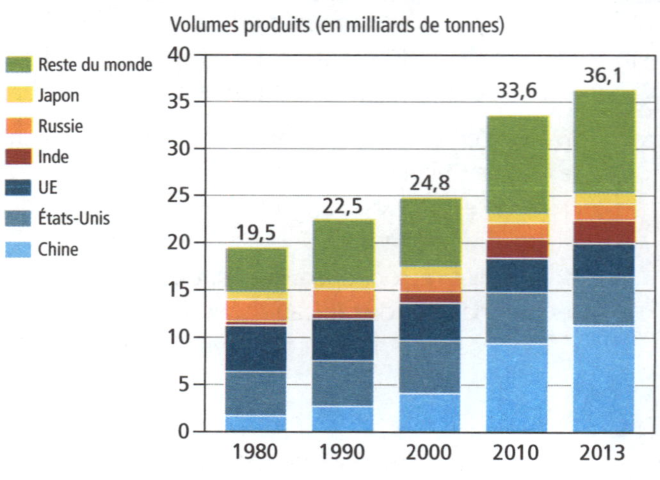

1. Expliquer. Le graphique montre l'évolution des émissions de CO_2 depuis 1980 dans le monde, dues en grande partie à la combustion des ressources fossiles.

2. Conclure. Ces émissions ont fortement augmenté (de 19,5 à 36,1 milliards de t). La part des pays riches est élevée mais stable. Celle des pays émergents augmente en raison de leur développement rapide.

On s'entraîne !

1 QUIZ

Coche la (ou les) bonne(s) réponse(s).

a. Dans le monde, la consommation d'énergie :
- ☐ baisse.
- ☐ stagne.
- ☐ augmente.

b. Les énergies servent principalement à :
- ☐ nous chauffer.
- ☐ nous déplacer.
- ☐ faire fonctionner les activités économiques.
- ☐ nous éclairer.

c. Les pays les moins avancés consomment :
- ☐ peu d'énergie.
- ☐ beaucoup d'énergie.
- ☐ aucune énergie.

d. Aujourd'hui, les énergies les plus consommées sont :
- ☐ le charbon
- ☐ le pétrole
- ☐ le gaz naturel

e. Les énergies fossiles sont :
- ☐ en quantité limitée.
- ☐ très polluantes.
- ☐ très utilisées dans le monde.

f. Pour le futur, les enjeux principaux sont :
- ☐ découvrir de nouvelles nappes de pétrole.
- ☐ développer les énergies renouvelables.
- ☐ diminuer la consommation d'énergie.

2 *Les énergies renouvelables*

Observe ces photos puis réponds aux questions.

a. Associe les termes aux numéros correspondants :
- (.....) éoliennes
- (.....) panneaux solaires
- (.....) barrage hydroélectrique
- (.....) centrale géothermique

b. Qu'est-ce qu'une énergie renouvelable ?

c. Pour chaque photographie, précise quelle est la source d'énergie utilisée.

d. Fais une recherche sur la biomasse. De quoi s'agit-il ? Quels avantages représente-t-elle ?

? indice

La géothermie consiste à produire de l'électricité avec la chaleur du sol.

3 CONTRÔLE EXPRESS

Compare les deux documents et réponds aux questions.

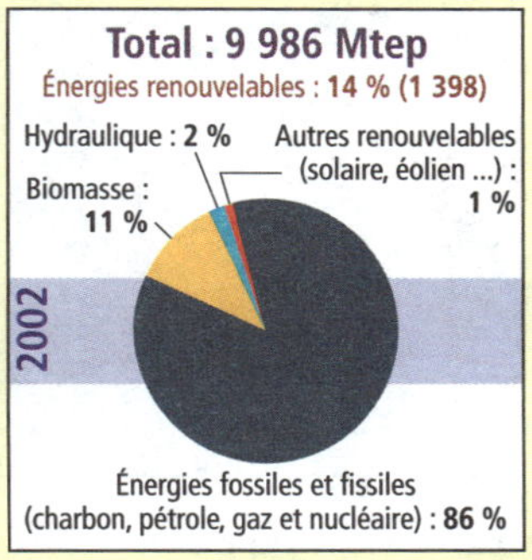

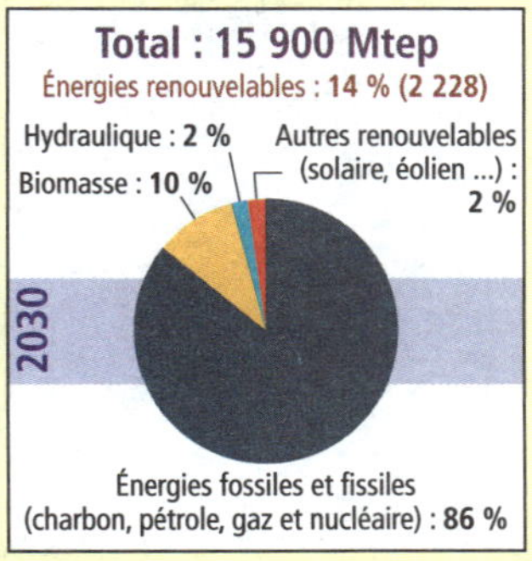

La croissance des besoins énergétiques à l'échelle mondiale.

a. Comment appelle-t-on ce type de documents ? Que montrent ceux-ci ?

b. À combien s'élevait la consommation totale d'énergie en 2002 ? Comment devrait-elle évoluer d'ici 2030 ?

c. Quelle est la part des énergies fossiles et fissiles en 2002 ? Comment évolue cette proportion ?

d. Que peux-tu conclure sur les efforts faits pour limiter la pollution et développer les énergies renouvelables ?

Corrigés page 33 du Guide

16 Les ressources en eau

Je me demande...
Comment l'eau douce est-elle utilisée ? Comment mieux gérer son utilisation ?

Les points clés

1 Les inégalités face à l'eau

- **10 pays** (Canada, Brésil, Chine...) possèdent **60 % des ressources en eau douce** grâce aux précipitations et aux fleuves. À l'inverse, certains pays sont en situation de stress hydrique ou de pénurie.
- L'inégalité est flagrante entre pays riches et pays pauvres : **accéder aux ressources** en eau potable et les maîtriser nécessitent des **équipements coûteux et nombreux** (canalisations, barrages, stations d'épuration...).

Mots-Clés
- **Stress hydrique** : situation où la demande en eau est supérieure à la quantité disponible.
- **Tensions hydropolitiques** : tensions entre deux ou plusieurs États à cause de l'eau.

2 L'utilisation de l'eau

- L'eau douce est d'abord utilisée pour l'**agriculture** puis pour l'**industrie** et les **usages domestiques** (boire, cuisiner, se laver...). Les **besoins en eau augmentent** avec la croissance démographique et celle des productions agricoles.
- Pour la préserver, il faut l'**économiser** par une agriculture raisonnée, **limiter les pertes** (entretien des canalisations...) et **éviter le gaspillage** domestique : appareils électroménagers économiques, récupération des eaux de pluie...

Les océans représentent 97,5 % de l'eau sur Terre, mais cette eau est salée et non potable !

3 Des concurrences pour l'eau

- La croissance de la **consommation en eau** engendre des **conflits entre les utilisateurs.** Dans les régions où la ressource est rare, **les pays rivalisent pour la contrôler** (ex. : Égypte et Soudan pour l'utilisation des eaux du Nil).
- Pour éviter les **tensions hydropolitiques**, les organisations internationales aident les pays en développement à **mieux puiser dans le sous-sol ou les fleuves** grâce aux barrages.

Le document clé

Disponibilités en eau douce

1. Expliquer. L'ONU estime qu'un pays est en situation de stress hydrique quand les habitants ont moins de 1 700 m³ d'eau par an et souffre de pénurie quand ils en ont moins de 1 000 m³. Les difficultés se concentrent dans une grande partie de l'Afrique (Nord) et dans l'ouest de l'Asie.

2. Conclure. L'eau est inégalement répartie sur Terre. Les risques peuvent s'aggraver en raison du réchauffement climatique et de l'augmentation de la population.

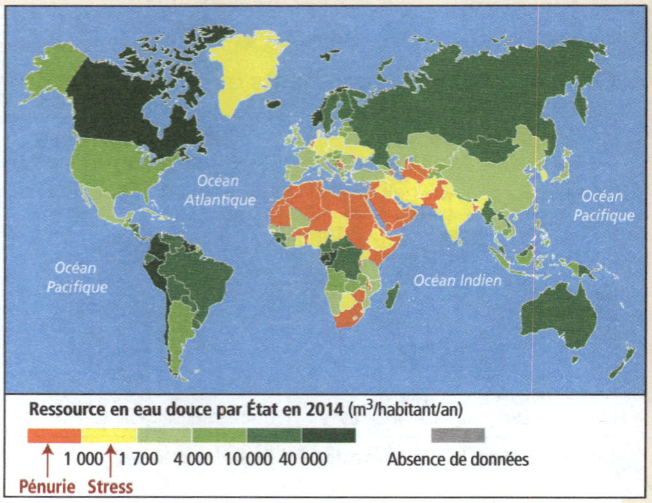

On s'entraîne !

1 QUIZ

Vrai ou faux ?

	V	F
a. L'eau douce provient de la mer.	☐	☐
b. L'agriculture est l'activité qui nécessite le moins d'eau.	☐	☐
c. La consommation en eau a tendance à diminuer.	☐	☐
d. L'eau peut être une source de conflit entre pays.	☐	☐
e. Le manque d'eau freine le développement d'un pays.	☐	☐
f. Avoir de l'eau potable pour toute la population nécessite peu d'aménagements.	☐	☐

2 *Le cycle de l'eau de consommation dans un pays développé*

Lis les documents, puis réponds aux questions.

Le cycle de l'eau de consommation nécessite d'énormes infrastructures. Pour alimenter en eau l'ensemble de la population française, pas moins de 40 000 captages, 700 000 km de canalisations et près de 16 000 usines de production d'eau potable sont nécessaires.
À ceci, il faut encore ajouter les installations de collecte et de dépollution des eaux usées, soit 180 000 km de canalisations et 12 000 usines de dépollution.

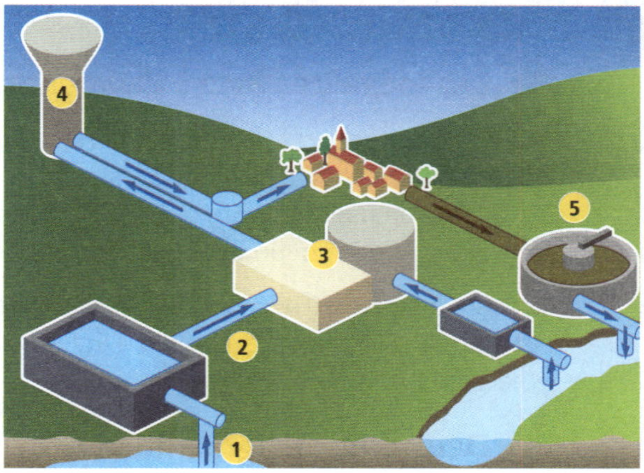

a. Indique à quel numéro du schéma correspond chacun des éléments suivants :
- (......) captage
- (......) collecte et dépollution
- (......) usine de production d'eau potable
- (......) transport dans des canalisations
- (......) stockage et distribution

b. Où capte-t-on l'eau ?
c. Qu'est-ce qui permet de collecter les eaux usées dans les villes ?
d. Pourquoi, dans les pays en développement, nombre de personnes n'ont pas accès à l'eau potable ?

3 CONTRÔLE EXPRESS

Construit dans le Sud-Est de la Turquie, le barrage Attatürk est l'un des 22 barrages turcs destinés à l'irrigation ou à la production d'énergie, disséminés sur le Tigre et l'Euphrate et leurs affluents.

Réponds aux questions.

a. Situe la Turquie sur un atlas.
b. À quoi servent les barrages ?
c. Quels sont les deux grands fleuves qui traversent le Moyen-Orient ? Où prennent-ils leur source ?
d. Pourquoi l'eau est-elle une source de tensions entre la Turquie, la Syrie et l'Irak ?

? **indice**

d. On parle de tensions hydropolitiques.

Corrigés page 33 du Guide

17 Les ressources alimentaires

Je me demande…

Quels problèmes pose l'alimentation ? Dans quels pays la sous-alimentation est-elle répandue ?

Les points clés

1 Les inégalités face à l'alimentation

● Malgré des progrès, la **FAO** estime qu'en 2018, environ **820 millions de personnes** dans le monde souffrent de **sous-alimentation**, et près de 2 milliards de **malnutrition**, surtout dans les **pays en développement ou émergents** (voir document clé et carte 3, p. 145).

● À l'inverse, en 2016, plus de 2 milliards de personnes sont en **surpoids**, surtout dans les pays développés (États-Unis) et dans certains pays émergents (Chine).

Mots-Clés

- **FAO** : organisation dépendant de l'ONU chargée de développer l'alimentation et l'agriculture.
- **Malnutrition** : manque de vitamines et de minéraux dans l'alimentation nuisible à la bonne santé et au bon développement.

2 Deux types d'agriculture

● Dans les pays développés, l'**agriculture moderne intensive** permet de nourrir la population et d'exporter. Les pays émergents (Chine, Inde) ont engagé depuis 40 ans des « révolutions vertes » pour moderniser leur agriculture et augmenter les productions.

● Dans les pays peu développés, l'**agriculture, souvent traditionnelle**, ainsi que les guerres, les sécheresses et la corruption, expliquent la **sous-alimentation**, voire les famines.

3 Deux défis majeurs pour l'avenir

● Pour **répondre à la demande croissante** liée à l'augmentation de la population, très forte dans les pays pauvres, il faut produire suffisamment, tout en limitant le gâchis alimentaire.

● Cela doit passer par une **agriculture durable**, capable d'augmenter les rendements, d'assurer des revenus suffisants aux paysans, et de respecter l'environnement. L'agriculture intensive **pollue** sols et rivières, **consomme trop de ressources** et **ne respecte pas toujours la qualité sanitaire**.

L'agriculture est une activité vitale !

Le document clé

La sous-alimentation dans le monde

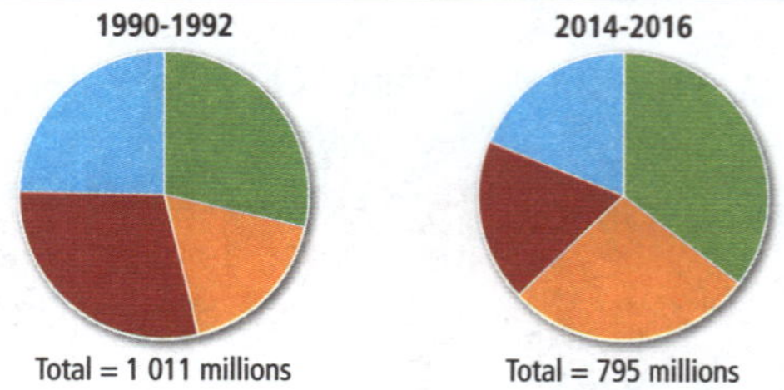

	Nombre (millions) 1990-1992	Nombre (millions) 2014-2016	Part de la région (%) 1990-1992	Part de la région (%) 2014-2016
Asie du Sud	291	281	28,8	35,4
Afrique subsaharienne	176	220	17,4	27,7
Asie de l'Est	295	145	29,2	18,3
Autres	249	149	24,6	18,6
TOTAL	**1 011**	**795**	**100**	**100**

Nombre de personnes sous-alimentées dans le monde.

1. Expliquer. Ces diagrammes circulaires montrent que les régions les plus touchées par la sous-alimentation sont l'Asie du Sud, l'Afrique subsaharienne et l'Asie de l'Est.

2. Conclure. Les pays en développement ou émergents sont les plus concernés. L'Afrique est plus touchée que l'Asie. Même dans les pays développés, la sous-alimentation existe chez les personnes aux revenus les plus faibles.

On s'entraîne !

1 QUIZ

Complète la grille à l'aide des définitions.

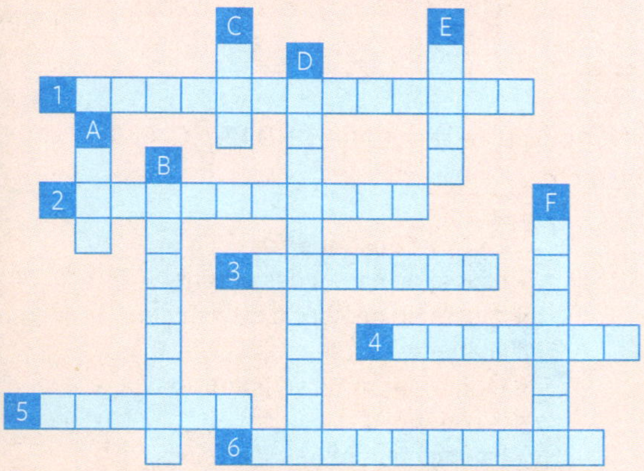

1. Partie de l'Afrique située au sud du Sahara.
2. Elles se retrouvent à différentes échelles (mondiale, nationale, locale…).
3. Type d'agriculture qui permet de développer les pays pauvres sans porter atteinte à l'environnement.
4. Unité de mesure de l'énergie apportée par les aliments.
5. Pays cité dans l'exercice 3.
6. Cette situation entraîne de mauvaises récoltes qui provoquent des famines.

A. Céréale cultivée surtout en Asie.
B. Type de pays en développement qui connaît une croissance rapide.
C. Organisation de l'ONU.
D. Intensive ou traditionnelle, elle permet de nourrir les hommes.
E. Pays émergent asiatique.
F. Naturels ou chimiques, ils servent à faire pousser les plantes.

2 *Quelle agriculture pour demain ?*

Lis le texte et réponds aux questions.

D'ici 2050, la population africaine devrait doubler pour compter 2,2 milliards d'habitants. Un quart de la population de la planète [...] vivra alors sur ce continent. [...] L'agriculture devrait constituer un levier majeur de la croissance de demain en Afrique. Mais pour cela, le continent devra se tourner vers une agriculture maraîchère et vivrière raisonnée, c'est-à-dire basée sur des pratiques agro-écologiques utilisant les services rendus par les écosystèmes plutôt que de les remplacer par des engrais et pesticides. Une agriculture plus respectueuse des sols, de la biodiversité et de l'environnement, mais permettant de produire presque autant que l'intensif. Son intérêt est multiple. D'abord elle est écologiquement intéressante et en plus, elle nécessite, [...] une main-d'œuvre importante. Elle est donc créatrice d'emplois. Elle [...] permet aux populations rurales d'acquérir une autonomie financière. C'est aussi un enjeu d'émancipation pour les femmes.

Extrait de « L'agriculture durable, enjeu majeur pour la croissance de l'Afrique », Claire Lefebvre, mise en ligne sur Liberation.fr le 11 octobre 2015.

a. Combien devrait-il y avoir d'habitants en Afrique en 2050 ? Quelle part de la population mondiale cela devrait-il représenter ?
b. Souligne dans le texte le type d'agriculture proposée pour faire face à l'augmentation de la population.
c. Pourquoi est-ce une agriculture durable ?

? indice

c. Pour être durable, le développement doit être à la fois écologique, social et économique.

3 CONTRÔLE *EXPRESS*

Observe la photo pour répondre aux questions.

Un agriculteur épand des pesticides sur un champ de pommes de terre, dans le nord de la France.

a. Que cultive cet agriculteur ? Que fait-il ?
b. À quel type d'agriculture peut-on rattacher cette photographie ?
c. Quels éléments le prouvent ?
d. Quel avantage représente ce type d'agriculture ?
e. Pourquoi est-il un problème pour l'environnement ?

Corrigés page 33 du Guide

18 Le changement global et ses effets (1)

Je me demande...

Comment lutter contre le réchauffement climatique ? Que sont les GES ?

GÉOGRAPHIE

Les points clés

1 Le réchauffement climatique et ses effets

● Le réchauffement climatique est une hausse de la température moyenne (+ 0,85 °C en moyenne depuis la fin du XIXe s.) à la surface de la Terre.

Causes
- industries
- déforestation
- transport (routier, aérien, maritime)
- élevages d'animaux

→ hausse des émissions de gaz à effet de serre (GES)

Réchauffement climatique

Conséquences
- hausse du niveau des océans
- hausse du nombre d'événements climatiques extrêmes (cyclones...)
- modifications de la répartition des pluies
- hausse du nombre de réfugiés climatiques

2 Des solutions en cours

● Les États **aménagent de façon très inégale leur territoire** pour faire face aux risques naturels. Les **plus développés** (États-Unis, Japon...) peuvent s'équiper de digues, portes antitsunami ou systèmes d'irrigation. Les **moins développés** ont besoin de l'aide internationale.

● **À l'échelle mondiale**, les États se concertent comme en 2015, lors de la **COP 21** à Paris. Par crainte que les mesures proposées ne ralentissent l'économie, elles sont souvent limitées. Pour réduire la pollution et les émissions de GES, il faut **changer les modes de vie et de production** (énergies renouvelables, transports en commun...).

Mot-Clé

Réfugié climatique : personne qui fuit sa région ou son pays à cause d'un changement climatique aux effets négatifs.

On dit que le changement est global car il affecte toute la planète.

Le document clé

Le réchauffement de la Terre

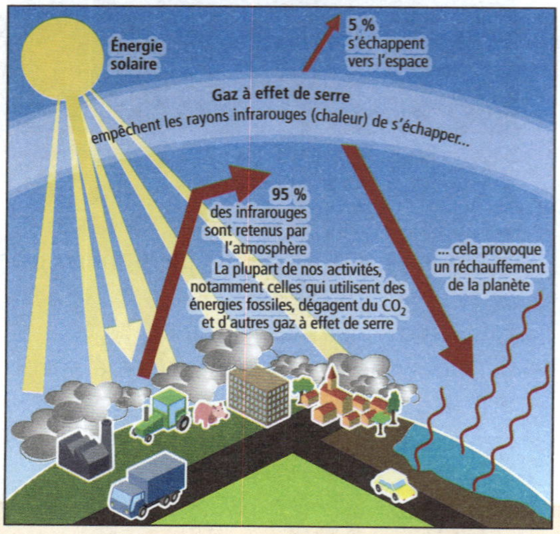

1. Expliquer. Les flèches jaunes représentent la chaleur fournie par le soleil. Une partie de cette énergie est retenue par les gaz de l'atmosphère (flèches rouges) : c'est l'effet de serre, qui permet d'avoir une température moyenne de 15 °C sur Terre.

2. Conclure. Les transports, les usines, le chauffage dégagent du CO_2 et d'autres gaz, qui se concentrent dans l'atmosphère et renforcent l'effet de serre : la Terre renvoie moins de chaleur vers l'espace, donc le climat se réchauffe.

On s'entraîne !

1 QUIZ

Vrai ou faux ?

	V	F
a. Le CO_2 est un gaz à effet de serre.	☐	☐
b. Les GES proviennent des activités humaines (transports ou industrie).	☐	☐
c. Le réchauffement climatique entraîne un abaissement du niveau des océans.	☐	☐
d. Des décisions sont prises au niveau mondial pour lutter contre le réchauffement climatique.	☐	☐

2 *La COP 21 en 2015*

Lis le texte et réponds aux questions.

PARIS2015
CONFÉRENCE DES NATIONS UNIES SUR LES CHANGEMENTS CLIMATIQUES
COP21·CMP11

La COP 21 a réuni à Paris, en décembre 2015, 195 pays et l'UE. Après d'importantes négociations, l'accord signé prévoit de limiter le réchauffement climatique à moins de 2 °C, chaque pays ayant pris des engagements de réduction des émissions de GES. Il fixe aussi une aide de 100 milliards de dollars annuels pour aider les pays en développement à y faire face.

a. Combien de pays ont signé l'accord ?
b. Quelles en sont les deux grandes mesures ?
c. Pourquoi les pays riches doivent-ils aider ceux qui le sont moins ?

3 *Les principaux émetteurs de GES*

Observe ce graphique.

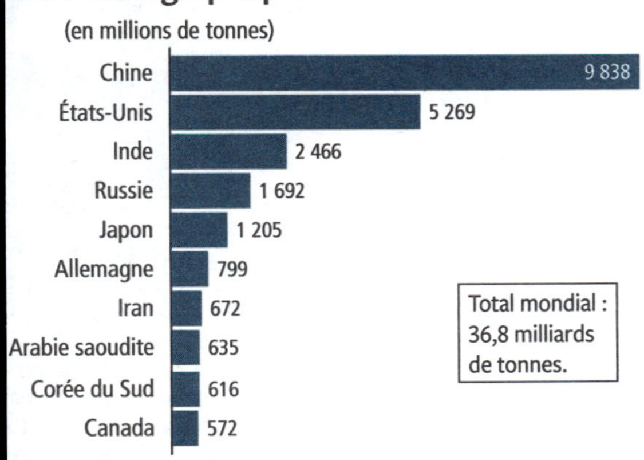

Les 10 pays qui émettent le plus de CO_2 en 2017.

a. En 2017, quel total mondial de CO_2 est émis ?
b. En 2017, quelles quantités de CO_2 sont émises par les États-Unis et la Chine ?
c. Quel est le point commun entre ces 10 pays ?

4 CONTRÔLE EXPRESS

Lis le texte et réponds aux questions.

Les îles Kiribati

À Tarawa-Sud, la montée de l'océan est déjà une préoccupation quotidienne [...]. L'île est bordée de digues — sacs de ciment, blocs de coraux ou détritus entassés, gros ouvrages publics ou petits édifices privés. Près de l'aéroport, de jeunes palétuviers bien alignés viennent compléter ce frêle rempart. [...]
Tinaai, une jeune militante du KiriCAN [...](un réseau de trente ONG), est [...] chargée de nous faire une « visite guidée du changement climatique ». [...] elle nous mène à Betio, l'un des îlots les plus peuplés de l'atoll. En début d'année, plusieurs grandes marées ont inondé les habitations. Fin février, des vagues, surpassant les murs de protection, ont déferlé sur l'hôpital.
Le « tour » se poursuit à Tebikenikoora [...] et l'eau, passant au travers d'une digue ébréchée, rampe peu à peu entre les habitations. [...] Timereta, habitant de ce hameau, [...] témoigne : « Les gens mettent leurs affaires à l'abri, et certains viennent dormir sous la maneaba [maison commune]. Ça fait dix ans que ça dure. La digue a été détruite, on l'a reconstruite, puis elle (...) s'est de nouveau détruite... »

« Les îles Kiribati, enfer et paradis », Angela Bolis, *Le Monde*, 21 septembre 2015.

a. Où se situent les îles Kiribati ?
b. Pourquoi sont-elles menacées par le réchauffement climatique ?
c. Souligne les mesures locales prises pour faire face à la montée du niveau de l'océan.
d. Relève les passages du texte montrant que ces mesures sont insuffisantes.

? indice

Ces îles s'élèvent à environ 2 mètres au-dessus du niveau de l'océan.

Corrigés page 34 du Guide

19 Le changement global et ses effets (2)

Je me demande...
Quelles sont les conséquences de la déforestation et de l'urbanisation dans le monde ?

Les points clés

1 La déforestation et ses effets

- En 2010, **30 % des terres émergées**, soit près de 3,9 milliards d'hectares dans le monde, sont constitués de forêts, contre 66 % quatre siècles plus tôt.
- La déforestation a des **conséquences environnementales** importantes. Les incendies provoquent une augmentation des GES. Elle entraîne une disparition de la **biodiversité** et des puits de carbone (stocké dans les sols et les végétaux). Elle a des **conséquences sociales** car souvent les populations qui y vivent en sont chassées.
- Des **ONG** agissent pour tenter de **protéger les espaces forestiers**. Les États délimitent des réserves naturelles où les activités industrielles, agricoles et sylvicoles (exploitation du bois) sont restreintes ou interdites.

2 L'urbanisation et ses effets

- En 2007, la **population urbaine est devenue majoritaire** dans le monde. La croissance des villes se poursuit fortement dans les pays émergents et dans les pays en développement, avec l'exode rural et la croissance démographique.
- Dans les villes, une **forte concentration de population et d'activités** (usines, transports) entraîne une forte consommation des ressources et des émissions de GES ou de **pollution atmosphérique**, nuisible à la santé. Certaines grandes agglomérations sont particulièrement polluées, comme Mexico, Beijing (Pékin).

Mots-Clés

- **Biodiversité** : richesse et variété des espèces animales et végétales.
- **ONG (Organisation non gouvernementale)** : association indépendante qui peut agir dans différents domaines, dont l'environnement.

GÉOGRAPHIE

Le document clé

La déforestation dans le monde

1. Expliquer. Dans certains pays (en vert), la superficie forestière augmente entre 2005 et 2010 : principalement aux États-Unis, en Russie et en Chine. Dans d'autres (en rouge, orange, jaune), elle diminue fortement : en Amérique du Sud, Afrique subsaharienne, Asie du Sud-Est et Australie.

2. Conclure. La plupart des pays touchés par la baisse sont en développement ou émergents. Ils font primer les enjeux économiques sur les enjeux environnementaux. La forte baisse touche surtout les forêts tropicales du Brésil et d'Indonésie pour l'exploitation du bois (papier, caoutchouc) ou l'élevage et l'agriculture (soja, maïs, huile de palme).

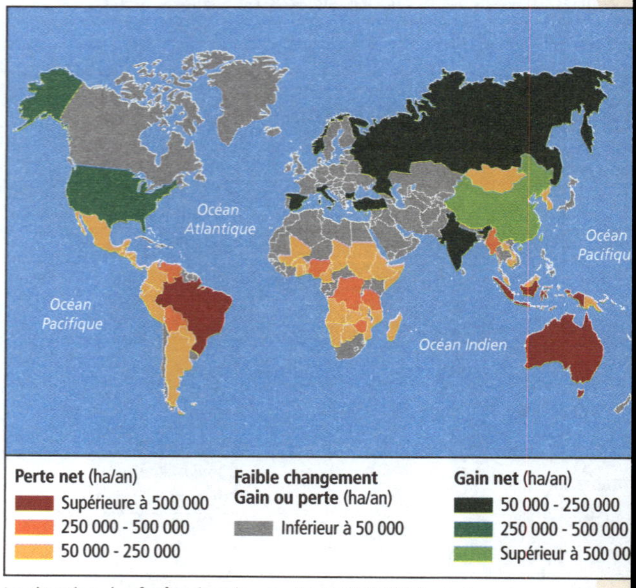

La situation des forêts dans le monde, 2005-2010 (ha/an).

On s'entraîne !

1 QUIZ

Vrai ou faux ?

	V	F
a. La biodiversité, c'est la richesse des espèces animales et végétales.	☐	☐
b. Le Brésil et l'Indonésie sont particulièrement touchés par la déforestation.	☐	☐
c. Les ONG et les États ne cherchent pas à protéger la forêt.	☐	☐
d. La population rurale est majoritaire dans le monde.	☐	☐
e. Dans les pays émergents, la croissance urbaine est faible.	☐	☐

2 La part de la population urbaine lans le monde

tudie le document et réponds aux questions.

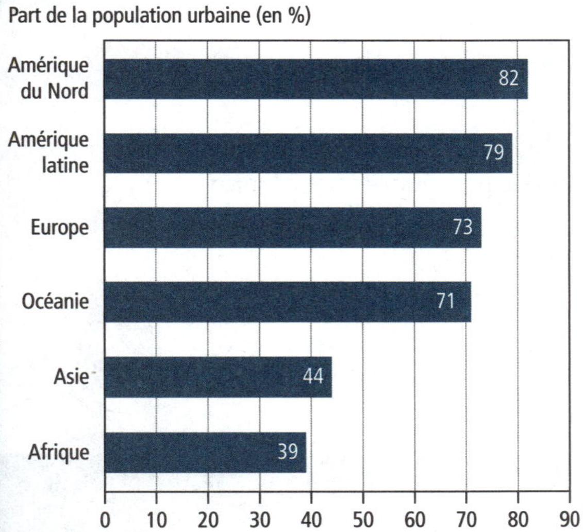

. De quel type de document s'agit-il ?
. Qu'est-ce que la population urbaine ?
. Quelle est la part de population urbaine n Europe ? la part de population rurale ?
. Quel est le continent le plus urbanisé ans le monde ? le moins urbanisé ?

? indice

c. Tu peux déduire la part de la population rurale en soustrayant la population urbaine au total.

3 CONTRÔLE EXPRESS

Lis le texte, observe la photographie et réponds aux questions.

Les feux de forêt en Indonésie

[...] L'été 2015 aura été le plus meurtrier pour les forêts des îles Bornéo et Sumatra.

Déforestation sur l'île de Sumatra.

[...]. Les émissions de dioxyde de carbone de l'Indonésie ont dépassé celles des États-Unis durant quarante-sept jours (et de) la Chine, le premier pollueur mondial. À quoi s'ajoute la réduction de la capacité de séquestration du carbone, conséquence du recul des forêts [...]. Plus de 503 874 cas d'infection respiratoire aiguë et dix décès, du fait de maladies respiratoires ou d'accidents pendant les opérations d'extinction [...] ont été recensés.

[...] Les organisations non gouvernementales (ONG) locales ne se font pas d'illusions [...] : ces feux [...] permettent de faire place nette à moindres frais pour de nouvelles plantations de palmiers à huile, d'hévéa à caoutchouc ou d'acacia à pâte à papier. « Pour préparer le terrain c'est moins cher que par voie mécanique car, sinon, il faut faire intervenir les pelleteuses », résume Rudi Syaf [...].

[La région de Jambi, très touchée par la déforestation, s'étendait en 1982] sur 5 millions d'hectares (ha) [et] comptait 4,18 millions d'ha de jungle [...]. En 2014, c'était un peu moins de 2,1 millions d'ha [...] [et] seuls 864 000 ha sont inclus dans des parcs nationaux ou régionaux.

« En Indonésie, la forêt assassinée », Harold Thibault, *Le Monde*, 30 novembre 2015.

a. Situe l'Indonésie sur un planisphère.
b. Dans la région de Jambi, comment a évolué la superficie de la forêt entre 1982 et 2014 ?
c. Quelles sont les conséquences des incendies évoquées dans le texte ?
d. Quelles sont les causes de ces incendies ?
e. Qui agit pour limiter la déforestation ?

Corrigés page 34 du Guide

20 Les risques industriels et technologiques

Je me demande...
Comment limiter les risques causés par l'homme ?

Les points clés

1 Les risques industriels et technologiques

- Un risque est la possibilité que se produise une catastrophe causant un grand nombre de victimes et de destructions.
- À la différence des **risques naturels** (séisme, éruption volcanique, cyclone...), les **risques industriels et technologiques** sont dus à l'**activité humaine**. Ils concernent souvent des espaces de fortes densités (villes) : accident industriel, nucléaire, rupture d'un barrage, transport de produits dangereux ou polluants...
- Les conséquences sont plus ou moins graves. L'**explosion d'une usine** peut provoquer des morts, des dégâts matériels et des fuites toxiques. Une **marée noire** pollue l'environnement et affecte la biodiversité.

2 Prévenir les risques

- Les gouvernements mettent en place des **normes** de sécurité et de construction pour **limiter les risques,** et prennent des **mesures de prévention : plans** et **exercices de secours**.
- Ces dispositions sont surtout efficaces dans les **pays développés**. Dans les pays pauvres, les catastrophes causent généralement plus de victimes et les dégâts sont beaucoup plus longs à reconstruire.
- En France, la **prévention** repose sur des **plans** (PPRT, PPMS, ORSEC) qui permettent de **connaître les zones à risque** et de mettre en place des **procédures pour limiter les conséquences** en cas d'accident.

Mots-Clés

- **Plan ORSEC (Organisation de réponse de la sécurité civile)** : permet l'organisation des secours en cas de catastrophe.
- **PPMS** : Plan particulier de mise en sûreté dans les établissements scolaires.
- **PPRT** : Plan de prévention des risques technologiques élaboré par l'État, les communes et les entreprises.

Le document clé

En cas d'alerte, il faut rejoindre un bâtiment et respecter les consignes (se calfeutrer, s'éloigner des vitres, s'accroupir sous les tables...).

Accident nucléaire au Japon

1. Décrire. Cette photographie aérienne a été prise le 14 mars 2011. Elle montre à gauche l'océan Pacifique et à droite le site de Fukushima au Japon alors qu'un incendie a lieu dans la centrale nucléaire.

2. Expliquer. Le 11 mars 2011, un séisme suivi d'un tsunami ont provoqué la fusion du cœur de trois réacteurs de la centrale nucléaire de Fukushima. Il y a eu d'importants rejets radioactifs et les sols sont durablement contaminés autour de la centrale. Plus de 200 000 personnes vivant autour de la centrale ont été évacuées.

Situation critique à la centrale de Fukushima.

On s'entraîne !

1 QUIZ

Vrai ou faux ?

	V	F
a. Un cyclone est un risque industriel et technologique.	❑	❑
b. Un train transportant des produits chimiques qui déraille est un risque industriel et technologique.	❑	❑
c. Le risque est la possibilité que survienne une catastrophe.	❑	❑
d. Les risques industriels et technologiques concernent l'ensemble des pays de la planète.	❑	❑
e. Les pays prennent des mesures qui empêchent toutes les catastrophes.	❑	❑
f. Les établissements scolaires organisent des exercices pour faire face à des accidents industriels ou technologiques.	❑	❑
g. Fukushima se situe en Chine.	❑	❑

2 Les conséquences d'une catastrophe

Observe le schéma, puis réponds aux questions.

Explosion d'une centrale nucléaire.

a. Quel est le risque majeur évoqué par le schéma ? Est-il naturel ou technologique ?

b. Associe chaque numéro à une conséquence de la catastrophe dans la liste suivante :

(......) habitations détruites par l'explosion
(......) air pollué (formation d'un nuage radioactif)
(......) végétation et sols pollués
(......) eau polluée
(......) habitants respirant des particules radioactives
(......) employés de la centrale victimes de l'explosion et de l'irradiation massive

3 CONTRÔLE EXPRESS

À l'aide de cette plaquette, réponds aux questions.

a. Qui a réalisé cette plaquette ? Pour quel public ?
b. Quel risque technologique est évoqué ?
c. Qui donne l'alerte ?
d. Quels sont les secours mobilisés ?
e. Quel plan est déclenché dans les établissements scolaires ?
f. Pourquoi peut-on parler d'une mesure de prévention face aux risques technologiques ?

Plaquette réalisée par le ministère de l'Intérieur pour les établissements scolaires.

? indice

Le SAIP (Service d'alerte et d'information aux populations) utilise : sirènes, panneaux, radios, application mobile, réseaux sociaux.

Corrigés page 34 du Guide

21 Mes identités

Je me demande...
Quelles sont les différentes formes de l'identité d'une personne ?

L'exemple qui fait réfléchir

Qui est Fabien Marsaud ?

Fabien Marsaud, connu sous le nom de scène de Grand Corps Malade, est un auteur et slameur français né le 31 juillet 1977, au Blanc-Mesnil, en Seine-Saint-Denis.

Son parcours scolaire est plutôt classique et, très tôt, le sport devient une passion, surtout le basket-ball. Il décide d'en faire son métier et de devenir professeur. Après un bac L, il s'inscrit à l'université en STAPS pour devenir professeur d'EPS. Le 16 juillet 1997, lors d'une colonie de vacances où il est animateur, il fait un plongeon dans une piscine dont le niveau d'eau est trop bas. Il se déplace des vertèbres et est évacué en hélicoptère. Bien qu'on lui ait annoncé qu'il resterait probablement paralysé, il retrouve l'usage de ses jambes en 1999 après une année de rééducation. C'est en référence à son handicap et à sa grande taille qu'il a pris le nom de scène Grand Corps Malade en 2003. Il a depuis sorti quatre albums et remporté deux Victoires de la musique.

D'après la notice biographique du site fr.wikipedia.org

Voici ce que l'on peut retenir de l'identité légale et de l'identité personnelle de Fabien Marsaud :

- Fabien Marsaud est né le 31 juillet 1977 au Blanc-Mesnil. Adolescent, il adorait le sport et voulait devenir professeur d'EPS. Un grave accident l'a obligé à changer ses projets.
- Il est devenu chanteur de slam et a choisi un nom de scène qui rappelle son handicap.

Les points clés

1 L'identité légale

- Nous avons tous une identité légale. Elle rassemble des données telles que le nom, le prénom, la date de naissance, la nationalité, et permet de **reconnaître officiellement une personne.**
- Ces informations figurent sur les documents d'identité comme sur les actes d'état-civil. Les services de l'État nous protègent contre l'usurpation d'identité (le vol d'identité d'une personne vivante dans le but d'en tirer divers avantages).

Mot-Clé
Identité : ensemble des données qui permettent de définir une personne et de la différencier des autres.

2 L'identité personnelle

- L'identité personnelle est liée à la personnalité de l'individu. Chacun construit sa **propre identité** en interaction avec son entourage, au fil des événements de la vie, prévus ou imprévus. Ainsi l'identité de Fabien Marsaud se modifie-t-elle, après son accident, quand il décide de se tourner vers la musique.

3 L'identité numérique

- L'identité numérique correspond à l'ensemble des **données personnelles** que l'on peut trouver sur Internet. La plupart des informations sont transmises par les individus eux-mêmes sur les blogs, les réseaux sociaux, ou encore par les achats faits en ligne. Cette identité est aujourd'hui de plus en plus difficile à maîtriser.

On s'entraîne !

1 QUIZ

Vrai ou faux ?

	V	F
a. La carte nationale d'identité reprend des éléments de l'identité légale d'une personne.	☐	☐
b. L'usurpation d'identité est punie par la loi.	☐	☐
c. L'identité personnelle se construit de manière définitive au moment de l'adolescence.	☐	☐
d. L'identité numérique est le reflet exact de l'identité personnelle.	☐	☐

2 *Les éléments de l'identité légale*

is cet acte de naissance et complète le tableau.

Le mercredi 17 juillet mil neuf cent quatre-vingt-onze, à dix-sept heures et dix-sept minutes, est née, 123 boulevard de Port-Royal (Paris), Anaïs PIERLE, du sexe féminin, de Jean Patrick PIERLE, né à Épinal (Vosges), le 24 septembre 1953, peintre décorateur et de Brigitte Joëlle TAIX, née à Châtenay-Malabry (Hauts-de-Seine), le 10 octobre 1954, documentaliste, son épouse, domiciliés à Sèvres (Hauts-de-Seine), 13 avenue Médicis.

	La personne du document	Moi
Nom		
Prénom		
Date de naissance		
Lieu de naissance		
Sexe		
Nom du père		
Nom de la mère		
Adresse		

. Complète la 1re colonne en prélevant es informations dans le document fourni.
. Complète la 2de colonne avec les éléments le ton identité légale.

3 *Les éléments de l'identité personnelle*

a. Réponds aux questions suivantes pour définir quelques éléments de ton identité personnelle.

- Quels sont tes centres d'intérêt ?
- As-tu une idée du métier que tu souhaites exercer plus tard ?
- As-tu des projets particuliers ?
- Y a-t-il d'autres éléments qui pourraient définir ta personnalité ?

b. Pose ces questions à une personne de ton entourage puis rédige un paragraphe pour résumer ce qui définit actuellement son identité personnelle.

4 CONTRÔLE EXPRESS

Lis ce témoignage, puis réponds aux questions.

N., 18 ans, lycéen

Il y a environ deux ans, j'ai rompu avec une fille dont j'étais réellement amoureux. J'ai aussi changé d'établissement. Pour éviter de me retrouver seul et déprimé, je me suis investi dans les jeux vidéo. Jouant de plus en plus, j'ai opté pour un PC Gamer et, plus les mois passaient, plus je me renfermais sur moi-même. Aujourd'hui, j'ai 18 ans et je passe environ 99 heures par semaine devant un écran (travail et loisirs compris). Je me couche à des heures impossibles, parfois à 3 heures ou à 5 heures du matin pour me lever à 6 h 30. Je peux le dire avec certitude : j'ai une dépendance aux jeux vidéo. J'ai besoin de ma « dose », je ne fais que ça, je ne parle plus que de ça, je ne rêve plus que de ça. Depuis quelque temps, je trouve mon comportement assez alarmant. J'essaye de changer, j'essaye de sortir plus souvent mais je n'y arrive pas.

D'après le site www.jeuxvideo.com. DR

a. Qu'apprend-on ici sur l'identité légale de cette personne ?
b. Protège-t-elle bien son identité numérique ?
c. Quels sont les éléments de son identité personnelle ?
d. En quoi la présentation de son identité personnelle témoigne-t-elle d'une addiction ?

? indice

d. L'addiction est une dépendance à une substance ou à une activité.

Corrigés page 34 du Guide

22 Respecter les autres

Je me demande...
Pourquoi respecter les autres dans leur diversité ?

L'exemple qui fait réfléchir

Quelles différences rencontre-t-on dans les établissements scolaires français ?

- Cette photographie nous montre des élèves **différents** les uns des autres.
- Ces différences sont **physiques** (comme la taille, le sexe, les couleurs de la peau, des yeux ou des cheveux) mais aussi **culturelles** (comme les styles vestimentaires ou les coiffures).

Se moquer des autres n'est pas un jeu ! On peut blesser quelqu'un en voulant rire de sa différence.

Les points clés

La diversité signifie la variété, la pluralité. Les hommes sont tous différents mais ont tous droit au respect et à la dignité.

1 Tous les mêmes et tous différents

- Nous savons aujourd'hui que les hommes sont génétiquement identiques à 99,9 %. Il n'y a donc qu'**une seule espèce humaine** même si des différences physiques existent.
- Les individus ont aussi des personnalités complexes et variées, des opinions et des goûts différents. Ainsi, chacun est unique.

2 Des sentiments d'appartenance variés

- Les hommes éprouvent de multiples **sentiments d'appartenance** liés notamment à leurs origines, leur lieu de vie, leur métier, leurs opinions politiques, leur religion ou leur culture.
- Le sentiment d'appartenance peut aussi concerner des ensembles très vastes, comme la **Francophonie**, organisation internationale qui rassemble les personnes francophones (qui parlent français) dans leur diversité.

3 Vivre ensemble

- Le **respect mutuel** est une des conditions pour **bien vivre ensemble**. Respecter quelqu'un, c'est avoir de la considération pour lui et l'accepter tel qu'il est. À l'inverse, le racisme et les discriminations sont souvent motivés par la peur de la différence (couleur de peau, handicap, orientation sexuelle...).
- Chez les adolescents, le rejet de la différence, sous la forme du harcèlement, peut mener au repli sur soi et, dans les cas les plus graves, au suicide.

On s'entraîne !

1 QUIZ

Vrai ou faux ?

	V	F
a. La différence génétique entre deux êtres humains est de 1 %.	☐	☐
b. Les hommes peuvent se sentir appartenir à plusieurs collectivités.	☐	☐
c. L'égalité signifie que tout le monde doit être pareil.	☐	☐
d. Respecter quelqu'un, c'est tolérer sa différence.	☐	☐
e. Les jeunes vivent souvent plus mal le rejet de leur différence que les adultes.	☐	☐

2 *Mal vivre sa différence*

Lis ce texte et réponds aux questions.

Le champion d'athlétisme Christophe Lemaître raconte le harcèlement dont il a été victime lorsqu'il était enfant.

Les premières moqueries ont commencé en CE2. Je n'ai jamais vraiment compris pourquoi. C'est vrai que je zozotais et que je ne parlais pas beaucoup. Je ne sais pas si c'était la raison car j'avais malgré tout quelques copains. Mais du jour au lendemain, j'ai été rejeté, banni. Je n'étais plus invité à jouer avec les autres. Au collège, cela a viré à la catastrophe. Je n'en parlais pas à la maison. Je ne voulais rien dire. [...] Ces années de collège ont été un véritable calvaire. [...] Le matin, j'avais toujours une petite appréhension lorsque j'arrivais devant le portail de l'établissement. La peur de croiser ceux qui m'embêtaient. Ils étaient assez nombreux. Ils ne me tapaient pas — ça n'allait pas jusque-là — mais ils se moquaient de ma grande timidité et notamment de mon cheveu sur la langue. [...] C'était difficile à supporter, surtout sur le moment. De nos jours, certains enfants victimes de harcèlement vont jusqu'à mettre fin à leurs jours. Heureusement, je n'y ai jamais pensé. Ça n'allait pas fort mais je n'aurais jamais envisagé de me suicider [...]. Pendant ces années, j'ai nourri une rage folle à force de garder tout pour moi. C'est ce qui me fait avancer maintenant.

La Revanche du grand blond, par Christophe Lemaître avec Christophe Peralta, Éditions Jacob-Duvernet, 2013.

a. Quelles émotions Christophe Lemaître a-t-il ressentis devant l'attitude des autres élèves ?

b. Qu'aurais-tu ressenti si tu avais été à sa place ? Explique pourquoi tu aurais éprouvé ces émotions.

c. Imagine que tu es dans la classe de Christophe Lemaitre. Thomas, un autre élève de la classe, lui dit : « Va plus loin, je ne veux pas qu'un débile se mette à côté de moi. » Comment réagis-tu ?

- ☐ Tu ne dis rien car tu ne veux pas te mêler des affaires des autres.
- ☐ Tu défends Christophe en t'adressant à Thomas.
- ☐ Tu rigoles pour que Thomas t'apprécie.
- ☐ Tu ne dis rien sur le moment mais tu vas voir Christophe plus tard pour le réconforter.

d. Pour défendre Christophe, écris ce que tu pourrais dire à Thomas.

3 CONTRÔLE EXPRESS

Réponds aux questions.

a. Que célèbre cette affiche ?

b. Comment cette affiche représente-t-elle la diversité humaine ?

c. Quels éléments rapprochent ces personnes ? Explique le sens du slogan de l'affiche.

d. Explique en quelques lignes pourquoi il faut respecter les différences.

Corrigés page 34 du Guide

23 L'égalité des droits

Je me demande...
Est-ce que tout le monde a les mêmes droits en France ?

L'exemple qui fait réfléchir

Qu'est ce qu'une discrimination à l'embauche ?

Fethi K., 32 ans [...] a obtenu son bac +5 d'ingénieur généraliste spécialisé en qualité sécurité environnement. Puis il a cherché du travail, avec toujours la même réponse : négative. Le conseil des Prud'hommes a reconnu qu'il avait été victime de discrimination raciale dans une entreprise où il avait postulé. [...]
« En 2011, je tombe sur l'annonce d'une société basée à Donges, qui correspond exactement à mes compétences. Je postule. Comme d'habitude, je n'ai pas de réponse. Agacé, je renvoie mon CV, retire la photo et modifie mon nom. Une semaine après, je reçois un coup de fil : le directeur de cette entreprise est intéressé par ma candidature. Il me présente la société, ses besoins, me dit qu'il a une mission à me proposer. Je suis sous le choc. »

D'après un article de presse sur www.metronews.fr

- Le CV (ou « curriculum vitæ ») est un document qui résume l'**état civil**, la **formation** et l'**expérience professionnelle** d'une personne à la recherche d'un emploi.
- En France, un employeur qui pratique des discriminations (en fonction de l'origine, du sexe, des opinions...) risque **jusqu'à 45 000 € d'amende**.

EMC

Les points clés

L'égalité est un droit fondamental selon lequel tous les êtres humains doivent être **traités de la même manière**. Lorsque ce principe n'est pas respecté, on parle de discrimination.

Comme le proclame la devise de notre République : Liberté, Égalité, Fraternité !

1 Les différentes dimensions de l'égalité

L'égalité
- **morale** : toutes les personnes ont droit au respect, à la dignité, à la liberté
- **politique** : tous les citoyens ont les mêmes droits et les mêmes devoirs
- **sociale** : tous les êtres humains ont les mêmes conditions de vie

- Au nom de l'**égalité morale**, les démocraties comme la France respectent et défendent l'**égalité politique** entre les citoyens. En revanche, des inégalités sociales existent car les hommes sont libres de posséder des biens et de chercher à accroître leurs richesses.

2 Les différentes formes de discrimination

- En France, toutes les formes de discriminations sont interdites par la loi. Elles peuvent être de plusieurs natures :
- **raciales** (contre les personnes d'une autre couleur de peau) ;
- **xénophobes** (contre les personnes étrangères) ;
- **sexistes** (contre les personnes de l'autre sexe) ;
- **homophobes** (contre les personnes homosexuelles) ;
- **religieuses** (contre les personnes d'une autre religion).

Mot-clé
Discrimination : fait de moins bien traiter une personne ou un groupe de personnes en prenant prétexte d'une différence.

On s'entraîne !

1 QUIZ

Relie chaque terme à sa définition.

a. égalité morale •
b. égalité politique •
c. égalité des chances •
d. égalité sociale •
e. discrimination •

• 1. Les mêmes droits sont assurés à tous les citoyens.
• 2. Fait de moins bien traiter une personne en prenant prétexte d'une différence.
• 3. La même dignité est accordée à tous.
• 4. Droit égal de faire ses preuves.
• 5. Tout le monde dispose des mêmes conditions d'existence.

2 Les formes de discrimination

Donne des titres aux vignettes.

a. ....

b. ....

c. ....

d. ....

3 CONTRÔLE EXPRESS

Lis l'affiche puis réponds aux questions.

a. Explique en quoi cette situation relève de la discrimination homophobe.

....

....

b. Identifie dans cette affiche les auteurs, témoins et victimes de discrimination.

....

....

c. Comment réagirais-tu si tu étais témoin d'une discrimination de ce genre ?

....

....

d. Quels moyens sont mis en place pour lutter contre l'homophobie à l'école ?

....

....

? indice

a. L'homophobie est la discrimination contre les personnes homosexuelles.

Corrigés page 35 du Guide

24 Les citoyens face aux risques

Je me demande...

Comment agir collectivement pour assurer la sécurité de tous ?

L'exemple qui fait réfléchir

Comment éviter une catastrophe ?

- La majorité des incendies sont causés par des **citoyens imprudents**. Pour les éviter, les pouvoirs publics imposent quelques règles.
- Ce document présente la **règlementation** qui s'applique dans la préfecture du Var, un département du sud de la France très touché par les feux de forêt.
- Des **sanctions** sont aussi prévues par la loi afin de punir les personnes qui ne respectent pas les règles.

On parle de catastrophe lorsque les dégâts sont particulièrement importants.

D'après les consignes de prévention de la préfecture du Var : www.var.gouv.fr. DR

Les points clés

1 Qu'est ce qu'un risque majeur ?

● Un risque majeur est la possibilité que survienne une catastrophe. On distingue les **risques naturels** (liés à un aléa naturel, comme une inondation) et les **risques technologiques** (l'explosion d'une usine ou une marée noire). Dans tous les cas, c'est la **présence des hommes** sur place qui crée le risque, car ils sont vulnérables. L'inondation est le risque majeur le plus répandu en France.

2 Agir face aux risques majeurs

● **Les pouvoirs publics s'engagent** face aux risques majeurs. Les comportements jugés dangereux sont punis par la loi et des mesures de **prévention** sont mises en place, comme des exercices d'évacuation dans les établissements scolaires. Lorsqu'un aléa survient, les **secours** sont coordonnés par le préfet.

3 Agir pour assurer la sécurité de tous

● Mais l'État agit aussi dans de nombreux autres domaines. La police est ainsi responsable du maintien de l'**ordre public**. La **sécurité routière** désigne l'ensemble des mesures adoptées afin d'assurer la sécurité des usagers de la route. La **sécurité sanitaire** est assurée par un ensemble de normes (la qualité de l'eau potable).

On s'entraîne !

1 QUIZ

Complète la grille à l'aide des définitions.

Horizontalement
1. Raz-de-marée.
2. Le Vésuve en est un.
3. Tempête très violente.
4. Débordement des eaux.
5. Tremblement de terre.

Verticalement
A. Dispositions prises pour prévenir un danger.
B. Type de risque majeur dû aux activités humaines.
C. Hasard défavorable.
D. Service chargé de l'aide médicale d'urgence.

? indice
4. C'est le risque majeur le plus répandu en France.

2 *Le séisme du 25 avril 2015 au Népal*

Lis cet article, puis complète le schéma.

La vallée de Katmandou, où se situe la capitale, est la plus densément peuplée : environ 1,5 million d'habitants. Durant le dernier millénaire, une quinzaine de grands séismes ont frappé cette zone, qui se situe à la confluence des deux plaques tectoniques.
Selon un bilan encore provisoire, la catastrophe a fait au moins 5 000 morts et plus de 7 500 blessés. Au moins 700 personnes ont trouvé la mort dans la seule vallée de Katmandou.
Pays pauvre d'Asie, dont les constructions sont loin de respecter les normes antisismiques, le Népal risque de mettre longtemps à se relever de cette catastrophe qui a semé le chaos dans sa capitale. D'autant que le tremblement de terre a dévasté de nombreux temples et sites patrimoniaux, ce qui risque de faire chuter les recettes du tourisme. [...]
Si l'on cumule les aides financières promises par la communauté internationale, le Népal devrait pouvoir compter sur au moins 19,5 millions d'euros. [...] Les aides matérielles affluent également.

D'après un article de www.lemonde.fr

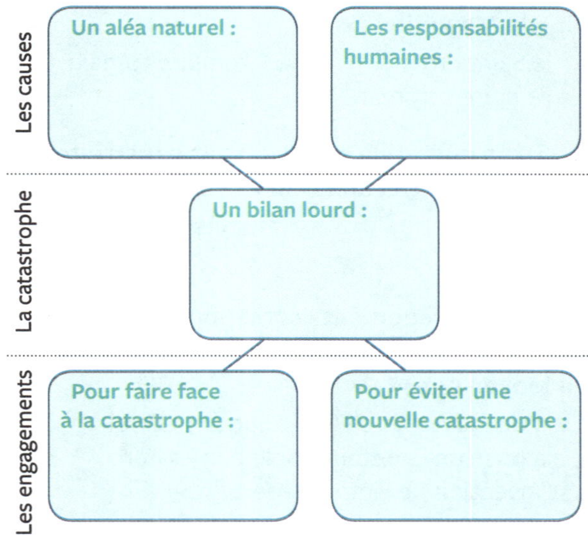

3 CONTRÔLE EXPRESS

Réponds aux questions.

a. Comment l'État agit-il pour améliorer la sécurité des usagers de la route ?
b. À quels usagers cette affiche s'adresse-t-elle ?
c. Quel message est adressé aux usagers ?

Corrigés page 35 du Guide

Test - Bilan

Histoire

1 Quel titre porte l'empereur byzantin ?
- ☐ le sultan
- ☐ le césar
- ☐ le basileus

2 Qand débute le calendrier musulman ?
- ☐ avec l'hégire en 622
- ☐ à la mort de Mahomet en 632
- ☐ au début de la dynastie omeyyade en 661

3 Sur quel territoire a régné Soliman dit « le Magnifique » ?
- ☐ le Saint Empire
- ☐ l'empire romain
- ☐ l'empire ottoman

4 Dans quel style sont souvent construites les églises en Occident du xe au xiie siècle ?
- ☐ style roman
- ☐ style gothique
- ☐ style de la Renaissance

5 À quel événement correspond l'année 1492 (généralement choisie pour marquer la fin du Moyen Âge) ?
- ☐ la découverte de l'Amérique par C. Colomb
- ☐ la prise de Constantinople par les Turcs
- ☐ l'invention de l'imprimerie

6 Quel courant chrétien apparaît en Europe au xvie siècle ?
- ☐ le catholicisme
- ☐ l'orthodoxie
- ☐ le protestantisme

7 Qu'est-ce qu'un « roi absolu » ?
- ☐ un roi qui ne peut pas être contesté
- ☐ un roi qui a le pouvoir dans tous les domaines
- ☐ un roi qui partage son pouvoir

.... /7

Géographie

8 Combien y a-t-il d'habitants sur Terre aujourd'hui ?
- ☐ 6,7 milliards
- ☐ 7,7 milliards
- ☐ 8,3 milliards

9 Quelle énergie n'est pas renouvelable ?
- ☐ le pétrole
- ☐ l'électricité hydraulique
- ☐ la biomasse

10 Que permet une agriculture durable ?
- ☐ assurer des revenus suffisants aux agriculteurs
- ☐ produire suffisamment pour nourrir les populations
- ☐ ne pas polluer l'eau, l'air ou les sols

11 Quelles sont les conséquences du réchauffement climatique ?
- ☐ une augmentation du niveau des océans
- ☐ une augmentation du nombre de réfugiés climatiques
- ☐ une augmentation du nombre de cyclones

12 Comment évolue la superficie de la forêt dans le monde ?
- ☐ elle augmente
- ☐ elle stagne
- ☐ elle diminue

13 Quels sont les risques industriels parmi ces propositions ?
- ☐ l'explosion d'une usine
- ☐ un cyclone
- ☐ une marée noire

.... /6

EMC

14 Quelle identité figure sur les documents officiels ?
- ☐ l'identité légale
- ☐ l'identité personnelle
- ☐ l'identité numérique

15 La diversité génétique entre humains est de :
- ☐ 10 %
- ☐ 80 %
- ☐ 1 %

16 Quelles formes de discriminations sont interdites par la loi ?
- ☐ raciales
- ☐ sexistes
- ☐ homophobes

17 Comment assurer la sécurité de tous face aux risques majeurs ?
- ☐ en sanctionnant les comportements dangereux
- ☐ en mettant en place des mesures de prévention
- ☐ en construisant des logements dans des zones à risques

.... /4

Score total : .... /17 CORRIGÉS P. 35 DU GUIDE

SCIENCES DE LA VIE ET DE LA TERRE

1 La Terre, planète active

Je me demande…
Pourquoi les séismes et le volcanisme concernent-ils certaines régions du globe en particulier ?

Les points clés

1 Des manifestations de l'activité terrestre

Les séismes : ébranlements brefs et brutaux de la partie superficielle du globe terrestre

Les volcans : ouvertures de la croûte terrestre par lesquelles des éléments solides (lave) et des gaz issus des profondeurs du globe arrivent en surface

2 Localisation des séismes et des volcans

- Les séismes et les volcans ne sont pas répartis au hasard. Ils forment des alignements délimitant de vastes zones à la surface du globe : ces zones sont les **plaques lithosphériques** ou **tectoniques**.
- Ces plaques **se déplacent** les unes par rapport aux autres. Certaines **s'affrontent**, provoquant la formation de chaînes de montagnes comme l'Himalaya, née de la collision entre l'Inde et l'Asie. D'autres **s'écartent** et entraînent l'ouverture des océans, tels que l'Atlantique.

3 Prévention des risques naturels

- Les **forces** mises en jeu par ces phénomènes sont **incontrôlables** mais l'homme peut se protéger en les surveillant et en s'adaptant.
- Là où les séismes sont fréquents, comme au Japon, les immeubles peuvent être construits avec des **structures déformables** qui absorbent les secousses sans se briser.
- Des observatoires surveillent l'activité des volcans. En cas de signe d'éruption prochaine, l'**évacuation** des populations peut être ordonnée.

Mots-Clés
- **Plaque lithosphérique** : partie rigide de la couche superficielle du globe, limitée par des zones d'intense activité volcanique et sismique.
- **Prévention des risques naturels** : ensemble de dispositifs conçus pour se préserver des manifestations incontrôlables de l'activité du globe.

Le document clé

Le Japon est situé à la limite de plusieurs plaques lithosphériques.

Un séisme aux lourdes conséquences

1. Expliquer. Le 11 mars 2011, un violent séisme se produit au large de Fukushima (Japon). La secousse crée en mer une vague de 15 m de haut recouvrant les terres sur 10 km : c'est un tsunami, ou raz-de-marée. Sous l'effet de la secousse, le système de refroidissement de la centrale nucléaire de Fukushima s'arrête. Deux réacteurs fondent, des substances radioactives se dégagent dans l'atmosphère et dans l'océan Pacifique.

2. Conclure. Cet accident nucléaire est à l'origine d'une radioactivité imperceptible immédiatement, mais qui provoque une pollution durable, affectant gravement toutes les formes de vie alentour et au-delà.

On s'entraîne !

1 QUIZ

Vrai ou faux ?

	V	F
a. En cas de séisme, l'évacuation est la meilleure prévention.	☑	☐
b. Les plaques lithosphériques sont mobiles.	☑	☑
c. Les séismes sont toujours prévus par les scientifiques.	☐	☑
d. Le mouvement des plaques lithosphériques peut donner naissance à des chaînes de montagnes.	☑	☐
e. Une éruption volcanique permet de connaître certains matériaux des profondeurs du globe.	☐	☑

2 *La prévention face au volcan Kilauea*

n juin 2014, le Kilauea, localisé sur l'île d'Hawaï, libéré une coulée de lave qui s'est répandue une vitesse de 18 m par heure.

nalyse cette situation.

. Cette coulée de lave présentait-elle un danger nmédiat pour la population ?

non

. Dans cette circonstance, quelle mesure e prévention aurais-tu proposée ?

s'éloigner

. Quels dangers une telle coulée représente-t-elle ?

recouvrir et empoisonner la population

indice

a. Sois attentif à la vitesse de progression de la coulée de lave.

3 *La prévention des risques : es enjeux multiples*

itue sur une carte le Japon, relis le document lé, puis réponds aux questions.

. À ton avis, l'installation d'une centrale nucléaire Fukushima était-elle judicieuse ?

non

b. Pour quelle raison a-t-elle été installée ?

il y avait de la place

c. Y avait-il, selon toi, de meilleurs emplacements ?

oui

d. En réalité, choisir le lieu d'implantation d'une centrale nucléaire doit prendre en compte de multiples aspects comme les nécessités économiques et la prévention des risques.

Rédige une phrase expliquant ces deux aspects.

Le climat

4 CONTRÔLE EXPRESS

Un sismographe est un appareil qui enregistre les vibrations du sol. Les scientifiques en ont installé dans les zones du globe terrestre où les séismes sont fréquents. En cas de séisme, les vibrations ou ondes sismiques qui se propagent dans les roches peuvent être enregistrées à de grandes distances.

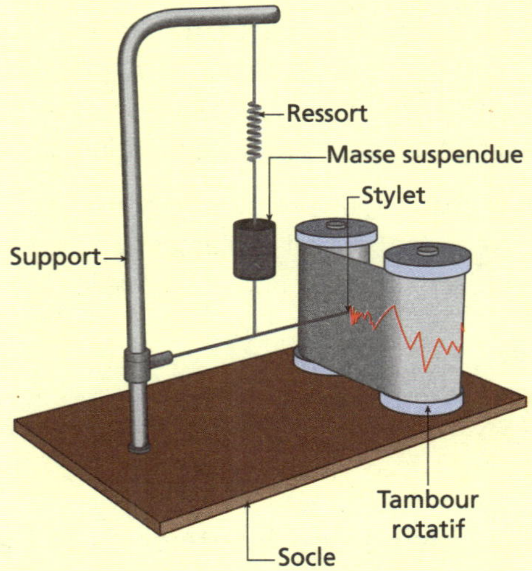

En utilisant les données du texte et le schéma :

a. Écris une définition d'onde sismique.

b. Précise si un sismographe peut empêcher un séisme.

c. Rédige un court texte présentant l'intérêt d'installer des sismographes.

Corrigés page 36 du Guide

2 Les sources d'énergie naturelles

Je me demande…
La Terre peut-elle répondre aux besoins sans cesse croissants de l'homme ?

Les points clés

La consommation mondiale d'énergie a augmenté de plus de 50 % entre 1990 et 2017. Cette croissance est amenée à se poursuivre en raison d'une demande toujours plus forte au niveau mondial. Comment y répondre ?

1 Des sources d'énergie non renouvelables

- Le **pétrole**, le **gaz naturel** et le **charbon** proviennent de la décomposition de débris organiques au cours des temps géologiques. Leur formation est si lente qu'ils ne se renouvellent pas à l'échelle de la vie humaine.
- L'**énergie nucléaire** est considérée comme presque inépuisable, car très peu de matière suffit à fournir beaucoup d'énergie. Elle est produite à partir de matière première (uranium) non renouvelable et inégalement répartie sur la planète. Son exploitation comporte donc des enjeux économiques, politiques et environnementaux importants (voir le document clé du chapitre 1).

Mots-clés
- **Source d'énergie** : toute matière ou tout phénomène dont il est possible de tirer de l'énergie.
- **Énergie nucléaire** : énergie contenue dans le noyau des atomes, particules qui constituent la matière.

2 Des sources d'énergie renouvelables

- Le **vent**, le **soleil**, l'**eau** (force du courant des fleuves et des mers) sont des sources d'énergie inépuisables à l'échelle planétaire. La mise en œuvre technique pour les utiliser étant chère et de rendement limité, elles ne sont à ce jour que des ressources de complément.
- L'eau est une ressource précieuse à double titre : outre la production d'énergie, elle est également un élément **indispensable à la vie**. Sa préservation est donc essentielle.

Le document clé

L'usine marémotrice de la Rance

Au premier plan, l'usine et le barrage. À l'arrière-plan, la ville de Saint-Malo.

1. Les installations. Cette usine marémotrice, construite en 1966, est la première usine au monde à produire de l'électricité en utilisant la force des marées. Elle est installée dans l'estuaire de la Rance, rivière située au nord-est de la Bretagne.

2. Le fonctionnement. Les marées, montante et descendante, provoquent un mouvement de l'eau de mer, qui actionne les turbines. Celles-ci transforment le mouvement en électricité.

3. La production. Les 24 turbines produisent annuellement 500 GWh (500 milliards de wattheures) d'électricité, soit environ 3,5 % de la consommation électrique de la Bretagne.

On s'entraîne !

1 QUIZ

Vrai ou faux ?

	V	F
a. Le vent est une source d'énergie inépuisable.	☑	☐
b. Le pétrole se forme encore actuellement donc il est inépuisable.	☐	☑
c. La production d'énergie à partir du vent, du soleil ou de l'eau ne coûte rien.	☐	☑
d. L'énergie nucléaire est une ressource considérable à long terme.	☑	☐
e. L'eau ne demande aucun soin particulier pour être utilisée par l'homme.	☐	☑

2 L'eau, une ressource précieuse

partir des informations fournies sur la page i-contre, précise pourquoi l'eau est une ressource loublement précieuse pour l'humanité.

Elle est indispensable à la vie.

3 Les marées, sources d'énergie

n utilisant le document clé page de gauche, écris ne phrase précisant si, à ton avis, l'énergie fournie ar les marées peut devenir la principale source 'électricité pour la France. non

? indice

Pense aux conditions d'installation d'une usine marémotrice.

4 La production d'électricité en France

Sources d'électricité (en % du total d'électricité produite en France en 2018)

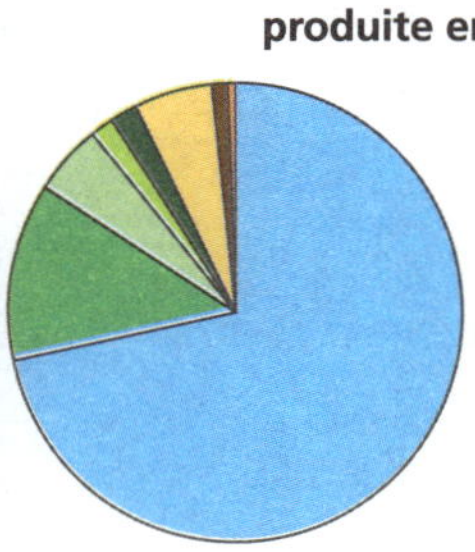

- Nucléaire (71,7 %)
- Hydraulique (12,5 %)
- Éolien (5,1 %)
- Biomasse (1,6 %)
- Photovoltaïque (1,9 %)
- Gaz (5,7 %)
- Charbon (1,1 %)
- Fioul (0,4 %)

Source : RTE France

. **Recherche la signification** des termes suivants :
ydraulique • éolien • biomasse • photovoltaïque

b. En utilisant les données du document ci-contre, **classe par ordre croissant** les cinq principales sources d'électricité françaises.

nucléaire – hydraulique –

c. Précise la part fournie par la source d'électricité la plus importante.

d. La production d'uranium (minerai utilisé dans les centrales nucléaires) est aujourd'hui minime en France. Les principaux fournisseurs d'uranium sont le Kazakhstan, le Gabon, le Niger et le Canada.
Rédige une phrase précisant les avantages et les inconvénients pour la production d'électricité nucléaire par la France.

5 CONTRÔLE EXPRESS

En France, en 2017, la consommation moyenne d'électricité par habitant était environ de 7 182 kWh (kilowattheures). La population française était d'environ 66 millions d'habitants. Une éolienne, comme celles que l'on voit dans nos paysages, produit environ 4 000 000 kWh par an.

a. Calcule le nombre d'éoliennes qu'il faudrait installer pour que le vent soit l'unique source d'énergie en France.

b. Écris une phrase précisant dans quelle mesure un tel projet serait actuellement réalisable ou non.

Corrigés page 36 du Guide

3 La préservation de la planète

Je me demande...
Comment utiliser les ressources naturelles tout en respectant la planète ?

Les points clés

Les sociétés humaines prélèvent dans leur environnement des ressources en essayant de limiter les conséquences de leur action sur le milieu.

1 Un exemple d'exploitation problématique : la surpêche

- La **surpêche**, prélèvement excessif de certaines espèces marines, résulte d'une consommation croissante et touche tous les pays. Il y a un risque de déséquilibre du peuplement du milieu, voire de disparition des espèces.
- La prévention de la surpêche passe par l'instauration de **quotas** et l'ouverture de **fermes aquacoles**.

Mots-Clés
- **Quota de pêche** : quantité maximale autorisée par un gouvernement pour la pêche d'une espèce donnée.
- **Ferme aquacole** : entreprise de reproduction et d'élevage de certaines espèces de poissons, mollusques ou crustacés.

2 Des actions qui marquent l'environnement

- En France, l'**exploitation du charbon** a profondément modifié le paysage de certaines régions (terrils du Nord – Pas-de-Calais, mines à ciel ouvert en Aveyron). Depuis la fermeture des mines, les aménagements paysagers visent à tirer le meilleur parti de ces modifications du paysage.
- Les **centrales électriques** utilisent de l'eau pour refroidir leurs installations. Le peuplement animal et végétal est affecté par le réchauffement des eaux avoisinantes. Des dispositifs complexes sont mis en place pour le limiter.

3 Réhabilitation de sites industriels

- Au terme de l'exploitation industrielle d'une ressource (épuisement des réserves, perte de rentabilité), la loi française oblige à **réhabiliter le site.**
- Celui-ci ne doit pas être abandonné en l'état, mais **dépollué** et **réaménagé**, en accord avec les autorités territoriales (Régions, Départements, Communes).

Le document clé

La retenue d'eau de Serre-Ponçon (Hautes-Alpes)

1. Décrire. La retenue a été aménagée pour alimenter une centrale hydroélectrique (qui produit de l'électricité à partir de l'énergie liée à la chute d'eau).

2. Expliquer. Les forêts la bordant ont été surexploitées au XIXe siècle et n'ont pas été reboisées. L'eau ruisselle alors sur les pentes et entraîne le sol, dont les particules s'accumulent au fond de la retenue d'eau au rythme de 3 millions de m^3 par an.

3. Conclure. La retenue d'eau tend à se combler progressivement, et la durée de son exploitation doit être revue à la baisse.

On s'entraîne !

1 QUIZ

Vrai ou faux ?

	V	F
a. Les océans constituent une ressource inépuisable pour l'alimentation humaine.	☐	☒
b. Il est possible d'élever certains poissons comme on élève les vaches.	☒	☒
c. Quand une usine ferme, le site est abandonné.	☐	☒
d. L'eau rejetée par certaines usines peut modifier le peuplement de la mer ou des rivières.	☒	☐
e. L'État peut s'opposer à la pêche d'une espèce dont la population est menacée.	☒	☐

2 *Préservation d'un site*

. À partir du document clé page de gauche, **propose n aménagement qui aurait pu être mis en place** our empêcher le comblement de la retenue d'eau.

....

....

. **Précise l'intérêt qu'une telle disposition aurait eu** our l'industriel et pour la population locale.

....

....

3 *Les eaux de ruissellement*

Autrefois, en zone urbaine, rues et trottoirs étaient revêtus de pavés d'environ 15 à 20 cm de côté. Les espaces libres entre les pavés étaient comblés par du sable ou de la terre.
Ce revêtement, particulièrement inconfortable car très inégal, est aujourd'hui presque partout remplacé par un « enrobé », lisse et imperméable. On constate une nette augmentation des inondations de caves en cas de fortes pluies.

cris un court texte mettant en relation es informations.

? indice

Pense à ce que devient l'eau de pluie qui tombe entre les pavés.

4 *La surpêche en chiffres*

1 siècle de surpêche
Combien de poissons reste-t-il par rapport à 1910 ?

Années	Poissons prédateurs (thon…)
1920	– 2 %
1940	– 6 %
1960	– 10 %
1980	– 41 %
2000	– 71 %

2050
Si la surpêche ne ralentit pas, les océans seront vides de poissons à cette date.

1/10
Les navires chinois ne déclarent que 10 % de leurs prises hors de leurs eaux territoriales.

154 millions de tonnes
L'aquaculture a produit 154 Mt de poisson en 2011.

Source : consoGlobe.com

Sur le document ci-dessus, la colonne de gauche présente les années et celle de droite indique la diminution des poissons prédateurs.

a. Par rapport à l'année de référence (1910), **donne le pourcentage de diminution** de la population des poissons prédateurs en 1960 et en 2000.
b. Si rien n'est fait, **précise ce qu'il risque de se produire en 2050.**
c. **Relève dans ce document** un exemple d'attitude irresponsable.
d. **Propose une solution** pour préserver la population des poissons pêchés pour l'alimentation humaine.

5 CONTRÔLE EXPRESS

Les oyats sont des plantes herbacées qui ne peuvent pousser que sur le sable. Elles se caractérisent par la présence de très longues racines (plusieurs mètres) qui leur permettent de puiser l'eau en profondeur et de rester ancrées dans le sol. Sur certaines dunes très exposées au vent, on plante des oyats.

Propose une explication à ce choix.

Une dune plantée d'oyats.

Corrigés page 36 du Guide

4 Le transport de matière dans l'organisme animal

Je me demande...
Comment chacun des organes d'un animal reçoit-il ce dont il a besoin pour fonctionner ?

Les points clés

1 Les besoins des organismes

- Si un organisme ne satisfait pas ses besoins, il s'affaiblit.

Besoins en dioxygène

Pour assurer sa survie et son fonctionnement, un organisme doit consommer ce gaz contenu dans l'atmosphère (organismes terrestres) et dans l'eau (organismes aquatiques).

Besoins en nutriments

Les glucides, lipides et protides sont apportés par l'alimentation puis distribués aux organes en passant par l'appareil digestif et la circulation sanguine.

- À l'inverse, l'accumulation des nutriments dans les tissus graisseux est responsable d'un mauvais fonctionnement des organes, et peut entraîner des maladies graves.

2 La circulation de matière dans l'organisme

- Le **sang** circule dans un réseau de **vaisseaux** qui relient tous les organes. Il assure ainsi la circulation de matière au sein de l'organisme.
- Une pompe, le **cœur**, permet la mise en mouvement du sang dans les vaisseaux.

3 Besoins constants, prises de nourriture ponctuelles

- Le fonctionnement des organes nécessite des **apports constants en nutriments**. Cependant, la prise de nourriture est variable selon les moments de la journée, les saisons ou les périodes de la vie.
- Des organes (le foie) et les cellules graisseuses de certains tissus assurent la **mise en réserve** des nutriments en excès et leur remise en circulation à mesure des besoins.
- **Conclusion** : tous les organes sont reliés entre eux et concourent ensemble au fonctionnement harmonieux de l'organisme.

Mots-Clés

- **Circulation de matière** : Les lieux d'apport et d'utilisation de la matière sont différents, celle-ci doit donc circuler dans l'organisme.
- **Vaisseaux sanguins** : réseau de « tubes » qui assure la circulation de matière entre tous les organes grâce au sang.

Il faut avoir une alimentation équilibrée et adapter sa prise de nourriture à ses besoins.

Le document clé

Une question d'équilibre

1. Expliquer. En France, l'obésité a presque doublé entre 1997 et 2012, concernant plus de 15 personnes sur 100.

2. Conclure. La prévention de l'obésité est un problème de santé publique.

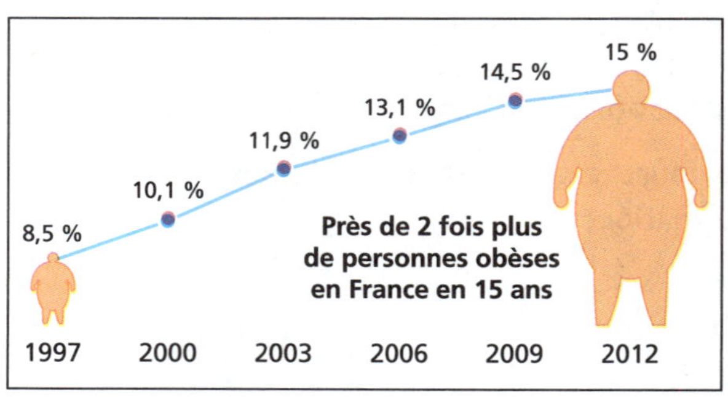

On s'entraîne !

1 QUIZ

Vrai ou faux ?

	V	F
a. Les muscles ont besoin de nutriments et de dioxygène.	☐	☐
b. D'autres organes, comme les yeux par exemple, n'en ont pas besoin.	☐	☐
c. Ce sont nos mouvements qui font circuler la matière dans l'organisme.	☐	☐
d. Les vaisseaux sanguins sont comparables à des tubes.	☐	☐
e. Quelqu'un qui fait la grève de la faim (refuse de s'alimenter) maigrit forcément.	☐	☐

2 Les organes consommateurs de matière

. Complète le texte suivant.

ous les organes sont consommateurs de .... t de .... Ces substances leur sont pportées via un réseau de .... ui relie tous les .... entre eux. Le cœur st comparable à une .... qui assure cette ....

. En utilisant le rouge pour le dioxygène t le vert pour les nutriments, **trace des flèches** nontrant l'envoi de ces substances aux organes ui les utilisent.

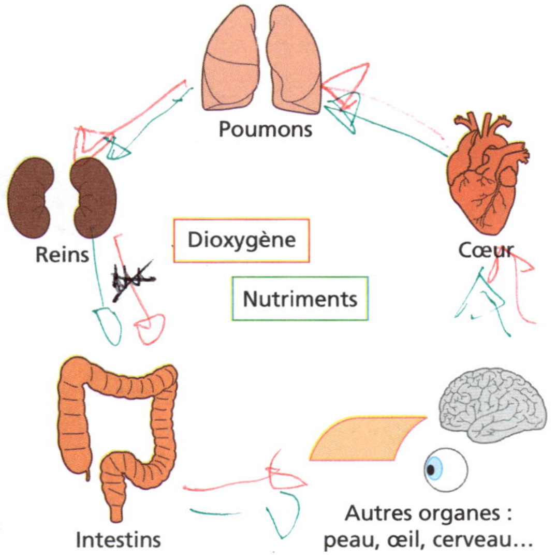

3 Quand la circulation de matière n'est plus assurée

Certaines maladies peuvent entraîner la formation de bouchons qui obstruent des vaisseaux.

Quelle peut être la conséquence pour l'organe relié à un vaisseau bouché ?

....

....

....

4 Le stockage de matière

Le « foie gras », comme son nom l'indique, est un foie (généralement d'oie ou de canard), que l'on a forcé à s'enrichir en matière grasse et à grossir. Ce produit alimentaire, généralement consommé pendant les fêtes, est très apprécié par certains, tandis que d'autres le refusent en raison du mauvais traitement que sa production fait subir à l'animal.

Documente-toi et écris quelques lignes expliquant la production du foie gras.

....

....

....

5 CONTRÔLE EXPRESS

À l'aide des informations de la page précédente, complète le schéma fonctionnel ci-après.

Une flèche rouge symbolisera le passage du dioxygène, une flèche verte celui des glucides, une flèche jaune celui des protides.

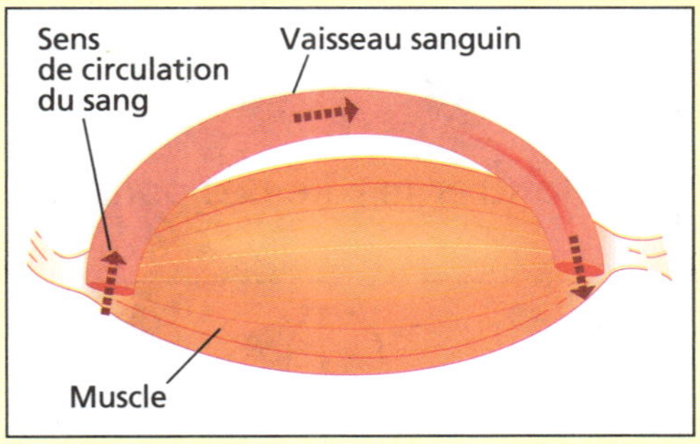

Les apports de substances à un organe : un muscle.

Corrigés page 36 du Guide

SVT

5 Le transport de matière dans une plante verte

Je me demande...
Que devient l'eau fournie aux plantes en arrosant le sol autour d'elles ?

Les points clés

Les végétaux sont des organismes vivants. Comme pour les animaux, chacun de leurs organes a besoin de matière nutritive.

1 Le prélèvement de matière par la plante

- Une plante a **besoin d'eau** qu'elle puise dans le sol par ses racines, au niveau des minuscules poils absorbants qui les couvrent en partie. L'eau contient des **sels minéraux**, composés chimiques présents dans le sol.
- Les végétaux verts (chlorophylliens) produisent de la matière organique à partir du **dioxyde de carbone** de l'air. Ceci se fait surtout dans les feuilles, grâce à la **chlorophylle** (couleur verte) qu'elles contiennent et à la **lumière** du soleil.

2 La circulation de matière dans la plante

- En froissant une feuille entre les doigts ou en cassant une tige, on voit que l'intérieur est humide : l'**eau** puisée par les racines circule dans la plante.
- Les **nervures** des tiges et des feuilles sont les traces des **vaisseaux** conducteurs de sève. La **sève brute** est constituée d'eau et de sels minéraux. En recevant la matière organique fabriquée par le végétal, elle devient la **sève élaborée**, qui est redistribuée à tous les organes de la plante.

Mots-Clés
- **Chlorophylle** : substance contenue dans les végétaux verts, qui leur permet de fabriquer la matière organique à partir de matière minérale.
- **Vaisseaux conducteurs de sève** : tubes qui parcourent toute la plante. La sève y circule pour être distribuée à tous les organes.

3 Le devenir de la matière dans la plante

Matière captée : eau, minéraux, glucides...
- **Consommation directe** pour la constitution des organes
- **Consommation différée** grâce à la constitution de réserves : tubercules (pommes de terres), bulbes (oignon), etc.

Un peu de méthode

Montrer le rôle des poils absorbants

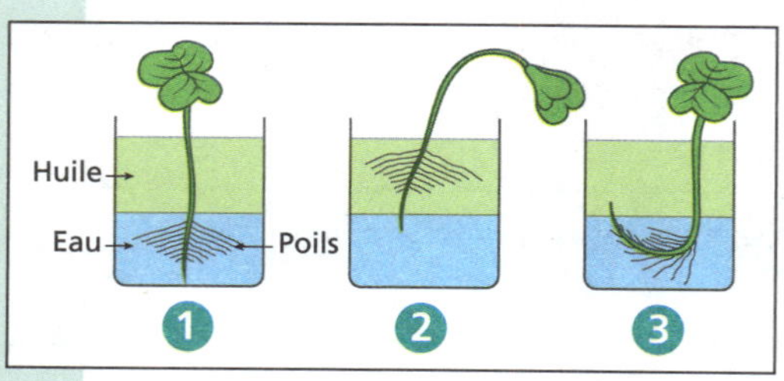

1. Observer. Dans le récipient 1, la racine baigne entièrement dans l'eau. La plante est épanouie. C'est l'expérience témoin : la racine est dans des conditions naturelles.
Dans le récipient 2, les poils absorbants trempent dans la couche d'huile. La plante fane.
Dans le récipient 3, seule la partie de la racine portant les poils absorbants est dans l'eau. La plante est épanouie.

2. Conclure. L'absorption de l'eau par la racine se fait au niveau des poils absorbants.

On s'entraîne !

1 QUIZ

Coche la ou les bonnes réponses.

a. Les racines :
- [x] portent des poils absorbants.
- [ ] participent à l'alimentation de la plante.

b. Le stockage de matière par la plante :
- [ ] l'empêche de trop grossir.
- [x] se fait au niveau d'organes particuliers.

2 *Circulation de matière*

Complète le texte suivant.

Un végétal chlorophyllien puise l'eau et les sels minéraux du sol par les poils absorbants des racines. Cet ensemble forme la sève brute qui circule dans toute la plante par des vaisseaux producteurs de sève. Dans les feuilles, grâce à la chlorophylle et à la lumière du soleil, le végétal utilise le dioxyde de carbone de l'air pour produire de la matière organique.

3 *L'excès d'eau dans une plante*

L'arrosage d'une plante doit être régulier. La quantité d'eau mise à disposition du végétal est supérieure à la quantité d'eau contenue dans la plante. Que devient l'eau en excès ?

a. Décris en quelques lignes ce que montre l'expérience représentée par ce dessin. les feuilles de la plante sont dans un sac plastique

b. Précise le nom des organes au niveau desquels se fait le rejet d'eau. les feuilles

c. Par comparaison avec l'Homme, quel nom donnerais-tu à ce phénomène de rejet d'eau à la surface de l'organisme ? la transpiration

d. Utilise ta réponse à la question précédente pour **donner un titre** au document présenté.

la transpiration végétal

4 *La production d'huile de tournesol*

Lis le texte et réponds aux questions.

On cultive des tournesols (on extrait l'huile de leurs graines) sur deux champs voisins. Les deux champs sont arrosés de la même façon, mais le champ B reçoit un apport d'engrais. Le champ A fournit 3 tonnes de graines par hectare, tandis que le champ B donne une production de 3,5 tonnes de graines par hectare.

a. À l'aide de ces informations, complète le tableau ci-dessous.

	Type d'arrosage	Production
Champ A	eau	3 tonnes par hectare
Champ B	eau + engrais	3,5 par hectare

b. Comment l'eau et les sels minéraux sont-ils parvenus jusqu'au niveau des fleurs où se forment les graines ?

5 CONTRÔLE EXPRESS

a. Complète le schéma ci-dessous avec les éléments suivants : Dioxyde de carbone • Production de matière organique • Circulation de sève brute • Poil absorbant • Stockage de matière • Absorption d'eau et de sels minéraux • Circulation de sève élaborée • Eau

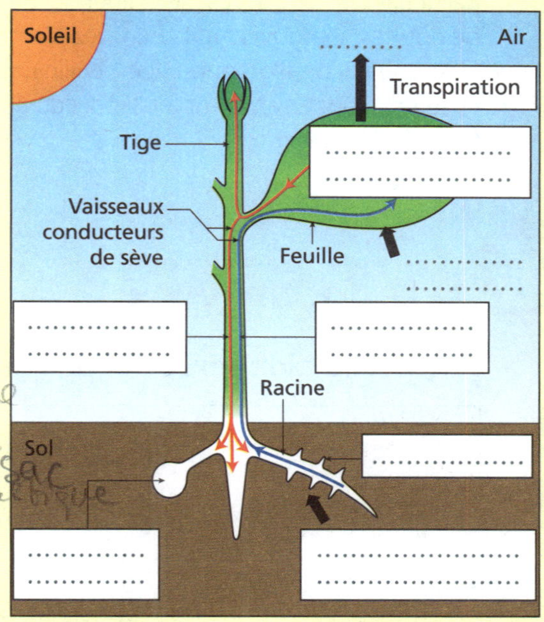

b. Donne un titre à ce schéma.

Corrigés page 37 du Guide

6 Le peuplement des milieux

Je me demande...

Comment animaux et végétaux se reproduisent-ils selon leur milieu ?

Les points clés

Chaque animal a un rapport particulier avec son milieu.

1 Le peuplement des milieux par certains animaux

- Chez de nombreux animaux aquatiques, les cellules reproductrices ou **gamètes** sont libérées dans le milieu. Un nouvel individu naîtra de leur union, ou **fécondation**, très loin des parents.
- Chez d'autres comme la grenouille, ce sont les **œufs**, issus de la fécondation, qui se dispersent dans le milieu.
- Les papillons **adultes** parcourent de grandes distances à la recherche d'un partenaire pour la reproduction.

2 Le peuplement des milieux par les végétaux

- Les **fruits** et les **graines** issus de la **reproduction sexuée** des plantes à fleurs peuvent être emportés par le vent, l'eau, les animaux. Dans des conditions favorables, les graines germent et un nouvel individu se développe loin de la plante d'origine.
- Chez certains végétaux, outre la reproduction sexuée, des mécanismes de **reproduction asexuée**, ou **multiplication végétative**, contribuent au peuplement du milieu.
- Ainsi, chez les plantes sans fleurs (mousses, fougères, algues), des cellules particulières, les **spores**, sont libérées dans le milieu et transportées avant de donner un nouvel individu. Chez d'autres végétaux comme le fraisier, c'est une **partie d'organe** (tige, feuille) qui peut se séparer du pied d'origine et se développer en un nouvel individu complet : la plante colonise alors le territoire voisin.

Mots-Clés

- **Reproduction sexuée** : mode de reproduction de la plupart des êtres vivants, faisant intervenir des cellules reproductrices, ou gamètes, mâle et femelle.
- **Reproduction asexuée** : mode de reproduction ne faisant pas intervenir les gamètes.

Le document clé

Reproduction sexuée et peuplement du milieu par des moules

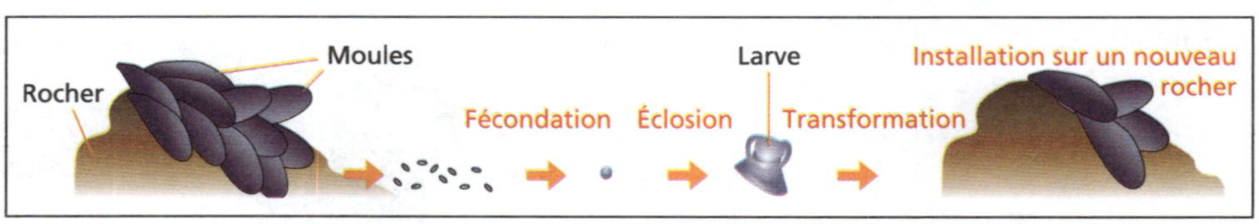

La reproduction des moules.

1. Observer. Les moules sont des invertébrés marins vivant fixés sur des rochers. Les gamètes mâles et femelles sont libérés dans l'eau, où a lieu la fécondation puis le développement en larves. Au hasard des courants marins, certaines de ces larves se déposeront sur un rocher et se transformeront en adultes.

2. Conclure. La dispersion des gamètes, des œufs et des larves permet aux moules, animaux fixés, de coloniser de nouveaux milieux.

On s'entraîne !

1 QUIZ

Vrai ou faux ?

	V	F
a. La reproduction sexuée existe chez les animaux et chez les végétaux.	☒	☐
b. Seuls des individus adultes peuvent se déplacer pour peupler un nouveau milieu.	☐	☒
c. Une rivière peut transporter des graines sur des kilomètres.	☒	☐
d. Incapable de se déplacer, un arbre ne peut produire de nouveaux individus que dans son environnement immédiat.	☐	☒
e. En butinant de fleur en fleur, les abeilles peuvent transporter les gamètes des plantes et favoriser ainsi leur reproduction.	☒	☐

2 Peuplement du milieu par une fougère

. En observant le document ci-dessous, **donne**
e nom de l'élément qui participe essentiellement
u peuplement de nouveaux milieux par la fougère.

Les spores

. S'agit-il de reproduction sexuée ou asexuée ?
ustifie ta réponse.

asexuée

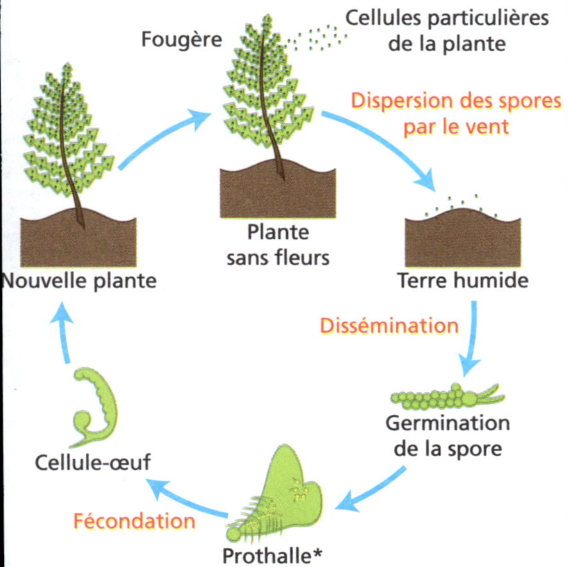

* Étape issue de la germination et portant les gamètes.

e cycle de reproduction de la fougère.

3 Un cerisier à la conquête de nouveaux milieux

Lis le texte ci-dessous puis réponds aux questions en justifiant tes réponses.

> Les grives sont des oiseaux très friands des cerises. Elles en consomment de grandes quantités, qu'elles avalent en entier. Mais le noyau (la graine) n'est pas digéré, il est rejeté dans les excréments parfois très loin, au hasard des déplacements de l'oiseau.

a. Le noyau de cerise rejeté par la grive pourra-t-il donner naissance à un cerisier ?

oui

b. Cela fonctionnera-t-il à chaque fois ?

non

c. Quel est le rôle de la grive dans le peuplement du milieu par le cerisier ?

dévelopement de l'espèce

4 Le peuplement du milieu par des moules

En observant le document clé page de gauche, **explique pourquoi la plupart des gamètes produits ne donneront jamais des moules adultes.**

mangés par d'autres animaux ou milieux sableux.

? indice
Pense aux conditions de rencontre de ces gamètes.

5 CONTRÔLE EXPRESS

Lis ce texte, puis décris en une phrase le rôle des tiges aériennes pour la plante.

> **Le peuplement d'un jardin par le trèfle**
> La pelouse ayant été négligée d'année en année, le trèfle prend une place envahissante. En observant de plus près, on remarque que les différents pieds de trèfle sont reliés par des tiges aériennes qui courent sur le sol.

Corrigés page 37 du Guide

7 La parenté des êtres vivants

Je me demande...
Les fossiles montrent que le peuplement de la Terre a changé. Comment l'expliquer ?

Les points clés

Mot-clé
Diversification des espèces : Elle résulte de l'évolution, certaines des nouvelles espèces se maintiennent à côté des précédentes.

1 L'évolution et la diversification des espèces

- Les êtres vivants, animaux et végétaux, qui ont peuplé autrefois la Terre ont laissé des traces, ou **fossiles**, dans certaines roches.
- Leur étude, la **paléontologie**, suggère que depuis l'apparition de la vie sur Terre il y a environ 3,5 Ma (milliards d'années) jusqu'à nos jours, il n'y a pas eu création d'espèces nouvelles, mais **transformation progressive** à partir d'un **ancêtre commun** à tous les êtres vivants.
- Les espèces nouvelles côtoient celles dont elles proviennent, qui **se maintiennent** (fougères) ou **disparaissent** (dinosaures).

2 Des repères dans l'histoire de la vie

– 500 Ma
Premières traces de **vie végétale** en milieu terrestre

– 410 Ma
Premiers **animaux** trouvés sur la terre ferme

– 2,8 Ma
Premières traces du **genre *Homo*** (espèce humaine)

3 La cellule, unité de constitution des êtres vivants

- L'étude de l'évolution des espèces suggère que la vie est **apparue dans l'eau**.
- Les premiers êtres vivants étaient constitués d'une seule cellule. Il en est de même pour les êtres vivants actuels les plus simples : les **bactéries**. L'Homme est constitué de plusieurs milliards de cellules.
- Ainsi, la cellule est l'**unité de constitution** des êtres vivants.

Les bases de la théorie de l'évolution ont été formulées par Darwin au XIXe siècle.

Le document clé

L'Archéoptéryx, un témoin de l'évolution

1. Observer. Cette espèce est célèbre car :
– des oiseaux, il possédait les ailes fonctionnelles et les plumes ;
– des reptiles, il avait les griffes à l'extrémité des membres antérieurs, des dents et une longue queue vertébrée.

2. Conclure. Présentant des caractères qui permettent de le classer à la frontière entre les reptiles et les oiseaux, l'Archéoptéryx est un cas qui appuie la théorie de l'évolution, selon laquelle les espèces dérivent les unes des autres.

On s'entraîne !

1 QUIZ

Vrai ou faux ?

	V	F
a. L'étude des fossiles renseigne sur l'histoire de la vie.	☑	☐
b. Les premiers êtres vivants ne comportaient qu'une seule cellule.	☑	☐
c. Des êtres vivants nombreux et variés peuplaient la Terre avant l'Homme.	☐	☑
d. Les reptiles ont pu donner naissance aux oiseaux.	☑	☐
e. Toutes les espèces qui se sont formées au cours de l'histoire de la Terre existent toujours aujourd'hui.	☐	☑

2 *L'histoire de la vie sur Terre*

a. Mets les êtres vivants suivants **dans l'ordre de leur apparition** :

Dinosaure • Homme • Bactérie • Plante à fleurs

2 4 1 3

b. **Précise dans quel milieu**, terrestre ou aquatique, est apparue la vie. aquatique

c. **Donne le nom du mécanisme naturel** qui a conduit des bactéries à l'Homme. les cellules

? indice

a. Aide-toi de la frise chronologique de l'exercice 5.

3 *Définir une nouvelle espèce*

À partir des informations de la page précédente, **écris une phrase expliquant pourquoi il est difficile de dater précisément la formation d'une nouvelle espèce.**

....

....

....

4 *L'étude d'une espèce fossile*

a. À l'aide du document clé page de gauche et de la frise chronologique de l'exercice 5, **propose une date d'apparition de l'Archéoptéryx.** – 200

b. **Écris une phrase** montrant comment procèdent les scientifiques pour déterminer à quel groupe animal appartient un fossile.

5 CONTRÔLE EXPRESS

Une frise chronologique de la vie sur Terre. *Source* : Wikipédia, « Histoire évolutive du vivant ».

En utilisant les données de la frise chronologique ci-dessus :

a. Donne une date approximative d'apparition de la vie en milieu terrestre.

b. Situe de même l'apparition des plantes à fleurs.

c. Précise si les mammifères peuvent être à l'origine des reptiles.

Corrigés page 37 du Guide

8 Activité et fonctionnement de l'organisme

Je me demande…
Quels effets notre activité a-t-elle sur le fonctionnement de nos organes ?

Les points clés

1 Activité et fonctionnement de l'organisme

Intensification de l'activité physique →
- Accélération des **rythmes respiratoire et cardiaque**
- Augmentation de la **température du corps**

2 Activité et échanges au sein de l'organisme

- On réalise une prise de sang dans un **vaisseau sanguin d'un muscle** :

Dans 100 mL de sang	Volume de dioxygène	Volume de dioxyde de carbone
arrivant au muscle **en activité**	19,5 mL	50,2 mL
quittant le muscle **en activité**	11,8 mL	58,1 mL
arrivant au muscle **au repos**	19,5 mL	50,2 mL
quittant le muscle **au repos**	14,5 mL	53 mL

- On analyse aussi les **substances nutritives** lors de l'activité du muscle :

Nutriments	Sang arrivant au muscle (mg/L)	Sang quittant le muscle (mg/L)
Glucides	1 000	650 à 720
Lipides	4 000 à 6 000	4 000 à 6 000
Protides	450	225

- Les organes réalisent des échanges avec le sang. Ils y prélèvent des nutriments et du dioxygène, et y rejettent du dioxyde de carbone. **L'importance de ces échanges varie selon l'activité.**

Mots-Clés
- **Rythme respiratoire** : nombre de respirations par minute.
- **Rythme cardiaque** : nombre de battements du cœur par minute.

Tous nos organes sont concernés par notre activité.

3 Aux limites des capacités de l'organisme

- Lors d'un **effort prolongé**, on constate une fatigue musculaire et une diminution de l'attention. La perte d'efficacité de l'organisme est liée à l'**épuisement des ressources** nutritives nécessaires à l'activité.

Le document clé

Montrer la relation entre activité et fonctionnement de l'organisme

1. Mesurer. On mesure le rythme respiratoire et le rythme cardiaque à divers moments.

Rythme respiratoire (en nombre de respirations par minute)		
Au repos : 22	Après une course rapide : 40	Après une récupération de 10 min : 24
Rythme cardiaque (en nombre de battements du cœur par minute)		
Au repos : 80	Après une course rapide : 150	Après une récupération de 10 min : 85

2. Conclure. Ces rythmes varient dans le même sens que l'activité de l'organisme. Ils assurent l'apport nécessaire de dioxygène et de nutriments.

On s'entraîne !

1 QUIZ

Vrai ou faux ?

	V	F
a. Lors d'une activité physique, l'augmentation du rythme respiratoire permet d'apporter plus de dioxygène dans les poumons, car ils en sont gros consommateurs.	☐	☐
b. Lors d'une activité physique intense, le cœur ralentit.	☐	☐
c. Lorsque son activité augmente, un organe consomme davantage de dioxygène et de nutriments.	☐	☐
d. La consommation de dioxygène et de nutriments, et le rejet de dioxyde de carbone sont des grandeurs mesurables.	☐	☐

2 *Mesure de l'activité physique*

En laboratoire, on mesure l'activité de l'organisme : une personne pédale sur un vélo. Différents capteurs la relient à un ordinateur. Sur l'écran, des courbes apparaissent et témoignent des modifications d'activité de certains organes.

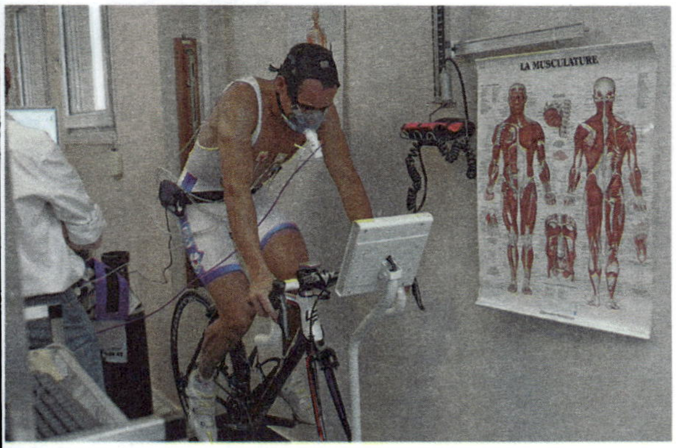

Au laboratoire, mesure de l'activité de l'organisme.

a. En observant la photo, **précise ce que l'on mesure grâce au masque** qui couvre le nez et la bouche de la personne.

b. De même, **que mesure-t-on par les capteurs** disposés sur sa poitrine ?

3 *L'alimentation des sportifs*

Les sportifs consomment de grandes quantités de nourriture. Malgré cela, ils ne grossissent pas, leur poids reste stable.

Explique en une phrase ce phénomène.

4 *Circulation du sang dans les organes*

On mesure le débit sanguin dans différents organes, au repos et au cours d'un exercice intense.
Les résultats sont exprimés en millilitres par minute.

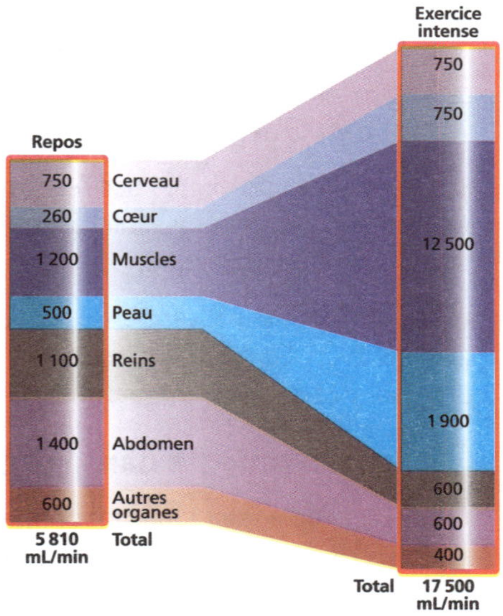

a. **Place dans un tableau** les organes dans lesquels le débit sanguin augmente à l'occasion d'un effort intense et ceux pour lesquels il diminue.
b. **Cite les organes** pour lesquels le débit sanguin augmente le plus.
c. **Explique ce fait.**

? indice

Demande-toi quel est le rôle du sang par rapport aux muscles.

5 CONTRÔLE EXPRESS

En utilisant les trois tableaux de la page de gauche, **écris une phrase mettant en relation l'activité et le fonctionnement de l'organisme,** à l'aide des mots et expressions suivants :
rythme cardiaque • dioxygène • rythme respiratoire • nutriments • dioxyde de carbone.

Corrigés page 37 du Guide

9 Les besoins nutritionnels

Je me demande...
Que deviennent les aliments que nous consommons ?

Les points clés

Les nutriments utilisés par les organes (voir le chapitre 4) proviennent de la **digestion** des aliments dans le tube digestif.

Mots-Clés

- **Digestion** : transformation mécanique et chimique des aliments en nutriments dans le tube digestif.
- **Absorption** : passage des nutriments du tube digestif dans le sang.

1 Des aliments aux nutriments

- Dans la bouche, les aliments sont coupés, écrasés par les dents : la digestion commence par une **transformation mécanique** des aliments. La langue les mélange à la salive, l'ensemble forme une bouillie finalement avalée : c'est la déglutition.
- Les enzymes produites par l'estomac et l'intestin grêle transforment les aliments en particules microscopiques, les nutriments : c'est une **transformation chimique**.
- Les nutriments passent ensuite **dans le sang au niveau de l'intestin grêle**. Sa surface très vascularisée (parcourue de très nombreux vaisseaux sanguins) favorise l'absorption. Un ensemble de micro-organismes, la **flore intestinale**, participe à la digestion des aliments.

2 Les nutriments dans l'organisme

- L'énergie nécessaire au fonctionnement des organes est libérée au cours de réactions chimiques entre le dioxygène apporté par la respiration, et des nutriments : les **glucides** (sucres et féculents) et les **lipides** (corps gras).
- Les **protides**, nutriments bâtisseurs, participent à la construction de l'organisme. L'**eau** et les **sels minéraux** qui y sont dissous sont utilisables par l'organisme sans transformation.

Il est donc vital d'avoir une alimentation variée et une bonne digestion !

Le document clé

Une expérience majeure

1. Expliquer. En 1752, Réaumur fait avaler à une buse un petit tube métallique grillagé aux deux bouts, contenant un morceau de viande. Vingt-quatre heures plus tard, le tube est vomi par l'animal. Il a gardé sa forme, aucune trace de frottement n'est visible. Le morceau de viande s'est transformé en bouillie blanchâtre.

2. Conclure. Le morceau de viande a été transformé sans action mécanique mais par une action chimique au niveau du tube digestif.

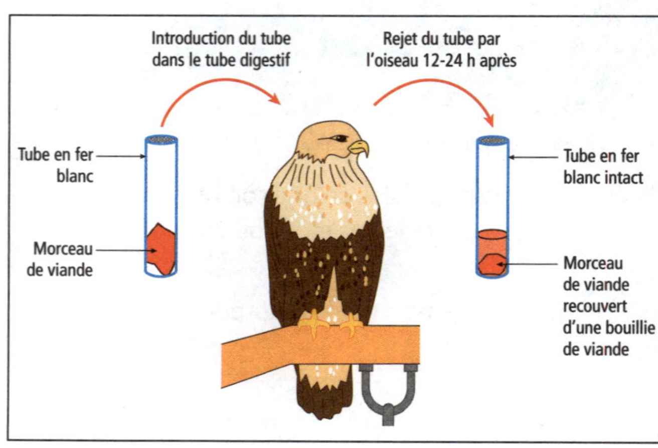

On s'entraîne !

1 QUIZ

Vrai ou faux ?

	V	F
a. La digestion commence dans la bouche.	☐	☐
b. La digestion est mécanique et chimique.	☐	☐
c. Les enzymes qui interviennent dans la digestion sont fournies par l'alimentation.	☐	☐
d. L'eau est un aliment dont la digestion donne de l'énergie à l'organisme.	☐	☐
e. Des micro-organismes (microbes) participent à la digestion.	☐	☐

2 *Une expérience de digestion*

À l'aide du document clé page de gauche :

a. Précise le nom des substances responsables de la transformation de la viande.

....

b. Afin de compléter l'expérience de Réaumur, on fait avaler à la buse une petite éponge, que l'on récupère pour en extraire le liquide contenu dans son estomac. On y place un morceau de viande, comme le montre le schéma ci-dessous. **Dessine le récipient et son contenu une dizaine d'heures plus tard.**

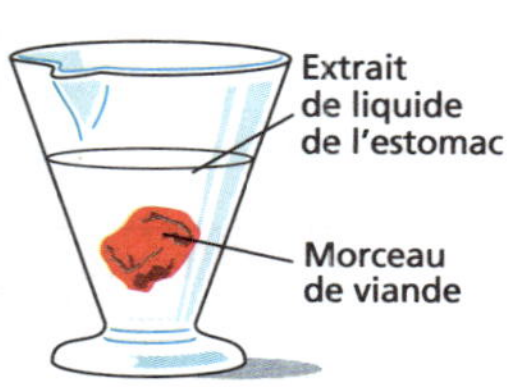

Début d'expérience | Fin de l'expérience

c. Explique ce résultat.

....

....

3 *Une bonne habitude à prendre*

Les parents conseillent souvent à leurs enfants de prendre le temps de bien mâcher la nourriture.

Explique l'importance de ce conseil pour une bonne digestion.

4 *Rôle de l'intestin grêle*

Certaines personnes doivent subir une intervention chirurgicale au cours de laquelle on leur enlève une grande partie de l'intestin grêle. Elles peuvent alors mener une vie presque normale, à condition de compléter leur repas par des comprimés composés uniquement de nutriments.

Propose une explication.

....

....

....

? indice

Demande-toi quelle est la fonction de l'intestin grêle.

5 CONTRÔLE EXPRESS

Observe le schéma ci-dessous et complète-le selon les consignes.

a. Indique sur le schéma, par des flèches de couleur, le trajet des aliments dans le tube digestif.

b. Entoure en bleu le lieu des transformations mécaniques (écrasement) et en rouge celui des transformations chimiques (réduction en nutriments).

c. Indique par des flèches d'une autre couleur le lieu de passage des nutriments dans le sang.

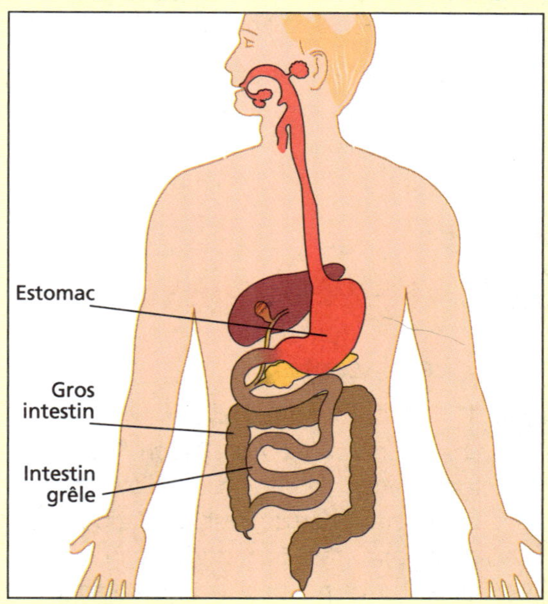

L'appareil digestif.

Corrigés page 38 du Guide

10 La reproduction humaine

Je me demande...

Comment un garçon et une fille deviennent-ils capables de donner la vie ?

Les points clés

Mot-Clé

Gamète : cellule reproductrice mâle (spermatozoïde) ou femelle (ovule).

1 Transmettre la vie

- La **puberté** s'accompagne de transformations physiques et psychologiques.
- Les **testicules** du garçon produisent en continu des **spermatozoïdes**, petits, nombreux, mobiles, dans un liquide, le sperme, émis par le pénis.
- Les **ovaires** de la fille libèrent un **ovule** de façon cyclique. À chaque cycle, l'utérus se prépare à une grossesse éventuelle. Si celle-ci n'a pas lieu, la paroi de l'utérus se dégrade : ce sont les règles.

2 Rencontre des gamètes et développement de l'embryon

- Lors d'un **rapport sexuel**, si l'éjaculation libère les spermatozoïdes dans le vagin de la femme, ils remontent dans l'utérus, et si un spermatozoïde atteint un ovule dans une trompe, il peut y avoir **fécondation**.

FÉCONDATION → **Cellule-œuf** Première cellule fécondée, qui se divise. → **Embryon** Pendant 8 semaines, ses cellules se multiplient et se spécialisent. → **Fœtus** Jusqu'au 9e mois de grossesse, ses organes se développent. → **NAISSANCE**

3 Responsabilité et transmission de la vie

- Si les organes reproducteurs sont fonctionnels dès la puberté, la **maturité** nécessaire à l'éducation d'un enfant ne s'acquiert que progressivement.
- Différentes **méthodes contraceptives** permettent d'éviter une grossesse. Parmi celles-ci, le préservatif masculin protège aussi d'**infections sexuellement transmissibles** (IST), comme le sida.

Le document clé

Le placenta

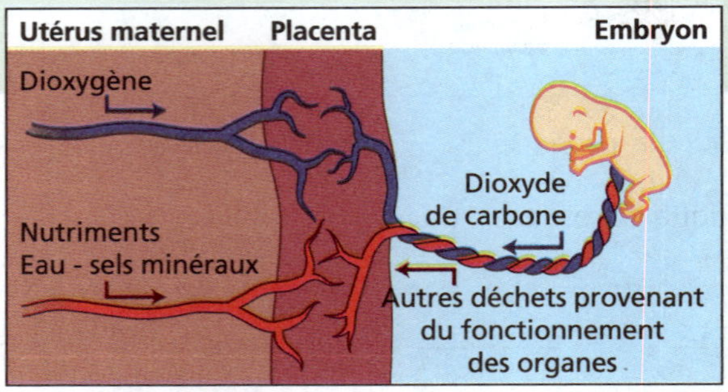

1. Expliquer. Environ une semaine après le rapport sexuel, lorsqu'il y a eu fécondation, l'embryon s'implante dans la paroi de l'utérus : c'est la nidation. Il s'y développe grâce à un organe particulier qui se forme pour assurer les échanges entre la mère et l'embryon : le placenta. Celui-ci sera éliminé peu après l'accouchement. Le sang de la mère et celui de l'embryon ne se mélangent jamais.

2. Conclure. C'est au niveau du placenta que passent les nutriments du sang de la mère vers celui de l'embryon, et les déchets dans le sens inverse.

La fécondation, mélange d'un spermatozoïdes et d'un ovule, donne une cellule seul, qui au cours de la grossesse passe de embrayon à fœtus jusqu'à l'accouchement

On s'entraîne !

1 QUIZ

Vrai ou faux ?

	V	F
a. Tout rapport sexuel débouche sur une grossesse.	☐	☒
b. En l'absence de grossesse, chaque cycle de la femme est marqué par les règles.	☒	☐
c. La fécondation concerne un seul spermatozoïde et un seul ovule.	☒	☐
d. Le fœtus est la première cellule fécondée.	☐	☒
e. Le sang maternel passe dans l'embryon pour le nourrir.	☐	☒
f. Dès la puberté, un rapport sexuel peut déboucher sur une grossesse.	☒	☐
g. Le placenta est éliminé après l'accouchement.	☒	☐

2 Des gamètes à l'enfant

Pour retracer dans l'ordre logique la transmission de la vie, de la formation des gamètes à la naissance d'un enfant, **écris une phrase utilisant les mots ci-dessous :**

~~grossesse~~ • ~~cellule-œuf~~ • ~~spermatozoïde~~ • ~~fécondation~~ • ~~accouchement~~ • ~~ovule~~ • ~~fœtus~~ • ~~embryon.~~

3 Étymologie : le choix des mots

a. « Puberté » vient du latin *pubes*, qui signifie poil. **Justifie en une phrase l'origine du mot puberté.**

à la puberté on a plus de poil.

b. « Adolescence » vient du latin *adulescere*, qui veut dire grandir. **Justifie l'origine du mot adolescence.**

on grandi à l'adolesence.

4 Les échanges mère-embryon

a. À l'aide du document clé page de gauche, **explique** pourquoi il est fortement recommandé à une femme enceinte de ne consommer ni alcool ni tabac. car ça peut causer des problèmes chez le bébés

b. Décalque le document clé et illustre cette explication par une flèche légendée sur le schéma.

5 CONTRÔLE EXPRESS

À l'aide du document ci-dessous, indique la localisation des événements suivants :

Fabrication des spermatozoïdes • Émission du sperme • Fabrication des ovules • Libération des ovules • Fécondation • Nidation de l'embryon • Développement de l'embryon.

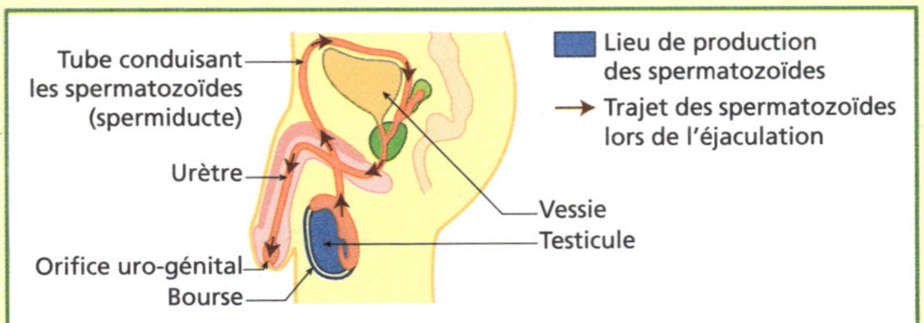

L'appareil reproducteur de l'homme

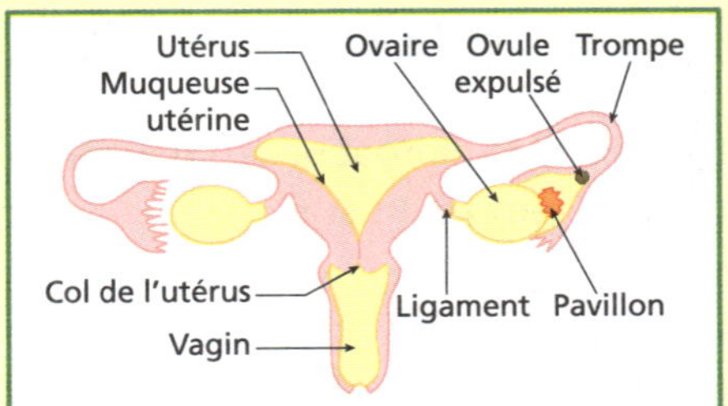

L'appareil reproducteur de la femme

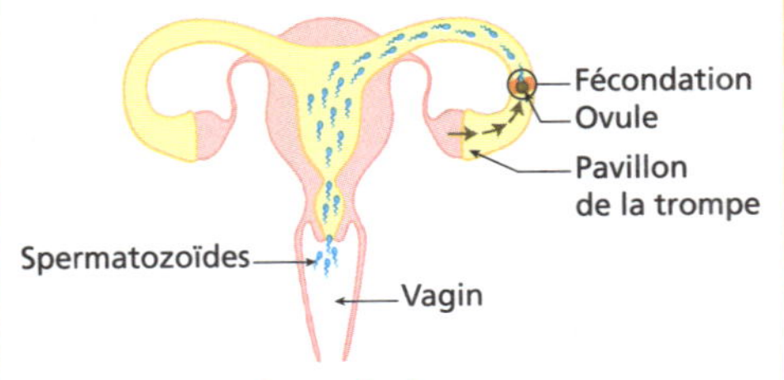

La fécondation

Corrigés page 38 du Guide

Test - Bilan

La planète Terre, l'environnement et l'action humaine

1 Les plaques lithosphériques :

❑ sont limitées par les grands fleuves du monde : Mississipi, Amazone, Nil, etc.
❑ sont des portions de la croûte terrestre.
❑ se déplacent les unes par rapport aux autres.

2 Les sources d'énergie qu'utilise l'homme :

❑ sont uniquement le charbon, le pétrole, le gaz naturel.
❑ existent en quantité limitée, ce qui explique l'importance des économies d'énergie.
❑ sont, pour certaines d'entre elles, considérées comme inépuisables.

3 L'homme doit être responsable et gérer les ressources de la planète :

❑ en veillant à remettre le site en état après l'exploitation d'une ressource.
❑ en limitant les prélèvements d'animaux et de végétaux pour permettre leur reproduction.
❑ en privilégiant les sources d'énergie renouvelables.

.... /3

Le vivant et son évolution

4 Chez les animaux, le dioxygène de la respiration est :

❑ apporté aux organes par le sang.
❑ principalement utilisé par le sang.
❑ indispensable au bon fonctionnement des organes.

5 Dans une plante chlorophyllienne :

❑ l'eau circule dans des vaisseaux, comme le sang chez les animaux.
❑ l'eau et les sels minéraux puisés dans le sol arrivent jusqu'aux feuilles.
❑ la sève assure le transport de matière dans tous les organes.

6 Les êtres vivants :

❑ doivent disperser leurs œufs pour assurer le peuplement du milieu.
❑ peuplent le milieu grâce à la reproduction.
❑ se reproduisent uniquement grâce au déplacement des individus adultes.

7 La parenté entre les êtres vivants est :

❑ visible, par exemple par le fait que tous sont constitués de cellules.
❑ une histoire inventée, car « l'homme ne descend pas du singe » !
❑ le résultat de leur transformation progressive au cours des temps géologiques.

.... /4

Le corps humain et la santé

8 Le fonctionnement des organes :

❑ nécessite un apport de nutriments et de dioxygène.
❑ se manifeste particulièrement la nuit.
❑ varie selon l'activité.

9 Les substances responsables de la transformation des aliments dans le tube digestif sont :

❑ les lipides.
❑ les sels minéraux.
❑ les enzymes.

10 Les nutriments :

❑ proviennent de l'alimentation.
❑ fournissent de la matière et de l'énergie à l'organisme.
❑ passent directement de l'intestin aux organes utilisateurs.

11 Dans l'espèce humaine :

❑ les spermatozoïdes sont produits par les testicules, et les ovules, par les ovaires.
❑ la reproduction n'est possible qu'à partir de l'âge de 20 ans environ.
❑ tout rapport sexuel conduit à une fécondation donc à une grossesse.

.... /4

Score total : .... /11

CORRIGÉS P. 38 DU GUIDE

PHYSIQUE-CHIMIE TECHNOLOGIE

1 Les propriétés et les états de la matière

Je me demande...
Qu'est-ce qui distingue un solide d'un liquide ou d'un gaz ?

Les points clés

Dans la vie quotidienne comme en sciences, on manipule des objets, on utilise des substances. Ces matières présentent des avantages (léger, solide...) et des limites. Prenons le temps de définir et de classer quelques propriétés importantes.

1 Propriétés physiques

- Une **propriété physique** est une propriété que nous pouvons observer (à l'œil nu ou à l'aide de mesures) sans modifier la nature de la substance.
- Les propriétés physiques peuvent être **mesurées** par des appareils (thermomètre, balance, etc.) : point de fusion, point d'ébullition, densité, etc. Certaines d'entre elles peuvent être **perçues** par les sens : couleur, texture, dureté, etc.

2 Propriétés chimiques

- Les **propriétés chimiques** permettent d'identifier une substance pure à l'aide d'une réaction chimique qui changera la nature de la substance. Elles décrivent la réaction d'une substance avec d'autres substances chimiques. Par exemple, la combustibilité d'une substance désigne la matière dont elle peut réagir avec le dioxygène.

3 États de la matière

- La matière peut exister sous trois états : **solide**, **liquide** ou **gaz**.
Exemple de l'eau : glace, eau liquide, vapeur d'eau.
- Chaque état dépend de deux paramètres : la **température** et la **pression**.
- Comparons les propriétés de chaque état pour voir celles qui les distinguent :

	Solide	Liquide	Gaz
Compression	Non	Non	Oui
Forme propre	Oui	Non	Non
Volume propre	Oui	Oui	Non

Remarque : le terme *propre* signifie « indépendant du récipient dans lequel est placée la substance ».

Un peu de méthode

Attention à ne pas confondre la notion de masse et la notion de volume !

Distinguer masse et volume

L'air contenu dans ce ballon occupe un volume important, mais la masse de l'air est très faible.

La masse d'une bille en plomb est très élevée, mais son volume est très faible.

On s'entraîne !

1 QUIZ

Chaque terme désigne l'eau dans un certain état, lequel ?

- a. pluie
- b. neige
- c. grêle
- d. verglas
- e. buée
- f. vapeur
- g. rosée

- solide
- liquide
- gaz

2 Vrai ou faux ?

Coche la bonne réponse.

	V	F
. Quel que soit son état, une matière arde les mêmes propriétés.	☑	☐
. Un gaz occupe tout l'espace et n'a pas e volume propre.	☑	☐
. Lorsque je déplace un liquide 'un bécher à une éprouvette, il conserve même volume.	☐	☑
. Lorsque je saisis un solide, elui-ci conserve sa forme.	☑	☐

3 Propriétés physiques caractéristiques

e tableau est erroné, reproduis-le en associant s mesures aux propriétés correspondantes, puis étermine l'identité de cet élément.

Mesure	Propriété physique
100 °C	Densité
0 °C	Point d'ébullition
1 g/m³	Point de fusion

Mesure	Propriété physique
100°C	Ebullition
0°C	fusion
1g/m³	densité

et élément est l'eau

4 Questions pour un champion

Lis et complète la description suivante.

- Je suis une matière qui est, par nature, dure à l'état solide.
- Je suis conducteur de la chaleur et de l'électricité.
- Je suis un ....

5 Propriétés physiques ou chimiques ?

Complète le schéma avec les mots suivants.

réaction chimique • point de fusion • couleur • combustibilité • chimiques

Pour déterminer les propriétés...

- physiques
  - on mesure : poids, point d'ébullition, point de fusion, densité, masse volumique...
  - on perçoit : couleur, texture, état...
- chimiques
  - on observe le résultat d'une réaction chimique solubilité, combustibilité, toxicité...

6 CONTRÔLE EXPRESS

Recherche des éléments qui justifient l'appartenance du sable aux solides, mais aussi aux liquides.

....

....

....

....

indice

Pense à la forme du sable, et à ce que tu peux faire avec : marcher dessus sur la plage, le faire couler dans un sablier, etc.

Corrigés page 39 du Guide

2 Le volume, la masse et la température

Je me demande…

Quelles sont les grandeurs mesurables ? Comment faire une mesure juste ?

Les points clés

1 Mesure du volume

$V = L \times \ell \times h$

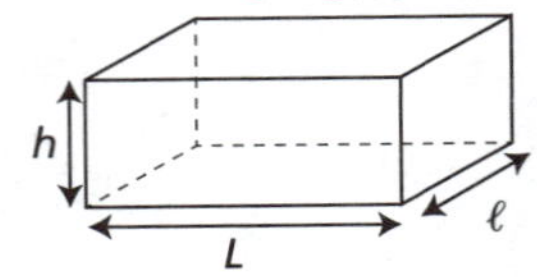

- Le **volume** correspond à l'espace occupé par une substance (liquide, solide ou gazeuse). Il existe des formules de calcul de volume de différents solides (cube, cylindre, etc.).
- Pour mesurer le volume d'un liquide, on peut utiliser différents récipients : une **éprouvette graduée** (bonne précision), un bécher, un erlenmeyer, une fiole jaugée, etc.

Éprouvette graduée — Erlenmeyer — Bécher — Fiole jaugée

- L'unité légale de volume est le **mètre cube** (m^3), mais pour les liquides, on utilise couramment une autre unité : le **litre** (L). Correspondances entre unités : $1 \text{ m}^3 = 1\,000 \text{ L}$; $1 \text{ dm}^3 = 1 \text{ L}$; $1 \text{ cm}^3 = 1 \text{ mL}$.

2 Mesure de la masse

- La **masse** représente la **quantité de matière** que contient un objet ou une substance. La masse d'un objet se mesure avec une **balance**.
- L'unité légale de la masse est le **kilogramme** (kg). L'unité usuelle de masse au laboratoire est le **gramme** (1 kg = 1 000 g).

3 Mesure de la température

- Pour mesurer une température, on utilise un **thermomètre**.
- L'unité courante de température est le **degré Celsius** (°C). Mais, ce n'est pas l'unité légale, qui est le **kelvin** (K), utilisée uniquement par les scientifiques.

Mot-Clé

Unité légale : unité de mesure officielle.

Un peu de méthode

Lire les graduations pour mesurer un volume

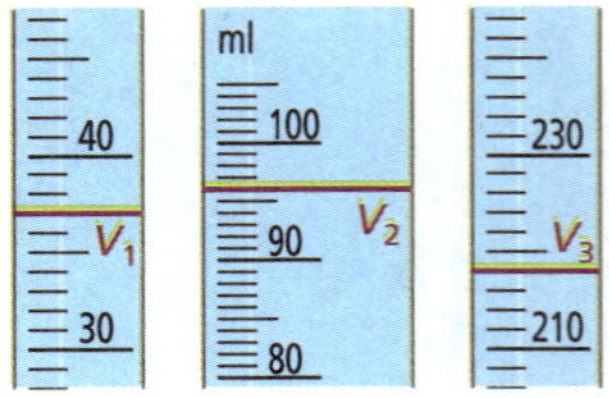

- Attention, tous les récipients ne sont pas gradués de façon identique. Les deux de gauche sont gradués de 1 mL en 1 mL, alors que celui de droite est gradué de 2 mL en 2 mL. Il faut toujours vérifier !
- On lit donc :
  - $V_1 = 37$ mL ;
  - $V_2 = 96$ mL ;
  - $V_3 = 218$ mL.

Que ce soit pour faire une expérience ou un calcul, il est important de prendre des mesures précises.

On s'entraîne !

1 QUIZ

Relie chaque grandeur à l'outil et à l'unité de mesure correspondants.

a. masse •	• fiole jaugée •	• kg
b. température •	• balance •	• K
c. volume •	• thermomètre •	• mL
		• °C
		• cm^3

2 Problème d'unités

s-tu capable de convertir les données uivantes ?

,2 L = ... mL

0 g = ... kg

,2 kg = ... g

50 mL = ... L

,3 m^3 = ... L

5,6 mL = ... cm^3

3 Ça roule !

ropose deux techniques pour déterminer e volume d'une grosse bille de verre.

. Pour l'une d'elles, tu ne disposes que de ta règle.

....

....

....

. Pour la seconde, tu dois utiliser une éprouvette raduée.

....

....

....

....

indice

a. Le volume d'une boule de rayon *r* est :
$V = \frac{4 \times \pi \times r \times r \times r}{3}$.

4 Masse d'un litre d'eau

On a voulu vérifier qu'un litre d'eau a une masse de 1 kg. Voici trois étapes.

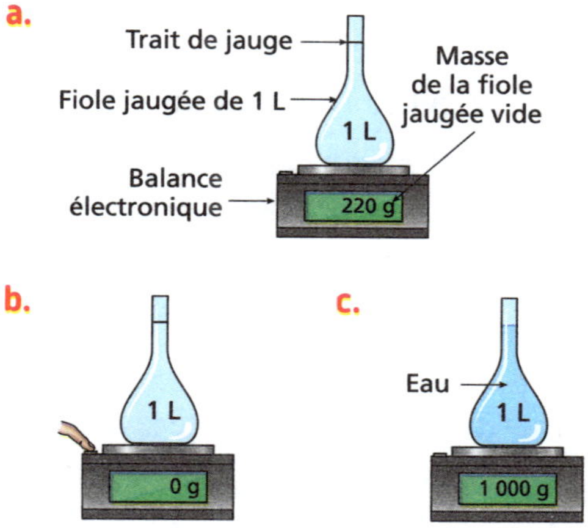

Le procédé est-il correct ?

indice

Pense aux différentes fonctions que peut posséder une balance électronique.

5 CONTRÔLE EXPRESS

J'ai rassemblé les résultats de mesures concernant différents liquides.

	Eau	Huile	Éthanol
Masse (g)	70	54	79
Volume (mL)	70	60	100

Quel est le liquide le plus « léger » ?

Corrigés page 39 du Guide

3 Les mélanges

Je me demande…

Qu'est-ce qu'un corps pur ? Comment séparer les constituants d'un mélange ?

Les points clés

Tu sais réaliser des mélanges et tu es aussi capable de les observer et de les décrire. Profitons-en pour faire un point de vocabulaire.

1 Corps pur et mélanges

Substance

- formée d'un seul constituant = **corps pur**
  EXEMPLE sucre, sel, dioxygène
- formée de plusieurs constituants = **mélange**
  - **homogène** = on ne distingue pas les constituants à l'œil nu
    EXEMPLE eau minérale
  - **hétérogène** = on distingue les constituants à l'œil nu
    EXEMPLE jus d'orange pressé (pulpe et jus)

2 Miscibilité de deux liquides

● Deux liquides sont **miscibles** s'ils forment un mélange homogène (eau et sirop). Ils sont **non miscibles** (ou **immiscibles**) s'ils forment un mélange hétérogène (eau et huile).

Dans une station d'épuration, les eaux usées sont d'abord décantées.

3 Dissolution et solubilité

● On peut aussi **dissoudre** un solide ou un gaz (le **soluté**) dans l'eau (**solvant**). Le mélange homogène obtenu est une **solution**.

● La **solubilité** correspond alors à la quantité maximale de soluté qui peut être dissoute dans un solvant donné.

Un peu de méthode

Connaître les techniques de séparation d'un mélange

● On utilise principalement deux méthodes pour séparer les constituants d'un mélange hétérogène :

▶ la **filtration** : le liquide qui traverse le filtre est le filtrat ; les particules solides les plus grosses restent dans le filtre.

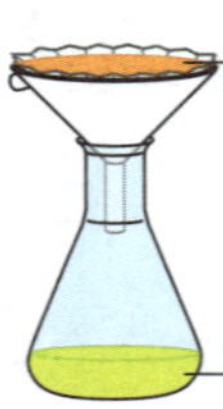

▶ la **décantation** : si on laisse reposer un mélange hétérogène, on peut séparer les 2 phases avec une ampoule à décanter.

● La **distillation** permet de séparer les constituants d'un mélange homogène (voir le chapitre suivant).

On s'entraîne !

1 QUIZ

Relie chaque substance à sa nature.

a. eau du robinet •
b. eau gazeuse •
c. air •

• corps pur
• mélange

2 *Filtration et décantation*

Complète les schémas avec les mots suivants :
liquide • liquides immiscibles • particules solides • mélange hétérogène

La filtration
est une technique de séparation d'un ....
composé de ....
et de ....

La décantation
est une technique de séparation d'un ....
composé de deux ....

? indice
Tu auras besoin deux fois de l'expression *mélange hétérogène*.

3 *Mélange huile + eau + acétone*

L'acétone est un produit qui peut dissoudre les résines, les huiles, etc. Il est également très soluble dans l'eau.

À partir de ces informations, complète le tableau suivant en cochant les bonnes cases.

Mélange	Homogène	Hétérogène
Eau-acétone	....	....
Eau-huile	....	....
Huile-acétone	....	....

4 *Eau minérale*

Voici une étiquette prélevée sur une bouteille d'eau minérale.

Analyse moyenne en mg/L

Calcium	Ca^{2+}	36	Hydrogénocarbonate	HCO_3^-	263
Magnésium	Mg^{2+}	22	Chlorure	Cl^-	4
Sodium	Na^+	22	Sulfate	SO_4^{2-}	4
Potassium	K^+	1,5	Nitrate	NO_3^-	< 1

Résidu sec à 180 °C : 260 mg/L pH = 7,7

a. Cette eau minérale est-elle un corps pur ?

....

....

b. Que signifie l'expression « résidu sec » ?

....

....

5 *Eau du robinet*

Après avoir versé un peu d'eau du robinet dans une coupelle, on a chauffé la coupelle jusqu'à ce qu'il n'y ait plus d'eau. On observe un dépôt blanc à l'intérieur de la coupelle.

Que peux-tu en conclure ?

....

....

....

....

6 CONTRÔLE EXPRESS

a. **À ton avis, l'air est un corps pur ou un mélange ?** Vérifie ta réponse par une recherche sur Internet avec les mots-clés « composition » et « atmosphère ».

....

....

b. **Rédige un petit texte** qui répond à la question : « Quelle est la composition de l'atmosphère ? »

....

....

....

....

Corrigés page 39 du Guide

4 Les changements d'état de la matière

Je me demande…
Dans quelles conditions la matière peut-elle passer d'un état à un autre ?

Les points clés

Tu connais désormais quelques propriétés de certaines substances et tu es capable de caractériser et de séparer des mélanges. Il te reste à comprendre ce qui se passe lorsqu'on modifie la température d'un corps...

1 Changements d'état de l'eau

- L'eau peut exister sous trois états : solide, liquide et gaz.
- L'état sous lequel se trouve l'eau dépend de deux paramètres : la **température** et la **pression**.
- Quand la matière passe d'un état à un autre, on dit qu'il y a **changement d'état**.

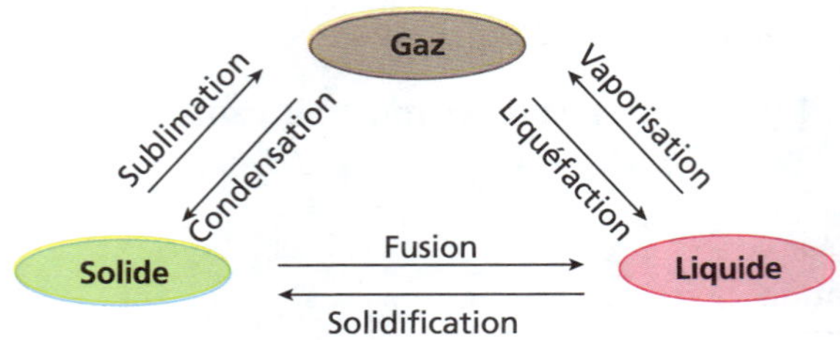

- Les températures de changement d'état sont spécifiques à chaque substance : la température de fusion (ou de solidification) de l'eau est de 0 °C ; la température de vaporisation (ou de liquéfaction) de l'eau est de 100 °C.

Quand les gouttes qui constituent un nuage sont plus lourdes que l'air environnant : il pleut !

2 Conservation de la masse

- Lors d'un changement d'état, le nombre de particules reste le même, bien que leur agencement ait été modifié : **la masse se conserve**.

Un peu de méthode

Étudier la solidification de l'eau douce

- La température initiale de l'eau liquide est de 12 °C. En refroidissant cette eau, sa température va chuter. Lorsque $T = 0$ °C (à 1,5 min), les premiers cristaux de glace se forment. À 4,5 min, la dernière goutte d'eau gèle (on observe un palier à 0 °C pendant la solidification). Puis, la glace continue de se refroidir ($T < 0$ °C).

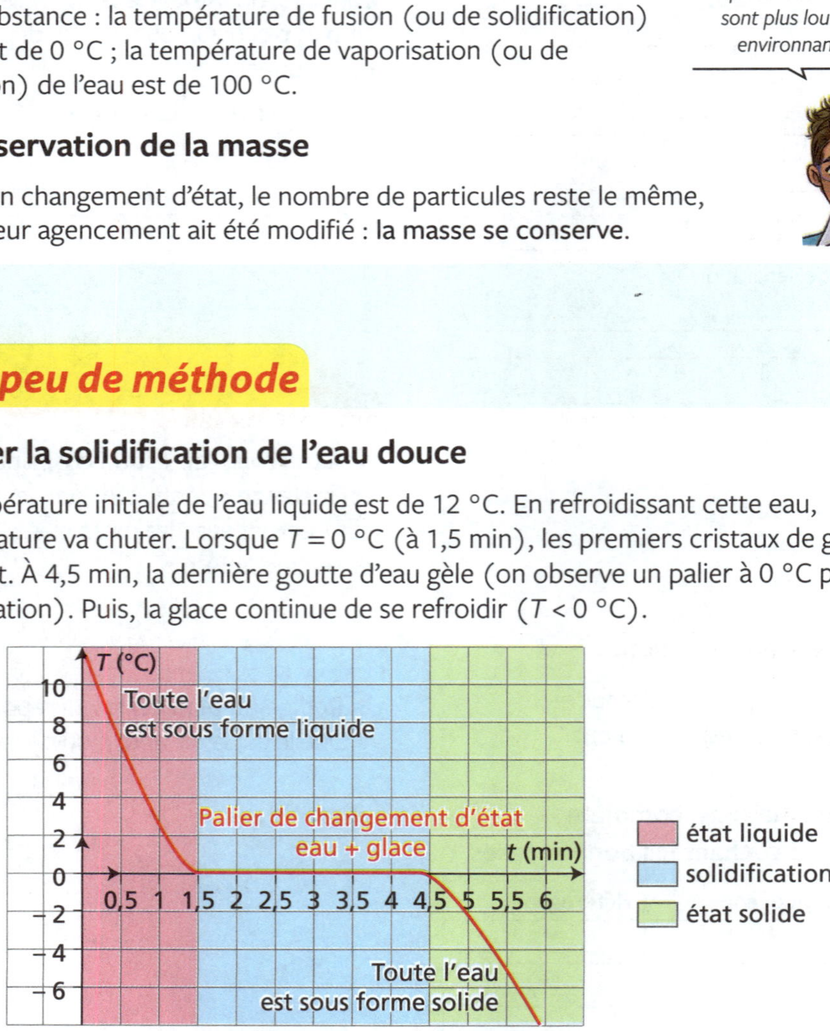

La température caractéristique de solidification de l'eau pure est $T = 0$ °C.

On s'entraîne !

1 QUIZ

Relie chaque état à l'agencement des particules qui lui correspond.

a. solide •	• ordonnées
b. liquide •	• désordonnées
c. gaz •	• rapprochées
	• espacées
	• liées
	• non liées
	• peu liées

2 *Distillation d'un jus d'orange*

Je souhaite extraire l'eau contenue dans un jus d'orange grâce à une technique appelée « distillation ».

Peux-tu en décrire le principe après avoir observé le schéma ci-dessous ?

....

....

....

....

....

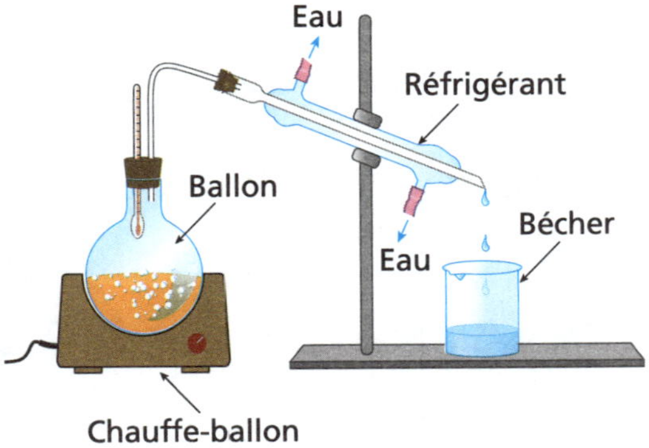

? indice

La distillation est un procédé permettant de séparer les constituants d'un mélange homogène.

3 *Conservation de la masse ou du volume*

On s'intéresse aux gaz contenus dans quatre flacons.

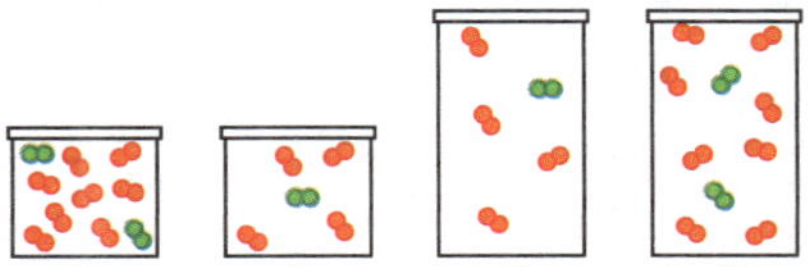

a. Peux-tu les classer **selon leurs masses** ?

....

b. Peux-tu les classer **selon leurs volumes** ?

....

4 CONTRÔLE EXPRESS

Voici une courbe d'évolution de la température de fusion de la glace.

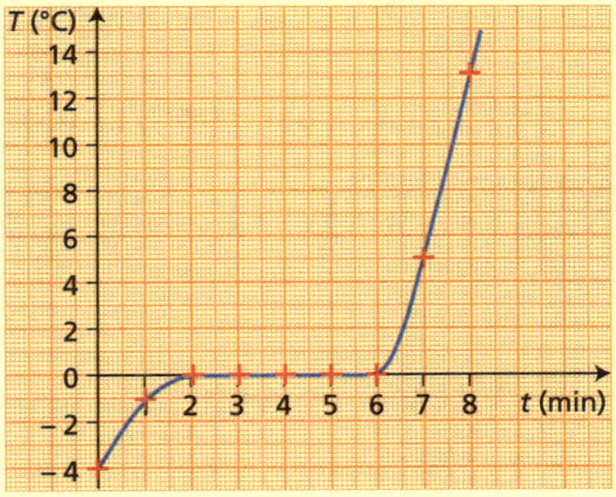

a. Quelle est la température initiale de la glace ?

....

b. À quel instant la première goutte d'eau se forme-t-elle ?

....

c. Que se passe-t-il à partir de la 6e minute ?

....

....

d. Combien de temps dure la fusion de la glace ?

....

....

? indice

Il te suffit de bien lire la courbe !

Corrigés page 39 du Guide

5 Le mouvement d'un objet

Je me demande…
Comment décrire précisément le mouvement d'un objet ?

Les points clés

Quel est le mouvement des passagers assis dans un bus ? Ils sont immobiles par rapport au bus, mais en mouvement horizontal par rapport au trottoir. Tout dépend du référentiel !

1 Mouvement et référentiel

- La notion de mouvement est relative au **référentiel** par rapport auquel on l'étudie. Il en existe deux principaux.

Le référentiel terrestre →	la Terre et tout ce qui est fixe par rapport à la Terre (le référentiel du laboratoire)	est adapté à l'étude du mouvement des objets à la surface de la Terre
Le référentiel géocentrique →	le centre de la Terre	est adapté à l'étude du mouvement de la Lune et des satellites de la Terre

2 Trajectoire et mouvement

- Tout objet en mouvement suit une **trajectoire**. La trajectoire d'un point mobile est l'ensemble des positions occupées par ce point au cours du mouvement.

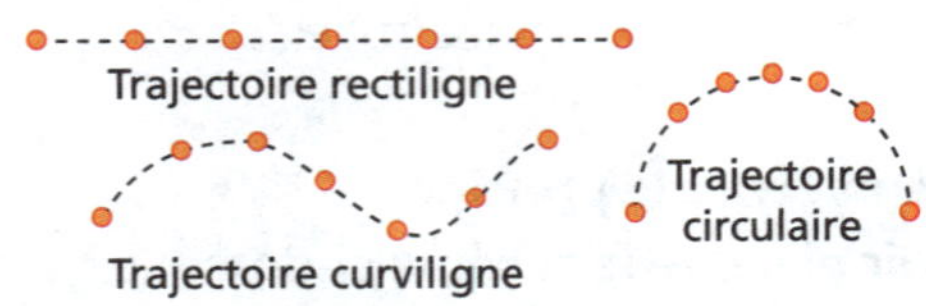

3 Vitesse moyenne et vitesse instantanée

- La **vitesse instantanée** se mesure à un moment précis du déplacement.
- La **vitesse moyenne**, en revanche, se calcule sur une **durée**. C'est le quotient de la distance parcourue d par la durée t du parcours : $v = \frac{d}{t}$.
- L'unité officielle de la vitesse est le **mètre par seconde** (m/s).

Un peu de méthode

Décrire un mouvement

- Voici un diagramme qui représente l'évolution de la vitesse d'un objet en mouvement en fonction du temps.

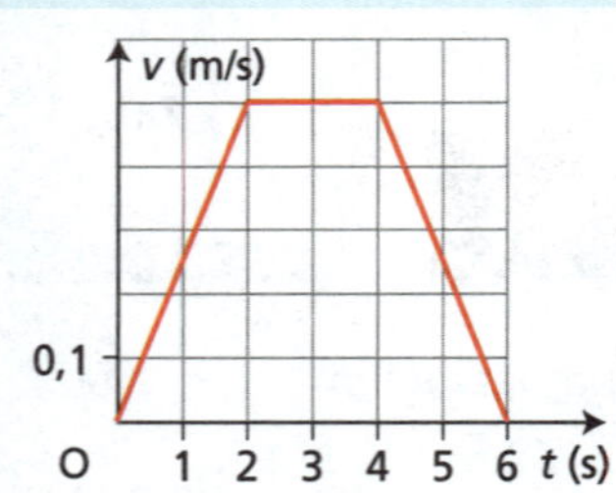

- Pour décrire son mouvement, on observe trois phases :

0 s à 2 s : la vitesse augmente	**2 s à 4 s :** la vitesse est constante	**4 s à 6 s :** la vitesse diminue
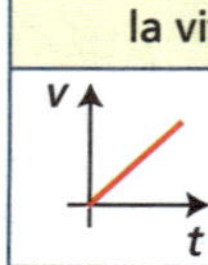 Mouvement accéléré	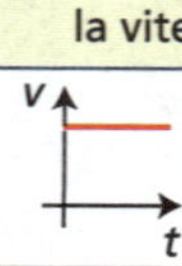 Mouvement uniforme	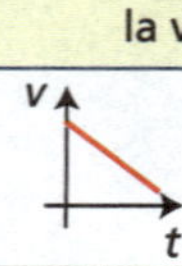 Mouvement ralenti

On s'entraîne !

1 QUIZ

Voici trois diagrammes de la vitesse d'un objet en fonction du temps. **Relie chacun au type de mouvement qu'il représente.**

a. 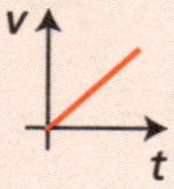

b. 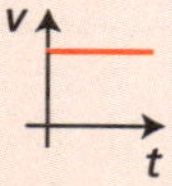

c. 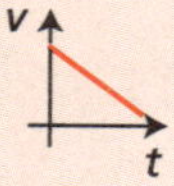

- mouvement accéléré
- mouvement uniforme
- mouvement ralenti

2 *La bonne trajectoire*

Associe la trajectoire avec le bon mouvement.

a. 

b. 

c. 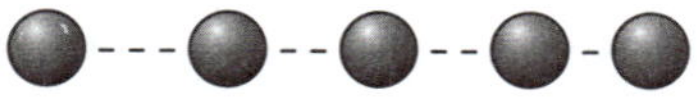

1. Mouvement rectiligne ralenti.
2. Mouvement rectiligne accéléré.
3. Mouvement rectiligne uniforme.

3 *Référentiel*

Un bus se déplace lentement. Un passager A est assis dans le bus. Une seconde personne B marche dans le bus et fait des signes à son copain C qui est resté sur le trottoir. B marche dans le bus pour rester à la hauteur de C.
Qui est en mouvement par rapport à qui ?
Complète le tableau par oui ou par non.

	A	B	C	Bus	Trottoir
A		……	……	……	……
B	……		……	……	……
C	……	……		……	……
Bus	……	……	……		……
Trottoir	……	……	……	……	

4 *Histoire de trajet*

Une voiture met 3 h 30 pour aller de Rennes à Paris (soit environ 350 km).

a. Lors du trajet, le mouvement a-t-il été uniforme ?

……………………………………………

……………………………………………

……………………………………………

b. Quelle est la vitesse que l'on peut calculer sur ce trajet ?

……………………………………………

c. Le conducteur a-t-il fait un excès de vitesse ?

……………………………………………

5 CONTRÔLE EXPRESS

Observe bien le diagramme ci-dessous d'un objet qui se déplace sur un axe horizontal.

a. **Peux-tu décrire** les différentes phases de ce mouvement rectiligne ?

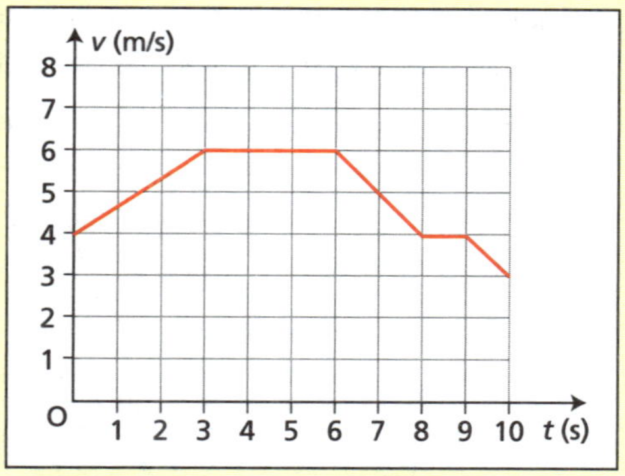

Phase 1 : ……………………………………

Phase 2 : ……………………………………

Phase 3 : ……………………………………

Phase 4 : ……………………………………

Phase 5 : ……………………………………

b. **L'objet s'est-il arrêté ?**

……………………………………………

……………………………………………

? indice

Si l'objet s'arrête, c'est que sa vitesse est nulle.

Corrigés page 39 du Guide

6 Les différents types de signaux

Je me demande...
Quels sont les principaux types de signaux ? Comment se propagent-ils ?

Les points clés

1 Signal

● Un **signal** est une information donnée par un **émetteur** et transmise par un type d'ondes à destination d'un **récepteur**.

Signaux
- **sonores** : voix, détonations
- **optiques** : signaux de fumée, mouvement
- **lumineux** : couleur
- **radio** : radiodiffusion, talkie-walkie
- **électriques** : télécommunications, électronique

2 Ondes mécaniques ou électromagnétiques

● Les **ondes mécaniques** mettent en mouvement leur environnement (les vagues agitent la mer, les tremblements de terre secouent le sol) ; l'énergie est transmise par ce mouvement. Elles ne peuvent se propager que **dans de la matière** : l'air, le sol, l'eau, etc.

● Les **ondes électromagnétiques** n'interagissent pas mécaniquement avec leur environnement. Elles peuvent se propager :
– **dans le vide** (lumière du Soleil, ondes radio des smartphones) ;
– **dans la matière** (lumière du Soleil à travers une vitre).

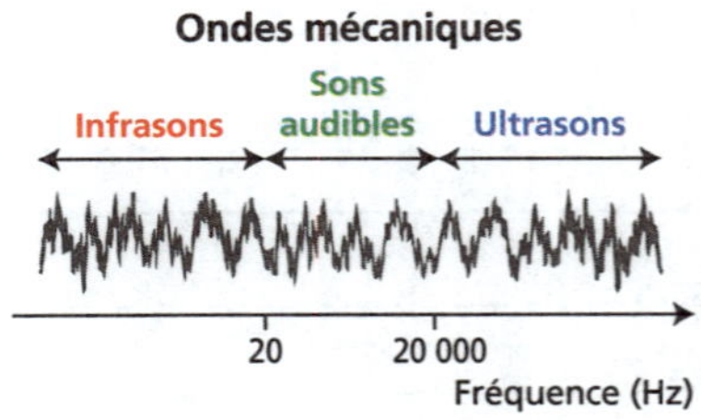

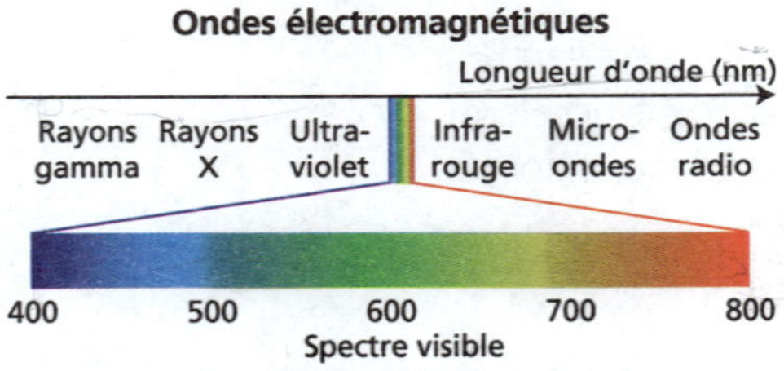

Un peu de méthode

Comprendre la notion de propagation d'une onde

● En donnant une courte impulsion au ressort, je crée une **perturbation** locale. Cette perturbation se transmet, constituant une onde qui se propage.

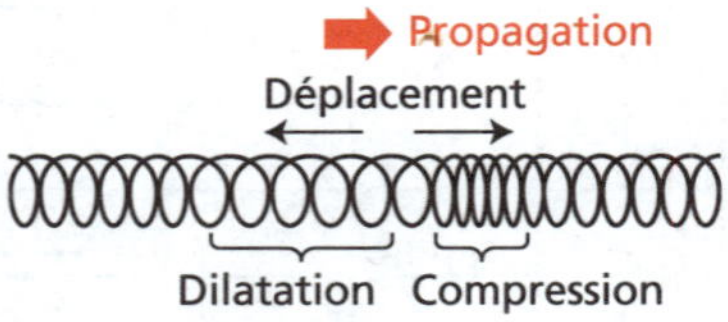

● L'onde (ici mécanique) se propage avec une vitesse *v* le long du ressort sans déplacement de celui-ci (il reste sur place). C'est pourquoi on parle de propagation et non de déplacement. Cette onde transporte l'**énergie mécanique** liée au mouvement.

On s'entraîne !

1 QUIZ

Relie chaque signal au type d'ondes correspondant.

- a. lumière
- b. vibration
- c. radio
- d. son

- ondes électromagnétiques
- ondes mécaniques

2 *Les deux types d'ondes*

Complète les schémas avec les mots suivants :
le vide • la matière uniquement • sans interaction • en mouvement

Les ondes mécaniques
→ se propagent dans la matière uniquement
→ en la mettant ....

Les ondes électromagnétiques
→ se propagent dans ....
→ .... mécanique avec l'environnement.

3 *Milieu de propagation*

Indique les milieux dans lesquels chaque signal peut se propager en cochant les cases correspondantes.

Signal	Matériaux			
	Air	Eau	Vide	Métal
Lumière				
Son				

4 *Alarme*

Beaucoup de systèmes d'alarme et de signalisation combinent des signaux lumineux et sonores.

Explique pourquoi ces deux éléments sont complémentaires.

....

....

5 *Émetteur ou récepteur ?*

Voici une liste de dispositifs qui utilisent les ondes radio pour communiquer.

Sont-ils émetteurs ou récepteurs de signaux ?

Dispositif	Émetteur	Récepteur
Poste radio		
Enceinte bluetooth		
Téléphone mobile		
Four micro-ondes		
Antenne-relais		
Parabole TV		

6 CONTRÔLE EXPRESS

Un sonar est un appareil utilisant les propriétés particulières de la propagation du son dans l'eau.

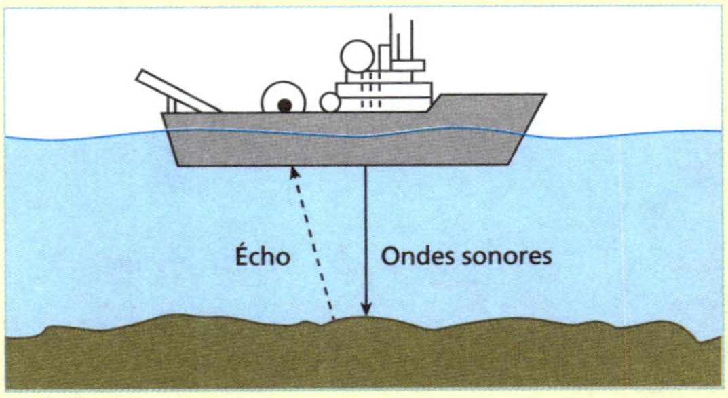

Explique comment cette technologie peut être un dispositif utile pour la navigation et la pêche.

....

....

....

....

? indice

Le temps mis par l'écho pour revenir permet d'estimer à quelle distance se trouve l'objet percuté par l'onde.

Corrigés page 40 du Guide

7 Les sources primaires et les objets diffusants

Je me demande...
Quelles sont les conditions pour voir un objet ? Qu'est-ce qu'une couleur primaire ?

Les points clés

1 Sources de lumière

- On appelle **source primaire**, toute source qui **produit sa propre lumière** (Soleil, braises, filament d'une lampe...).
- On appelle **objet diffusant**, tout objet qui **renvoie de la lumière**. Il n'est donc visible que s'il est éclairé par une autre source (Lune, écran de cinéma...). La **diffusion** est un phénomène au cours duquel un corps renvoie la lumière reçue **dans toutes les directions**.

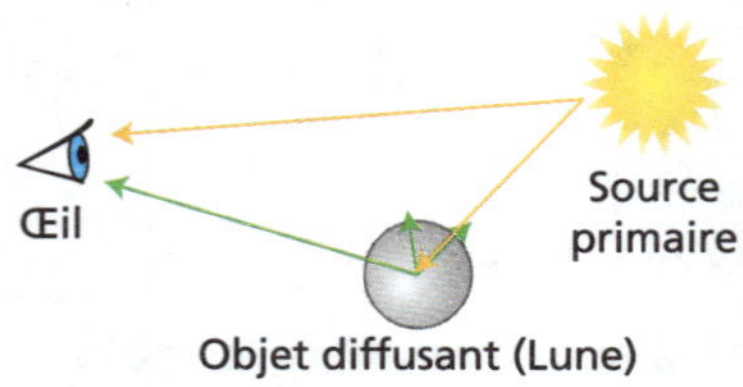

2 Conditions de visibilité

- Pour voir un objet, il faut que la lumière pénètre dans l'œil de l'observateur. Pour voir un objet diffusant, il faut donc qu'il soit éclairé par une source primaire et que sa lumière diffusée pénètre dans l'œil de l'observateur.

Un objet transparent	laisse passer la lumière qu'il reçoit
Un objet translucide	laisse passer une partie de la lumière
Un objet opaque	ne laisse pas passer la lumière, mais la renvoie

Un peu de méthode

Comprendre l'origine de la couleur des objets

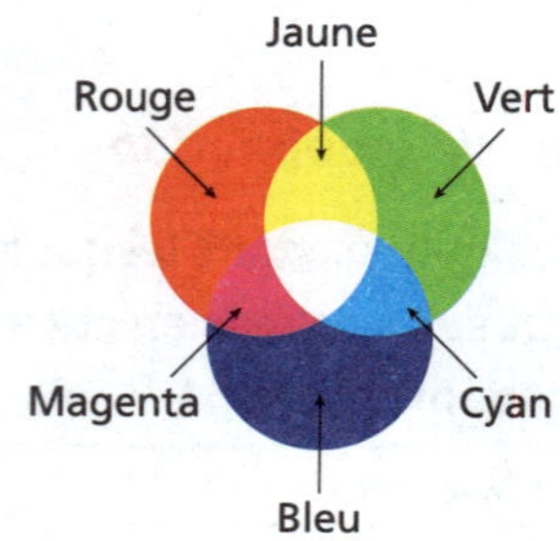

- La lumière du Soleil est **blanche** et contient toutes les couleurs du **spectre visible**.
- En combinant les **trois couleurs primaires : rouge, vert, bleu**, on obtient toutes les nuances de couleur. Les écrans d'ordinateur et les projecteurs de cinéma utilisent ce procédé.
- Les objets colorés diffusent (ou absorbent) une partie de la lumière et des couleurs qu'ils reçoivent. EXEMPLE un objet jaune diffuse le rouge et le vert qu'il reçoit, mais absorbe toujours le bleu.

Un objet noir ne diffuse aucune couleur !

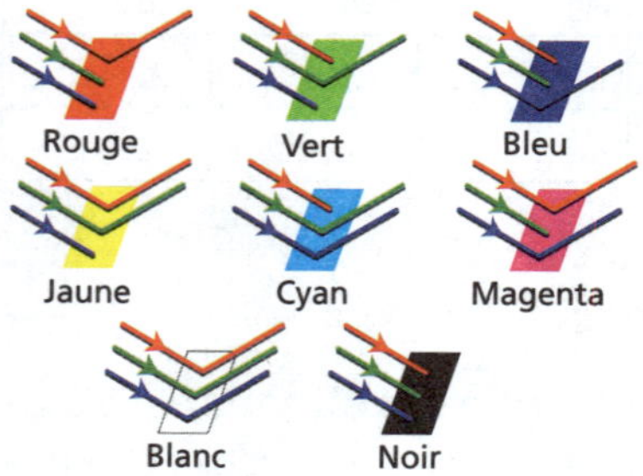

On s'entraîne !

1 QUIZ

Relie chaque objet à sa nature.

a. pomme •	
b. Jupiter •	• source primaire
c. nuage •	
d. TV allumée •	• objet diffusant
e. TV éteinte	

2 *Couleurs primaires et secondaires*

Place les couleurs primaires sur le schéma.

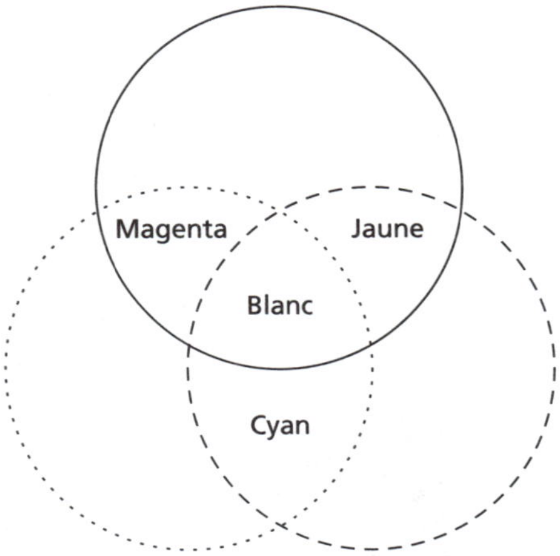

3 *Propriétés des matériaux*

Pour préparer un théâtre d'ombres, il faut classer les matériaux selon leurs propriétés.

Complète le tableau en cochant les bonnes cases.

Matériaux	Transparent	Translucide	Opaque
Bois	....	....	....
Plastique	....	....	....
Toile	....	....	....
Carton	....	....	....
Calque	....	....	....

? indice

Demande-toi quels matériaux laissent passer la lumière.

4 *Une bonne blague*

Dans l'obscurité, j'éclaire le drapeau français avec un spot jaune.

Comment va-t-il apparaître ?

....

....

5 CONTRÔLE EXPRESS

a. Un filtre de couleur empêche le passage de la lumière de couleur complémentaire à sa propre couleur.

Indique les couleurs primaires transmises ou bloquées.

Couleur du filtre	Couleurs primaires transmises	Couleurs primaires bloquées
Rouge	....	....
Bleu	....	....
Jaune	....	....

b. La lumière émise par un superbe ciel bleu intense est formée essentiellement de rayons bleus et très peu de rayons rouges et verts. Les nuages blancs correspondent à un mélange de 33 % de bleu, 33 % de vert et 33 % de rouge. La solution pour faire des photos noir et blanc est d'utiliser un filtre appelé filtre de contraste.

Quel filtre peux-tu proposer ?

....

....

....

....

....

? indice

Le filtre doit être bleu ou jaune.

Corrigés page 40 du Guide

DES SIGNAUX POUR OBSERVER ET POUR COMMUNIQUER

8 La propagation de la lumière

Je me demande...
Comment la lumière se déplace-t-elle dans le vide ? Comment les ombres se forment-elles ?

Les points clés

1 Propagation rectiligne de la lumière

Mot-Clé
Rayon : trajet suivi par la lumière pour aller d'un point à un autre.

- Dans un milieu transparent et homogène comme l'air ou le vide, la lumière se propage en ligne droite : on dit que sa **propagation est rectiligne**.
- Le trajet de la lumière peut être modélisé par des demi-droites munies d'une flèche indiquant le sens de propagation : les **rayons lumineux**.
- Un **faisceau de lumière** est constitué d'une infinité de rayons lumineux provenant d'une même source. Les bords du faisceau lumineux sont représentés par ses rayons limites.

2 Formation des ombres

- Une **source ponctuelle** est une source lumineuse de très petite dimension par rapport à celle de l'objet. Vue depuis l'objet, tout se passe comme s'il n'y avait qu'un point qui émet de la lumière.

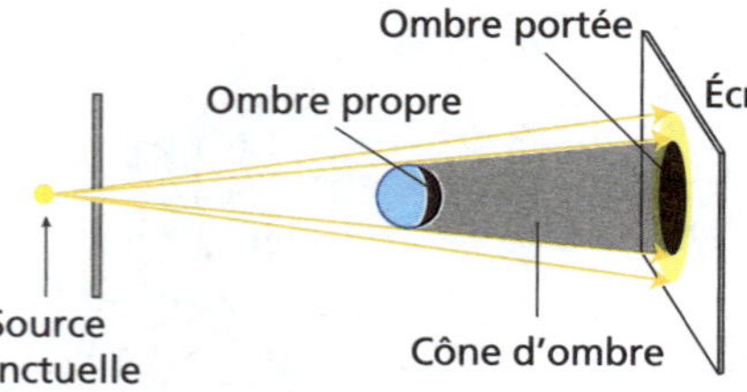

- Une partie seulement de l'objet est éclairée : la zone sombre de l'objet opaque est appelée **ombre propre**. Sur l'écran, la partie non éclairée est appelée **ombre portée**. Entre l'écran et la sphère, il y a le **cône d'ombre**.

Un peu de méthode

Déterminer les zones d'ombre et de pénombre

- La plupart des sources réelles ne sont pas ponctuelles : on dit qu'elles sont **étendues**.
- L'ombre d'un objet éclairé par une source étendue est plus ou moins nette à cause d'une pénombre qui l'entoure. La **pénombre** est cette zone partiellement éclairée située autour de l'ombre portée.
- Pour déterminer les zones d'ombre et de pénombre, il faut tracer les rayons lumineux partant des extrémités de la source étendue.

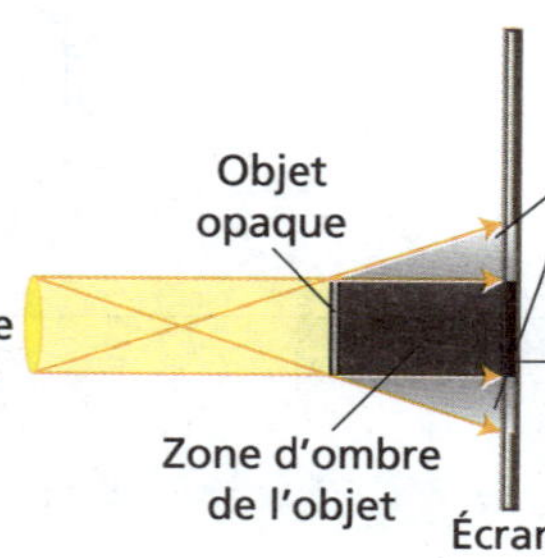

On s'entraîne !

1 QUIZ

Vrai ou faux ?

	V	F
a. La lumière se déplace sous forme d'oscillations.	☐	☐
b. Le Soleil est une source lumineuse ponctuelle.	☐	☐
c. La taille de l'ombre portée d'un objet dépend de sa distance avec la source lumineuse.	☐	☐

2 *Zone d'ombre*

Que voit l'observateur lorsqu'il regarde par le trou A ? B ? C ?

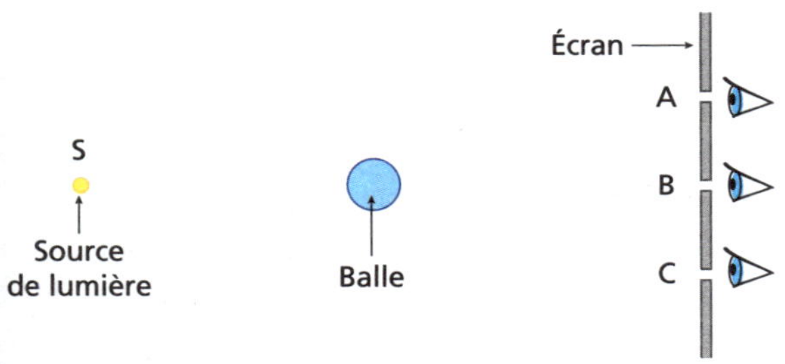

A → .... B → .... C → ....

? indice

Trace les rayons de lumières pour savoir si les trous sont dans la trajectoire de l'un d'eux ou bien dans l'ombre.

3 *Source ponctuelle ou étendue ?*

Voici une lampe de poche. Elle est équipée d'une ampoule à filament. Tu veux l'utiliser au laboratoire pour étudier les ombres.

Est-ce une bonne idée ?

....

....

....

? indice

Demande-toi s'il est possible d'obtenir des ombres nettes avec ce type de lampe.

4 *Rayon laser*

Que peux-tu répondre à l'affirmation « la lumière est invisible » ?

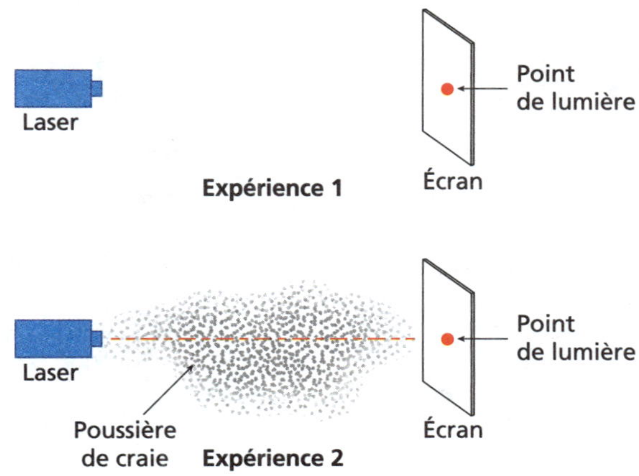

....

....

....

....

....

? indice

Si la lumière est vraiment invisible, demande-toi ce que tu vois dans l'expérience 2.

5 CONTRÔLE EXPRESS

Peux-tu prévoir ce qui se passe sur l'écran ?

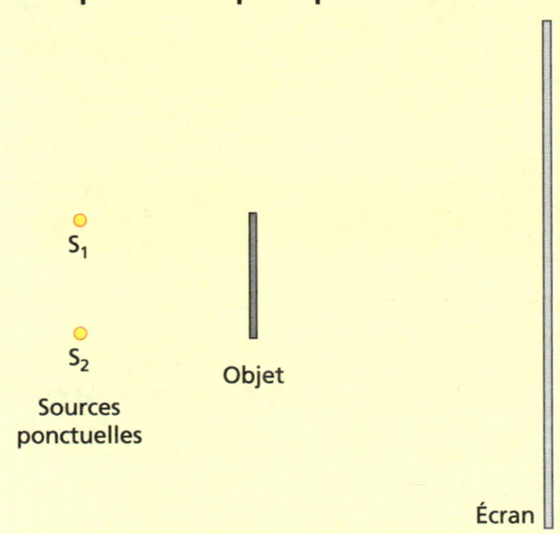

....

....

Corrigés page 40 du Guide

9 Les circuits électriques

Je me demande…
De quelle manière peut-on représenter un circuit électrique ?

Les points clés

1 Les circuits électriques

- Un circuit électrique est un assemblage d'au moins deux composants (**dipôles**).

Un générateur → **produit** de l'énergie électrique ···· EXEMPLES pile, batterie…

Un récepteur → **convertit** l'énergie électrique reçue en un autre type d'énergie (lumière, mouvement…) ···· EXEMPLES ampoule, moteur…

- Les **fils de connexion** véhiculent l'énergie électrique dans le circuit.
- Un **interrupteur** assure l'ouverture (le courant ne passe pas) ou la fermeture (le courant passe) du circuit électrique.
- Par convention, le courant électrique circule **de la borne + vers la borne –** du générateur.

Mots-Clés
- **Dipôle** : composant possédant deux bornes.
- **Symbole** : dessin simplifié représentant un composant électrique.
- **Schéma** : représentation graphique d'un circuit respectant des règles précises.

2 Schématiser un circuit

- Afin que tous les physiciens du monde puissent se comprendre, des règles ont été fixées pour représenter les circuits. On a donc défini :
  – des **symboles** associés à chaque composant d'un circuit ;
  – des **règles** précises pour schématiser correctement les montages électriques.
- Les principaux symboles rencontrés au collège sont :

Générateur · Interrupteur fermé · Interrupteur ouvert · Lampe · Moteur · Pile · Résistance

Un peu de méthode

Représenter schématiquement un circuit électrique

- Pour faire un bon **schéma**, il faut commencer par « dessiner » la pile (enfin, son symbole), sans oublier de noter la borne + et la borne –.
- On peut ensuite partir de la borne + par exemple et représenter dans l'ordre les dipôles présents sur la boucle du circuit.

Montage électrique	Schéma correspondant (à compléter)
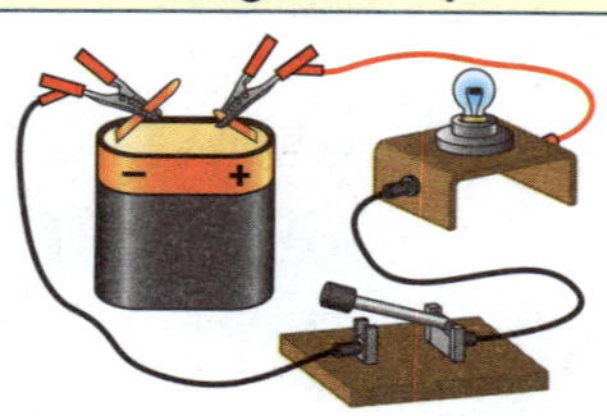	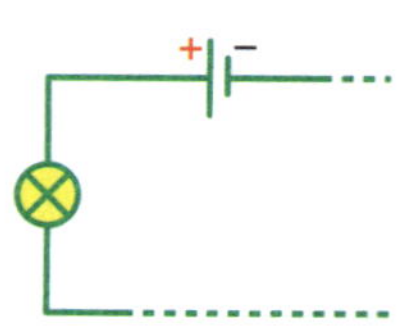

Attention ! Les fils de connexion sont toujours représentés par des traits horizontaux et/ou verticaux.

On s'entraîne !

1 QUIZ

Parmi les symboles suivants, entoure en rouge ceux qui représentent des récepteurs et en vert ceux qui représentent des générateurs.

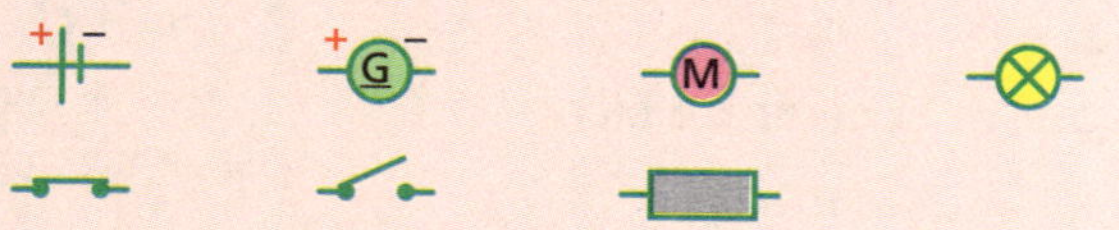

2 Test de matériaux

Pour tester certains matériaux, on réalise le montage suivant.

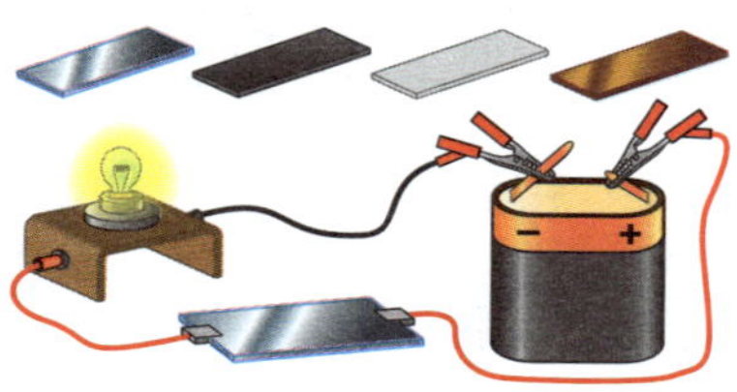

Voici les résultats.

Matériau	Éclat de l'ampoule
Bois	Non
Aluminium	++
Graphite	+
Fer	++

Que peux-tu en conclure sur les propriétés de ces quatre matériaux ?

3 Interrupteur avant ou après ?

Voici deux montages qui se ressemblent. Seule la position de l'interrupteur a été modifiée.

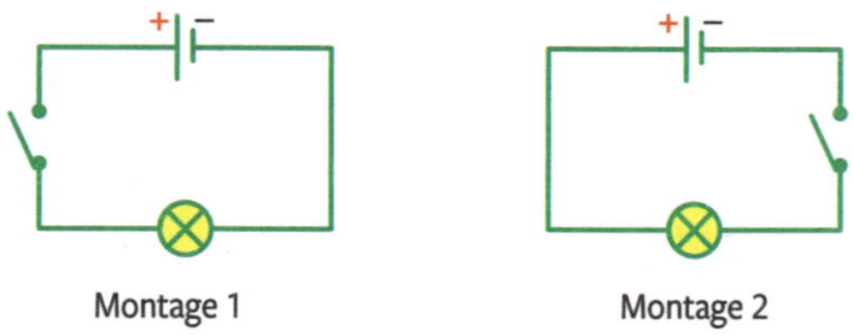

a. Que va-t-il se passer dans chacun de ces montages si l'on ferme l'interrupteur ?
b. Que peux-tu conclure sur la position de l'interrupteur dans ces circuits ?

4 Compléter un schéma

Voici un circuit composé d'une pile, de trois lampes et de 4 fils de connexion.

Termine le schéma.

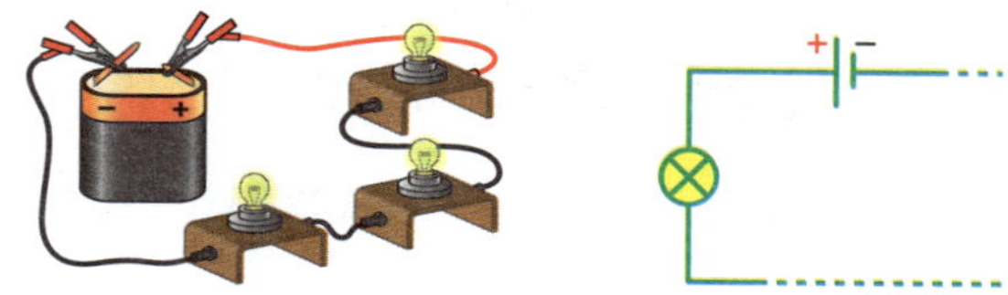

5 Un nouveau dipôle : la DEL

Une DEL est un dipôle qui ne laisse passer le courant électrique que dans un seul sens. On dit alors que ce dipôle est polarisé car son fonctionnement dépend de son sens de branchement.

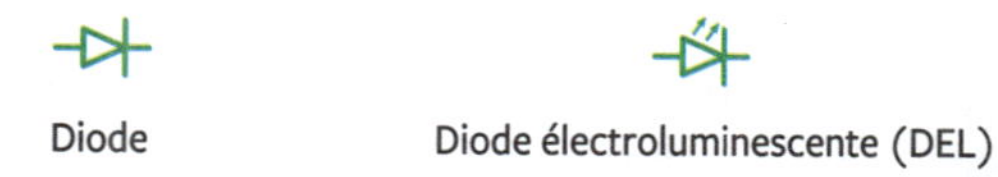

Lorsqu'une diode laisse passer le courant électrique, on dit qu'elle est branchée dans le **sens passant** (montage 1) ; si elle l'empêche de passer, on dit qu'elle est dans le **sens bloquant** ou non passant (montage 2).

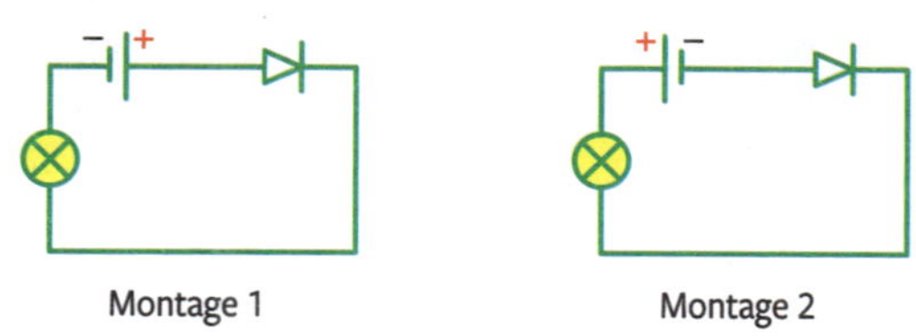

Dans certains appareils sensibles (par exemple un robot), une DEL dite « de protection » est placée juste après la batterie.

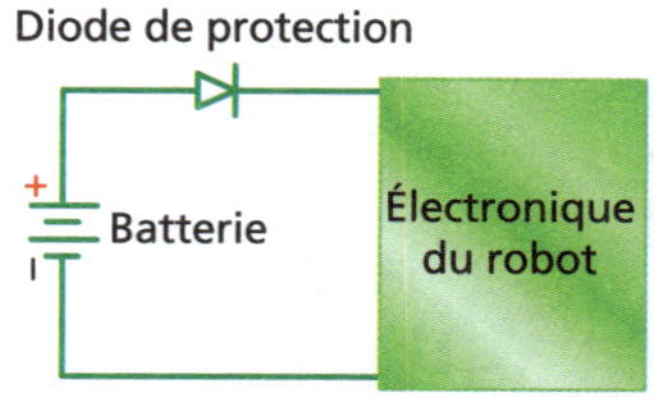

Quel est son intérêt, selon toi ?

6 CONTRÔLE EXPRESS

Observe bien les montages suivants. Repère leurs différences, puis représente les schémas correspondants.

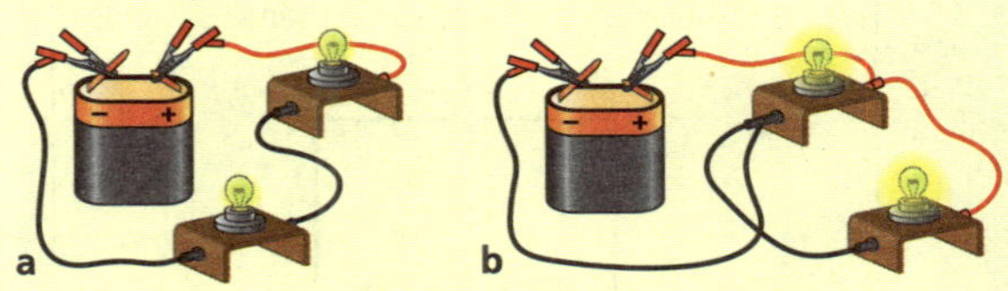

Corrigés page 41 du Guide

10 Les circuits en série et en dérivation

Je me demande...
Existe-il plusieurs façons de brancher deux lampes ? Vont-elles briller de la même façon ?

Les points clés

Pour faire briller deux lampes dans un circuit, il y a deux façons de les associer : elles peuvent être branchées en série ou en dérivation. Pour comprendre les différences entre les deux, observe et compare bien les deux montages suivants.

Mot-Clé
Boucle : circuit (ou branche de circuit) fermé.

1 Lampes en série

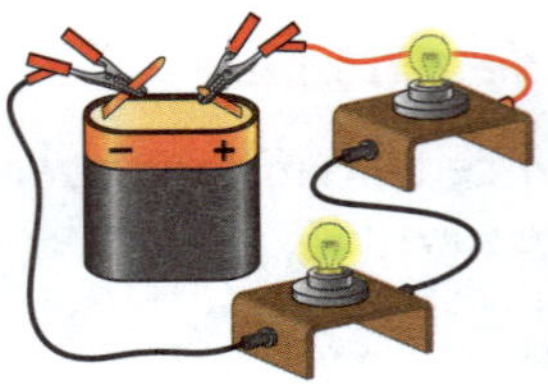

- Dans ce montage, les deux lampes se « suivent » : elles sont placées sur la même **boucle de circuit**.
- On dit que les deux lampes sont branchées **en série**.
- Inconvénients du circuit en série :
  - les lampes brillent faiblement ;
  - si l'une des lampes ne fonctionne plus, le courant ne circule plus dans le circuit et l'autre lampe s'éteint !

2 Lampes en dérivation

- Dans ce montage, les deux lampes ne se « suivent » plus. Le circuit est formé de **deux boucles** : chaque lampe est directement reliée à la pile.
- Quand il y a plusieurs boucles, on dit que les lampes sont branchées **en dérivation**.
- Avantages du circuit en dérivation :
  - les deux lampes brillent mieux qu'en série ;
  - si l'une des lampes ne fonctionne plus, l'autre continue de briller car elle est directement reliée au générateur.

Le circuit en dérivation a un défaut : il use la pile plus rapidement !

Un peu de méthode

Représenter schématiquement les deux types de circuit électrique

Deux lampes en série	Deux lampes en dérivation
Pour un circuit en série, on place le générateur et les différents éléments sur la même boucle. 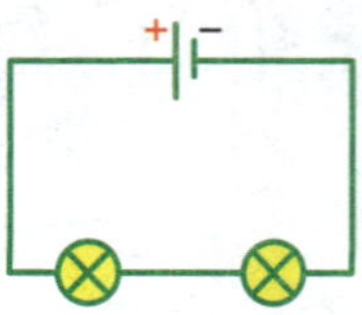	Pour un circuit en dérivation, on place chaque élément dans une boucle avec le générateur. 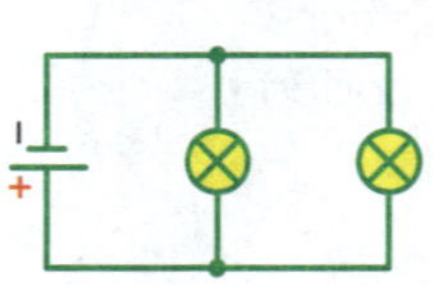

On s'entraîne !

1 QUIZ

Entoure les montages dont les lampes sont branchées en série.

a.

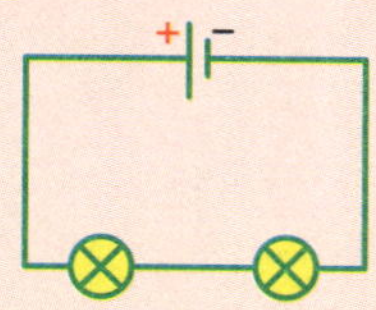

b.

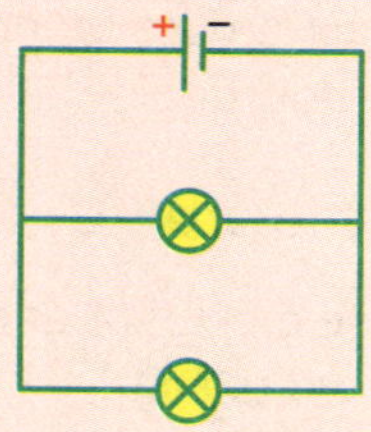

c.

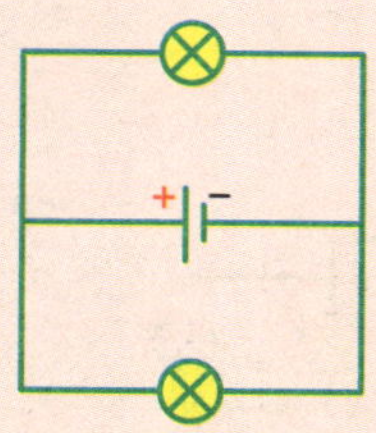

d.

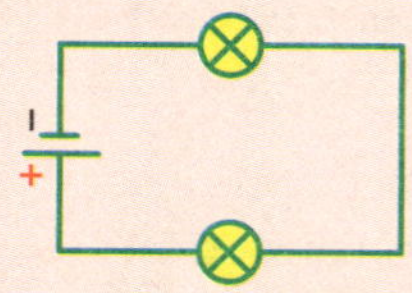

2 Circuits et schémas

Les deux montages suivants sont chacun composés de trois lampes.

Représente les deux schémas correspondants.

a.

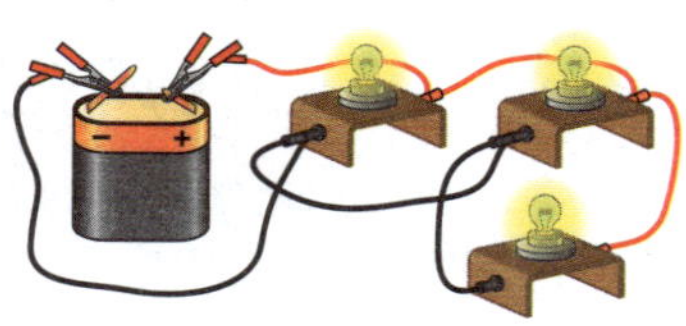

b.

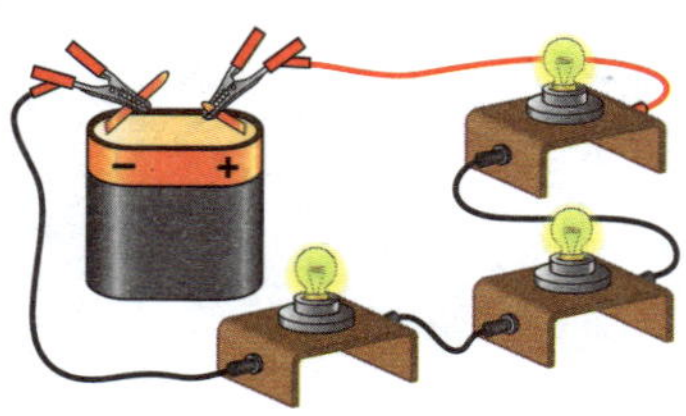

3 Attention à l'interrupteur !

Si on ouvre l'interrupteur, les lampes A et B, branchées en dérivation, s'éteignent. Il faudrait le déplacer pour qu'il puisse commander uniquement la lampe A et laisser la lampe B briller.

Où faut-il le mettre ?

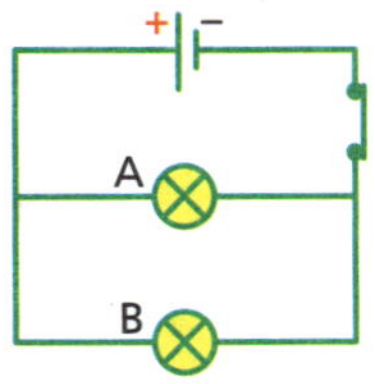

4 À la maison

Chez toi, il y a des appareils électriques qui fonctionnent souvent en même temps.

À ton avis, tous ces appareils sont-ils branchés en série ou en dérivation ?

....

....

? indice

Tu peux avoir besoin d'utiliser le four alors que tu regardes la télévision, mais il faut que tu puisses les faire fonctionner séparément.

5 À l'aide !

Passionné de modèles réduits, Jules a fabriqué une maquette de voiture. Pour équiper ce bolide d'un moteur et d'un système d'éclairage, il fait appel à toi. Voici ses consignes :

– les phares peuvent être allumés même si le moteur est éteint (et inversement) ;

– si un phare ne fonctionne plus, l'autre doit rester allumé ;

– on commande les deux phares en même temps.

Représente le schéma qui correspond aux consignes (avec une seule pile).

Rappel : symbole du moteur : –Ⓜ–

6 CONTRÔLE EXPRESS

Quels interrupteurs faut-il fermer pour faire briller uniquement la lampe B ?

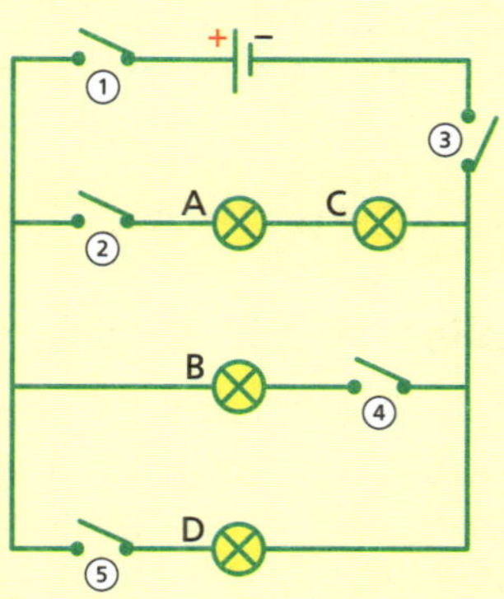

? indice

Seuls deux interrupteurs restent ouverts.

Corrigés page 41 du Guide

PHYS.-CHIMIE

11 La tension électrique dans un circuit - U (volt)

Je me demande...
Comment vérifier la tension aux bornes d'un dipôle ? À quoi correspondent les volts ?

Les points clés

Deux lampes branchées en série brillent moins que deux lampes branchées en dérivation. Pourtant, les circuits sont alimentés par la même pile. Pourquoi ?

1 Mesure de la tension électrique : le voltmètre

- La **tension électrique** (notée U) est une grandeur se mesurant entre deux bornes d'un dipôle (générateur, récepteur). Elle s'exprime en **volts** (V).
- Les récepteurs (lampes, moteur, etc.) ont une **tension nominale** : pour pouvoir fonctionner normalement, le générateur doit délivrer une tension correspondant à cette tension nominale.
- La tension électrique se mesure à l'aide d'un appareil appelé **voltmètre** de symbole –(V)–. Il se branche **en dérivation** aux bornes d'un dipôle (récepteur ou générateur).

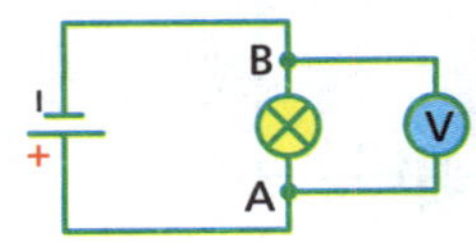

2 Lois des tensions dans un circuit

- On suppose que la tension nominale des lampes est de 6 volts.

Deux lampes en série

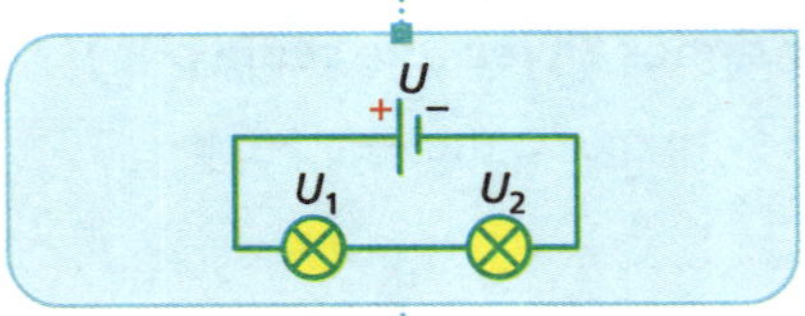

Résultats : $U = 6$ V ; $U_1 = 3$ V ; $U_2 = 3$ V
Loi : $U = U_1 + U_2$

$I = I_1 = I_2$

Deux lampes en dérivation

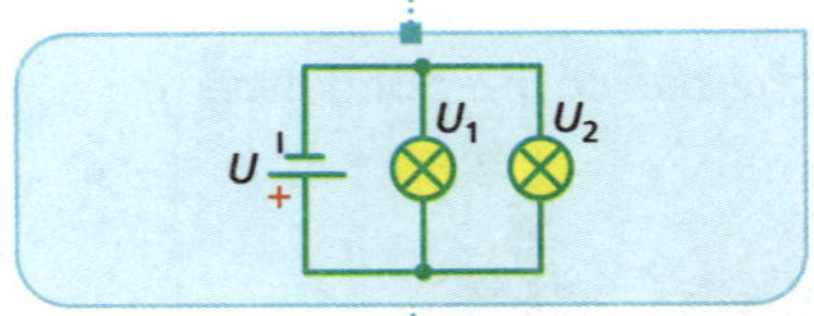

Résultats : $U = 6$ V ; $U_1 = 6$ V ; $U_2 = 6$ V
Loi : $U = U_1 = U_2$

$I = I_1 + I_2$

Un peu de méthode

Utiliser le mode voltmètre d'un multimètre

1. Il faut toujours placer le sélecteur sur un calibre supérieur à la mesure supposée (20 V continu, en classe).
2. Placer un fil noir sur la borne COM et un fil rouge sur la borne V.
3. Relier au circuit par un fil de connexion rouge la borne V (sur la borne du dipôle par laquelle entre le courant).
4. Relier au circuit par un fil de connexion noir la borne COM (sur la borne du dipôle par laquelle sort le courant).
5. Si la mesure est inférieure à la valeur du calibre suivant (2 V), on peut alors modifier le sélecteur pour obtenir une valeur plus précise.

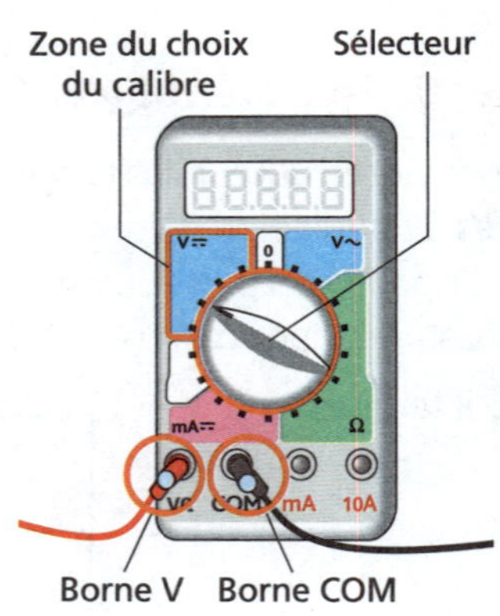

On s'entraîne !

1 QUIZ

Vrai ou faux ?

	V	F
a. Un voltmètre mesure l'intensité du courant.	☐	☐
b. La tension électrique s'exprime en kelvin.	☐	☐
c. Un voltmètre se branche toujours en dérivation.	☐	☐

2 Branchement du voltmètre

Un camarade te demande conseil. Il sait qu'il faut respecter des consignes pour utiliser un multimètre en mode voltmètre (sans l'endommager !).

a. Quel est le protocole précis ?

....

....

b. À ton avis, que se passe-t-il s'il inverse, par erreur, les deux fils de connexion ?

....

....

3 Problème de tension

Sidonie imagine le schéma suivant, avec une lampe dont la tension nominale est de 6 V, une résistance et une pile de 4,5 V.

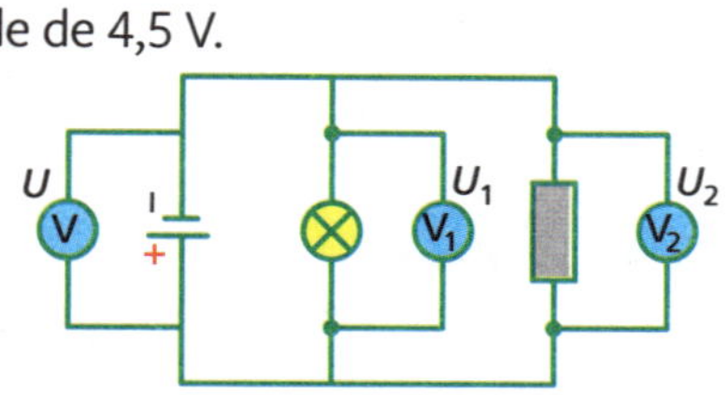

a. Quelles valeurs vont afficher les voltmètres V, V_1 et V_2 : 4,5 V ou 6 V ?

....

b. Qu'en penses-tu ?

....

....

? indice

a. Dans un circuit en dérivation : $U = U_1 = U_2$.

4 Attention, danger !

Voici une série de mesures de tension effectuée par le professeur. La pile délivre une tension de 6 V. Observe attentivement les schémas et les mesures.

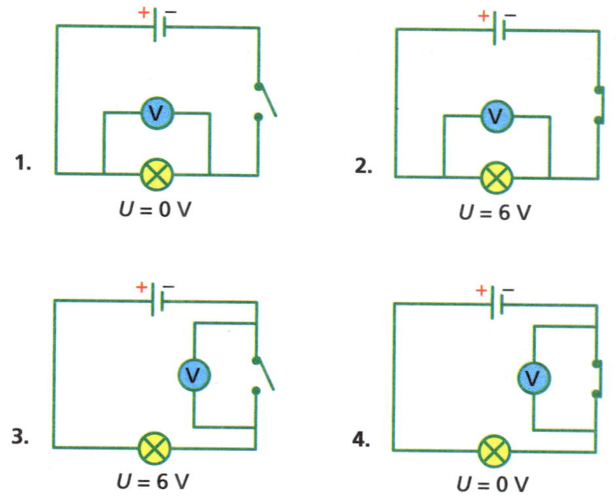

a. Dans les situations 1 et 2, les mesures de tensions aux bornes de la lampe te semblent-elles logiques ?

....

....

b. Analyse maintenant les situations 3 et 4.
À l'affirmation : « Lorsqu'un circuit est ouvert, la tension est nulle dans tout le circuit », que peux-tu répondre ?

....

....

5 CONTRÔLE EXPRESS

Voici trois montages. Les lampes L_1, L_2 et L_3 sont identiques (tension nominale 3 V). Dans les trois cas, le générateur délivre une tension de 3 V.

Pour chaque situation, indique l'éclat de chaque lampe : brille normalement, brille faiblement (sous-tension) ou risque de griller (surtension).

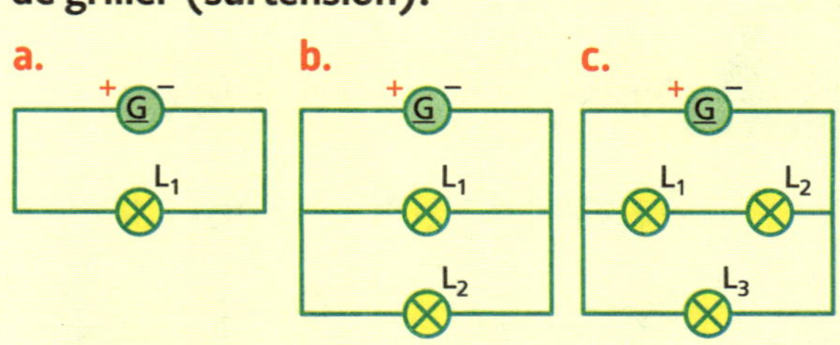

Corrigés page 41 du Guide

12 L'intensité du courant dans un circuit – I (A)

Je me demande...
Le courant qui circule dans un montage électrique est-il partout le même ?

Les points clés

Grâce aux mesures de tension électrique dans les circuits, nous avons un début d'explication concernant la différence d'éclat entre les lampes branchées en série et en dérivation. Mais que se passe-t-il au niveau du courant électrique ?

1 Mesure de l'intensité du courant électrique : l'ampèremètre

- **L'intensité du courant électrique** (notée I) est une grandeur qui mesure le débit d'électricité qui circule en un point du circuit. Elle s'exprime en **ampères** (A).
- *Rappel* : par convention, dans un circuit, le courant circule **de la borne + vers la borne –**.

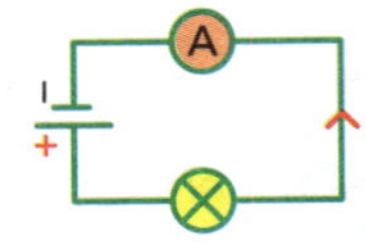

- L'intensité du courant se mesure à l'aide d'un appareil appelé **ampèremètre**, de symbole –Ⓐ–. Il se branche **en série** avec le dipôle (juste avant ou après).
- Utilisation du mode ampèremètre d'un multimètre :
1. mettre le sélecteur sur 10 A ;
2. placer un fil (noir) sur la borne COM et un autre (rouge) sur la borne 10 A.

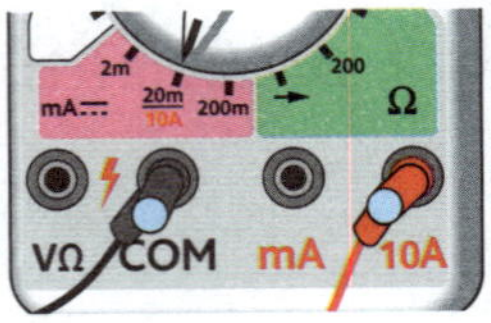

2 Lois des intensités dans un circuit

- On suppose que la tension nominale des lampes est de 6 volts.

Deux lampes en série

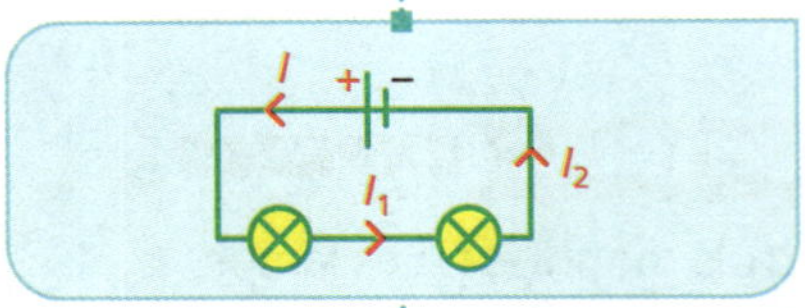

Résultats : $I = 0{,}6$ A ; $I_1 = 0{,}6$ A ; $I_2 = 0{,}6$ A
Loi : $I = I_1 = I_2$

Deux lampes en dérivation

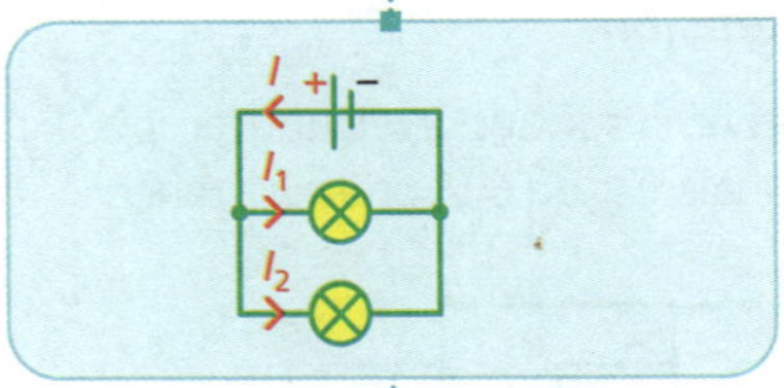

Résultats : $I = 1{,}8$ A ; $I_1 = 0{,}9$ A ; $I_2 = 0{,}9$ A
Loi : $I = I_1 + I_2$

Un peu de méthode

Ajouter un ampèremètre dans un circuit

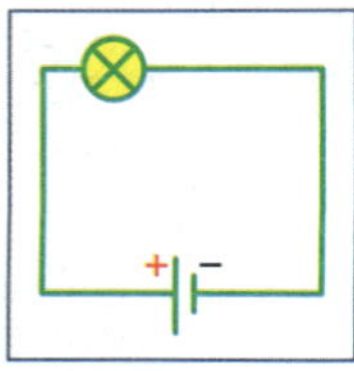	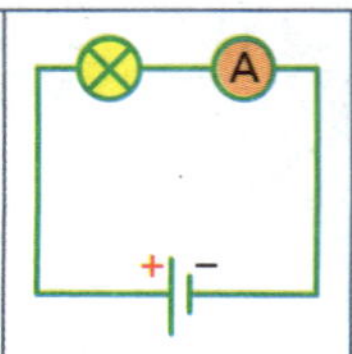	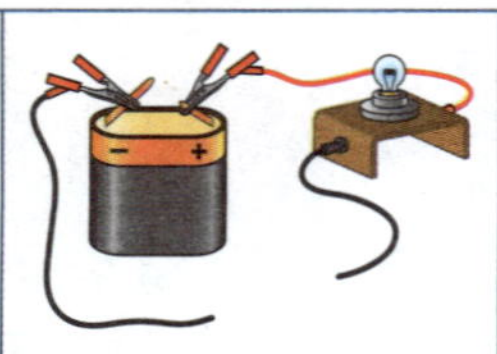	Un ampèremètre se branche **en série**. Cela veut dire qu'il faut ouvrir le circuit et intercaler l'ampèremètre entre les deux fils.

On s'entraîne !

1 QUIZ

Vrai ou faux ?

	V	F
a. Pour ajouter un ampèremètre dans un circuit, il faut ajouter un fil supplémentaire.	☐	☐
b. Un ampèremètre peut être placé avant ou après le dipôle, à partir du moment où il est bien placé en série avec le dipôle.	☐	☐
c. Lorsque j'ignore la valeur de la mesure, je dois mettre le sélecteur sur 10 A.	☐	☐

2 Texte à trous

Complète le texte suivant.

’.................... du courant électrique en un point lu circuit représente le .... du courant ılectrique en ce point. L'unité est l'.................... ’symbole ....), choisie en l'honneur du physicien rançais André-Marie Ampère. Pour mesurer ’intensité du courant électrique en un point du :ircuit, on utilise un .... que l'on branche ın .... au point considéré. La lettre .... lésigne l'intensité du courant électrique.

3 Position de l'ampèremètre

e voudrais mesurer l'intensité du courant qui raverse la lampe. J'hésite entre les deux propositions ıdiquées sur le montage pour placer l'ampèremètre.

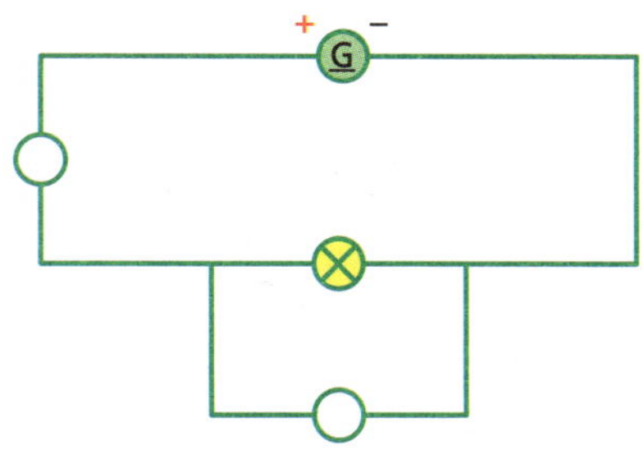

’eux-tu m'aider dans mon choix ?

? indice

Relis la méthode à la page précédente !

4 Voyage « Ampère inconnu »

Voici un montage composé d'une pile qui délivre 6 V, d'un interrupteur, d'une lampe L_1 (tension nominale 6 V, 0,2 A) et d'une lampe L_2 (tension nominale 6 V).

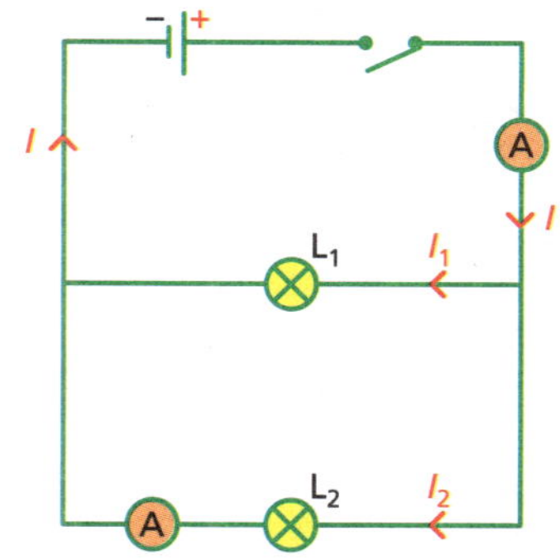

a. Dans cette configuration, **peux-tu prévoir** les valeurs affichées par les deux ampèremètres ?

....

b. On ferme l'interrupteur. Sur l'ampèremètre en série avec L_2, on peut lire I_2 = 0,3 A. **Que va afficher l'autre ampèremètre ?**

....

c. On dévisse la lampe L_1. (Rappel : pas de danger pour une tension continue de 6 V). **Cela va-t-il changer quelque chose pour les ampèremètres ?** Argumente ta réponse.

....

5 CONTRÔLE EXPRESS

Selon sa position dans le circuit, l'ampèremètre affiche soit 0,2 A soit 0,4 A.

Pour chacune de ses positions, peux-tu donner la valeur affichée par l'ampèremètre ?

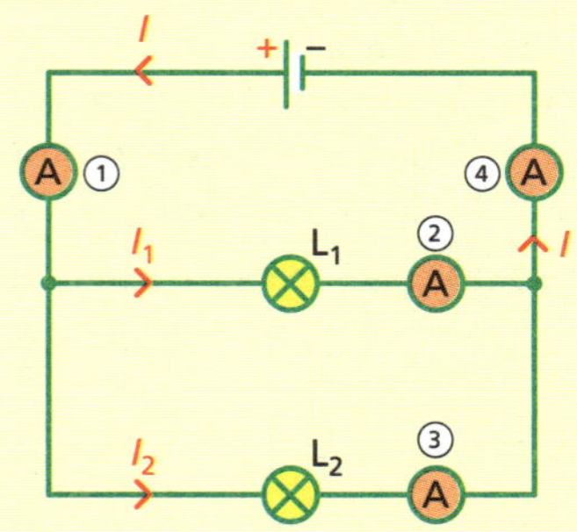

....

....

Corrigés page 41 du Guide

PHYS.-CHIMIE

13 Construire une gare moderne

Je me demande...
Pourquoi les gares ferroviaires sont-elles construites en dehors des centres-ville ?

Le problème

- Les tracés spécifiques des **lignes à grande vitesse** (LGV) nécessitent la création de nouvelles gares à proximité des grandes villes.
- Comment concevoir ces nouvelles gares pour qu'elles répondent à la fois à des **exigences humaines et environnementales** ?

Les documents

La gare d'Avignon TGV

Doc. 1 Vue aérienne de la gare d'Avignon TGV, construite en 2001.

Mots-Clés
- **Cahier des charges** : document regroupant les besoins et les contraintes d'un projet.
- **Contrainte** : obligation à respecter.
- **Besoin** : situation de manque.

Contraintes environnementales	Besoins humains à satisfaire
• Tracé de la LGV à proximité de la ville d'Avignon • Respect du paysage (espace naturel et patrimonial) • Risque d'inondation (proximité du Rhône) • Climat méditerranéen (fort ensoleillement, vent violent)	• Intermodalité (coordination des modes de transport ferroviaire et routier) • Sécurité et confort des usagers • Espace de services

Doc. 2 Le cahier des charges du projet de nouvelle gare.

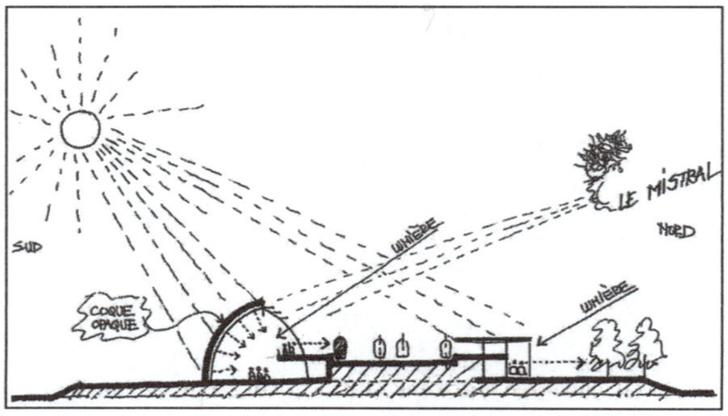

Doc. 3 Croquis des contraintes climatiques.

Doc. 4 Coupe transversale de la gare.

On s'entraîne !

1 QUIZ

Coche la (ou les) bonne(s) réponse(s).

Sur le document 1, on remarque :

- ☐ des parkings
- ☐ des montagnes
- ☐ un fleuve

2 *Du cahier des charges à la conception*

Pour chaque choix de conception de la gare d'Avignon TGV, retrouve la contrainte ou le besoin associé en t'aidant du document 2.

1. Environnement géographique

a. Emplacement peu urbanisé, sur un terrain non accidenté.

→ La gare doit se situer ....

b. Terrain en hauteur.

→ La gare doit éviter ....

c. Utiliser des matériaux nobles (bois et acier) et des couleurs en harmonie avec le cadre naturel.

→ La gare doit s'intégrer dans ....

2. Usages

d. Prévoir une structure d'attente et/ou de transit à l'abri de la chaleur et du vent, insonorisée.

→ La gare doit assurer ....

e. Prévoir un parking directement desservi et une gare routière, tous deux suffisamment dimensionnés.

→ Les voyageurs doivent pouvoir changer facilement de ....

f. Prévoir une zone avec des boutiques.

→ La gare doit offrir aux usagers ....

3 *Nature et architecture (1)*

Relie les différents éléments naturels aux solutions conceptuelles apportées par l'architecture de la gare d'Avignon TGV en t'aidant des documents 3 et 4.

 • • 

 • • 

 • • 

4 *Nature et architecture (2)*

Coche les bonnes réponses.

a. La gare est à l'abri des crues du Rhône et des rivières proches car l'ensemble se trouve ☐ enterré ☐ surélevé ☐ éloigné, en particulier les voies ferrées.

b. À l'intérieur, l'espace est ☐ ouvert ☐ fermé et offre une zone agréable de transit aux passagers.

c. Une partie de la structure est vitrée afin de se protéger ☐ du vent ☐ du soleil.

d. L'autre partie, opaque, protège ☐ du vent ☐ du soleil.

5 CONTRÔLE EXPRESS

Complète la conclusion à l'aide des termes de la liste suivante :
conception • paysage • cahier des charges • contraintes • services • besoins

Dans un projet de gare moderne, les .... environnementales et les .... humains doivent être identifiés dans un ....

Les choix de .... apportent les solutions nécessaires à l'avancement du projet.

La gare n'est pas seulement un espace de voyage mais s'intègre dans un .... et offre des .... aux usagers.

Corrigés page 42 du Guide

TECHNOLOGIE

14 Favoriser le travail collaboratif

Je me demande...
Comment travailler au sein d'une équipe en dehors du lieu de l'entreprise ?

Le problème

● Comment concevoir un espace de travail qui permette aux employés des entreprises de **collaborer avec des personnes à distance** ? Quels sont les éléments de sécurité des données à mettre en place ?

Les documents

Mot-Clé
Réseau privé : connexion informatique restreinte à des utilisateurs identifiés.

La sécurité des données

● La **confidentialité** est nécessaire au bon fonctionnement d'une entreprise.

● Les employés ont parfois besoin de **travailler à distance** : c'est le télétravail.

● La connexion à un **réseau public** (ex : wi-fi dans une gare, un hôtel...) présente un **risque** : les données peuvent être visibles par des personnes extérieures.

● Les réseaux informatiques doivent être **sécurisés** afin de protéger les données des entreprises mais aussi les données personnelles.

Le bureau du futur ?

Doc. 1 Exemple de poste de travail à domicile.

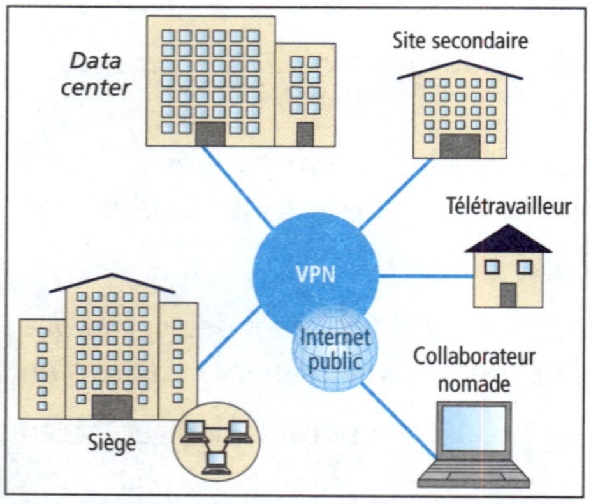

Doc. 2 Pour l'entreprise, un réseau sécurisé VPN (*Virtual Private Network* ou réseau privé virtuel).

Différentes technologies de communication

● **CPL** (courant porteur en ligne) : utilise les câbles électriques domestiques pour transmettre les données informatiques.

● **Wi-fi** (*wireless fidelity*) : réseau sans fil (par ondes radio) qui connecte des appareils électroniques entre eux sur une distance limitée (quelques mètres).

● **Bluetooth :** réseau sans fil (par ondes radio) qui connecte des appareils entre eux sur une courte distance (quelques centimètres).

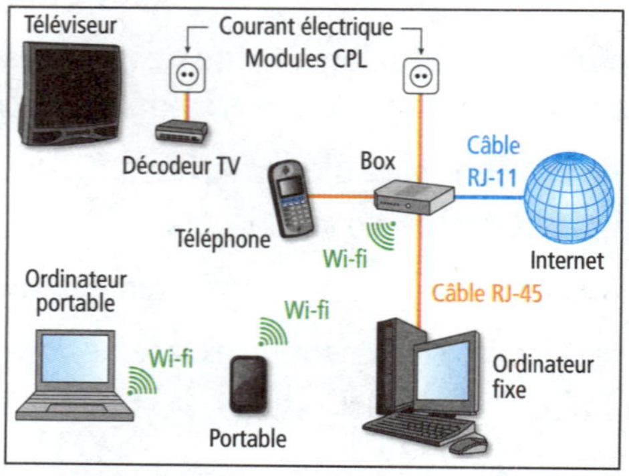

Doc. 3 Pour la maison, des connexions adaptées aux différents usages.

TECHNOLOGIE

On s'entraîne !

1 QUIZ

Relie chaque technologie de communication au type de transmission associé.

Wi-fi •	
CPL •	• sans fil (par ondes radio)
Bluetooth •	• filaire (par câble)
VPN •	

2 Observer

Coche la (ou les) bonne(s) réponse(s).

a. Sur le **document 1**, on identifie :
- ❑ un lieu de vie
- ❑ un lieu de travail

b. Le **document 2** met en évidence différents lieux de travail d'une entreprise où :
- ❑ les travailleurs ne se voient plus puisqu'ils travaillent toujours à domicile.
- ❑ les travailleurs sont reliés par le réseau professionnel qui les connecte à l'entreprise.
- ❑ les travailleurs utilisent le réseau Internet public pour se connecter au réseau de l'entreprise.

? indice

Un *data center* est un centre de données, un lieu regroupant les équipements informatiques d'une ou plusieurs entreprises.

3 Travailler à distance

Coche les bonnes réponses.

a. Le télétravail permet de gagner en performance tout en améliorant le travail ❑ personnel ❑ collaboratif.

b. Pour être mis en œuvre, le bureau de travail est alors réduit à un poste informatique disposant d'un ❑ réseau wi-fi ❑ réseau sécurisé afin de garantir la confidentialité des échanges.

c. Le bureau nomade permet de s'installer ❑ au siège ❑ dans un site secondaire de l'entreprise et de travailler avec toutes les fonctionnalités ergonomiques de son bureau dédié.

4 Les bons réseaux

Trouve les réseaux appropriés à chaque situation.

a. À l'occasion d'un déplacement professionnel, un travailleur se rend à un rendez-vous dans la salle de réunion d'un grand hôtel. Pour présenter son travail confidentiel dont les informations se situent sur un serveur de l'entreprise, il connecte son ordinateur à un réseau ❑ public ❑ privé.

b. Après la réunion, pour se connecter au réseau de l'entreprise et envoyer par courriel un fichier confidentiel à un collègue, il utilise ❑ le wi-fi de l'hôtel ❑ un réseau VPN.

c. Le lendemain, ce même travailleur reste à la maison car son fils est malade. Il se connecte chez lui pour faire un achat personnel avec ❑ le wi-fi ou le CPL ❑ un réseau VPN.

d. En fin de journée, il doit assister à une réunion mais il ne peut sortir de chez lui. Il envoie des documents professionnels à distance en utilisant ❑ l'Internet ❑ un réseau VPN.

? indice

Un réseau VPN est un réseau privé virtuel qui est sécurisé.

5 CONTRÔLE EXPRESS

Complète la conclusion à l'aide des termes de la liste suivante :

Internet • connexion • privé • wi-fi • virtuel

Le fait de disposer d'un bureau .... permet de travailler à différents endroits tout en restant en contact avec le reste de l'entreprise par l'intermédiaire d'un réseau .... disponible à tout moment.

Pour échanger des informations confidentielles, il est facile de créer une .... sécurisée à partir d'une liaison .... publique.

Chez soi, il est parfois possible de travailler sans installer une connexion filaire dédiée.

Pour cela, on peut utiliser une connexion sans fil de type ....

Corrigés page 42 du Guide

15 Adapter son habitation à l'environnement

Je me demande…
Qu'est-ce qu'un matériau isolant ? Qu'est-ce qu'une construction durable ?

Le problème

- Un toit doit être solide, isolant, adapté au climat, mais également durable et respectueux du paysage.
- Comment **concilier ces fonctions** particulières ?

Mot-Clé
Ergonomie : étude visant à adapter un objet technique pour en faciliter l'usage (confort, efficacité).

Les documents

Les fonctions d'un toit

Caractéristique d'un toit	Fonction d'un toit	Réponse technique adaptée à l'environnement
Solide	Résistance au vent	Fixations, poids, protections spécifiques (extrémités relevées…)
Isolant	Isolation thermique	Composition isolante végétale ou minérale (bois, pierre)
Adapté au climat	Mise hors d'eau (et de la neige)	Pente guidant l'eau hors de la zone à protéger
Esthétique	Mimétisme avec le paysage	Toit végétal en zone herbacée, en pierre locale en zone pierreuse
Durable	Protection des générations futures	Utilisation de matières premières renouvelables
Économique	Facilité de construction	Matériaux locaux et réutilisables
Habitable	Lieu de vie	Luminosité et aménagement (toit-terrasse, chien-assis, fenêtre)

Doc. 1 Fonctions d'un toit et réponses techniques adaptées à l'environnement.

Des régions et leurs toits

Doc. 2 Toit en ardoise en Bretagne : une pente forte et des pignons protecteurs.

Doc. 3 Toit en chaume et lauze en montagne, dans le Vercors : un matériau local et économique.

Doc. 4 Toit en tuile canal dans le sud de la France : un matériau économique sur un toit à faible pente.

Doc. 5 Yourte kazakhe : un matériau isolant et une structure démontable.

TECHNOLOGIE

On s'entraîne !

1 QUIZ

Vrai ou faux ? Observe le document 2 et coche la case qui convient.

	V	F
a. Le toit est protégé par des pignons.	❑	❑
b. Les matériaux sont modernes.	❑	❑
c. L'eau de pluie aura du mal à s'écouler.	❑	❑

2 Les contraintes

quoi sont adaptés les toits des documents 2, 4 et 5 ?

toit en ardoise breton •	• aux exigences esthétiques
toit en chaume alpin •	• au mode de vie nomade
toit en tuile « romaine » •	• à la rudesse climatique (vent, pluie, neige, gel)
oit bâché kazakh •	• aux fortes pluies

3 Les choix techniques

ur les documents 2 à 5, à quelles contraintes ont associés les choix techniques ?

précipitations abondantes •	• extrémités protégées
richesses aturelles locales •	• structure démontable
vent •	• inclinaison forte
nomadisme •	• composition minérale ou végétale

4 L'adaptation au climat

omplète les phrases suivantes.

Par fort ensoleillement, il est nécessaire pour protéger de la chaleur que le toit soit un isolant ....

Par fortes pluies, il est nécessaire que le toit guide au ....

c. Par vent fort, il est nécessaire que le toit ne s'envole pas et donc qu'il soit ....

5 Le choix des matériaux (1)

Recherche sur Internet des explications aux faits suivants.

a. Pour fabriquer les toits des maisons, les paysans du Vercors privilégient l'utilisation de matériaux comme le chaume ; les Kazakhs, le feutre ; les Méditerranéens, la terre cuite ; les Bretons, l'ardoise.
b. Une maison norvégienne typique a un toit végétal.
c. Quel type de toit est traditionnel dans ta région ? Explique sa forme et le choix des matériaux.

6 Le choix des matériaux (2)

Coche les bonnes réponses.

a. L'utilisation de matériaux
❑ locaux ❑ exotiques
et en quantités disponibles facilite l'atteinte d'un bon rendement efficacité/coût.

b. Dans un souci de durabilité, les concepteurs favorisent l'utilisation de matériaux
❑ renouvelables ❑ plastiques.

c. Les critères esthétiques dans le choix des matériaux sont liés à une adaptation au
❑ climat ❑ paysage.

7 CONTRÔLE EXPRESS

Complète la conclusion à l'aide des termes de la liste suivante :
développement • fonctions • local • renouvelables • environnement • matières premières • climatiques

Un toit est un objet technique d'autant plus efficace qu'il s'adapte à son .... Cela suppose que les réponses techniques aux .... à remplir doivent prendre en compte des paramètres ...., esthétiques, ergonomiques et d'approvisionnement ....

Les constructions qui respectent les objectifs d'un .... durable utilisent des .... disponibles et ....

Corrigés page 42 du Guide

Test - Bilan

Organisation et transformations de la matière

1 a. Un gaz est :
☐ compressible ☐ déformable

b. La vapeur d'eau est :
☐ visible ☐ invisible

c. L'eau peut être à l'état :
☐ solide ☐ liquide ☐ gazeux

2 a. Le volume d'un liquide se mesure avec :
☐ une balance ☐ une éprouvette graduée

b. La masse d'un liquide s'exprime en :
☐ mètres cubes ☐ kilomètres ☐ kilogrammes

3 a. L'eau salée est :
☐ un corps pur ☐ un mélange

b. Le mélange eau + huile est :
☐ homogène ☐ hétérogène

4 a. Dans un gaz, les particules sont :
☐ espacées ☐ en contact

b. Lors de la solidification de l'eau, la masse :
☐ augmente ☐ se conserve ☐ diminue

.... /9

Mouvement et interaction

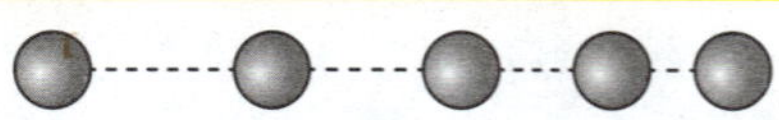

5 a. Le mouvement rectiligne de cette bille est :
☐ accéléré ☐ uniforme ☐ ralenti

b. Si le compteur indique 45 km/h, il s'agit d'une :
☐ vitesse instantanée ☐ vitesse moyenne

.... /2

Des signaux pour observer et pour communiquer

6 a. Les ondes sonores sont des ondes :
☐ électromagnétiques ☐ mécaniques

b. Une onde électromagnétique peut se déplacer :
☐ dans la matière ☐ dans le vide

7 a. Jupiter est :
☐ une source primaire ☐ un objet diffusant

b. Les trois couleurs primaires sont :
☐ rouge, vert et bleu ☐ jaune, cyan et magenta

8 a. Un rayon de lumière est :
☐ visible ☐ invisible

b. Dans quel cas peut-on observer une zone de pénombre ?
☐ avec une source ponctuelle
☐ avec une source étendue

.... /6

L'énergie et ses conversions

9 a. Les lampes et les moteurs sont :
☐ des récepteurs ☐ des générateurs

b. Par convention, dans un circuit fermé, le courant électrique circule :
☐ de la borne + vers la borne – du générateur
☐ de la borne – vers la borne + du générateur

10 a. Sur ce montage, les deux lampes sont :
☐ en série ☐ en dérivation

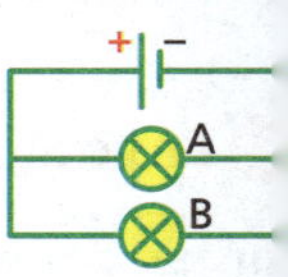

b. Si la lampe B grille, la lampe A :
☐ reste allumée ☐ s'éteint

11 a. L'unité de mesure de la tension est :
☐ le volt ☐ l'ampère ☐ le watt

b. Le voltmètre se branche toujours :
☐ en série
☐ en dérivation

12 a. Sur ce montage, les ampèremètres sont :
☐ correctement branchés
☐ mal branchés

b. L'intensité qui passe dans les lampes est :
☐ la même partout
☐ différente selon les lampes

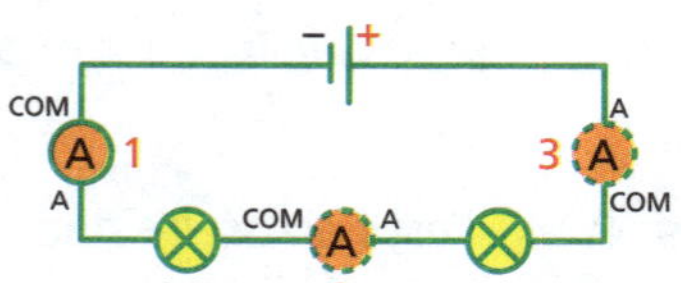

.... /8

Score total : .... /25 CORRIGÉS P. 42 DU GUIDE

PHYSIQUE-CHIMIE

ANGLAIS

1 Be, have, there is/there are

Je me demande…
Comment parler de soi, de ce que l'on a et de ce qu'il y a autour de soi ?

Les points clés

1 *Be*

- *Be* renseigne sur **ce que l'on est** (âge, nom, nationalité, métier, etc.).

I am (I'm) I am Paul. Je suis Paul.	he/she/it is (he's) He is a teacher. Il est professeur.	you/we/they **are** (you're) They are Germans. Ils sont allemands.

- Plusieurs **expressions** se construisent avec *be*, à l'inverse du français.

I'm twelve. J'ai douze ans. — I'm lucky. J'ai de la chance.
I'm hungry/thirsty. J'ai faim/soif. — I'm cold/hot, warm. J'ai froid/chaud.

2 *Have*

- ***Have got*** exprime **ce que l'on possède.** Peter has got one brother and five sisters.

Forme affirmative	I/you/we/they **have got**	he/she/it **has got**
Forme interrogative	**have** I/you/we/they **got?**	**has** he/she/it **got?**
Forme négative	I/you/we/they **have not got**	he/she/it **has not got**
Forme contractée	I've got / I haven't got	he's got / he hasn't got

- ***Have*** peut aussi se traduire par « **prendre** » ou « **faire** ».

Léa never has breakfast. Léa ne prend jamais de petit déjeuner.
Do you have a bath in the morning? Est-ce que tu prends un bain le matin ?

3 *There is/there are*

- *There is* et *there are* expriment **ce qu'il y a.**
- *There is* est suivi d'un **singulier**. *There are* est suivi d'un **pluriel**.

Si le premier mot de la liste est au singulier, on emploie *there is*.

There is a lorry and two cars. Il y a un camion et deux voitures.
There are five pigeons on the balcony. Il y a cinq pigeons sur le balcon.

jacket

trousers

skirt

blouse

shoes

socks

ANGLAIS

Un peu de vocabulaire

Family

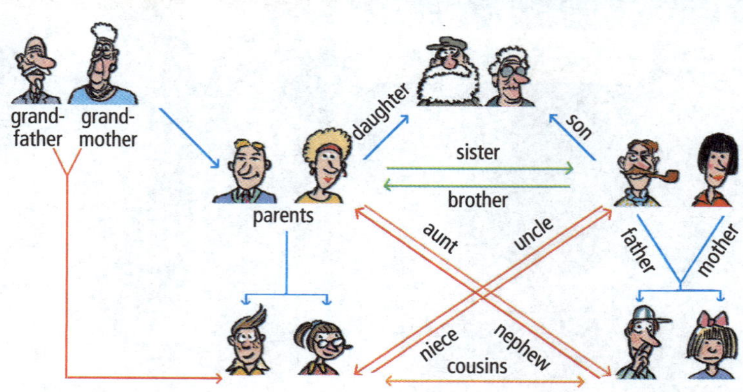

On s'entraîne !

1 QUIZ

Relie la phrase à la forme de *be* et/ou *have* qui convient.

a. I .... very hungry: I want to .... lunch now.
b. My sister .... ten.
c. She .... a piano lesson on Saturday.
d. .... you cold? No, I .... very warm.
e. My friends .... hungry and thirsty.

- has
- are, am
- are
- am, have
- is

2 Be

omplète les phrases suivantes avec *be* forme pleine).

. I .... very tired today.
. It .... ten o'clock.
My parents .... in Australia.
. John .... not at school today.
. We .... better than them.
He .... eleven years old.

indice
Attention aux expressions avec *be*.

3 Have got *ou* has got ?

omplète avec *have got* ou *has got* formes affirmative ou interrogative).

Keith .... a headache.
.... Paula .... a mobile ione?
My best friend .... a boyfriend.
.... you .... time for us?
I .... short hair.
You .... a German friend.
We .... a lot in common.

4 Comment dirais-tu... ?

a. J'ai de la chance.
....
b. Jane a faim et soif.
....
c. Je dîne tôt.
....

indice
dîner : to have dinner

5 Vocabulaire

Complète les phrases avec le bon vêtement.
trousers • skirt • jacket • shoes • socks

a. Put on your ...., it's cold outside.
b. Don't walk on the carpet with your ....
c. My .... are too long.
d. Put white .... with these shoes, they are more elegant.
e. Look at this girl, I think her .... is beautiful.

6 CONTRÔLE EXPRESS

Complète avec *there is* ou *there are* à la forme qui convient.

a. .... a pen and two books on the table.
b. .... ten roses in the vase.
c. .... a cake for you and your friends in the kitchen.
d. .... many students in the meeting room.
e. .... someone in the garage.
f. .... any tomatoes in the fridge?
g. .... any milk in the fridge?
h. .... a teacher and three pupils in the classroom.

indice
Someone est singulier.

Corrigés page 43 du Guide

2 Présent simple et présent en *be* + V-*ing*

Je me demande...
Quel présent utiliser pour décrire une action ?

Les points clés

1 Le présent simple

● Le présent simple sert à décrire des **actions habituelles**, à parler de **vérités générales** et de **faits permanents**.

Bridget works every day. Bridget travaille tous les jours.

It rains a lot in autumn. Il pleut beaucoup en automne.

● Il ne faut pas oublier le -*s* à la 3e personne du singulier et il faut utiliser l'auxiliaire *do* ou *does* (3e personne du singulier) dans les questions et les négations.

	I/you/we/they	he/she/it
Forme affirmative	I like comics.	He likes comics.
Forme interrogative	Do you like comics?	Does he like comics?
Forme négative	I don't (do not) like comics.	He doesn't (does not) like comics.

● Les adverbes de fréquence *often* (souvent), *sometimes* (quelquefois), *always* (toujours), *never* (jamais), *usually* (habituellement) se placent **avant le verbe**, mais toujours **après *be* conjugué**.

He is usually joyful but he sometimes seems sad.

Il est habituellement joyeux mais il semble parfois triste.

2 Le présent en *be* + V-*ing*

● Pour parler d'une action qui est **en train de se dérouler**, on emploie le présent en *be* + V-*ing* : on conjugue *be* au présent suivi du verbe + -*ing*.

	I	he/she/it	you/we/they
Forme affirmative	I am dancing.	He is dancing.	They are dancing.
Forme interrogative	Am I dancing?	Is he dancing?	Are they dancing?
Forme négative	I'm not dancing.	He isn't dancing.	They aren't dancing.

Un peu de vocabulaire

The house

chair

sofa

carpet

armchair

picture

bookcase

ANGLAIS

On s'entraîne !

1 QUIZ

Coche la case qui convient.

a. Michael ☐ is living ☐ lives in New York.

b. Brian ☐ has ☐ is having lunch now.

c. I'm at the airport; I ☐ wait ☐ am waiting for my flight.

2 *Le présent en be + V-ing*

ets les phrases suivantes à la forme négative.

Pamela is playing the piano.

....

Her friends are drinking tea.

....

I am taking a picture.

....

3 *Le présent simple*

ets les phrases suivantes à la forme terrogative.

Tom likes rap music.

....

You have breakfast every morning.

....

Pat often sleeps late.

....

Présent simple ou en be + V-ing ?

ets le verbe entre parenthèses au temps ui convient.

Look! Mark .... fast. (run)

Samantha .... sunglasses even in nter. (wear)

They can't come, they .... their omework. (do)

I .... chocolate. (love)

He always .... me late at night. (call)

5 *Décrire une image*

Décris ce que les élèves sont en train de faire en t'aidant des verbes suivants :
listen • eat • speak • look.

....

....

....

6 *Vocabulaire*

Regarde le dessin page de gauche et réponds aux questions suivantes.

a. Where is the computer?

The computer is in ....

b. Where is the cat?

....

c. Where are the toys?

....

d. Where is the umbrella?

....

e. Where is the tennis racket?

....

7 CONTRÔLE EXPRESS

Complète avec *do, does, is* ou *are*.

a. .... you playing or .... you working?

b. .... he help you? No, he ....n't.

c. The cat .... running after the puppy.

d. We .... not play cards.

e. .... you travel alone?

Corrigés page 43 du Guide

ANGLAIS

3 L'expression du futur

Je me demande...
Quelles sont les différentes formes du futur ?

Les points clés

1 Les différentes constructions

- Pour parler de l'avenir, trois formes du futur sont possibles.

***Be going to* + BV**
- Sert à exprimer le **futur proche** (décision ou prédiction d'un événement).
- *Be* se conjugue au présent ; *going to* et la base verbale (BV) sont invariables.

Look! I'm going to jump. It's going to snow.

Be* + verbe + *-ing
- Sert à exprimer le futur quand le sujet est un **être animé** et que l'**action est prévue**.

Jane is coming tonight. We're leaving next week.

***Will* + BV**
- Sert à exprimer des **faits futurs certains**.
- *Will* (*'ll*) ne se conjugue pas : I/you/he/we/they'll go.
- À la forme négative, on utilise *will not* (*won't*) + base verbale.

Sam won't be there.

- Pour évoquer une **action imminente**, on utilise *be about to*.

He's about to leave. Il est sur le point de partir.

2 *Question tags*

- Les *question tags* servent à demander une **confirmation** et sont très fréquentes en anglais.

Helen is going to dance, isn't she? Helen va danser, n'est-ce pas ?
You won't be late, will you? Tu ne seras pas en retard, pas vrai ?

carrots

cabbage

mushroon

lettuce

cucumbe

cauliflowe

Un peu de vocabulaire

Food, meals

I enjoy lunch time because I can talk with my friends, but my favourite meal is breakfast! What about you?

ANGLAIS

On s'entraîne !

1 QUIZ

Ces phrases sont-elles au présent (P) ou au futur (F) ?

	P	F
a. He is going to the market.	☑	☐
b. They are going to read.	☐	☑
c. She is coming.	☑	☐
d. She is coming at 5.	☐	☑
e. I am going to swim.	☐	☑

2 *Les trois futurs*

orme des phrases en utilisant une construction u futur différente pour chacun des cas.

x. : I • help you • tomorrow.
→ I'll help you tomorrow.
)u : → I'm going to help you tomorrow.
)u : → I am helping you tomorrow.

. We • invite the Taubers • for Christmas.
We'll invite the Taubers for Christmas

. She • take the train • tonight.
She'll take the train tonight

. They • go to Spain • next August.
They'll go to Spain next August

3 *La forme négative*

lets les phrases suivantes à la forme négative.

. They'll be at home later.
They won't be at home later

. Paul is going to open the door.
Paul isn't going to open the door

. I'll go to the concert next week.
won't go to the concert next week

. We're coming tonight.
We aren't going tonight

. You're going to win the competition.
You aren't going to win the competition

4 *Comment dirais-tu... ?*

a. Il va pleuvoir.
It's going to rain

b. Peter arrive ce soir.
Peter is coming tonight

c. Je voyagerai seul(e) l'année prochaine.
I'll travel alone next year

? indice

pleuvoir : to rain • voyager : to travel • seul(e) : alone

5 *Vocabulaire*

Observe le menu page de gauche et écris ce que cet homme a mangé aujourd'hui.

a. For breakfast he had bacon and eggs, sausages, toasts

b. For lunch he had chiken, potatoes beans, cheese, apple pie

c. For dinner he had fish and chips, peas, ice cream

6 CONTRÔLE EXPRESS

Choisis la réponse brève qui convient.

a. Is he going to come? •	• No, he isn't.
b. Will Sarah travel with us next year? •	• Yes, they will.
c. Are you leaving tonight? •	• Yes, she will.
d. Is he going to dive? •	• No, he isn't.
e. Will the journalists interview him tomorrow? •	• Yes, I am.

Corrigés page 43 du Guide

ANGLAIS

4 Les adjectifs, comparatifs, superlatifs

Je me demande…
Comment comparer les choses entre elles ?

Les points clés

1 L'adjectif

- L'adjectif accompagne le nom et en précise le sens. Il peut être **épithète** (I like your blue car) en se plaçant devant le nom, ou **attribut** (Paul is tall).
- L'adjectif est **invariable**. The boy is young. The teachers are young.
- Les adjectifs de **nationalité** prennent une majuscule. I am French.
- L'adjectif peut être **composé** : a light-grey car [une voiture gris clair].
- Certains adjectifs précédés de *the* ont un **rôle collectif** : ils désignent un groupe de personnes. Le verbe qui suit est alors au **pluriel**.

  The young like music. Les jeunes aiment la musique.

autumn

2 Les comparatifs

Le comparatif d'égalité : Il se forme en ajoutant *as* de chaque côté de l'adjectif.
Jane is as nice as Mary. Jane est aussi gentille que Mary.

winter

Le comparatif de supériorité :
- adjectif court + *-er* + than : Paul is taller than Joe. (big → bigger ; heavy → heavier et good → better ; bad → worse)
- *more* + adjectif long + *than* : Léa is more intelligent than her.

3 Le superlatif de supériorité

- Deux structures sont possibles selon le nombre de syllabes de l'adjectif.

the + adjectif court + -est	He is the nicest boy of the class. C'est le garçon le plus gentil de la classe.
the most + adjectif long	This is the most interesting book I have ever read. C'est le livre le plus intéressant que j'ai jamais lu.

spring

- Attention ! Il existe des superlatifs **irréguliers** : good → the best ; bad → the worst.

summer

Un peu de vocabulaire

Days, months

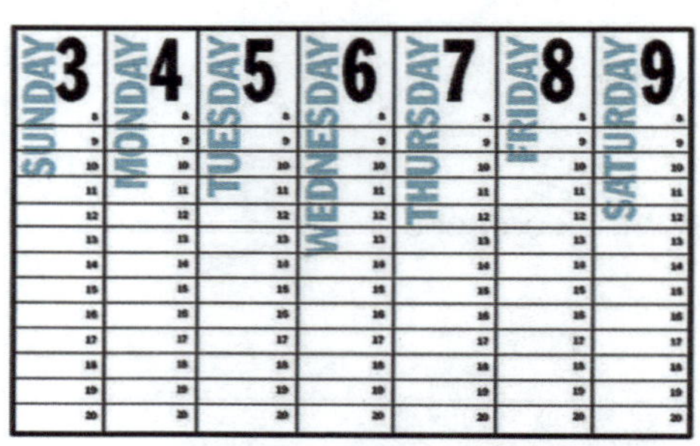

ANGLAIS

On s'entraîne !

1 QUIZ

Trouve la nature de l'adjectif.

a. The heavy bag is behind the door. •	• épithète
b. These flowers are lovely. •	• attribut
c. This garden is big. •	
d. I don't like this expensive dress. •	
e. These girls are tall. •	

2 L'adjectif

Mets les mots dans le bon ordre.

is • new • she • pullover • wearing • a • today.

She is wearing a new pullover today

dirty • my • dark • -grey • skirt • is.

My dirty skirt is dark-grey

today • hot • is • sunny • it • and.

Today it is hot and sunny

American • interesting • is • this • film.

This American film is interesting

and • looks • tired • old • she.

She

3 Le superlatif de supériorité

Mets ces phrases au superlatif.

My dog • fast • in town.

....

Bill • nice • of the class.

....

August • hot • month of the year.

....

This restaurant • good • in town.

....

Peter B. • bad • singer.

....

4 Le comparatif de supériorité

Construis des phrases avec les éléments donnés.

Ex. : Lucas • nice • interesting • Paul
→ Lucas is nicer and more interesting than Paul.

a. This restaurant • small • expensive • that one.

....

b. My teacher • tall • elegant • yours.

....

c. Mum • slow • careful • Dad.

....

d. Sarah • good at maths • Jane.

....

? indice
Attention, il y a un comparatif irrégulier.

5 Vocabulaire

Inscris ton emploi du temps dans la grille de la page de gauche et construis des phrases comme dans l'exemple donné.

Ex. : I have English on Mondays and Thursdays.

6 CONTRÔLE EXPRESS

Observe le dessin. Construis des phrases au comparatif ou au superlatif concernant ces coureurs.

Ex. : Matt runs faster than Paul. Matt is the fastest.

? indice
Utilise les adjectifs suivants :
fast • slow • good • bad.

Corrigés page 43 du Guide

5 Les noms

Je me demande…

Comment former le pluriel des noms ?

Les points clés

1 Les deux catégories de nom

- Les **dénombrables** = ce que l'on peut compter. Ils peuvent être précédés de l'article *a* et se mettre au pluriel : a window → windows ; a tree → trees.
- Les **indénombrables** = ce que l'on ne peut pas compter. Ils ne peuvent pas être précédés de l'article *a* ni se mettre au pluriel : milk, sugar, rice, money, time.

2 Le pluriel des noms

- Certains dénombrables forment leur pluriel en **-es** (prononcé IZ) :
  – mots terminés par *-s*, *-x*, *-sh*, *-ch* : dresses, buses, taxes, boxes, brushes, matches.
  – quelques mots terminés par *-o* : tomatoes, potatoes, mais pianos.
  – mots terminés par une consonne + *-y* : hobbies, babies, families, ladies, stories.
- La plupart des mots terminés par *-f*, *-fe*, *-lf* forment leur pluriel en *-ves*.
  leaf → leaves ; wife → wives ; knife → knives ; shelf → shelves
- Certains noms ont des pluriels **irréguliers** : man → men ; woman → women ; child → children ; foot → feet ; tooth → teeth ; mouse → mice ; penny → pence.

3 Quelques exceptions

Cas particulier	Formation du pluriel
people	est suivi d'un verbe au pluriel et ne prend pas de *-s* There **were** many people at the post office.
hair, luggage, furniture	sont toujours suivis d'un verbe au singulier et ne prennent pas de *-s* My hair **is** too short. Your luggage **is** heavy. This furniture **is** expensive.
fruit	est généralement au singulier I must buy **some** fruit. [indénombrable donc pas d'article a]
trousers, pyjamas	sont toujours au pluriel His trousers **are** dirty.
les noms composés	le 2e élément prend la marque du pluriel taxi drivers, toothbrushes, weekends

guitar

violin

cello

drums

trumpet

conductor

Un peu de vocabulaire

Jobs

doctor

dentist

actor

baker

butcher

grocer

postman

nurse

policeman

waiter

cook

mechanic

On s'entraîne !

1 QUIZ

Les noms suivants sont-ils dénombrables (D) ou indénombrables (I) ?

	D	I		D	I
a. pepper	☐	☐	b. computer	☐	☐
c. window	☐	☐	d. milk	☐	☐
e. sugar	☐	☐	f. time	☐	☐
g. money	☐	☐	h. orange	☐	☐
i. radio	☐	☐	j. bag	☐	☐
k. glass	☐	☐	l. meat	☐	☐
m. book	☐	☐	n. water	☐	☐
o. bread	☐	☐	p. chair	☐	☐

2 Le pluriel des noms

onne le pluriel des mots suivants.

. baby .... b. leaf ....
. foot .... d. man ....
. woman .... f. mouse ....
. child .... h. match ....
brush .... j. dress ....
. box .... l. tooth ....

3 Pluriels réguliers et irréguliers

ets ces mots au pluriel puis place-les ans la bonne colonne.

other • bus • baby • car • window • match • otato • boy • bag • box • piano

éguliers	Irréguliers

4 Is ou are ?

omplète les phrases suivantes.

...... your trousers on your bed?

His furniture ...... very beautiful.

You should go to the hairdresser; your hair ...... o long.

d. There ...... many people in the meeting room.

e. ...... your mother's luggage ready?

5 Comment dirais-tu... ?

a. Mon pantalon est neuf.

....

b. Il y a du monde au cinéma.

....

c. Mes cheveux sont longs.

....

? indice

neuf : new • au cinéma : at the cinema

6 Vocabulaire

Complète ces phrases avec un nom de métier.

a. The .... sells bread and cakes.

b. The .... sells meat, chicken and sausages.

c. The .... makes good dishes.

d. The .... repairs cars.

e. The .... sells eggs, milk, sugar and cheese.

? indice

to sell: vendre • dishes: plats

7 CONTRÔLE EXPRESS

Forme neuf mots composés en reliant un élément de la colonne A à un élément de la colonne B.

A	B
apple	paper
sitting	end
home	book
rain	room
copy	tree
week	work
news	driver
taxi	chair
arm	coat

Corrigés page 43 du Guide

6 La possession, les pronoms

my = mon/ma/mes
your = ton/ta/tes
its/his/her = son/sa/ses
our = notre/nos
your = votre/vos
their = leur/leurs

Je me demande…
Comment exprimer la possession ? Quels sont les différents types de pronoms ?

Les points clés

1 Les manières d'exprimer la possession

- Les **déterminants possessifs** sont toujours suivis d'un nom (mais ne s'accordent pas avec lui) : my cat, your cat, his/her cat, its ball, our cat, your cat, their cat.
Attention ! À la 3e personne du singulier, il faut choisir en fonction du **possesseur** : his name (le nom du garçon) ; her name (le nom de la fille) ; its name (le nom d'un animal ou d'un objet).

- Le **cas possessif** se forme ainsi :

nom singulier + 's	nom pluriel en *-s* + '	pluriel irrégulier + 's
Mary's dog le chien de Mary	the teachers' room la salle des profs	the postmen's bikes les vélos des postiers

- *Whose* interroge sur l'**appartenance**. Whose watch is this? À qui est cette montre ?

- Les **pronoms possessifs** remplacent le groupe nominal :
mine, *yours*, *his*, *hers*, *its*, *own*, *ours*, *yours*, *theirs*. It's my key. → It's mine.

2 Les pronoms personnels et réfléchis

- Il existe deux sortes de pronoms personnels :

Pronoms personnels sujets	I, you, he, she, it, we, you, they
Pronoms personnels compléments	me, you, him, her, it, us, you, them

- Les pronoms compléments se placent **après le verbe**. You must help her.

- Les pronoms réfléchis sont : *myself, yourself, himself, herself, itself, ourselves, yourselves, themselves*. On les emploie lorsque le sujet et le complément représentent la **même personne**. Ils servent aussi à **insister** sur le sujet.
I am looking at myself. Je me regarde. I did it myself. Je l'ai fait moi-même.

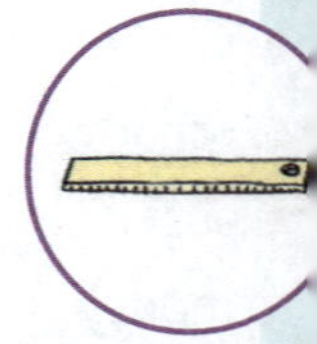
ruler

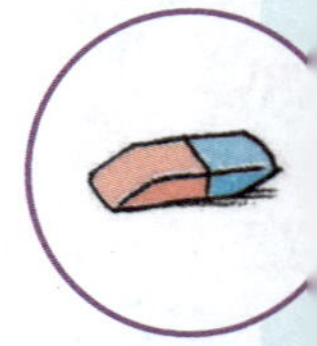
rubber

pencil case

pencil

ANGLAIS

Un peu de vocabulaire

School

pen

schoolbag

On s'entraîne !

1 QUIZ

Coche le bon pronom personnel.

a. She writes to Paul every day; I'm sure she loves ☒ her. ☐ him.
b. I don't understand this exercise; can you help ☒ me? ☐ us?
c. Give ☒ she ☐ her some money for the bus.
d. My friends are late, I am waiting for ☐ us. ☒ them.
e. Don't disturb ☐ him, ☒ me, I am watching an interesting film.

2 Les déterminants possessifs

omplète les phrases suivantes vec un déterminant possessif.

. Betty put her socks under the bed.
. I work with the Johnsons and their cousins in restaurant.
. My mother and I would like to invite you to our ountry house.
. I can't come, I must paint my door.
. Chuck is alone in your bedroom.

bath(room) = bain

? indice

Identifie le possesseur pour trouver le bon déterminant possessif devant chaque nom.

3 Le cas possessif

éponds aux questions comme ans l'exemple proposé.

x. : Is it Maureen's bag? (Susan)
No, it isn't. It's Susan's.

Is it the Brown's cottage? (the Carters)

....

Are they your parents' neighbours? (my friends)

....

Is it Alice's piano? (Elton)

....

4 La possession

Réponds aux questions en donnant toutes les réponses possibles.

Ex. : Whose car is it? (Brian)
It's Brian's car. It's Brian's. It's his car. It's his.

a. Whose baby is it? (Alicia)

....

b. Whose bikes are they? (John)

....

c. Whose radio is it? (Mr Bond)

....

d. Whose flowers are they? (Jessica)

....

5 Vocabulaire

Associe chaque mot au dessin qui le représente. Pour trouver le mot mystère, reporte la lettre placée à côté de chaque objet dans la case correspondante.

1. bag
2. pupil
3. pen
4. book
5. blackboard
6. pencil case
7. copybook
8. teacher

The mysterious word is:

1	2	3	4	5	6	7	8
C	O	M	E	U	T	P	R

6 CONTRÔLE EXPRESS

Ajoute le pronom réfléchi qui convient.

a. Bill cut ....
b. Susan took these pictures ....
c. I made this cake ....
d. The babies are looking at .... in the mirror.
e. We enjoyed .... at the party.
f. You have to ask .... the right questions.

ANGLAIS

Corrigés page 43 du Guide

7 Prétérit simple, verbes irréguliers

Je me demande...
Qu'est-ce que le prétérit ?
Comment se forme-t-il ?

Les points clés

Le prétérit simple sert à parler de **faits passés.**

1 *Be*

● Le verbe *be* prend deux formes au prétérit : ***was*** au singulier, ***were*** au pluriel.
I was, you were, he/she/it was, we were, you were, they were.

Forme affirmative	I was tired yesterday.
Forme interrogative	Were you tired yesterday?
Forme négative	I wasn't (was not) tired yesterday.

cheap/ expensive

2 Le prétérit des verbes réguliers

● Il se forme en ajoutant *-ed* à la base verbale à toutes les personnes.

rain → rain**ed** • listen → listen**ed**

Attention : like → lik**ed**; carry → carr**ied**; marry → marr**ied** mais play → play**ed**.

Forme interrogative	**auxiliaire** + sujet + base verbale + compléments Did you watch TV yesterday?
Forme négative	sujet + **auxiliaire** + *not* + base verbale + compléments She did not go to school yesterday.

rich/poor

● Dans les réponses brèves, on reprend le sujet sous forme de pronom personnel et l'auxiliaire *did*. Did you like the film? Yes, I did.

tall/short

3 Le prétérit des verbes irréguliers

● Certains verbes ont un prétérit irrégulier, le même à toutes les personnes :
take → took; buy → bought ; write → wrote; eat → ate; see → saw; have → had.

old/young

Un peu de vocabulaire

Body, face

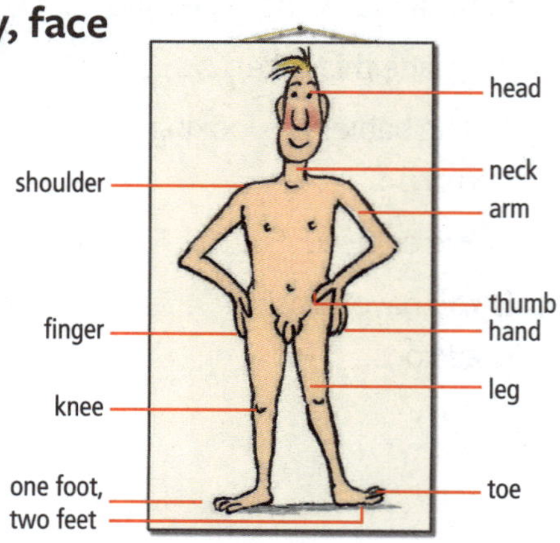

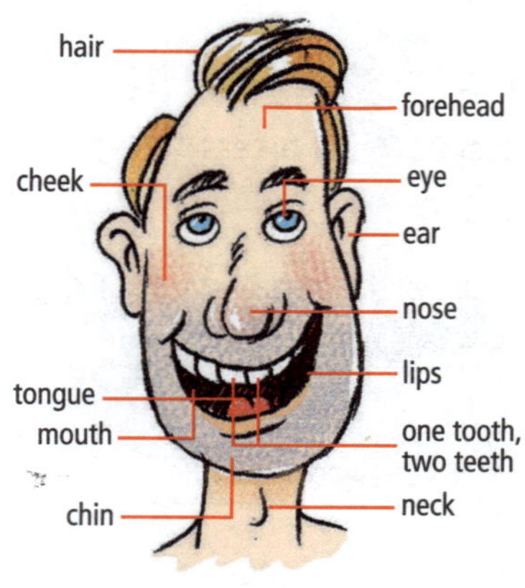

ANGLAIS

On s'entraîne !

1 QUIZ

Coche la case qui convient.

a. Helen and Paul ☐ was ☐ were very ill last week.

b. His friend ☐ was ☐ were nice with us.

c. My parents ☐ was ☐ were not at home when we arrived.

d. ☐ Was ☐ Were Paul's teacher patient with him?

e. ☐ Was ☐ Were you tired after the swimming lesson?

2 *La forme interrogative*

Mets ces phrases à la forme interrogative.

We bought her a nice present.

....

It was too cold there.

....

His parents took the plane.

....

She liked the perfume.

....

? **indice**

Il y a 3 verbes irréguliers.

3 *La forme négative*

Mets ces phrases à la forme négative.

My music teacher was late.

....

They drove to Dover.

....

Grandma watched TV late last night.

....

It was too cold to swim.

....

4 *Les verbes réguliers*

Mets ces verbes réguliers au prétérit.

a. play → ....

b. move → ....

c. worry → ....

d. practise → ....

e. carry → ....

f. use → ....

g. stay → ....

h. phone → ....

i. wash → ....

j. stop → ....

? **indice**

Attention aux modifications orthographiques de certains verbes.

5 *Vocabulaire*

Complète avec la partie du corps dont il s'agit.

a. I can smell with my ....

b. I can hear with my ....

c. I can walk with my ....

d. I can touch with my ....

e. I can see with my ....

f. I can eat with my ....

6 CONTRÔLE EXPRESS

Mets les verbes entre parenthèses au prétérit (attention à la forme).

a. She .... not .... the film. (like)

b. William .... at the library with me last Saturday. (be)

c. My father .... late for dinner yesterday evening. (arrive)

d. .... you angry? (be)

e. It .... a lot in Ireland. (rain)

f. We .... not .... the plane last summer. (take)

Corrigés page 44 du Guide

8 Les quantifieurs indéfinis, l'exclamation

Je me demande…
Comment exprimer une quantité vague ? Comment formuler une exclamation ?

Les points clés

1 Les quantifieurs indéfinis

- Ils expriment une **quantité** ou un **nombre approximatif**.

Grande quantité		
Dénombrable	**Indénombrable**	
many → many chairs, books, people	*much* → much milk, time, sugar, money	
a lot of → a lot of records, a lot of work		
Quantité non définie (du, de la, des)		
Phrase affirmative	*some* → There is some milk in the jug. There are some bottles here.	
Phrase interrogative	Réponse inconnue : *any*	Have you got any eggs?
	Réponse connue ou offre : *some*	Can I have some bread please? Would you like some tea?
Phrase négative	Contient une négation : *any*	There aren't any envelopes.
	Ne contient pas de négation : *no*	There are no envelopes.
Les composés suivent les mêmes règles d'emploi		
Personnes	→ *somebody, anybody, nobody/someone, anyone, no one*	
Choses	→ *something, anything, nothing*	
Lieux	→ *somewhere, anywhere, nowhere*	

2 L'exclamation

- *How* + adjectif ou adverbe : How nice he is! Comme il est gentil !
- *So* + adjectif ou adverbe : She is so nice! Elle est si gentille !
- *What* + groupe nominal (*what* est suivi de a ou *an* avec un dénombrable singulier) :

What a good driver! Quel bon conducteur ! [dénombrable singulier]
Mais : What great novels! Quels excellents romans ! [dénombrable pluriel]
What perfume! Quel parfum ! [indénombrable]

ANGLAIS

Un peu de vocabulaire

Town, country

snake

zebra

hen

bird

bear

monkey

On s'entraîne !

1 QUIZ

Coche la bonne réponse.

a. I need ❑ some ❑ any ❑ no more time to finish the exercises.

b. Are there ❑ some ❑ any ❑ no restaurants in the area?

c. Would you like ❑ some ❑ any ❑ no tea?

d. I must go to the bank. I have ❑ some ❑ any ❑ no money.

e. He hasn't got ❑ some ❑ any ❑ no posters.

2 Les composés de some

Complète ces phrases avec les composés de *some*.

a. I can hear some noise, there must be .... at the door.

b. Susan! Come here! I have .... for you.

c. My sisters are .... in the house.

d. There's .... on your nose.

e. Look! There's .... in the box.

? indice

a. Il y a 2 réponses possibles.

3 L'exclamation : what, how, so

Complète ces phrases exclamatives avec l'un des trois exclamatifs.

a. This journalist is .... interesting!

b. .... beautiful flowers he brought me!

c. .... expensive this bag is!

d. .... a nice man she has met!

e. Paul Smith was .... famous in his town!

f. I'm .... glad to see you!

? indice

Contrairement à *so*, *what* et *how* se placent toujours en tête de phrase.

4 L'exclamation : what, how

Transforme ces phrases en phrases exclamatives.

a. His parents are tolerant. ....

b. Sarah runs fast. ....

c. This is a lovely house. ....

d. Paul is nervous. ....

e. It was a funny story. ....

5 Les phrases exclamatives

Forme des phrases exclamatives avec les éléments donnés.

Ex. : Room • dirty → What a dirty room! The room is so dirty!

a. Car • fast ....

b. Coffee • strong ....

c. Film • boring ....

d. Teachers • interesting ....

e. Neighbours • friendly ....

6 Vocabulaire

Quel est cet animal ?

a. It flies in the air. → ....

b. It jumps in trees. → ....

c. It gives milk. → ....

d. It crawls. → ....

e. It is big and strong. → ....

f. It has black and white stripes. → ....

g. It gives eggs. → ....

7 CONTRÔLE EXPRESS

Place *many* ou *much* devant ces noms.

a. .... sugar

b. .... postcards

c. .... umbrellas

d. .... bottles of water

e. .... money

f. .... people

g. .... meat

h. .... time

i. .... water

j. .... records

Corrigés page 44 du Guide

9 Les modaux

Je me demande…
Qu'est-ce que les modaux ?
Qu'est-ce qui les différencie ?

Les points clés

Les auxiliaires modaux modifient le sens des verbes qu'ils accompagnent.
– Ils sont suivis d'un verbe à l'infinitif **sans *to***. He can speak Chinese.
– Ils ont la **même forme** à toutes les personnes. I must call her. He must call her.
– Ils se conjuguent **sans *do*** (formes interrogative / négative). Can you drive? I can't do it.

1 *Can* et *could*

● *Can* et son prétérit *could* peuvent exprimer plusieurs notions.

Can exprime
- la capacité physique ou intellectuelle : She can drive.
- la permission : Can I come in?
- la demande polie : Can you give me your pen?

Can't exprime
- l'incapacité : I can't run fast.
- l'impossibilité : I can't help you now.
- l'interdiction : You can't travel alone.

Could exprime
- la capacité dans le passé (prétérit de *can*) : I could sleep late before.
- la demande polie : Could you help me?

2 Autres auxiliaires modaux

● ***Must*** ne s'emploie qu'au présent. Il exprime :
– l'obligation ; You must do your homework. Tu dois faire tes devoirs.
– la forte probabilité. He must be sick. Il doit être malade.

● ***Mustn't*** exprime l'interdiction. You mustn't run. Tu ne dois pas courir.

● ***Needn't*** (= *don't have to*) exprime l'absence d'obligation.
You needn't run. Tu n'as pas besoin de courir.

● ***May*** exprime la probabilité. He may come. Il se peut qu'il vienne.

sleep

dream

sing

fly

run

ANGLAIS

Un peu de vocabulaire

Means of transport

On s'entraîne !

1 QUIZ

Complète les phrases suivantes avec *can*, *can't*, *must* ou *mustn't*.

a. It's midnight; you .... go to sleep.

b. I don't have a car, I .... drive you home.

c. I'm an English teacher; I .... understand my American family.

d. You're too young, you .... drink alcohol.

e. Your mother is tired; you .... help her.

- can
- can't
- must
- mustn't

2 Les réponses brèves

Réponds aux questions.

a. Can you drive? No, ...

b. Can he open the window? Yes, ...

c. Can I come in? Yes, ...

d. Can they come tonight? No, ...

3 Needn't ou mustn't ?

Complète ces phrases avec le bon modal.

a. I have watered the flowers; you .... do it.

b. This is a hospital room; you .... make noise.

c. We .... hurry, we're early.

d. The speed is limited; you .... drive fast.

e. You .... finish today, we'll do it tomorrow together.

f. I .... forget my grandmother's birthday.

4 Exprimer la probabilité

Utilise *may* pour transformer ces phrases.

Ex. : We'll probably come at 6. → We may come at 6.

a. Perhaps it will snow.

....

b. I'll probably go to New York.

....

c. Perhaps they'll buy a new house.

....

5 Comment dirais-tu... ?

a. Il se peut que nous déménagions.

....

b. Je ne peux pas conduire la voiture de mon père.

....

c. Mon frère doit passer un examen d'espagnol.

....

? indice

déménager : to move out
passer un examen : to take an exam

6 Vocabulaire

Complète ces phrases avec le verbe qui convient et accorde-les si besoin.

fly • sing • sleep • run • dream

a. I .... early; I go to bed at 9.

b. You must .... to catch the bus.

c. Birds .... in the sky.

d. I always .... when I sleep.

e. Elton John .... well.

7 CONTRÔLE EXPRESS

Relie chaque phrase à la notion qu'elle exprime.

a. I can't speak German.

b. He can lift 50 kilos.

c. You mustn't drive fast.

d. I must clean the room.

e. Can I open the door?

f. You needn't repeat.

- interdiction
- permission
- capacité
- obligation
- incapacité
- absence d'obligation

Corrigés page 44 du Guide

10 Le prétérit en *was/were* + V-*ing*

Je me demande…

Comment décrire une action en cours à un moment du passé ?

Les points clés

1 Formation

- Le prétérit en *was/were* + V-*ing* se forme ainsi : ***be* au prétérit** + BV + *-ing*. Il correspond à l'imparfait français.

  They were eating fish and chips. Ils mangeaient du poisson frites.
  She wasn't watching TV. Elle ne regardait pas la télévision.
  Was it raining? Pleuvait-il ?

2 Emploi

- Le prétérit en *was/were* + V-*ing* s'emploie pour décrire des actions qui **étaient en cours** dans le passé.
- On l'emploie aussi souvent **en opposition** avec le prétérit simple :
  – une action ayant une certaine durée se déroule dans le passé (verbe au prétérit en *was/were* + V-*ing*) ;

  Mary was cooking when the first guests **arrived.**

  Mary cuisinait quand les premiers invités sont arrivés.

  – une autre action se produit (verbe au prétérit simple).

  When I **saw** him he was speaking with the Maths teacher.

  Quand je l'ai aperçu, il parlait avec le professeur de maths.
- Dans les réponses brèves, on reprend le sujet sous forme de pronom personnel et l'auxiliaire ***be* au prétérit**.

  Was Henry driving? No, he wasn't. Henry conduisait-il ? Non.

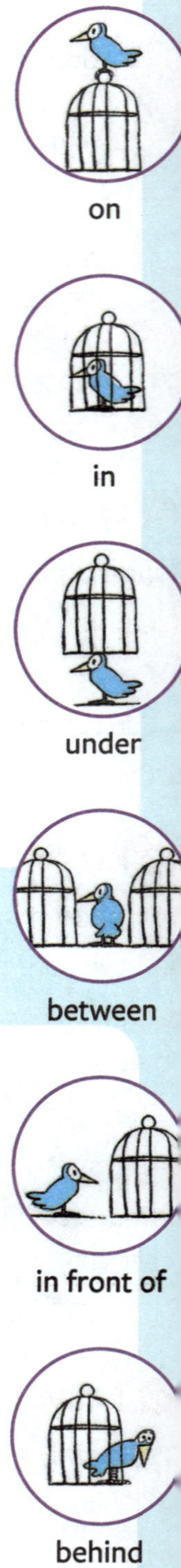

Un peu de vocabulaire

Sports/free time

On s'entraîne !

1 QUIZ

Relie la question à la réponse brève associée.

a. Was Pamela waiting for the bus? •	• Yes, they were.
b. Were your friends dancing? •	• No, she wasn't.
c. Was Mary shopping? •	• Yes, they were.
d. Were the Browns laughing? •	• No, he wasn't.
e. Was he sleeping? •	• No, she wasn't.

2 Quel prétérit ?

Mets les verbes suivants soit au prétérit simple soit au prétérit en *was/were* + V-*ing*.

a. They .... (park) the car; suddenly they .... (hear) an explosion.

b. I .... (do) the gardening when I .... (see) a strange animal near the tree.

c. You .... (speak) to the teacher yesterday.

d. I .... (tell) him he.......................... (be) wrong.

3 Les deux prétérits

Décris ces dessins en utilisant le prétérit simple et en *was/were* + V-*ing*.

a.

b.

c.

d.

4 Questions-réponses

Construis des questions et donne les réponses correspondantes.

Ex. : Paul • do • watch TV (what)
→ What was Paul doing? He was watching TV.

a. Jane • wear • a red dress (what)

b. Chris • help • our neighbour (who)

c. Sarah • do • swim (what)

d. Jo and Jim • do • play tennis (what)

5 Vocabulaire

Regarde les dessins et dis les activités que ces personnages aiment ou non pratiquer.

a. Matthew likes .... ;
he doesn't like ....

b. Carol likes .... ;
she doesn't like ....

6 CONTRÔLE EXPRESS

Mets ces verbes au prétérit en *was/were* + V-*ing*.

a. Jim .... the gate. (paint)

b. Susan and her sister .... to school. (walk)

c. Matthew and I .... the old castle. (visit)

d. My brother .... our little sister. (look after)

e. Mr Bryne .... his car. (wash)

Corrigés page 44 du Guide

11 Les mots interrogatifs

Je me demande...
Comment choisir le bon mot interrogatif dans une question ?

Les points clés

1 *Wh- questions*

- Selon qu'on interroge sur une chose, une personne, un lieu, etc., on n'emploie **pas le même** mot interrogatif.

L'objet de la question

- **what** → la chose, l'action
  What is she reading?
  Que lit-elle ?
- **who** → la personne
  Who does she like?
  Qui aime-t-elle ?
- **whose** → l'appartenance
  Whose umbrella is it?
  À qui est ce parapluie ?
- **when** → la date, le moment
  When will you call him?
  Quand l'appelleras-tu ?
- **where** → le lieu
  Where do you work?
  Où travailles-tu ?
- **why** → la cause
  Why are you sad?
  Pourquoi es-tu triste ?
- **which** → le choix
  Which bag do you like?
  Quel sac aimes-tu ?

2 Questions avec *how*

How s'emploie comme « comment ». Lorsqu'il est suivi d'un adjectif, *how* interroge sur l'âge, la durée, etc.

- *How old* interroge sur l'**âge**. How old is Fred?
- *How many* interroge sur le **nombre**. How many roses do you want?
- *How much* interroge sur le **prix** ou la **quantité**.
  How much is it? How much money have you got?
- *How far* interroge sur la **distance**. How far is the station?
- *How long* interroge sur la **durée**. How long will he stay?

3 Pronom interrogatif accompagné d'une préposition

- Il faut rejeter la préposition en fin de question, **après le verbe**.
  What are you waiting for? Qu'attends-tu ?

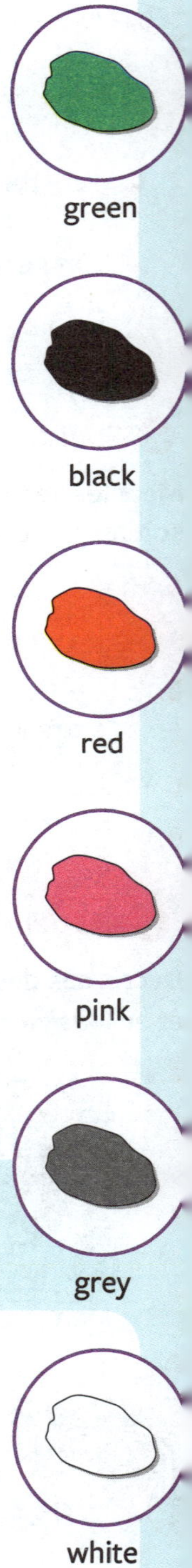

Un peu de vocabulaire

Numbers

1 one	2 two	3 three	4 four	5 five
6 six	7 seven	8 eight	9 nine	10 ten
11 eleven	12 twelve	13 thirteen	14 fourteen	15 fifteen
16 sixteen	17 seventeen	18 eighteen	19 nineteen	20 twenty
30 thirty	40 forty	50 fifty	60 sixty	70 seventy
80 eighty	90 ninety	100 one hundred	200 two hundred	300 three hundred

On s'entraîne !

1 QUIZ

Relie la question à la réponse associée.

a. Who is Emma? •	• It's mine.
b. Where do you live? •	• Fine.
c. How much is it? •	• In London.
d. How is he? •	• 50 euros.
e. Whose bag is it? •	• She's my niece.

2 L'objet de la question

Pose des questions sur les mots en bleu.

a. William is Ann's son.

....?

b. I bought two interesting books.

....?

c. It usually takes twenty minutes to go to the airport.

....?

d. Paul lives ten miles from here.

....?

e. The bike costs 100 pounds.

....?

f. My parents are going to London for Christmas.

....?

3 Formuler des questions

Mets les mots dans le bon ordre.

a. ? • interested • in • are • what • they

....

b. ? • waiting • she • what • for • is

....

c. ? • John • come • does • from • where

....

d. ? • you • what • are • to • listening

....

? indice

Attention à la place de la préposition.

4 Les mots interrogatifs

Complète les phrases en t'aidant des illustrations.

a. .... is the girl sitting next to Joe? ....

b. .... is the cat? It is on the ....

c. .... time is it? It is ....

5 Vocabulaire

Écris le résultat des opérations en chiffres.

a. two hundred + twenty-five + twelve =

....

b. fifty-two – thirteen – eight =

....

6 CONTRÔLE EXPRESS

Complète avec un des mots interrogatifs suivants :

who • when • which • whose • how much • how far • how long • how many.

a. .... records are these?

b. .... did you pay for it?

c. .... questions did he ask you?

d. .... is your school from the bus station?

e. .... is Mr Garfell?

f. .... does it take you to go home?

g. .... dress do you prefer? The blue one or the red one?

h. .... will you be back?

Corrigés page 44 du Guide

12 Gérondif, impératif

Je me demande…
Qu'est-ce que le gérondif ?
Comment donner des ordres ?

Les points clés

1 Le gérondif

- Le gérondif peut se traduire en français par un nom ou un infinitif.
Il se forme ainsi : base verbale + *-ing*.
  ski → skiing • read → reading • come → coming
- Le **nom verbal** est formé à partir de la base verbale + *-ing*. Il se traduit en français par un infinitif ou par un nom. I like swimming. J'aime la natation/nager.
- Certains verbes tels que *love*, *like*, *enjoy*, *dislike*, *prefer*, *hate* sont suivis du gérondif.
  He loves swimming. She hates dancing.
- Voici quelques **expressions** construites avec un gérondif.
  I don't mind doing it. Ça ne me dérange pas de le faire.
  I can't stand running in the rain. Je ne supporte pas de courir sous la pluie.
  What about going to the restaurant? Et si on allait au restaurant ?
  It's no use crying. Ça ne sert à rien de pleurer.
- Le gérondif peut aussi s'employer après une **préposition**.
  After working he went out.
  She isn't interested **in** doing it.
  I am fond **of** cooking.
  I'm fed up **with** repeating.

2 L'impératif

L'impératif est utilisé pour **donner des ordres** ou **interdire**.

- À la 2ᵉ personne, il se forme avec la **base verbale**. Put the book on the table!
- À la forme négative, on a : *do not* + base verbale. Don't go out!
- Aux autres personnes, on a : *let* + complément + base verbale.
  Let's (us) go to the cinema. Allons au cinéma. [Proposition, non un ordre.]

tulip

poppy

lily of the valley

daffodil

waterlily

daisy

Un peu de vocabulaire

Dates

Ann was born on April 1st.
Harry was born on April 3rd.
Griffin was born on April 12th.
Mary was born on April 30th.

Hours

eight o'clock

(a) quarter past eight

half past eight

twenty past eight

twenty to nine

ANGLAIS

On s'entraîne !

1 QUIZ

Coche la forme verbale qui convient (infinitif ou gérondif).

a. I enjoy .... a bath.

❑ to have ❑ having

b. Would you like .... with us?

❑ to stay ❑ staying

c. .... is good for your body.

❑ To swim ❑ Swimming

d. I'd like .... to the cinema.

❑ to go ❑ going

e. I like .... in the forest.

❑ to walk ❑ walking

? indice

d. et e. Attention à l'emploi du verbe *like*.

2 Exprimer le goût

Regarde ces dessins. Dis ce que ces personnages aiment faire avec les verbes *like*, *love*, *enjoy*.

a.

b.

c.

d.

e.

? indice

Pour chaque dessin, identifie le genre et le nombre du sujet de manière à utiliser le pronom personnel qui convient.

3 L'impératif négatif

Mets ces phrases à l'impératif négatif, ceci afin d'exprimer une interdiction.

Ex. : She is walking on the grass.
→ Don't walk on the grass!

a. John is eating a big cake before dinner.

→ ....!

b. Paul is watching television late.

→ ....!

c. The children are playing in the rain.

→ ....!

d. Julia is climbing on the roof.

→ ....!

e. He is parking in the garden.

→ ....!

4 Vocabulaire

What time is it?

a. .... b. .... c. ....

5 CONTRÔLE EXPRESS

Transforme ces phrases qui suggèrent des activités.

Ex. : What about eating? → Let's eat!

a. What about going to the concert?

→ ....!

b. What about playing tennis?

→ ....!

c. What about riding a bike?

→ ....!

d. What about watching TV?

→ ....!

e. What about painting?

→ ....!

Corrigés page 44 du Guide

Test - Bilan

Let's start!

Le groupe nominal

1 John and Jane are 12 years old. John is as old .... Jane.
- ☐ as ☐ than ☐ the more

2 Your furniture .... too modern!
- ☐ are ☐ is ☐ has got

3 Whose key is it? It's Emma's. It's ....
- ☐ her ☐ his ☐ hers

4 Would you like .... more bread?
- ☐ any ☐ some ☐ no

5 .... difficult the exercise was!
- ☐ How ☐ So ☐ What

6 My brother Sam is .... pupil in his classroom.
- ☐ the younger
- ☐ the youngest
- ☐ the most young

7 Comment dirais-tu que tu travailles avec eux ?
- ☐ I work with her.
- ☐ I work with they.
- ☐ I work with them.

.... /7

Le groupe verbal

8 Look at the children; they .... so hungry and thirsty.
- ☐ have ☐ are ☐ have got

9 Does Elton live here?
- ☐ No, he doesn't live.
- ☐ No, he does.
- ☐ No, he doesn't.

10 Peter has got a new dog, ... ?
- ☐ hasn't he ☐ has he ☐ hasn't he got

11 .... you start school tomorrow?
- ☐ Are ☐ Will ☐ Are going

12 .... you at home yesterday?
- ☐ Did ☐ Were ☐ Was

13 Those clouds are dark. It .... rain.
- ☐ must ☐ may ☐ can

14 Lucas .... when his sister ....
- ☐ was playing / came in
- ☐ played / came in
- ☐ played / was coming in

15 Call me before ....
- ☐ to leave ☐ leave ☐ leaving

16 Comment dirais-tu : « Il pleut souvent en automne » ?
- ☐ It is often raining in autumn.
- ☐ It rains often in autumn.
- ☐ It often rains in autumn.

17 Comment dirais-tu : « Raphael ne viendra pas demain » ?
- ☐ Raphael won't come tomorrow.
- ☐ Raphael can't come tomorrow.
- ☐ Raphael will come tomorrow.

.... /10

La phrase

18 .... is the teacher waiting .... ?
- ☐ What / for ☐ What / at ☐ Who / at

19 Randy was born .... April 30th.
- ☐ in ☐ at ☐ on

20 Comment dirais-tu : « Romane parle bien anglais » ?
- ☐ Romane speaks English good.
- ☐ Romane speaks well English.
- ☐ Romane speaks English well.

.... /3

***Score total :* .... /20**

CORRIGÉS P. 45 DU GUIDE

ESPAGNOL

1 Le présent de l'indicatif, les verbes pronominaux

Je me demande…
Comment former des phrases au présent ?

Les points clés

1 Le présent de l'indicatif

- Pour les verbes réguliers, le présent de l'indicatif se forme ainsi :

Présent de l'indicatif

Pour les verbes en *-ar*
radical + *-o, -as, -a, -amos, -áis, -an*
Hablo con mi profesor. Je parle avec mon professeur.

Pour les verbes en *-er*
radical + *-o, -es, -e, -emos, -éis, -en*
Juan come caramelos. Juan mange des bonbons.

Pour les verbes en *-ir*
radical + *-o, -es, -e, -imos, -ís, -en*
Tú vives en Madrid. Tu vis à Madrid.

2 Les pronoms sujets

- Leur emploi est facultatif car la terminaison du verbe indique la personne.

(Yo) estudio en mi cuarto.
J'étudie dans ma chambre.

¿Puede (usted) ayudarme?
Pouvez-vous m'aider ? [vouvoiement]

	Singulier	Pluriel
1re pers.	yo	nosotros
2e pers.	tú	vosotros
3e pers.	él / ella / usted	ellos / ellas / ustedes

3 Les verbes pronominaux

- À l'infinitif, le pronom se place à la fin du verbe : llamar**se**, levantar**se**, duchar**se**.
- À l'indicatif, il précède le verbe (comme en français).

(Yo) me llamo Cristina. Je m'appelle Cristina.
(Él) se levanta temprano. Il se lève tôt.

	Singulier	Pluriel
1re pers.	me	nos
2e pers.	te	os
3e pers.	se	se

Communiquer

Se présenter

Carmen se rend à un entretien d'embauche.

–Buenos días, soy Carmen Calderón, vengo por el anuncio.
–Mucho gusto, soy Eduardo López, el director. Comencemos: ¿habla idiomas?
–Hablo inglés y un poco de francés.
–¿Escribe bien en inglés?
–Sí, mi madre es americana.
–¡Perfecto! ¿Quiere trabajar con nosotros?
–¡Por supuesto!

mini-dico
- **mucho gusto**: enchanté(e)
- **hablar**: parler
- **idiomas**: langues
- **quiere**: voulez-vous
- **por supuesto**: bien sûr

ESPAGNOL

On s'entraîne !

1 QUIZ

Coche le pronom sujet qui convient.

a. ☑ Yo ☐ Él ☐ Vosotros ... bebo agua.
b. ☑ Tú ☐ Ella ☐ Nosotros... compra frutas.
c. ☐ Yo ☑ Usted ☐ Vosotros ... está cansado.
d. ¿☐ Tú ☐ Él ☑ Ellos ... lees cómics?
e. ☐ Tú ☐ Ellos ☑ Vosotros ... miráis una película.

2 Conjugaison

Trouve l'infinitif des verbes conjugués et écris-le dans les parenthèses.

a. La profesora se llama (llamarse) Julia.
b. Juan vive (vivir) en Alemania.
c. Vosotros coméis (comer) mucho chocolate.
d. Los alumnos cogen (coger) el tren en la estación de Atocha.
e. Yo me ducho (ducharse) todas las mañanas.

? indice

Attention à la place du pronom pour les verbes pronominaux.

3 Traduction

Traduis les phrases suivantes.

a. Je m'appelle Sergio.
Me llamo Sergio

b. Il habite à Paris.
Ellos vive en París.

c. Comment t'appelles-tu ?
¿Cómo te llama?

d. Nous parlons espagnol.
Nosotros hablam español

4 Se présenter

Écoute et complète le récit suivant.

Hola, me llamo Carla y vive en Roma. Mi hermana se llama Alicia y mis padres se llamais Jorge y Beatriz. Ellos vive en Madrid. Yo estudia medicina en la universidad y mi hermana es como secretaria.

5 Vocabulaire

Relie le drapeau à la nationalité correspondante.

a. • • inglés
b. • • mexicano
c. • • español
d. • • francés

6 CONTRÔLE EXPRESS

Mets dans l'ordre les mots suivants.

a. Letizia • la reina • se llama • de España
b. francés • el presidente • mucho • habla
c. de Santiago • chilena • soy
d. Berlín • vivo • en
e. estudiante • eres • Francia • en
f. inglesa • es • mi amiga
g. muy • su hermano • es • alto

Vocabulaire *Nacionalidades y oficios* (Nationalités et métiers)

- Francia → francés/francesa
- Inglaterra → inglés/inglesa
- España → español/española
- México → mexicano/mexicana
- Cuba → cubano/cubana
- médico: médecin
- director(a): directeur(-trice)
- profesor(a): professeur(e)
- estudiante: étudiant(e)
- secretario(-a): secrétaire
- periodista : journaliste
- policía : policier(-ière)

Corrigés page 45 du Guide

2 Ser et estar

Je me demande...
Quelle est la différence entre *ser* et *estar* ?

Les points clés

Il existe deux verbes en espagnol pour traduire « **être** » : *ser* et *estar*.

1 Formation et emplois de *ser*

- Présent de l'indicatif : *soy, eres, es, somos, sois, son*

Ser s'emploie pour...

- **présenter** quelqu'un ou se présenter
  Soy Manuel. Je suis Manuel. Es francesa. Elle est française.
  Son médicos. Ils sont médecins.
- • décrire une **personne** ou un **objet**
  Es alto. Il est grand. Es paciente. Il/Elle est patient(e). Es grande. C'est grand.
  • préciser la **matière** d'un objet avec la préposition *de*.
  La puerta es **de** madera. La porte est en bois
- donner l'**heure** et la **date**
  Son las seis. Il est six heures. Hoy es lunes. Aujourd'hui, c'est lundi.
- indiquer un **prix** ou un **nombre**
  Son tres euros. Ça coûte trois euros. Somos ocho. Nous sommes huit.

2 Formation et emplois de *estar*

- Présent de l'indicatif : *estoy, estás, está, estamos, estáis, están*

Estar s'emploie pour...

- exprimer un **état passager**
  Mis amigos están contentos. Mes amis sont contents.
- exprimer une **action en cours** de réalisation
  Estoy comiendo. Je suis en train de manger.
- situer dans l'**espace** avec la préposition *en*
  Madrid está **en** el centro de España. Madrid est au centre de l'Espagne.

Communiquer

Décrire quelqu'un

Juan et Marta discutent d'un nouveau professeur.

–Hola, Juan. ¿Sabes quién es la nueva profesora de historia?
–Hola, Marta. Sí, es la señora Rodríguez, ¿la conoces?
–No, ¿cómo es?
–Es alta y delgada. Tiene el pelo rubio. Está siempre en la biblioteca.
–Ah, ahora sé quién es. ¿Es muy joven, no?
–Sí, a ver si es simpática también...

mini-dico
- **pelo**: cheveux
- **rubio**: blond
- **siempre**: toujours
- **ahora**: maintenant
- **también**: aussi

ESPAGNOL

On s'entraîne !

1 QUIZ

Relie les verbes aux phrases qui conviennent.

a. Tiene...	... en nuestra casa.
b. Es...	... el pelo largo.
c. Están...	... morena y alta.
d. Son...	... muy tristes.
e. Estamos...	... las cuatro de la tarde.

2 *Conjugaison*

Complète les phrases avec *ser* ou *estar* à la personne qui convient.

a. La bandera francesa .... azul, blanca y roja.

b. Los alumnos .... en clase.

c. Tu camisa .... de algodón.

d. .... las 18:00.

e. Nosotros .... preparando una exposición.

f. Hoy .... miércoles.

3 *Traduction*

Traduis les phrases suivantes.

a. La voiture de mon père est grande et rouge.

....

b. La table est en bois, elle est très jolie.

....

c. Les enfants sont en train de manger des fruits.

....

4 *Faire une description*

Écoute et complète le dialogue suivant.

–Oye, Inés, ¿conoces a Pau Gasol?

–No, ¿.................. ....?

–Es un jugador de baloncesto.

–¿Y .... guapo?

–Pues depende de tus gustos: .... el pelo rizado, corto y castaño. .... alto y supersimpático. Y .... los ojos marrones.

–¡Pues qué bien, coincide con mis gustos!

? indice

baloncesto: basket-ball • rizado: frisé • castaño: châtain • alto: grand

5 *Vocabulaire*

Complète avec les mots du Vocabulaire.

a. La .... sirve para comer.

b. Las .... sirven para tocar.

c. Los .... sirven para ver.

d. Las .... sirven para oír.

e. La .... sirve para oler (*sentir*).

6 CONTRÔLE EXPRESS

Décris les cheveux et les yeux de Penélope.

....

....

....

....

....

Vocabulaire | *El cuerpo humano* (Le corps humain)

Corrigés page 45 du Guide

3 La diphtongaison et l'affaiblissement

Je me demande…
Qu'est-ce qu'une diphtongue ? Qu'est-ce que l'affaiblissement ?

Les points clés

1 Les verbes à diphtongue

- La diphtongaison a lieu aux trois personnes du singulier et à la 3ᵉ personne du pluriel :
– le *e* devient *ie* ; Carlos no quiere ir al cine.
– le *o* devient *ue*. Los niños vuelven a casa a las cinco.

- Quelques verbes à diphtongue au **présent de l'indicatif** :

querer (ie)	pensar (ie)	perder (ie)	volver (ue)	poder (ue)	contar (ue)
quiero	pienso	pierdo	vuelvo	puedo	cuento
quieres	piensas	pierdes	vuelves	puedes	cuentas
quiere	piensa	pierde	vuelve	puede	cuenta
queremos	pensamos	perdemos	volvemos	podemos	contamos
queréis	pensáis	perdéis	volvéis	podéis	contáis
quieren	piensan	pierden	vuelven	pueden	cuentan

2 Les verbes à affaiblissement

- L'affaiblissement a lieu aux trois personnes du singulier et à la 3ᵉ personne du pluriel : le e du radical se transforme en *i*. Mi mamá sirve la comida.

- Quelques verbes à affaiblissement au **présent de l'indicatif** :

pedir (i)	decir (i)	servir (i)	repetir (i)
pido	digo	sirvo	repito
pides	dices	sirves	repites
pide	dice	sirve	repite
pedimos	decimos	servimos	repetimos
pedís	decís	servís	repetís
piden	dicen	sirven	repiten

Pido permiso a mis padres para ver a mis amigos.

Communiquer

Parler des vêtements

Clara demande à sa mère des vêtements.

–Oye, mamá, necesito comprar ropa para este verano, no tengo nada que ponerme.
–Bueno, Clara, está bien. ¿Qué ropa quieres?
–Pues... necesito una falda, un vestido, tres camisetas, un bañador y dos camisas.
–Pides muchas cosas. Piensa bien, mira que no puedo gastar tanto dinero.
–Pero es lo que necesito, mamá.
–De acuerdo, Clara.

mini-dico
- **comprar**: acheter
- **nada**: rien
- **ponerse**: se mettre
- **gastar**: dépenser
- **dinero**: argent

On s'entraîne !

1 QUIZ

Quelle est l'irrégularité de ces verbes ?

a. pedir •
b. pensar •
c. poder •
d. servir •
e. repetir •

• diphtongue
• affaiblissement

2 Conjugaison

Transforme les phrases suivantes.

Ex. : Podemos ir a casa. → (tú) Puedes ir a casa.

a. Servimos las pastas bien calientes.
→ (ellos) ....

b. Sentís mucha alegría.
→ (tú) ....

c. Mi amigo quiere venir a la fiesta.
→ (vosotros) ....

d. Juan cuenta una historia a su hijo.
→ (nosotros) ....

e. Volvemos en autobús.
→ (él) ....

3 L'infinitif

Écris l'infinitif des verbes suivants.

a. entiendo → ....
b. pierdes → ....
c. visten → ....

4 Comment sont-ils habillés ?

Décris comment sont habillés Pablo y Paloma.

Pablo lleva (*porte*) ....
....
....
....

Paloma lleva ....
....
....
....

5 Vocabulaire

Relie chaque couleur au mot correspondant.

• negro
• azul
• rojo
• amarillo
• verde
• violeta

6 CONTRÔLE EXPRESS

Traduis les phrases suivantes.

a. Valeria lleva un vestido rojo.
b. La camisa de mi padre es azul.
c. Me pongo una camiseta blanca.
d. Ellos llevan pantalones negros.
e. Mi color favorito es el verde.

Vocabulaire *Los colores y la ropa* (Les couleurs et les vêtements)

- amarillo: jaune
- azul: bleu
- blanco: blanc
- marrón: marron
- naranja: orange
- negro: noir
- rojo: rouge
- rosa: rose
- verde: vert
- violeta: violet
- las botas: les bottes
- la camisa: la chemise
- la camiseta: le t-shirt
- la chaqueta: la veste
- la falda: la jupe
- el jersey: le pull
- los pantalones: le pantalon
- el vestido: la robe
- los zapatos: les chaussures
- las zapatillas: les baskets
- la bolsa: le sac

Corrigés page 45 du Guide

4 Les articles, le genre et le nombre

Je me demande…
Comment bien accorder le nom avec son article ?

Les points clés

1 Les articles définis et indéfinis

● L'article s'accorde en **genre** et en **nombre** avec le nom qui le suit.

Articles définis	singulier	pluriel
masculin	el	los
féminin	la	las

Articles indéfinis	singulier	pluriel
masculin	un	Ø
féminin	una	Ø

● Contrairement au français :
– on n'emploie pas d'article indéfini lorsque le nom est au pluriel ;
En la mesa hay Ø manzanas y Ø naranjas. Sur la table il y a des pommes et des oranges.
– on ne traduit pas « du » ou « de la » ;
Como Ø pan. Je mange du pain.
– on n'emploie pas d'article défini devant les noms de pays ;
Ø Francia es un país maravilloso. La France est un pays merveilleux.
– on utilise l'article défini pour donner l'heure. Es la una. Son las cuatro.

2 Le genre : masculin et féminin

● En règle générale, la terminaison des noms obéit aux règles suivantes :

Noms masculins	Noms féminins	Noms invariables
• terminés par -o : el niño, el campo (exceptions : la moto, la mano…) • terminés par -or : el director, el calor (exception : la flor)	• terminés par -a : la niña, la mesa, la directora (exceptions : el problema, el mapa, el tema, el poeta…)	• terminés par -e : el/la cantante • terminés par -ista : el/la periodista

3 Le nombre : singulier et pluriel

Singulier	Pluriel	Exemples de noms
-a, -e, -o, -u	-s	las casas, los juguetes, los cuerpos, los menús
consonne (sauf *z*), -í, -y	-es	la nación → las naciones ; el esquí → los equíes ; el rey → los reyes
-z	-ces	un lápiz → lápices

Communiquer

Décrire la personnalité de quelqu'un

Une amie d'Ana lui demande de décrire le garçon idéal.
–Dime, Ana, ¿cómo es tu chico ideal?
–Pues además de guapo, tiene que ser simpático, inteligente y muy deportista.
–Pues yo prefiero los chicos serios, trabajadores y muy responsables.
–Entonces ¿te gustan los chicos aburridos?
–No, aburridos no, serios, pero con sentido del humor.

mini-dico
- **además**: en plus
- **guapo**: beau
- **deportista**: sportif
- **humor**: humour

On s'entraîne !

1 QUIZ

Relie l'adjectif à son groupe nominal.

a. una chica •	• simpáticos
b. tres estudiantes •	• bueno
c. amigos •	• inteligentes
d. un director •	• redondas
e. grandes mesas •	• guapa

2 *L'accord au féminin*

Mets les phrases suivantes au féminin.

a. Es un chico inteligente y eficaz.

→ ....

b. Eres simpático y paciente.

→ ....

c. El profesor es bueno, pero muy exigente.

→ ....

d. Nosotros somos mexicanos.

→ ....

3 *Le genre*

ndique si le nom est féminin ou masculin et donne sa traduction en français.

	F	M	Traduction
a. gato	☐	☐	....
b. casa	☐	☐	....
c. problema	☐	☐	....
d. señor	☐	☐	....
e. flor	☐	☐	....
f. estudiante	☐	☐	....

4 *Décrire quelqu'un*

Écoute et complète le dialogue en t'aidant des mots proposés.

rubia • guapa • amable • delgada • exigente • alta • seria • corto

–Hola, Sofía, ¿quién es la nueva profesora de historia?

–Es la señora Ramírez. Una señora ....,
.... y muy ....

–¿Es morena?

–No, es .... y tiene el pelo ....

–¿Y su carácter cómo es?

–Pues es muy .... y ....,
pero también es muy ....

5 *Vocabulaire*

Relie les mots aux dessins.

serio • alegre • malo • deportista

① ② ③ ④

6 CONTRÔLE EXPRESS

Traduis les phrases suivantes.

a. Quiero beber agua.
b. El profesor come frutas.
c. Tengo hermanos y hermanas.
d. Mario pone azúcar en su café.
e. Hay muchas cosas en la mesa.

Vocabulaire *Los rasgos del carácter* (Les traits de caractère)

- agradable: agréable
- alegre: gai
- bueno(-a): gentil(le)
- divertido(-a): drôle
- sociable: sociable
- generoso(-a): généreux(-euse)
- serio(-a): sérieux(-euse)
- antipático(-a): antipathique
- triste: triste
- malo(-a): méchant(e)
- aburrido(-a): ennuyeux(-euse)
- egoísta: égoïste
- perezoso(-a): paresseux(-euse)

Corrigés page 45 du Guide

5 Les adjectifs possessifs, la phrase interrogative

Je me demande...
Comment la phrase interrogative se forme-t-elle ?

Les points clés

1 Les adjectifs possessifs

● Les adjectifs possessifs se placent avant le nom et s'accordent en **nombre** (et aussi en genre pour les 1re et 2e personnes du pluriel).

	Un seul objet possédé	Plusieurs objets possédés
1re pers. sing. / pl.	mi / nuestro (-a)	mis / nuestros (-as)
2e pers. sing. / pl.	tu / vuestro (-a)	tus / vuestros (-as)
3e pers. sing. / pl.	su	sus

Mi casa es grande. Nuestra escuela se llama Émile Zola. Mis libros están en la biblioteca.

● Ils peuvent être omis lorsqu'il n'y a pas de doute sur le possesseur.

Deja la maleta en la habitación. Pose ta valise dans la chambre.

2 La phrase interrogative

● Il existe deux formes de phrase interrogative **directe** :

– ¿Mot interrogatif + verbe + sujet? ¿Dónde vive tu hermano? Où vit ton frère ?

– ¿Verbe + sujet? ¿Viene vuestra amiga? Est-ce que votre amie vient ?

● Les mots interrogatifs portent toujours un **accent écrit** et sont invariables, sauf *quién*, *cuál* et *cuánto* qui s'accordent en nombre (et en genre pour *cuánto*).

Mots interrogatifs

- ¿cuándo? quand ?
- ¿dónde? où ?
- ¿qué? que ? / qu'est-ce que ?
- ¿por qué? pourquoi ?
- ¿cómo? comment ?
- ¿cuánto(-a, -os, -as)? combien ?
- ¿cuál? / ¿cuáles? quel(le) ? / quel(le)s ?
- ¿quién? / ¿quiénes? qui ?

Communiquer

Parler de sa famille

Juan présente sa famille.

« En mi familia somos cinco: mi padre, mi madre, mi hermano mayor, Pedro, mi hermana menor, Carmen, y yo, que soy el del medio. Mis padres son muy severos, sobre todo con los videojuegos. Mi hermano Pedro cuida mucho sus cosas y mi hermana pequeña es caprichosa. Somos muy diferentes entre nosotros, pero nos llevamos muy bien y es lo que cuenta. »

mini-dico
- **mayor**: aîné
- **cuidar**: prendre soin de
- **caprichosa**: capricieuse
- **llevarse bien**: bien s'entendre

ESPAGNOL

On s'entraîne !

1 QUIZ

Coche l'intrus dans chaque groupe de mots.

a. ☐ primo	☐ abuela	☐ camión	☐ hijo
b. ☐ brazo	☐ marido	☐ mujer	☐ tía
c. ☐ padre	☐ amigo	☐ abuelo	☐ nieto
d. ☐ hermana	☐ esposa	☐ enfermera	☐ prima

2 *Les adjectifs possessifs*

ransforme les phrases suivantes en employant adjectif possessif qui convient.

x. : Es el coche de Vicente. → Es su coche.

. Son los abuelos de María.

→ ....

. Esos balones son de vosotros.

→ ....

. Es la secretaria del director.

→ ....

. Esas camisetas son de nosotros.

→ ....

3 *Les mots interrogatifs*

ormule les questions permettant d'obtenir s réponses données.

. Tengo 13 años. ....

. Vivo en Alemania. ....

No, soy bajo y moreno. ....

. Se llama Carlos. ....

? indice

Commence par trouver le mot interrogatif correspondant.

4 *Présenter sa famille*

Écoute et complète le dialogue suivant.

–Hola, Luis, te presento a mi prima Julia.

–Hola, Julia, encantado (*enchanté*).

¿ .... eres?

–Soy de Madrid.

–Julia está de vacaciones con sus .... y sus ....

–Qué bien, ¿y .... sois?

–Somos cuatro: dos hermanos y dos ....

5 *Vocabulaire*

Complète l'arbre généalogique de Salma.

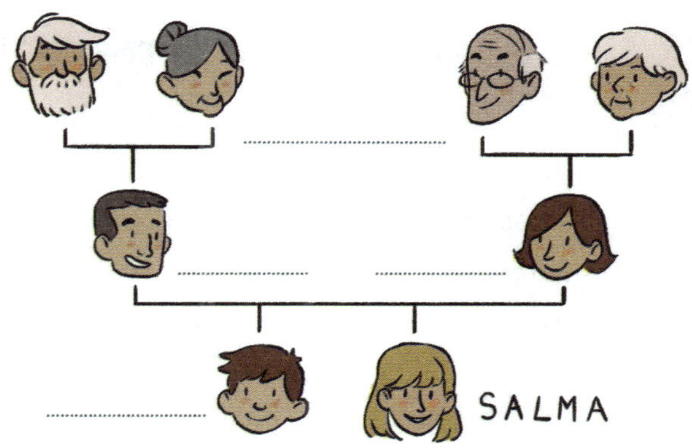

6 CONTRÔLE EXPRESS

Traduis les phrases suivantes.

a. ¿Cuántos hermanos sois?
b. Vuestra casa es magnífica.
c. Tu hermano es muy agradable.
d. Mis libros están en la mesa.
e. ¿Con quién vas al cine?

? indice

mesa: table • con: avec

Vocabulaire | *La familia* (La famille)

- el abuelo, la abuela: le grand-père, la grand-mère
- el padre, la madre: le père, la mère
- los padres: les parents
- el hijo, la hija: le fils, la fille
- el hermano, la hermana: le frère, la sœur
- el tío, la tía: l'oncle, la tante
- el primo, la prima: le cousin, la cousine
- el nieto, la nieta: le petit-fils, la petite-fille
- el marido, el esposo: le mari, l'époux
- la mujer, la esposa: la femme, l'épouse

Corrigés page 45 du Guide

6 Les adverbes de lieu, les adjectifs démonstratifs, les emplois de *hay*

Je me demande...
Comment situer un objet dans l'espace ? Quels sont les emplois de *hay* ?

Les points clés

1 Les adverbes de lieu

- ***Aquí*** (ici) : à proximité de la personne qui parle.
  Mi maleta está aquí. Ma valise est ici.
- ***Ahí*** (là) : un peu plus éloigné de la personne qui parle.
  El árbol está ahí. L'arbre est là.
- ***Allí*** (là-bas) : loin de la personne qui parle.
  La casa está allí, lejos. La maison est là-bas, loin.

2 Les adjectifs démonstratifs

- Il y en a trois, qui correspondent chacun aux trois adverbes de lieu.
Ils s'accordent en genre et en nombre avec le nom qu'ils précèdent.

Adverbes de lieu	aquí (*ici*)	ahí (*là*)	allí (*là-bas*)
Adjectifs démonstratifs	este, esta estos, estas	ese, esa esos, esas	aquel, aquella aquellos, aquellas

Esas gafas están rotas. Ces lunettes-là sont cassées.
¿De quién son aquellos zapatos? À qui sont ces chaussures là-bas ?

Este libro me pertenece.
Ce livre-ci m'appartient.

- Il existe aussi un pronom démonstratif neutre singulier : ***esto / eso / aquello***.
  Esto es fantástico. Ça, c'est fantastique.
  Eso no es verdad. Ceci n'est pas vrai.
  Aquello estuvo maravilloso. Cela fut merveilleux.

3 Les emplois de *hay*

- *Hay* se traduit par « **il y a** » ou exprime l'obligation impersonnelle :
  hay que + infinitif
  Hay tres habitaciones en la casa. Il y a trois chambres dans la maison.
  Hay que tomar una decisión. Il faut prendre une décision.

Communiquer

Décrire une maison

Alejandro décrit la maison de ses grands-parents.
« La casa de mis abuelos es muy grande y bonita. Está aquí cerca, en la ciudad. Hay cuatro habitaciones, un salón-comedor enorme, tres cuartos de baño y un jardín fantástico, lleno de plantas y flores. Allí solemos jugar todas las tardes con mis primos, hay mucho espacio y eso nos gusta porque podemos correr y jugar con el balón. Esta casa es la casa de mis sueños. »

mini-dico
- **cerca**: près
- **ciudad**: ville
- **lleno**: plein
- **solemos**: nous avons l'habitude
- **gustar**: aimer

On s'entraîne !

1 QUIZ

Coche l'adverbe de lieu qui convient.

	aquí	ahí	allí
a. ¿Ves esa casa blanca .....?	☐	☐	☐
b. Aquel árbol ..... es muy grande.	☐	☐	☐
c. Dejo este libro	☐	☐	☐
d. ..... está ese ordenador.	☐	☐	☐
e. Pongo esta mochila	☐	☐	☐

2 *Les adjectifs démonstratifs*

**omplète avec *ese* ou *esos*, puis mets
ensemble au féminin.**

.... niño → ....

.... amigos → ....

.... estudiantes → ....

.... profesores → ....

3 *L'obligation impersonnelle*

**ansforme les phrases suivantes
n utilisant *hay que*.**

Los domingos mi madre limpia la casa.

....

Todos los días vamos a la escuela.

....

Los niños hacen deporte regularmente.

....

Si llueve, cierra las ventanas.

....

4 *Dans la chambre*

**Écoute et complète le dialogue en t'aidant
des mots suivants.**

cama • sillón • esos • bonita • allí • ahí • aquí • ese

–Oye, Marisa, tienes una habitación muy ....

–Pues sí, la .... que está .... es muy cómoda y el .... de ...., al lado de la puerta, también.

–Y .... rincón de ...., con todos .... cojines, es muy majo también.

5 *Vocabulaire*

Inscris les mots correspondant aux dessins.

a.

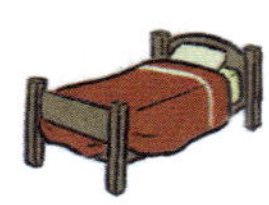

....

b.

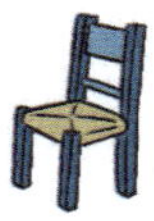

....

c.

....

d.

....

6 CONTRÔLE EXPRESS

Traduis les phrases suivantes.

a. La casa de mis tíos es pequeña.
b. En esta habitación hay mucha luz.
c. Hay que poner el sofá en el salón.
d. El ordenador está ahí, en la mesa.
e. El armario es de madera.

? indice

pequeña: petite • luz: lumière

Vocabulaire | *La casa* (La maison)

- el garaje: le garage
- el jardín: le jardin
- la cocina: la cuisine
- el cuarto de baño: la salle de bain
- la habitación: la chambre
- el pasillo: le couloir
- las escaleras: les escaliers
- la puerta: la porte
- la ventana: la fenêtre
- la silla: la chaise
- el sillón: le fauteuil
- el sofá: le canapé
- el armario: l'armoire
- la cama: le lit
- la mesa: la table
- la ducha: la douche
- el lavabo: le lavabo

Corrigés page 45 du Guide

7 Les verbes en *-go*, la numération

Je me demande…

Quelles irrégularités certains verbes peuvent-ils présenter ?

Les points clés

1 Les verbes en -go

- Au présent de l'indicatif, la 1re personne du singulier se termine parfois en *-go* :

salir (sortir) → salgo ; poner (mettre) → pongo ; hacer (faire) → hago
valer (valoir) → valgo ; caer (tomber) → caigo ; traer (apporter) → traigo.

Hago los deberes. Je fais mes devoirs.
Pongo la mesa. Je mets la table.

- Certains verbes comme ***tener*** et ***venir*** peuvent être doublement irréguliers :
– 1re personne du singulier en *-go* ;
– **diphtongue** aux 2e et 3e personnes du singulier et à la 3e personne du pluriel.

Tengo hambre. J'ai faim.
Mis padres vienen mañana.
Mes parents viennent demain.

tener (*avoir*)	**venir** (*venir*)
tengo	vengo
tienes	vienes
tiene	viene
tenemos	venimos
tenéis	venís
tienen	vienen

2 La numération de 0 à 30

0	cero	8	ocho	16	dieciséis	24	veinticuatro
1	uno	9	nueve	17	diecisiete	25	veinticinco
2	dos	10	diez	18	dieciocho	26	veintiséis
3	tres	11	once	19	diecinueve	27	veintisiete
4	cuatro	12	doce	20	veinte	28	veintiocho
5	cinco	13	trece	21	veintiuno	29	veintinueve
6	seis	14	catorce	22	veintidós	30	treinta
7	siete	15	quince	23	veintitrés		

- Attention à ne pas oublier l'**accent écrit** : *dieciséis*, *veintidós*, *veintitrés* et *veintiséis*.

Communiquer

Parler du temps et des saisons

Isabel et Romina sont à la plage en plein mois de janvier, en Argentine.

–Es muy raro para mí estar en la playa en el mes de enero, hace mucho calor.
–Pues sí, Isabel, aquí en enero es verano, hay que acostumbrarse.
–Yo generalmente por estas fechas hago esquí en los Pirineos. En España estamos en invierno y hace mucho frío. Pero prefiero el otoño, cuando hace fresco.
–¿Ah sí?, pues yo prefiero la primavera, cuando los árboles florecen y hace buen tiempo.

mini-dico
- **raro**: bizarre
- **hace calor**: il fait chaud
- **acostumbrarse**: s'habituer
- **hace buen tiempo**: il fait beau

ESPAGNOL

On s'entraîne !

1 QUIZ

Relie les mois à la saison correspondante.

a. enero	
b. julio	primavera
c. mayo	verano
d. febrero	otoño
e. agosto	invierno
f. octubre	

2 Les nombres et les dates

crís les dates suivantes en toutes lettres.

. : 18/03 → dieciocho de marzo

23/12 : ....

21/09 : ....

26/07 : ....

22/11 : ....

29/06 : ....

3 Le présent de l'indicatif

onjugue les verbes entre parenthèses
présent.

Pablo (tener) .... el pelo largo.

Mis amigos (venir) .... a mi casa para
gar con los videojuegos.

Yo (hacer) .... mis deberes.

Yo (salir) .... a pasear en bicicleta
das las tardes.

¿Tú (venir) .... este fin de semana?

4 ¿Qué tiempo hace?

Décris la météo en t'aidant du fichier audio si nécessaire.

a. En Sevilla...

b. En Barcelona...

c. En Madrid...

? indice

nuageux : nublado • pleuvoir : llover
• il fait soleil : hace sol • degré : grado

5 Vocabulaire

Retrouve dix mois de l'année cachés dans la grille.

E	M	A	Y	O	N	L	E	E	D
N	A	G	J	N	O	U	N	R	R
L	R	O	Z	U	E	B	E	B	T
I	Z	S	R	U	L	E	R	U	V
R	O	T	J	U	N	I	O	T	K
B	A	O	L	I	F	G	O	C	S
A	O	R	E	R	B	E	F	O	D
E	R	B	M	E	I	T	P	E	S

6 CONTRÔLE EXPRESS

Traduis les phrases suivantes en écrivant les nombres en toutes lettres.

a. Aujourd'hui, il fait quinze degrés à Madrid.
b. Mes amis viennent chez moi à onze heures.
c. Son professeur a vingt-sept ans.
d. Ton anniversaire est le trente août.

Vocabulaire | *Los meses y las estaciones* (Les mois et les saisons)

- enero: janvier
- febrero: février
- marzo: mars
- abril: avril
- mayo: mai
- junio: juin
- julio: juillet
- agosto: août
- septiembre: septembre
- octubre: octobre
- noviembre: novembre
- diciembre: décembre
- la primavera: le printemps
- el verano: l'été
- el otoño: l'automne
- el invierno: l'hiver
- las vacaciones escolares: les vacances scolaires

Corrigés page 45 du Guide

8 Le passé composé, l'imparfait

Je me demande...
Comment former le passé composé et l'imparfait ?

Les points clés

1 Le passé composé

- Formation du passé composé : ***haber*** au présent de l'indicatif + **participe passé**.

he, has, ha, hemos, habéis, han + cantado / comido / vivido

Hoy he comprado un libro. Aujourd'hui, j'ai acheté un livre.

- Formation du participe passé :
– verbes en ***-ar*** : radical + ***-ado*** ; compr-ar → compr**ado**
– verbes en ***-er*** et ***-ir*** : radical + ***-ido***. beb-er → beb**ido** • sal-ir → sal**ido**

- Quelques participes passés **irréguliers** :

abrir (ouvrir) → abierto ; decir (dire) → dicho ; escribir (écrire) → escrito
hacer (faire) → hecho ; poner (mettre) → puesto ; ver (voir) → visto.

¿Habéis abierto la puerta? Avez-vous ouvert la porte ?
José ha escrito una carta a su madre. José a écrit une lettre à sa mère.

2 L'imparfait de l'indicatif

- Formation de l'imparfait :
– verbes en ***-ar*** : radical de l'infinitif + *-aba, -abas, -aba, -ábamos, -abais, -aban* ;
– verbes en ***-er*** ou ***-ir*** : radical de l'infinitif + *-ía, -ías, -ía, -íamos, -íais, -ían*.

Cuando caía la tarde cenaba con mis amigos en la playa.
Quand la nuit tombait, je dînais avec mes amis sur la plage.

- Il n'y a que 3 verbes **irréguliers** à l'imparfait :
– ***ser*** : *era, eras, era, éramos, erais, eran* ;
– ***ir*** : *iba, ibas, iba, íbamos, ibais, iban* ;
– ***ver*** : *veía, veías, veía, veíamos, veíais, veían*.

Durante el día íbamos siempre al mar. Dans la journée, on allait toujours à la mer.

Communiquer

Parler de ce que l'on a fait

De retour au collège, Diego et Lucía se racontent leurs vacances.

–Hola, Diego, ¿cómo has pasado las vacaciones este verano?
–Muy bien, hemos ido al mar con mi familia ¿y tú, Lucía?
–Yo este año no he tenido mucha suerte, nos hemos quedado todo el verano en Madrid porque mi padre se ha puesto malo y no hemos podido salir de vacaciones. Bueno, cuéntame qué habéis hecho.
–Pues por las mañanas nos levantábamos tarde, luego íbamos a la playa donde pasábamos todo el día y por las noches salíamos de fiesta.
–Pero ¡qué bien!, veo que lo habéis pasado fenomenal.

mini-dico
- **suerte**: chance
- **malo**: malade
- **cuéntame**: raconte-moi

ESPAGNOL

On s'entraîne !

1 QUIZ

Coche l'intrus.

a. ☐ he ido ☐ habéis hecho ☐ estamos ☐ has viajado
b. ☐ cantaba ☐ han comido ☐ veían ☐ íbamos
c. ☐ hablado ☐ visto ☐ vivido ☐ bebido

2 Le passé composé

onjugue les verbes entre parenthèses u passé composé.

. El viento (abrir) .... la ventana.
. Mis amigos (salir) .... de fiesta este fin e semana.
. Mi madre (ir) .... de compras a un entro comercial.
. ¿Qué (tú, hacer) .... durante las acaciones?

3 L'imparfait

éécris les phrases suivantes à l'imparfait.

Mis amigos son muy divertidos.

....

. Pienso muchas cosas agradables de él.

....

¿A qué hora empiezas tus clases de tenis?

....

Juan ve mucho la televisión.

....

4 Passé composé ou imparfait ?

Écoute et complète le récit avec l'imparfait ou le passé composé.

Estas navidades mi familia y yo (ir) .... a la montaña. Todas las mañanas (nosotros, esquiar) .... hasta el mediodía. Luego (almorzar) ...., (descansar) .... un poco y (volver) .... a salir. (Ser) .... unas vacaciones maravillosas.

5 Vocabulaire

Relie le sport au dessin qui convient.

a. el tenis •
b. el fútbol •
c. el esquí •
d. el baloncesto •

• 
1.

• 
2.

• 
3.

• 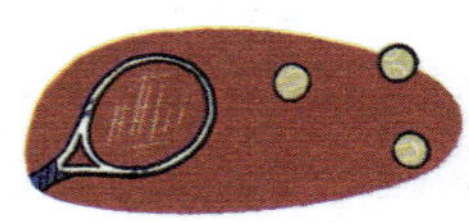
4.

6 CONTRÔLE EXPRESS

Traduis les phrases suivantes.

a. Diego jugaba al tenis todos los fines de semana.
b. Ha escuchado música toda su vida.
c. Veíamos dos películas al día.
d. He ido al concierto de un grupo de rock.
e. Esta semana han esquiado.

Vocabulaire | *El ocio* (Les loisirs)

- bailar: danser
- cantar: chanter
- escuchar música: écouter de la musique
- ir al cine: aller au cinéma
- jugar a los videojuegos: jouer aux jeux vidéo
- leer: lire
- ir de compras: faire du shopping
- navegar por internet: surfer sur Internet
- tocar un instrumento (piano, guitarra, violín): jouer d'un instrument (piano, guitare, violon)
- sacar fotos: prendre des photos
- ver la tele: regarder la télé

Corrigés page 46 du Guide

Test - Bilan

Le groupe nominal

1 .... **viaja en tren.**

☐ Ella ☐ Usted ☐ Nosotros

2 Quels sont les mots féminins ?

☐ problema ☐ mesa ☐ casa
☐ profesora ☐ poema ☐ tema

3 Comment traduirais-tu : « Je mange du pain » ?

☐ Como pan. ☐ Como el pan. ☐ Como un pan.

4 Quel est le pluriel de *lápiz* ?

☐ lápiz ☐ lápizes ☐ lápices

5 Es la casa de Juan.

☐ Es la casa de él.
☐ Es su casa.
☐ Es suya casa.

6 Pongo este libro .... **.**

☐ aquí ☐ ahí ☐ allí

7 Comment traduirais-tu : « J'aime ce vélo-là » ?

☐ Me gusta esta bicicleta.
☐ Me gusta esa bicicleta.
☐ Me gusta aquella bicicleta.

.... /7

Le groupe verbal

8 Lola .... **muy bien.**

☐ cantas ☐ canto ☐ canta

9 ¿Qué hora es?

☐ Son las seis. ☐ Están las seis.

10 Lesquels de ces verbes diphtonguent ?

☐ pasar ☐ volver ☐ querer
☐ pedir ☐ poder ☐ mentir

11 Lesquels de ces verbes s'affaiblissent ?

☐ pedir ☐ servir ☐ cantar
☐ comer ☐ partir ☐ vivir

12 Traduis : « Il faut faire du sport. »

☐ Debes hacer deporte.
☐ Tienes que hacer deporte.
☐ Hay que hacer deporte.

13 Quels verbes se terminent par *-go* à la 1re personne du singulier au présent de l'indicatif ?

☐ venir ☐ meter ☐ salir
☐ poner ☐ hacer ☐ doler

14 Lequel de ces verbes est régulier à l'imparfait ?

☐ ver ☐ partir ☐ ir ☐ ser

15 Quel est l'auxiliaire du passé composé en espagnol ?

☐ tener ☐ haber ☐ ser

16 Parmi les participes passés suivants, lequel est irrégulier ?

☐ escrito ☐ vivido ☐ pedido
☐ estado ☐ tenido ☐ creído

17 Comment dirais-tu : « J'ai changé de voiture » ?

☐ Ha cambiado el coche.
☐ He cambiado el coche.
☐ Has cambiado el coche.

.... /10

La phrase

18 Comment demanderais-tu l'âge de quelqu'un ?

☐ ¿Cuántos años habes?
☐ ¿Qué años tienes?
☐ ¿Cuántos años tienes?

19 Coche la phrase interrogative directe.

☐ ¿Dónde vive tu madre?
☐ Dime dónde vive tu madre.
☐ Donde vive tu madre.

20 Lequel de ces mots interrogatifs est invariable ?

☐ cuánto ☐ cómo ☐ quién ☐ cuál

.... /3

***Score total :** .... /20*

CORRIGÉS P. 46 DU GUIDE

VERS LA 4^e

L'année prochaine en FRANÇAIS

Le programme de 4ᵉ te permet de progresser en lecture, écriture, compréhension et expression orale. Tu améliores ta connaissance de la langue et ta culture littéraire et artistique.

Lecture

● Tu lis des œuvres autour des thèmes suivants :

1. Dire l'amour ;
2. Individu et société ;
3. La fiction pour interroger le réel ;
4. Informer, s'informer, déformer ? ;
5. La ville.

● Ces thèmes sont liés à l'écriture, l'histoire des arts... Tu peux les aborder dans le cadre des EPI (Enseignements pratiques interdisciplinaires).

Expression écrite et orale

● En 4ᵉ, tu rédiges des textes plus longs et plus complexes. Il s'agit souvent d'**écrits d'invention** (récit, scène de théâtre, poème...) et tu peux aussi participer à l'écriture de **textes collectifs**.

● À l'oral, tu t'entraînes à l'expression des **sentiments**, des **sensations** et du **jugement argumenté**.

POUR BIEN DÉMARRER !

- Écrire un récit, p. 58-59
- Écrire un dialogue, p. 60-61

Grammaire

● Tu approfondis l'étude de la **phrase complexe** en apprenant à distinguer les subordonnées circonstancielles (temps, cause, conséquence, comparaison, but).

● Tu découvres la notion de **discours indirect**.

● Tu reviens sur le **mode subjonctif** dont tu étudies les différents emplois.

● Enfin, tu t'inities à d'autres types d'approches grammaticales : la **grammaire de l'énonciation**, en analysant la présence de l'énonciateur dans l'énoncé, et la **grammaire du texte**, à travers l'étude des connecteurs (ou mots de liaison).

POUR BIEN DÉMARRER !

- La phrase complexe (2) : les subordonnées, p. 26-27
- Les compléments circonstanciels, p. 20-21
- Le subjonctif, p. 42-43

Orthographe

● L'objectif est que tu maîtrises en fin de 4ᵉ toutes l **règles d'accord sujet-verbe**.

● Concernant les formes verbales, tu poursuis l'étuc des **verbes du 3ᵉ groupe**.

POUR BIEN DÉMARRER !

- L'accord du verbe avec le sujet, p. 28-29
- L'accord du participe passé, p. 30-31
- Les verbes du 3ᵉ groupe, p. 38-39

Lexique

● En 4ᵉ, tu revois les notions lexicales acquises et les appliques à différents **domaines lexicaux**, plus ab traits que les années précédentes : vocabulaire d sentiments et du jugement ; vocabulaire des genres registres littéraires.

● Après la comparaison et la métaphore, tu découvr de nouvelles **figures de style** : l'antithèse, l'hyperbo les figures de l'ironie...

POUR BIEN DÉMARRER !

- Le sens des mots, p. 50-51
- La formation des mots, p. 52-53

L'année prochaine en MATHS

En 4e, les grands thèmes de mathématiques sont les mêmes que ceux de 5e, mais les notions abordées évoluent.

Nombres et calculs

● Tu apprends à calculer avec des **nombres relatifs** multiplication, division) et des **quotients**.

OUR BIEN DÉMARRER !

- Règles de priorité, p. 70-71
- Additionner des nombres relatifs, p. 76-79
- Soustraire des nombres relatifs, p. 78-79.

● Tu te perfectionnes en calcul littéral. Tu découvriras omment **résoudre une équation**.

OUR BIEN DÉMARRER !

- Calcul littéral, p. 82-83

● Tu apprends à utiliser les **puissances de 10** pour ıanipuler les grands nombres.

Organisation et gestion de données

● Tu calcules la **moyenne pondérée** ou la **médiane** 'une série statistique.

OUR BIEN DÉMARRER !

- Statistiques, p. 88-89
- Diagrammes et histogrammes, p. 90-91

● Tu apprends à déterminer une **quatrième propor-onnelle**, à l'aide du « produit en croix ». Tu utilises es **représentations graphiques** pour reconnaître ıe situation de proportionnalité.

OUR BIEN DÉMARRER !

- Proportionnalité, p. 84-85

Tu poursuis le travail sur les **probabilités**, que tu ·lieras aux fréquences.

OUR BIEN DÉMARRER !

- Hasard et probabilités, p. 92-93

Grandeurs et mesures

● Tu approfondis l'étude des grandeurs mesurables avec l'introduction de la notion de **grandeur composée** (aire, volume, vitesse moyenne, débit...).

POUR BIEN DÉMARRER !

- Périmètres, aires, volumes, p. 112-113

● Tu calcules le volume d'une **pyramide** ou d'un **cône**.

Espace et géométrie

● Tu te repères sur une **sphère** (latitude, longitude).

● Tu étudies de nouvelles transformations du plan : les **translations**.

POUR BIEN DÉMARRER !

- Repérer des points, p. 98-99
- Prismes droits et cylindres, p. 110-111
- Parallélogrammes, p. 108-109
- Symétrie centrale, p. 96-97

● Tu découvres les **théorèmes** de Pythagore et de Thalès, ainsi que la notion de **racine carrée**. Le **cosinus** d'un angle sera introduit.

POUR BIEN DÉMARRER !

- Triangles, p. 104-107

Algorithmique et programmation

● Tu continues à développer tes compétences en vue d'écrire et d'exécuter un **programme simple**.

POUR BIEN DÉMARRER !

- Écrire et exécuter un programme simple, p. 116-117

L'année prochaine en HIST.-GÉO & EMC

***En 4e, le programme d'histoire s'étend de la fin des Temps modernes (XVIIIe siècle) au début de l'époque contemporaine (XIXe siècle).
En géographie, tu abordes la mondialisation, et en EMC, la justice.***

Histoire

● Tu étudies le XVIIIe siècle sous différents angles : la diffusion des idées dans l'**Europe des Lumières**, les évolutions politiques menant à la **Révolution française** et au **Premier Empire**, l'enrichissement de la façade atlantique qui s'appuie sur la **traite négrière** et l'**esclavage**.

POUR BIEN DÉMARRER !

- L'Europe au début des Temps modernes (XVIe-XVIIe siècles), p. 138-139
- Le roi absolu de droit divin en France (XVIIe siècle), p. 142-143

● Au XIXe siècle, l'Europe connaît une **industrialisation** inédite qui fait évoluer à la fois la politique et le monde du travail. Les pays européens renforcent leurs **conquêtes coloniales** et voient leurs populations émigrer.

POUR BIEN DÉMARRER !

- L'émergence d'une nouvelle société urbaine en Occident (XIe-XVe siècles), p. 132-133

● Tu découvres aussi les bouleversements sociaux du XIXe siècle : la question du **droit de vote**, la **place des femmes** dans une société qui les exclut de la vie politique, les réformes de la **IIIe République** qui instaure l'école obligatoire et la séparation des Églises et de l'État.

Géographie

● Le monde **s'urbanise** à grande vitesse depuis 1945. Plus de la moitié de l'humanité habite les villes, il s'agit d'un fait majeur qui caractérise la mondialisation. La connexion des villes aux **réseaux de la mondialisation** crée des différences entre celles qui sont bien intégrées et celles qui restent à l'écart.

POUR BIEN DÉMARRER !

- La croissance démographique et ses effets, p. 146-147

● Tu étudies les **mouvements migratoires** à l'intérieu des continents et d'un continent à l'autre, ainsi que l tourisme international et ses effets.

● Parmi les espaces transformés par la mondialisatior tu explores **les mers et les océans** comme espaces d peuplement (littoraux) et d'activités économique (ressources, transports...). Tu t'intéresses aussi a territoire des **États-Unis** et au **continent africain**.

POUR BIEN DÉMARRER !

- Le changement global et ses effets géographiques, p. 156-159

EMC

● Tu travailles sur les notions de **diversité**, de sent ment d'appartenance et de respect mutuel.

● Tu étudies la **justice** : ses fonctions, ses principes e son fonctionnement.

POUR BIEN DÉMARRER !

- Respecter les autres, p. 164-165
- L'égalité des droits, p. 166-167

● Tu réfléchis aux **libertés** et à leurs limites. Tu con prends le rôle du citoyen et les façons dont tu peu **participer à la démocratie**.

POUR BIEN DÉMARRER !

- Les citoyens face aux risques, p. 168-169

● Tu approfondis l'idée d'engagement en étudiant rôle et le fonctionnement des **associations**, ainsi qu le bénévolat.

En découvrant les bouleversements historiques du passé, je prends à cœur mon rôle de citoyenne.

L'année prochaine en SVT

En 4e, le programme de sciences de la vie et de la Terre s'organise autour des trois grands thèmes suivants, comme en 5e et 3e.

La planète Terre, l'environnement et l'action humaine

• Tu étudies la **dynamique interne** du globe terrestre, ıais aussi la **dynamique externe** des masses d'eau et 'air.

• Tu sais reconnaître les aléas et **risques naturels** séismes, cyclones...). Tu connais les mesures de pré- ention ou d'adaptation possibles.

OUR BIEN DÉMARRER !

▸ La Terre, planète active, p. 172-173

• Tu poursuis l'étude de l'exploitation et de la gestion es **ressources naturelles** par l'homme.

• Tu découvres le fonctionnement des **écosystèmes** l'échelle de la planète et l'impact des activités umaines sur la biodiversité.

OUR BIEN DÉMARRER !

▸ Les sources d'énergie naturelles exploitées par l'homme, p. 174-175
▸ La préservation de la planète, p. 176-177

Le vivant et son évolution

Après avoir étudié en 5e le **transport de matière** ınimal et végétal) au niveau des organes, tu t'inté- sseras en 4e aux tissus et aux cellules.

OUR BIEN DÉMARRER !

▸ Le transport de matière dans un organisme animal, p. 178-179
▸ Le transport de matière dans une plante verte, p. 180-181

● Tu étudies les relations entre le phénotype et le génotype d'un individu, afin de comprendre la **diversité génétique**.

POUR BIEN DÉMARRER !

▸ La parenté des êtres vivants, p. 184-185

Le corps humain et la santé

● Tu maîtrises les connaissances liées à l'adaptation du **système cardiovasculaire** lors d'un effort musculaire. Tu découvres le fonctionnement du **système nerveux**.

POUR BIEN DÉMARRER !

▸ Activité et fonctionnement de l'organisme, p. 186-187

● Tu poursuis l'étude des **besoins nutritionnels** et des groupes d'aliments.

POUR BIEN DÉMARRER !

▸ Les besoins nutrionnels, p. 188-189

● Tu t'intéresses au **monde bactérien** et aux causes de l'infection d'un organisme.

● Tu étudies le rôle des hormones dans la **puberté** et le développement des organes reproducteurs.

POUR BIEN DÉMARRER !

▸ Les principaux mécanismes de la reproduction humaine, p. 190-191

Nous n'avons qu'une seule planète, nous devons en prendre soin !

L'année prochaine en PHYS.-CHIMIE

Le programme de physique-chimie s'organise autour de quatre grands thèmes qui sont approfondis chaque année.

Organisation et transformations de la matière

● Tu approfondis tes connaissances sur la structure de l'**Univers** et du Système solaire. Tu apprends à représenter l'**infiniment petit**, au niveau des **atomes** et des **molécules**.

POUR BIEN DÉMARRER !

▶ Les propriétés et les états de la matière, p. 194-195

● Tu es capable d'identifier des **espèces chimiques** et tu sais modéliser une transformation chimique. Tu découvres aussi comment identifier le caractère **acide ou basique** d'une solution.

POUR BIEN DÉMARRER !

▶ Les changements d'états de la matière, p. 200-201

Mouvements et interactions

● Tu sais exploiter la relation entre distance, vitesse et durée pour mieux **décrire le mouvement** d'un objet dans un référentiel. Tu es aussi amené à **représenter graphiquement** l'évolution du mouvement.

● Tu apprends à modéliser une action mécanique par une **force** pour expliquer le mouvement ou l'équilibre d'un système.

POUR BIEN DÉMARRER !

▶ Le mouvement d'un objet, p. 202-203

L'énergie et ses conversions

● Tu étudies la relation entre **tension et intensité** e tu sais distinguer tension alternative et tension cont nue. Tu peux définir la **puissance** nominale d'un app reil électrique.

● Tu apprends à connaître les **dangers** de l'électricit et les règles de **sécurité**.

POUR BIEN DÉMARRER !

▶ La tension électrique dans un circuit, p. 214-215

▶ Les circuits électriques, p. 210-211

Des signaux pour observer et pour communiquer

● Tu découvres les propriétés des **signaux** lumineu et sonores et comprends quelles applications on peu faire des **ondes** dans la **vie quotidienne**.

POUR BIEN DÉMARRER !

▶ Les différents types de signaux, p. 204-205

Et en technologie...

● À partir de besoins identifiés, tu dois imaginer com ment leur **apporter des solutions**. Tu essaies aus de matérialiser des idées en intégrant une **dimensio design**.

● Tu apprends à comparer et analyser les objets systèmes techniques et tu peux décrire leur **impact s la société et sur l'environnement**. Tu découvres l bonnes pratiques de l'usage des objets communicant

● Tu analyses le fonctionnement et la structure d'u objet. En utilisant une modélisation, tu apprends **simuler le comportement d'un objet**.

● Tu apprends à traiter, mettre au point et exécut un **programme** avec plusieurs variables d'entrée et d sortie.

L'année prochaine en ANGLAIS

En 4e, tu es censé atteindre le niveau A2/A2+ décrit par le CECRL (Cadre européen commun de référence pour les langues). Voici ce que cela signifie, pour chacune des cinq activités de communication.

Écouter et comprendre

- Tu dois être en mesure de comprendre des **instruc-** **ons simples** pour te déplacer.
- Si on te raconte une histoire simple, tu peux en **sai-** **r le sens général**.
- Tu dois être capable de reconnaître si on parle de aits présents, passés ou futurs.

Réagir et dialoguer

- Tu apprends à dialoguer sur des situations cou- antes, à communiquer **des informations et des idées**.
- Tu es capable de **réagir** à des propositions (accep- r, refuser, exprimer tes goûts et tes opinions).
- Au téléphone, tu peux te faire comprendre par ton terlocuteur.

OUR BIEN DÉMARRER !

▶ Les mots interrogatifs, p. 246-247

Parler en continu

Tu dois être capable de t'exprimer de façon simple ır des sujets variés.

Tu apprends à **raconter** une histoire, à **décrire** un ɔjet, une expérience.

Tu es également capable de faire une annonce ou **présenter** un projet.

OUR BIEN DÉMARRER !

▶ Les temps, p. 228-229, p. 230-231, p. 238-239, p. 244-245

▶ Quelques quantifieurs indéfinis, l'exclamation, p. 240-241

Lire et comprendre

- Tu dois être en mesure de **trouver des informations** dans un document informatif : article de journal simple, site web...
- Tu apprends également à comprendre un **texte narratif** et à suivre le déroulement d'une histoire.

POUR BIEN DÉMARRER !

▶ Les modaux, p. 242-243

Écrire

- Tu utilises tes connaissances lexicales et grammaticales pour écrire un **récit**, une **description** ou un court **essai**.
- Tu apprends à **mettre en forme des notes** prises pendant une conversation téléphonique.
- Tu acquiers les moyens de corriger tes erreurs.

POUR BIEN DÉMARRER !

▶ Gérondif, impératif, p. 248-249

▶ Les noms, dénombrables, indénombrables, p. 234-235

Me voilà prêt à partir en voyage et à découvrir les pays anglophones !

L'année prochaine en ESPAGNOL

En LV2, tu vas atteindre le niveau A1 défini par le CECRL (Cadre européen commun de référence pour les langues). Voici ce que cela signifie, pour chacune des cinq activités de communication.

Écouter et comprendre

● L'objectif est que tu saches, en fin d'année, suivre des instructions orales et comprendre une **conversation simple** sur un sujet familier.

● Tu apprends ainsi à identifier le sujet et les points essentiels d'une conversation.

Réagir et dialoguer

● Tu dois être en mesure de **participer à une conversation** portant sur des situations de la vie quotidienne ou faisant appel à l'imaginaire.

● Ta production peut être brève, comporter des hésitations, mais tu dois **réussir à te faire comprendre**.

Parler en continu

● Dans la prise de parole en continu, les énoncés sont plus complets que dans l'expression orale en interaction.

● Tu dois être capable de **te présenter**, de décrire ton lieu d'habitation et de **parler des gens que tu connais**.

POUR BIEN DÉMARRER !

- ▶ Le présent de l'indicatif, les verbes pronominaux, p. 252-253
- ▶ Les verbes à diphtongue et à affaiblissement, p. 256-257
- ▶ *Ser* et *estar*, p. 254-255

Lire et comprendre

● Tu dois parvenir à : **comprendre globalement** un récit, un dialogue, une lettre familière ; **repérer des éléments précis** dans un texte.

POUR BIEN DÉMARRER !

- ▶ Le passé composé, l'imparfait, p. 266-267

Écrire

● Le travail d'expression écrite se caractérise par de activités courtes et fréquentes.

● Tu dois apprendre à **construire des énonc simples** mais cohérents, par exemple à faire le portra de ta famille.

POUR BIEN DÉMARRER !

- ▶ Les articles, le genre et le nombre, p. 258-259
- ▶ Les adjectifs possessifs, la phrase interrogative, p. 260-261

Connaître le monde hispanophone

● L'approche culturelle fait découvrir d'autres réalit qui aident à la compréhension de la langue et enr chissent le domaine lexical.

● Tu dois **t'approprier des mots et des expressior** concernant l'origine, les loisirs, les métiers et **savo les employer** dans les situations de communicatic de la vie quotidienne.

POUR BIEN DÉMARRER !

- ▶ Nationalités et métiers, p. 253
- ▶ Les loisirs, p. 267

NOTES PERSONNELLES

NOTES PERSONNELLES

NOTES PERSONNELLES

Table des illustrations

1	Guide parents	ph ©	Ruslan Huzau / Alamy Stock Photo
5	Guide parents	ph ©	contrastwerkstatt / Fotolia
7	Guide parents	ph ©	Christian Schwier / Fotolia
8	Guide parents	ph ©	Christian Schwier / Fotolia
9	Guide parents	ph ©	Andrey Popov / Fotolia
10	Guide parents	ph ©	Christopher Futcher / iStock / Getty Images Plus
5		ph ©	iStock / Getty Images Plus
9		ph ©	Trevor Samson / AFP Photo
10	- hg	ph ©	sbayram / E+ / Getty-Images
10	- hd	ph ©	PeopleImages / E+ / Getty-Images
10	- bg	ph ©	paolo81 / iStock / Getty Images Plus
10	- bd	ph ©	SanneBerg / iStock / Getty Images Plus
11		ph ©	clu / E+ / Getty Images
23		ph ©	Gusman / Leemage / Bridgeman Images
28		ph ©	Fototeca / Leemage / Bridgeman Images
33		Coll.	Archives Hatier
35		ph ©	Jean-Gilles Berizzi / RMN
39		ph ©	Hervé Lewandowski / RMN
51		ph ©	Los Angeles County Museum of Art, CA, USA / Bridgeman Images
57		ph ©	Bridgeman Images
67		ph ©	Luis - stock.adobe.com
121		ph ©	sborisov - stock.adobe.com
122		ph ©	San Vitale, Ravenna, Italy / Bridgeman Images
123		ph ©	Jon Arnold Images / Hemis.fr
125	- g	ph ©	The Art Archive / Egyptian Museum Cairo / Gianni Dagli Orti / Aurimages
125	- d	ph ©	Gérard Degeorge / Akg-Images
126		ph ©	BnF, Paris
127		Coll.	Archives Hatier
128		ph ©	Josse / Bridgeman Images
129		ph ©	Collection Privée / Michel de Wismes
130		ph ©	Daniel Arnaudet / RMN
131	- hg	ph ©	Pascal Lemaître / Centre des Monuments Nationaux, Paris.
131	- hd	ph ©	Nicolas Thibaut / Photononstop
131	- b	ph ©	Electa / Leemage / Bridgeman Images
132		ph ©	BnF, Paris
134		Coll.	Paris, Archives Nationales / Archives Hatier
135		ph ©	Akg-Images
136		ph ©	Josse / Leemage / Bridgeman Images
137		ph ©	Roland & Sabrina Michaud / Akg-Images
138		ph ©	Bianchetti / Leemage / Bridgeman Images
139		ph ©	Franck Raux / RMN
140		ph ©	Hervé Champollion / Akg-Images
141		ph ©	René-Gabriel Ojéda / RMN
142		ph ©	D. R. / Château de Versailles / RMN
143		ph ©	Christian Jean / (Château de Versailles) / RMN
148		ph ©	Y. Arthus-Bertrand / Hemis.fr
151	- 1	ph ©	Alain Majchrowicz / Age Fotostock / Hoa-Qui / Gamma - Rapho
151	- 2	ph ©	Alfred Buellesbach / Visum-REA
151	- 3	ph ©	Jarry-Tripelon / Top / Gamma - Rapho
151	- 4	ph ©	François Perri / REA
153		ph ©	Murat Tueremis / Laif-REA
155		ph ©	Philippe Huguen / AFP Photo
157	- g	©	COP 21 gouv.fr
157	- d	©	Martin Chouraqui
159		ph ©	Clément Martin / Reservoir Photo
160		ph ©	Digital Globe / Handout / Reuters
161		©	Virginie Pourchoux
162		ph ©	Guillaume Perret / Opale / Leemage / Bridgeman Images
164		ph ©	Jon Feingersh / www.agefotostock.com
165		©	Organisation internationale de la Francophonie / www.francophonie.org
167		©	éducation.gouv.fr
168		©	Marcel Bonfils
169		©	Délégation à la Sécurité et à la Circulation Routières
171		ph ©	Planet Observer / Gamma - Rapho
172		ph ©	Mainichi Shimbun / Reuters
174		ph ©	Jean-Marc Brunet / Naturimages
175		ph ©	Stephen Meese / Shutterstock
176		ph ©	Sylvain / Colorise
177		ph ©	J. Breton / Biosphoto
187		ph ©	Chassenet / Bsip
193		ph ©	denisismagilov - stock.adobe.com
218	- h	ph ©	P. Guignard / air-images.net
218	- b	©	Architectes : JM. Duthilleul, F. Bonnefille, E. Tricaud © SNCF-AREP
220		ph ©	Lived In Image / Getty-Images
222	- hg	ph ©	Age / Photononstop
222	- hd	©	PNRV
222	- bg	ph ©	Laurent Giraudou / hemis.fr
222	- bd	ph ©	Veniamin Kraskov / Shutterstock
225		ph ©	Andrei Nekrassov - stock.adobe.com
251		ph ©	Marcus Lindstrom / Getty-Images
269		ph ©	Monkey Business - stock.adobe.com

Achevé d'imprimer par La Tipografica Varese Srl, Varese – Italie – Dépôt légal 06474-4 / 02 – Septembre 2020

L'Union européenne

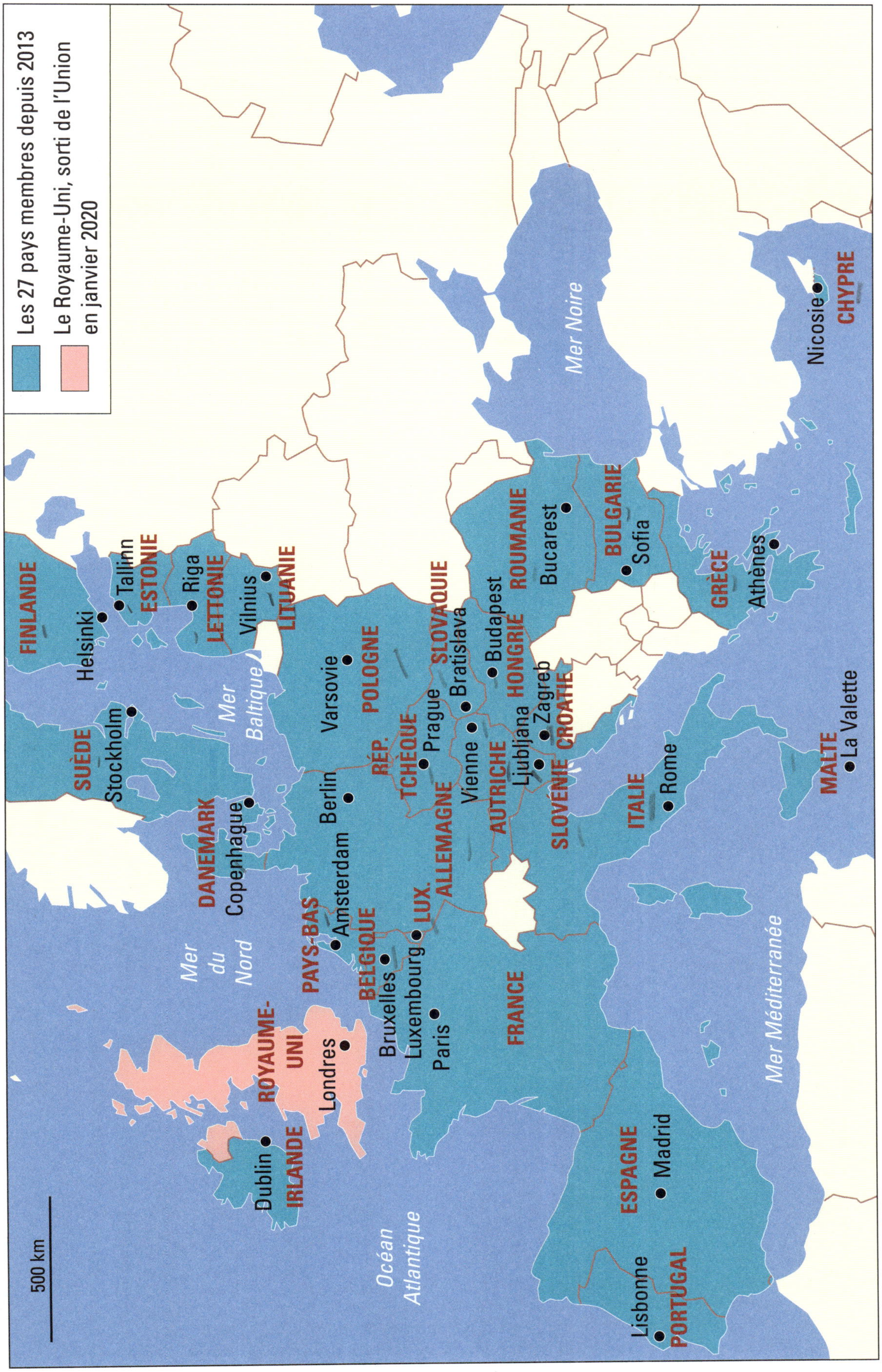

Les États du monde